ブレイブ・ストーリー 上

宮部みゆき

角川文庫
22697

ブレイブ・ストーリー　上　目次

第一部

第二部

ブレイブ・ストーリー　中　目次

ブレイブ・ストーリー　下　目次

幻界《ヴィジョン》全景
針の霧
ソノ
ランカ
ティアズヘヴン
サーカワの郷
凍れる都
嘆きの沼
デラ・ルベシ特別自治州
ソン村
アンドア台地
アリキタ
ザクルハイム
おためしのどうくつ
ガサラ
ゴザ
南大陸連合国家

水晶大宮殿
北の統一帝国
皇都
ソルブリア
ドラゴンの島
ササヤ
リリス
ボグ
グランデラ川
ルルド
マキーバ
ナハト
不帰の砂漠

地図　ナベタケイコ

汝《なんじ》は選ばれた。道を踏み誤ることなかれ。

第一部

1　幽霊ビル

最初はそんなこと、誰も信じていなかった。少しも信じていなかった。噂はいつだってそういうものだ。

あれは新学期が始まったばかりのころだったろうか。いちばんはじめに言い出したのが誰だったのか、今となってはわからない。噂はいつだってそういうものだ。

それでもみんな、自分が聞いたことはちゃんと覚えている。どこの誰から聞かされたのかも覚えている。それなのに、たどっていっても出発点がわからない。噂はいつだってそういうものだ。

「小舟町《こふねちょう》のさ、三橋《みはし》神社の隣にビルが建ってるだろ？　あすこに幽霊が出るんだってさ」

三谷亘《みたにわたる》の場合、そんなふうに教えてくれたのは、居酒屋「小村《こむら》」のカッちゃんだった。克美《かつみ》という名前は、彼が生まれるずっと前から決められていたもので、両親は女の子を期待していたし、超音波検査でも、小村さんのおなかで育っているのは女の子だと、産婦人科の先生は言っていた。ところが十一年前の四月九日、予定日より一週間も早く生まれてきたのは元気な男の子で、その大きな泣き声には、産院の誰もが廊下の反対側からでもすぐに聞き分けられるようになってしまったくらいの特徴があった。ちょっぴりしゃがれ声だったのだ。

「父ちゃんがさ、オレって母ちゃんの腹のなかでタバコ吸ってたんじゃねえかって言うんだ」

ついでに言えば、小村克美君は顔色も浅黒い。これも赤ん坊のころからだそうで、ひょっとすると小母《おば》さんのおなかのなかで、タバコ吸いながら潮干狩りなんかしてたのかもしれない。コイツならそれくらいのことはあっても不思議はないと亘は思う。

なにしろ、お揃いの黄色い帽子をかぶって城東《じょうとう》第一小学校へあがったその年の十二月、教室があんまり寒いからといって、火力の落ちた古い石油ストーブにぴったりとへばりつき、先生が教室に入ってきてからもそのままへばりついていて、席に着きなさいと叱られると、

「オレにはかまわないでいいスからチャッチャッとやってください、チャッチャッと」

と、愛想良く言い放ってしまったというコドモである。亘はその現場を目《ま》のあたり

に見て、あまりにおかしかったので家に帰って話したのだが、聞いた方はてっきり作り話だと思ってしまったのも無理はない。このエピソードは伝説化しつつあり、亘たちが五年生になった現在でも、冗談混じりに、

「小村、宿題はチャッチャッとやってるか？」なんて言う先生がいるほどだ。

亘に噂話を教えてくれたときのカッちゃんの声も、いつもながらにしゃがれていた。ちょっぴり興奮しているのか、〝ユーレイ〟と発音するときにはそこが裏返った。

「カッちゃんはユーレイ話好きだからなぁ」

「オレだけじゃないって、みんな言ってるって。夜中にあそこを通りかかって、バッチリ目撃しちゃったヤツもいてさ、あわてて逃げ出したら追いかけられたんだって」

「どんな幽霊なのさ」

「ナンカじいさんらしい」

老人の幽霊というのは珍しくないか？

「どんな恰好《かっこう》してンの」

カッちゃんはごしごしと鼻の下をこすると、しゃがれ声を低くした。

「マント着てるんだって。真っ黒なマント。すっぽりと、こう」

と、頭から何かかぶる仕草をした。

「それじゃ顔見えないじゃんか。なんでじいさんだってわかるんだよ」

カッちゃんは顔をくしゃくしゃにした。スーパーや駅で、たまにカッちゃんが小村の小父《おじ》さんと連れだっているのに行き合うと、小父さんもちょうどこれと同じような顔をして、「よ、元気か？」と声をかけてくれる。

「わかるもんはわかるんだよ。そういうもんだろ、ユーレイは」

カッちゃんは言って、ニッと笑った。

「おまえってヘンなとこマジメでカチカチね。やっぱ鉄骨屋の息子」

亘の父の三谷明《あきら》は製鉄会社に勤めている。製造業のなかでも製鉄や造船は、基幹産業としての役割が縮小してくるにつれて、本業以外のいろいろな分野に手を広げて会社の活性化を図らずにはいられなくなって、だから今年三十八歳になる明も、製鉄の現場には、新入社員のころのごく短期間しかいたことがない。以来ずっと企画研究や広報の担当部署を回っていて、現在はリゾート開発専門の子会社に出向している。それなのにカッちゃんは、製鉄会社というだけで「鉄骨屋」と呼ぶのだ。幼稚園のときからの付き合いなのだから、いい加減で覚えてもらいたいものである。

それでも確かに亘には、頭の固いところがある――らしい。理詰めでないと納得しないところもある――らしい。本人はほとんど自覚していないが、そう指摘されることは少なくない。そしてこの性質は、明らかに父親譲りのものであるらしい。最初にそのことをズバリと口に出したのは房総《ぼうそう》にいる父方の祖母で、今から三年ほど前のことだった。夏休みに帰省して、海でさんざん泳いだ後、身体が冷えているからかき氷なんか食べてはいけないと小言を言われて、口答えしたのがきっかけで喧嘩《けんか》になった。そのとき、

「まあまあ、この子も明とそっくりだ。口が減らないね。これじゃ邦子《くにこ》さんもえらい苦労だよ」

千葉のお祖母《ばあ》ちゃんはそう言ったのである。

このとき、亘の母親でありお祖母ちゃんにとっては「嫁のクニコ」である三谷邦子は、全然聞こえないフリをしていた。

「お母さんが千葉のお祖母ちゃんに、あんな同情的なことを言ってもらうのって、結婚十年にして二回目ぐらいかなあ」

母は後でそんなことを言っていた。なんでお祖母ちゃんと喧嘩したのと尋ねるので、

「海水浴の後でかき氷を食べちゃいけないっていうのなら、じゃあなんでお祖母ちゃんとこでかき氷売ってるんだって訊《き》いたんだ」

答えると、母は声をたてて笑った。三谷明の実家は房総半島の大浜という海水浴場で飲食店を経営しており、海の家の経営権も持っているのだ。いちばん忙しい時期には、お祖母ちゃん自身がかき氷をつくったりしているのである。

「あんたの言うことはもっともよ」

亘の頭をするするっと撫《な》でて、邦子は言った。「だけどあんたが理屈っぽいっていうのも確かね。お父さんの頭を継いだのね」

当の明は、後日この話を聞かされて、そういうのは子供の減らず口というのであって、理屈を重んじて筋の通らないことを嫌うのとはまったく違うと、いささか不機嫌な顔をしたそうである。その機嫌の損ね方もまた理詰めだと、まあ言えなくもない。

とにかく、そういう性分の亘に言わせると、そのユーレイとやらの噂話には、ヘンテコなところがたくさんあった。

そもそも、問題の三橋神社隣のビルというのは、正確には建築中のビルで、まだ落成してはいない。亘の通学路のちょうど中間あたりにあるので、毎日往復そこを通りかかる。だからよく知っている。噂では、その点がまず不正確だ。

実を言えばこのビル、ずっと建築中のままなのだ。工事が始まったのは、亘が二年生から三年生になる春休みのことだったから、もう二年以上も前のことである。地上八階建ての鉄骨が組み上がり、全体が青いビニールシートで覆われるところまでは順調に進んだようなのだが、そこから先はぴたりと作業が止まってしまった。亘が気がついた限りでは、作業員が姿を消し、作業用の重機も出入りしなくなってしばらくして、青いシートが掛け替えられた。その際に、そこに印刷されている工務店の名前も変わった。

ところが邦子の話では、そのあともう一度、シートが変わったという。そのときもやはり工務店の名前が変わった。だがそれ以来は何の変化もなく、中途のビルはビルになり損ねた青いほおかむりのまま、周囲の家々を見おろして寒そうに立っている。正面に掲げられていた「建築計画のお知らせ」看板も、あるときから見えなくなってそれきりだ。

「施工主と工務店とのあいだでイザコザでもあって、作業が止まっちゃってるんじゃないか？　そんなに珍しいことじゃないよ、昨今は」

父がそんなことを言うのを耳にして、フーンと思ったきり、亘も忘れていた。ところがその後、邦子がいろいろ訊いてきたのだ。

三谷家は、世帯数三百戸近い大型分譲マンションに住んでいる。亘が生まれてすぐに購入し、引っ越してきた。近所付き合いの煩いを嫌ってマンション住まいを選んだ三谷夫妻だが、小さな子供がいれば、その子供を通じた付き合いぐらいは生じてくるものだ。亘もマンションのなかで仲良しの友達が数人できた。一緒に幼稚園のお迎えバスにも乗った。邦子も母親同士の友達の輪をつくった。そうしてできたご近所仲間のなかに、地元の不動産会社の社長夫人がいて、地域のことにはいろいろ詳しく、ある日立ち話のついでに、三橋神社隣の〝気の毒なビル〟の詳細について教えてくれたのだった。

「あたしずっと気になってたんだけど、あのビルは三橋神社のものじゃないのよ」

三橋神社は地元では歴史が古く、江戸時代の古地図にも載っているくらい由緒正しいところなのだそうだ。

「敷地だってすごく広かったでしょ？ それでやっぱり、維持していくのが大変なんだって。でね、古くなった社殿を改装工事する時に、空いてた土地を売ったんだって。あのビルは、そこに建ってるのよ。だから持ち主は神社じゃないの」

土地を買い、そこにビルを建てたのは、神田《かんだ》の方に本社のある「大松《だいまつ》ビル」という貸しビル会社だという。ほかにも都内のあちこちに物件を持っていて、神社が取引するくらいなんだから堅い会社なのだろうが、大手ではない。大松三郎という古めかしい名前の社長さんが一人で切り盛りしている個人会社だそうである。

亘たちが住むこの地域は、東京でも東側のいわゆる下町地区だ。昔は町工場ばかりだったところだけれど、実は都心までの通勤時間が三十分内外という足の便の良さがあって、ここ十年ほどで急速にマンション開発が進んだ。それにつれて町の姿も変わった。やはり土地っ子である社長夫人は、「まるで町全体が玉の輿《こし》にでも乗ったみたいよ。あか抜けちゃって」と表現している。

亘の父は千葉の生まれだし、母の実家は小田原《おだわら》だ。だから、土地の人たちの感じるところを百パーセント理解することはできないけれど、それでも「にぎやかだけど住み易い町だ」というぐらいの実感はある。ニョキニョキと立ち並ぶ新しいマンションの売出価格が、都内で人気の地域のそれと比べても遜色《そんしょく》ないということも、広告を見るだけでよくわかる。だから、三橋神社の隣に土地を買って貸しビルを建てるというアイディアも、悪くないという感じがする。事実「大松ビル」は、結構なお金を支払ったらしいのだ。

「お隣が神社だから、テナントは何でもいいってわけにはいかないわよね。あそこは商業地区だけど、すぐ後ろは第一種住居専用地域だし」

邦子は社長夫人に教えてもらった覚えたての言葉を使って説明した。

「それでも、喫茶店とか美容院とか学習塾とか、テナントはいろいろ見込めたらしいの。上の方は賃貸マンションにする予定だったそうだし。ところがね――」

鉄骨が組み上がってまもなく、最初に施工を請け負っていた工務店が倒産してしまったのである。「大松ビル」では急いで次の請負先を探したが、こういう仕事を中途から引き継ぐと、作業が普通より倍も面倒になるらしく、それだけお金もかかるわけで、なかなか折り合う条件のところが見つからなかった。そこで二ヵ月ほどのブランクがあったが、やっとなんとか新しい工務店を見つけて、仕事を続けてもらえることになった。このとき、青いビニールシートが替えられたのだった。

「で、新しいところが来たんだけど――」

なんと、ほんの数ヵ月で、今度はそこがまた倒産してしまったのだという。

「大松の社長さんも困り果ててね。あっちこっち奔走して、工務店を探したわけよ。それで三つめの会社が見つかったんだけど、そこは今までのふたつよりも小さいところで、社長さんが何から何まで切り盛りしててね、そういう点では大松ビルとよく似てて、いやぁ気の毒に大変ですねって感じで、なんていうのかしら、意気に感じてっていうか、人助けっていうか、とにかくそれで契約してくれたんだそうよ」

ところが本契約の三日後、その工務店社長が急死した。脳卒中だったそうだ。

「小さい工務店だから、社長抜きじゃ動きがとれないわけよ。跡継ぎもいない。社長の息子さんはまだ大学生なんですって。結局、施工の契約も反古《ほご》になっちゃって、ビルはまた立ちんぼう」

そして現在に至るという事情なのである。

「大松の社長さんも必死で新しい工務店を探して――まあ、伝《つて》もあるでしょうからね。それにこの不景気でしょう、引き受けてくれそうなところが見つからないわけじゃないんですって。だけど、経営が苦しくて、そういう仕事に飛びついてくるようなところに頼んで、ちょっとのあいだにまた倒産されたんじゃ、また時間もお金も無駄になるわけよね。それに、建築の世界って、ホラ家相とかそういうのだってあるくらいだから、やっぱりまだまだいろいろと縁起を担いだりするらしいの。それで、大松さんのあの貸しビルは験が悪いって評判が立っちゃって、嫌がられてね。なかなか話がまとまらないんだってよ」

日々、登下校の途中で観察するだけでも、中途のまま放置されたこの不運なビルの状態が目に見えて悪くなってゆくことは、よくわかった。コンクリートは乾いてひび割れ、鉄骨は雨ざらしで汚れている。シートの足元には、心ない人が捨てていくゴミがいっぱい散らばり、犬や猫のフンもそこかしこに落ちている。

春先には、強風に煽《あお》られてシートが一枚外れてしまい、以来、支柱の鉄骨の一部と、二階にあがる鉄製の階段のちょうど踊り場あたりのところが、道ばたからもよく見えるようになった。それでも、通行人がシートの内側の様子を窺《うかが》い知ることができるのはその場所からだけだから、問題のユーレイは、たぶんそこに出没するのだろう。

いったいどこの誰の幽霊だというのだ。老人の幽霊だというのだから、これまでの不運な事情を聞いて、そのうえで思い当たるのは、工事を引き受けながら脳卒中で亡くなった三番目の工務店の社長ぐらいのものだ。だけどフードをかぶっているって？　工務店の社長さんがそんな恰好《かっこう》をするだろうか。百歩譲って、その社長さんが生前フード付きのコートを愛用していて、だからそれを着用した姿で幽霊となっているのだとしても、じゃあ何で出てくるのだ？　工事の行方が心配だから？　契約していながら仕事にとりかかることさえできなかったので、申し訳ないと思って？　ずいぶん律儀な話だ。それに、同じ業界人なのだから、自分が幽霊になって出たりしたら、縁起を担ぐ建築屋さんたちがますます工事の続きを引き受けてくれなくなって、かえって大松の社長さんを困らせることになるとわからないはずはないだろう。

そんなふうに思っていた今日の休み時間のことだ、またぞろ幽霊話が話題になったから、亘は自分の意見を述べた。するとクラスメイトの女の子たちは、あのビルに出るのは〝ジバクレイ〟なのだと言った。

「交通事故とかで死んだ人の霊が、あの場所から離れられなくて憑《とりつ》いてるのよ」

しかしそれもヘンな話じゃないか。ビルの在る場所は、ちょっと前までは神社の敷地のなかだったのだ。交通事故なんて起こるわけがない。

「じゃあ神社の境内で自殺した人がいたのよ、きっと」女の子は言い返した。「その人の霊が迷ってるのよ」

「あたし前から、あの神社へ行くと背中がすうっと寒くなって、足がガタガタしてしょうがなかったの。フキツな感じっていうの？　そういうのを感じて」別の女の子が言う。また別の女の子が「そうそう、あたしも」としきりにうなずく。

「ホントに境内で自殺した人がいるのかどうか、確かめたのかよ」亘は彼女たちに尋ねた。「神主さんに訊《き》いてみたのかよ？」

女の子たちは色めきたった。

「バカみたい！」

「そんなことするわけないじゃない！」

「なんであたしたちがそんなこと訊きに行かなきゃならないのよう」

「あんな神社に近づくだけで気味悪いのに」

亘は負けずに言い張った。「だけど、それじゃ事実がわからないじゃないかよ」

最初の女の子が口を尖《とが》らせた。「あそこに幽霊が出るってことは、あそこにジバクレイがいるっていうことなのよ。何よ、事実なんて言ってイバッちゃって。だから、みんな三谷なんか大嫌いなんだよ！　リクッぽっかり言うんだもの」

「そんなこと言って霊とかバカにしてると、あんた、いつかきっと呪われるわよ」

「イヤな奴！」

女の子たちはプンプンして、それぞれの席に戻っていってしまった。亘はさすがにショックを受けて、黙って机に向かっていた。どんなに向こうの言っていることが筋が通らないと思っても、「みんなあんたなんか大嫌いなんだ」と言い放たれてはかなわない。心に斧《おの》を打ち込まれたようなものだ。

帰り道、カッちゃんと並んで歩きながら、何を話しかけられても、昨夜、サッカーの日本代表チームがアウェイでイランの代表チームと互角に戦ったという心はずむ話題を振られても、ほとんどおしゃべりする気分になれなかったのも、休み時間の悶《もん》着《ちゃく》が尾を引いていたからだった。一方のカッちゃんは一人で盛りあがっており、やっぱりヒデは凄《すご》いぜとかオノはカッコいいぜとか、宙に向かって拳《こぶし》をぶんぶん振り回しながら力説している。昨夜の試合を見ていなかった人でも、カッちゃんの演説をひととおり聞けば、試合経過がばっちりわかることだろう。

二人は問題のビルの近くにさしかかった。普段なら、カッちゃんはこのひとつ手前の角で右に曲がってバイバイする。今日はサッカーの再現実況中継解説付きに夢中になるあまり、帰ることを忘れているらしい。

「ねえ、カッちゃん」

亘が声をかけると、ヒデが前半三十二分に通したスルーパスの角度について、ボディアクション添付で説明していたカッちゃんは、片足をあげたまま肩ごしに振り返った。

「あん？　何？」

「ここなんだよな……」

亘はシートに覆われたビルを見あげた。鉄骨でできた空っぽの細長い箱が、ボロボロの布をかぶってしょんぼりしている。今日はまた五月晴れ、空が真っ青だから、薄汚れた青いビニールシートがなおさらに惨めで悲しそうだ。見捨てられて寂しそうだ。

「何だよ、真面目な顔しちゃって」カッちゃんは体勢を立て直し、亘の顔をのぞきこんだ。

「オレ、確かめてみたいんだ。本当に幽霊が現れるのかどうか。現れるならどんな幽霊なのか」

亘の言葉に、カッちゃんはちょっと呆気《あっけ》にとられたように目をパチパチさせた。それから、亘に倣って骨晒《ほねざら》しのビルを仰いだ。しばらくのあいだそうしていたが、亘が何も続けて言わないので、頭をかいて振り返った。

「どうやンの？」

「夜、張り込む」亘は言って、早足で歩き出した。「カッちゃんとこ、でっかい懐中電灯があるよな？　あれ、貸してくンない？」

カッちゃんは走って追いついてきた。「いいけど、あれって持ち出すのメンドウなんだ。非常用だって、オヤジが怒るから」

カッちゃんの父親の小村の小父《おじ》さんは神戸《こうべ》の生まれである。もう東京に出てきてからの年月の方が長いし、カッちゃんもこちらで生まれたのだが、それでも故郷を襲った大震災は、小父さんの心に大変な衝撃を与えた。小村家の防災対策は、ひょっとしたら都庁あたりを凌駕《りょうが》するくらいの万全さである。

「そんならいいや」亘はますます早足になって、背中で言った。「自分で都合する」

「待てよ。いいよ、持ち出してやるよ」

カッちゃんは少しあわてて始めた。亘があまりに思い詰めているからだろう。

「おまえ、どうかしたの？　なんでユーレイなんかにそんなにこだわるんだよ」

こだわっているのは幽霊じゃない。女の子たちに「大嫌いだ」と言われたことだ。

「理屈ばっかり言う」のが、そんなに悪いことなのか知りたいだけだ。だって亘は、彼女たちの話のツジツマがあわなくておかしいから、自然に浮かんできた疑問を口に出しただけだったのだから。

たとえ正しいことでも、みんなが信じてないことは言っちゃいけないのか？　みんなが気持ち良くウンウンとうなずいてくれないことは、ぐっと黙って呑《の》み込まなきゃいけないのか？　そうでないと嫌われて、女の子たちにも相手にしてもらえなくなるのか？

だけどそんなこと、カッコ悪くて言えなかった。だから亘は黙ったまま、怒ったような顔をして歩き続けた。

「何時だよ」後ろからカッちゃんが言った。「おい、返事しろよ」

亘は立ち止まった。「何時って？」

カッちゃんは、空に浮かんだ見えないサッカーボールを蹴《け》るみたいに、ぽんと右足を突き出した。

「張り込みだよ。付き合ってやるよぉ」

自分でも恥ずかしくなるくらいに、亘は嬉《うれ》しかった。

「やっぱり、真夜中だろ」

「十二時かぁ」カッちゃんは笑った。「オレんとこは宵っ張りの商売だからいいけど、おまえ、家を抜け出せンの？」


言われてみればそのとおり、亘には、午前零時近くになって家を抜け出すなんて、現実にはほとんど不可能なのだった。

亘の家は父と母と亘の家族三人だが、一年のうち二百日ぐらいは、母と二人暮らしのようなものだった。父の明は帰宅時間が遅いし、休日もなんだかんだと外出ばかり。リゾート開発に関わるようになってからは長期の出張も増えて、一ヵ月のうち半分も家にいればいいくらいだというような忙しさだ。だから、明は今まで、亘の日曜参観や運動会に来てくれたことが一度もない。いつも直前までは何とかして行くと約束してくれるのだが、その約束が果たされることはなかった。

まあ、日曜参観なんてどうでもいい。そんなことをいつまでもグズグズ気にしているほど、亘は赤ちゃんではないのだ。父さんは忙しいのだし、仕事の約束は守らなくてはならない。それよりも、目前の問題は、今夜も百パーセント確実に、父親の帰りは真夜中過ぎになるだろうということだ。そしてその父を、母は起きて待っているだろうということだ。編み物をしたり、雑誌を読んだり、深夜のテレビに面白いものがないと、レンタルビデオを借りてきて観ていることもある。帰宅した父を風呂《ふろ》に入れ、夜食を食べさせ、その片づけを済ませてからでなければ、母は絶対に寝ない。どうやってその目をごまかし、外出することができるだろう。

夕食を食べながら、亘は奇跡を願った。今日に限って父親の帰りが早くて、くたびれたとか言って、両親が早々に床についてはくれないものか。二人が寝静まってからなら、足音を忍ばせて外へ出ることもできる。万にひとつ、部屋をのぞかれたときの用心に、クマのぬいぐるみを布団の下に隠して替え玉にしておけばいい。明が昨年の暮れ、会社の忘年会の抽籤《ちゅうせん》で当ててきたのだが、一秒の百分の一のあいだも亘の関心を引くことのなかったぬいぐるみ君にも、それでやっと活躍の場ができるだろう。

しかし現実はあくまでも現実だった。いつものように母さんと二人で夕食を食べ、宿題をちゃんとやりなさいよ、今日返してもらってきた作文は、文章や内容よりもまず先に漢字の間違いが多すぎるわねと小言を言われ、一時間ほど机に縛りつけられて、そのあと風呂に入って、出てきたら「小村君から電話があったよ」と言われた。

「急ぎの用じゃないみたいだったし、明日学校で話してねって言っておいたから。前にも言ったけど、母さんは、小学生の子供が夜も九時を過ぎてから電話のやりとりをすることには反対です」

母さんは腰に両手をあてていた。

「小村君のお家《うち》は水商売だから、また考え方が違うんでしょうけどね」

母さんのこういう台詞《せりふ》を聞かされると、亘はいつも（ナンだよコンチクショウ）という気分になる。それは胸の隅っこのいちばん皮の薄い部分を、爪の先でチクンとつねられるような感じだった。そんなに目を吊《つ》りあげなくても、母さんがカッちゃんをよく思っていないことはわかっている。小村の小父さん小母《おば》さんを嫌っていることも知っている。どうしてかと言ったらそれは小村の家が居酒屋で、「教養がなくて下品で、良くない人たちが出入りする家」だからなんだろう。

だけどカッちゃんは、亘にとっては友達なのだ。

小村の小父さんは、確かに品が悪いかもしれない。校庭開放の当番に酔っぱらって赤い顔をして来て、先生に注意されたことがある。小母さんは化粧が濃いので、商店街の反対側にいたって、匂いですぐわかる。カッちゃん本人が、うちのオフクロは顔がでかいし厚塗りするから、ファンデーションとかいう肌色のクリームが普通の人の倍かかるんだ、だから化粧品屋のお得意なんだと笑っていたことだってある。だけど亘は小父さん小母さんが嫌いじゃない。運動会に来れば、二人とも亘のことまで応援してくれるし、三年生の春の参観日に、たまたま亘が算数でちょっと難しい問題を解いたら、小父さんは大声で「おお、偉いぞ！」と褒めてくれて、みんなにクスクス笑われても、全然気にしなかった。亘はそんなふうに手放しで褒めてもらったのは初めてだったから、その日のことは、土くれに混じって光る色ガラスの欠片《かけら》のように、ずいぶん長いこと心のなかで輝いていた。

　母さんが小村の人たちを軽蔑《けいべつ》したような目つきをするとき、すぐに言い返そうと思うのだけれど、言葉はいつも、喉《のど》の真ん中あたりでしょぼしょぼと消えてしまう。そうすると、小村の小父さん小母さんを、ひいてはカッちゃんを裏切っているような気分になる。それなのに反論できないのは、心のどこかで、母さんの言うことには一理あると認めているからかもしれない。「小村」に出入りするお客さんたちを、亘は詳しくは知らないけれど、カッちゃんから話を聞くだけでも、父さんの会社の人たちとは、ずいぶん性質の違う人たちの集まりだと感じる。進んで居酒屋の主人になりたいかと問われたら、かぶりを振るだろう。まだ具体的には言えないけれど、将来は大学で何か研究する人か、弁護士になりたいと考えているから。いろいろな言葉を使うけれど、せんじ詰めれば母さんは三谷家と小村家は仲間ではないと言っているのであり、亘にもそれは理解できるのだ。

　カッちゃんの電話は、今夜本当に抜け出せるか、確かめるためのものだろう。三谷家の電話はリビングにあるだけなので、こっそりかけることはできない。ひどく後ろめたい気がして、亘は惨めになった。

――いくじなしなんだ、オレは。

机に両肘《りょうひじ》をついて顎《あご》を載せ、机の正面に貼られた時間割をぼんやりと眺める。明日の一時間目は国語だ。確かまた作文を書かされるんじゃなかったっけ。カッちゃんは作文が大の苦手で、いつも亘にいろいろ尋ねてくる。

だけどもしも今夜すっぽかしてしまったら、明日は怒ってそっぽを向いているだろう。当然だ。

「大丈夫よ、そんなことないわよ」

突然、背後で誰かがそう言った。甘い女の子の声だった。

亘はぎょっとして飛びあがった。はずみで椅子がギシッと鳴った。振り返ったけれど、六畳の広さの子供部屋には、もちろん誰もいるはずがない。去年の夏、一学期の成績が思いがけないほど良かったので、ねだりにねだって買ってもらった十四インチのテレビも、今はスイッチを切ってある。

しばらくあたりを見回してから、亘は視線を前に戻し、椅子に座り直した。ぼんやりしているうちに、居眠りしたのだろうか。そういう時に見る夢はすごく鮮やかで、現実と見分けがつきにくいものだって、このあいだテレビで学者の先生が説明していた。

ところが、同じ声がまた話しかけてきた。

「今夜出かけられるわよ。だから今のうちに、ちょっと眠っておいた方がいいわよ」

今度こそ亘は椅子から転がり落ちた。素早く体勢を立て直して、目が回りそうな勢いで部屋中を見回した。青いチェックのカバーをかけたベッド。参考書や童話の本の後ろにマンガを隠してしまってある本棚。テレビの脇のゲーム機には、花模様のハンカチがかぶせてある。亘はテレビゲームが大好きなのだけれど、母さんが許してくれるソフトでしか遊ぶことができないので——買うのはもちろん、借りることにも母さんの許可がいる——放っておくとゲーム機はすぐ埃《ほこり》だらけになってしまうのだ。足元のカーペットは椅子のキャスターがあたるところだけ擦《む》り剝けて、亘が脱ぎ捨てたスリッパが机の後ろの方に転がっている。

誰もいない。亘以外には誰も。

「あたしのこと探しても、見えないわよ」

女の子の声が、亘の頭のなかに響いてきた。「今はまだ、ね」

心臓がバクバクする。パックマンみたいな形になっちゃってるんじゃないか？

「だ、だ、誰？」

亘は声に出して、見慣れた部屋の嗅《か》ぎ慣れた匂いの少し埃っぽいような空気のなかに問いかけた。囁《ささや》くような声だった。誰もいないところに話しかけるなんてバカだ。頭のなかで声がするなんておかしい。だけど、うんと小さな声を出すならば、そんなふるまいをすることに対する恥ずかしさも、少しは目減りするというものだ。

「さあ、誰でしょう?」

見えない女の子の声は楽しそうに笑った。

「そんなことより、早くお布団に入りなさい。夜遊びするんだから、眠っておかないとダメ。明日学校に遅刻しちゃうよ」

瞬間的にさまざまな判断が入り乱れた。その数といったら博物館で見た進化の系統樹の枝分かれした数よりも多いくらいだったけれど、亘はいちばん子供らしいものを選んだ。部屋を飛び出したのだ。

「なあに、どうしたの?」

邦子は台所のテーブルについて、リンゴを剝いていた。

「ひとつ食べる?　食べたら歯を磨いて、もう寝る時間よ」

へなへなと腰が抜けそうになって、亘は柱につかまった。

「あら嫌だ、顔色が悪いじゃないの」邦子は言って包丁をテーブルの上に置き、ちょっと首をかしげて亘を見た。「そういえば今朝ちょっと咳《せき》をしてたでしょ?　風邪をひいたのかしらね」

亘が返事をしないので、母は立ちあがって近づいてきた。亘の額に冷たく滑らかな手が触った。

「熱はないみたいだけど……冷汗をかいてるの？　気持ち悪いの？　吐き気がする？」

うぅん大丈夫お休みなさいというようなことを、亘は口にしたらしい。フラフラしたまま部屋に帰ってドアを閉め、よりかかった。背中に響くノックの音がした。

「亘？　ちょっとどうしたの？　本当に大丈夫なの？　ねえ」

「平気だよ、具合なんか悪くない」

何とか気を取り直して、亘は答えた。母に何か説明することを考えると、もっともっと面倒で混乱しそうだった。

やっとノックが止んだので、ドアを離れてベッドの上に転がった。あまりに動悸《どうき》が激しくて息が苦しく、本当に目が回ってきた。

「ごめんね、可哀想に」女の子の声がまた聞こえてきた。「驚かすつもりはなかったの」

亘は両耳を両手で塞《ふさ》いで、ぎゅっと目を閉じた。そのまま気絶するみたいにして、周りが暗くなるのに任せた。

そんなつもりはなかったのに、眠ってしまったらしい。暗闇のなかから飛び出すようにして目を覚ますと、ベッドの脇の目覚まし時計は十一時五十分を指している。亘はがばっと起きあがった。短いあいだでも服を着たまま眠ったせいで、ちょっと汗っぽい感じがして、だけどちょっと寒かった。

そっと部屋のドアを開けて、台所をのぞいた。テレビがついていて、ニュースショウをやっている。母さんがいつも観ている番組だ。

しかし、当の本人は眠っていた。台所のテーブルに伏して、スヤスヤと寝息をたてて。

お化けビルから一区画南側にある公園の入口のところ。待ち合わせ場所に、カッちゃんは先に来ていた。カッちゃんはたいてい早めに来る。これも親譲りのせっかちのせいかもしれない。

「遅れ、て、ご、めん」

亘は息が切れて、ちゃんとしゃべれない。このくらい走っただけでぜいぜいいうなんて恥ずかしいようなことだけれど、どうにも止まらなかった。おかしな出来事を家のなかに置いてきぼりにしてきたせいだろう。

「小母《おば》さん、あんな怖い声出してたのに、よく出てこれたなぁ」

カッちゃんは公園の柵《さく》に飛びついて、猿みたいに忙しく動き回りながら言った。

「電話だろ？　ゴメン」

「ベツにいいけど。おまえんとこの小母さん、ウチにはいつもあぁいう感じだからサ」

カッちゃんはさらりと言ったが、亘は後ろめたさに首が縮んだ。カッちゃんだって、母さんが小村家の人たちに対して、特につっけんどんな態度をとっているってことぐらい、ちゃんと気づいているのだ。

「小母さん先に寝ちゃったの？　そんなわけないよなぁ。小父《おじ》さんが帰ってくるまで、着替えもしないで待ってんだろ？　おまえどうやって抜け出してきたの？」

カッちゃんの真っ黒な木の実みたいな瞳《ひとみ》が、驚きと好奇心に、街灯の光を映してキラキラ光っている。その顔を見て、亘は今さらのように、確かにあの母さんの様子は異常だと実感した。

思わず、家の方を振り返った。

「それが――寝てんだよ」

「風邪ひいたの？」

亘は黙って首を振った。いくつもの、脈絡のない質問が喉《のど》元まで込みあがってくるのを、飲みにくい大きな錠剤を飲み下すみたいにして押し戻す。カッちゃん、眠るんじゃなくて、目の前が真っ暗になって、気絶したことってある？　誰もいないところで、自分以外の誰かが話しかけてくる声を聞いたことってある？　それって異常？　女の子の声だったりしたら、もっと異常？　それよりも何よりも、小村の小父さんや小母さんは、台所のテーブルに突っ伏して、ぐうぐう眠ったりする？　押しても引いてもビクともしないんだ。耳元で怒鳴っても目を覚まさないんだ。まるで魔導士にスリープの魔法をかけられたみたいなんだ。頭の上から「ZZZ」のマークが出てるんじゃないかって、オレ探しちゃったくらいなんだ。誰かがそんな寝方するの、見たことある？　ヘンなんだよ。オレ、ちょっと怖いんだよ。

「ま、いいや。早く行こうよ」

カッちゃんは公園の柵の上からぴょんと飛び降りた。そのひと声で、亘は質問の渦を呑《の》み込んだ。うんと言って、走り出した。

2　静かな姫君

　幽霊ビルはこの時刻でも、青いシートに街灯の灯《あか》りを映して、妙に安っぽく光って見えた。周囲の家々は門灯を消し、窓灯りも減って寝静まり、隣の三橋神社もこんもりとした黒い木立に囲まれてしんとしているなかで、その明るさがかえってこのビルのデキソコナイぶりを強調しているようにも見える。

　短い距離でも、運動靴の底を鳴らして走ったことで気分が高揚し、ようやく亘は今夜の目的をはっきりと把握し直した。幽霊は本当に出るのか？　この目で確かめるんだ。

　だが、神社の前を通り過ぎてビルへ向かおうとすると、すぐ前を走っていたカッちゃんがパッと立ち止まり、手を広げて邪魔をした。「誰かいるよ」

　声をひそめて囁くと、神社の塀に背中をつけた。亘も反射的にそれに倣ったけれど、人影なんか見えない。

「どこに？」

カッちゃんは指さした。「ビルの向こう側。道のとこにライトが見えるだろ」

「どこ？　街灯じゃないの？」

「違うよ、車が停まってんだよ」

目を凝らしてみたが、亘にはよくわからない。神社の塀から離れて、さっさと歩き出した。

「行ってみようよ、べツにいいじゃん、悪いことしてんじゃないんだ」

だいいち、ただ車が停まってるだけかもしれないじゃんか——と思いながら、幽霊ビルの前にさしかかったそのとき、青いシートがずるりと持ちあがって、そこから人影が出てきた。

亘はわっと叫んで飛び退いた。カランと音がして、シートが下がって地面にあたり、埃《ほこり》が舞いあがった。

「あいたたた」と、シートが言った。いや、シートの内側からそういう声が聞こえてきたのだ。

「な、なんだ？」駆け寄ってきたカッちゃんが、亘の肩を捕まえた。そのときもう一度シートが持ちあげられて、人影が顔を出した。亘たちを見あげると、

「何だよ——あれ？　君ら何やってんだ？」

とぼけたような声を出した。

ごく若い男の人だった。二十歳ぐらいだろうか。よっこらしょとシートをくぐって、道路まで出てきた。すると、かなり背が高いということがわかった。よれよれのTシャツにジーンズ。眼鏡をかけていて、髪は短く刈っている。右手には懐中電灯。

さっきカッちゃんが「車が停まっている」と指さした方向で、大型のヴァンのスライド・ドアを開閉するような音がした。そして声が聞こえてきた。「則之《のりゆき》、どうした？」

今度は中年男性の声だ。ずんぐりと角張った人影が見えてきた。

亘はいっぺんに何とおりものことを考えてしまい、かえって身体が動かなかった。この人たちは泥棒か？　夜回りか？　何か探してるのか？　何か埋めてるのか？　ここに火をつけようとしてるのか？

「なんだ、子供じゃないか。こんな時間に何してるんだね？」

新しい人物は、声から想像するとおりのいかつい小父さんだった。「則之」という眼鏡の兄ちゃんの隣まで来て、亘とカッちゃんの顔を見回した。「こんな時間」と言ったときには、時間を確かめるように腕時計に目を落とした。地味な黒い革ベルトの時計だ。

「迷子ってことはないよねえ」眼鏡の兄ちゃんが口元をほころばせる。「まさか、学習塾からの帰り道ってわけじゃないだろ？」

「あちゃー」と、カッちゃんが声をあげた。辞書的に説明するなら、これは恐れ入ったことを表明する小村克美流の合いの手である。

亘は焦るあまりに、考えをまとめないまま何かしゃべろうと口を開いた。すると混乱する心のなかで、そのときたまたまいちばん出口に近いところにいた言葉が、ポップコーンが跳ねるように飛び出してきた。まあ、大人でも子供でも、失言というのは、おおよそこういうメカニズムで発生するのである。

「け、け、警察を呼ぶぞ！」

眼鏡の兄ちゃんもいかつい小父さんも、そろってきょとんとした。そして顔を見合わせ、次にまた申し合わせたように亘を見た。

気がつくと、カッちゃんもぽかんと口を開けて亘の顔を見つめていた。

それから、一拍おいて尋ねた。「何で？」

とたんに、いかつい小父さんと眼鏡の兄ちゃんが、腹を抱えて笑いだした。

「親父、声が大きいよ」

兄ちゃんはいかつい小父さんの肩をぽんぽんと叩《たた》きながら笑う。「近所迷惑になるよ」

「坊ちゃん、坊ちゃん」いかつい小父さんは、亘の方にずんぐりした腕を振りながら言う。「私らは怪しい者じゃないよ、だからそんなに怖がらんでいいよ」

カッちゃんが亘の肘《ひじ》をぎゅっとつかんだ。「ホントだ、大丈夫だよ、この人たち」

亘はまじまじと目を見開いてカッちゃんを見た。見つめ返すカッちゃんは、だんだん笑いをこらえる顔になってゆく。こらえきれずに笑いだす。そこで初めて、亘は、この場が二対二ではなく、三対一になっていることに気がついた。笑う三人と、笑われる一人。顔が熱くなった。

「あ、いけない」兄ちゃんが笑いを止めて、いかつい小父さんがやって来た方向へと駆け出した。「香織《かおり》を一人にしちゃってるな」

すぐに、兄ちゃんが消えた方向から、ライトブラウンの大型ヴァンがするりと出てきた。角を曲がり、幽霊ビルの前に横付けする。

つやつやした車体を見て、カッちゃんが「へえ、新車だ。でかいの！」と、感心する。

「たっかそー」

だが亘は別の発見に驚いていた。ヴァンの横っぱらに会社名が入っているのだ。

「株式会社　大松」

亘は目をパチパチさせた。そして、あらためていかつい小父さんの顔を見あげた。

「小父さんは——大松三郎さんですか？」

思わず尋ねてしまった。いかつい小父さんは、笑いすぎて涙を拭《ぬぐ》っていたが、つと口元を引き締めて亘を見おろした。

返事は聞かなくても、その表情で、亘には、この人こそが不運な幽霊ビルのオーナーである大松三郎社長であるとわかった。そして眼鏡の兄ちゃんは、大松社長の息子さんなのだ。

ヴァンのドアが開いた。何か機械音がして、奥からアームのようなものが延びてきた。その上に、するすると車椅子が進んでくる。車椅子が停まると、アームが降りて地面に着地した。

車椅子の上には、髪をポニーテールにした、ほっそりとした女の子が座っていた。アームや椅子の動きにつれて、華奢《きゃしゃ》な首に支えられた形のいい頭がグラグラしている。

「ご近所の誰かに、私のことを聞いたのかね？」大松社長は亘に尋ねて、自分で返事をした。「そうなんだ、私はここのビルの建て主だよ。あれは息子の則之」

眼鏡の兄ちゃんが車椅子を押してこちらに近づいてくる。車椅子の上の女の子は、亘たちの方にも、小父《おじ》さんの方にも、目を向けようともせずにただ首をグラグラさせている。その目は開いてはいるけれど、ほとんど何も見ていないようだ。

「で、これが娘の香織」

大松社長は近づいてきた車椅子の肘掛けを、優しくぽんと叩いた。香織の両手は、膝《ひざ》から下を覆っている淡いピンク色の膝掛けの下に隠れていて見えないし、父親のそうした仕草に応《こた》えようとする様子もまったくない。

「僕ら、怪しい者じゃないよ、本当に」

大松則之が笑顔で言う。亘を宥《なだ》めようとする気遣いが伝わってくる。それほどまでにさっきの僕は、怯《おび》えて動転しているように見えたのだ——亘は舌を噛《か》んでジガイしたくなった。

「妹を散歩に連れ出すついでに、ビルの様子を見ようと思って来たんだ。このとおりの状態だから、ゴミを捨てられたり、野良猫が入り込んだり、それこそ色々あるからね」

「そうですか、スミマセンでした」

恥ずかしさのあまり、社長とも則之とも、カッちゃんとさえ視線をあわせなくていいように、深く深く頭をさげた。そうやって身体をふたつにたたんだまま、回れ右をして家に逃げ帰りたかった。

「こんな遅い時間に散歩するんスか？」

亘の気も知らず、カッちゃんはそんな質問を発する。亘がバカやめとけよと小突く前に、大松社長が答えた。

「うん……娘はちょっと具合が悪くてね。あんまり人が大勢いるときに外へ連れ出すと、嫌がるんだよ」

「そっか、夜なら静かですもんね」

カッちゃんは深く考えるふうもなく納得したけれど、亘は、大松父子《おやこ》がちらっと視線を交わして、ちょっとつねられたような顔をするのを見てしまった。

大松香織はきれいな女の子だった。周りの人びとが彼女を指して「きれい」と評するとき、「きれい」という言葉の精は、本当に誇らしくて嬉《うれ》しくてたまらないだろう。「アラあたしそれほどのもんじゃありませんわ」と照れるかもしれない。それくらいの「きれい」だった。

亘はこれまでの十一年の人生で、こんな美人の女の子には初めて会った。これほどお人形に近い女の子にも初めて会った。しゃべらない。笑わない。外界に対して一切反応しない。視線はうつろ。ただまばたきをするだけの両目。目は心の窓というけれど、この窓は人形の家の窓なのだ。

「香織は中学一年だから」則之が妹の方にちょっと身をかがめながら言った。「君らよりは姉さんだな。君らは何年生？」

とっさに、亘は「六年生」と答えようと思った。亘もカッちゃんも小柄な方なので、中学生ですというウソは全然通らない。でも、一年でも大人に見せたかった。

ところがバカ正直なカッちゃんは、

「五年です。城東の」と、お答えになった。

「城東第一小学校？　ああ、そうか。じゃあ君らもやっぱり幽霊探検隊なんだな」

則之が吹き出した。大松社長も笑っている。がちっとした体格の社長が腹を揺らすようにして笑うと、彼が手を載せている香織の車椅子も一緒に揺れる。彼女の首がグラグラする。

「探検隊って――」

「このビルに幽霊が出るって、噂になっとるんだろ？　それを確かめるために、子供たちが夜遅くにビルに近づいたり、中に入り込んだりしようとする。君らが初めてじゃないよ。危険だから管理をしっかりしてくれって、城東第一小学校のＰＴＡからもお叱りを受けたよ」

「いつごろですか？」

大松父子は首をひねった。則之が答えた。「もう半月は前かな」

亘はがっかりした。とっくに先を越されていたのか。

「僕たちも、事実を調べに来たんです」

「幽霊探検隊は、写真を撮りに来てたよ。心霊写真というヤツか？」

則之がうなずく。「ポラロイド持ってね」

「僕らはそんな遊び気分じゃありません。ホントに幽霊の正体を確かめたいんです」

「あ、そうか」カッちゃんが、突然声をあげてポンと両手を叩いた。「幽霊探検隊のヤツらって、六年生じゃないスか？　テレビ局に幽霊の写真持ち込んでとか、そういう話じゃなかったスか？」

「そうそう、その話」則之が苦笑混じりに大きくうなずいた。「リーダー格の——なんて名前だったかな、態度の悪いガキだったんだけど」

「石岡《いしおか》でしょ？　石岡健児《けんじ》」

「そう！　よく知ってるね。友達かい？」

「全然。だけどうちのオヤジと石岡君のオヤジが釣り仲間なんス。石岡君たちがテレビの心霊写真コーナーに出るとかなんとか、そんな話をオヤジさんがしてたって、オレはオヤジから聞いたんでス。あれ、こんがらがってるかな、わかりまス？」

石岡健児とその仲間たち数名は、六学年のトラブル・メイカーである。もともと要注意の生徒たちだったらしいけれど、四年生の後半ごろから問題行動が激しくなり、今では城東第一小学校全体の持て余し者となっている。

そもそも学校とは何をするところかということがわかっていない。だから授業など聴かない。教室には好きなときに出入りする。遅刻、早退、無断欠席は当たり前。騒いで先生の邪魔をする。備品を盗む。壊す。同級生を虐《いじ》める。お金をゆすり取る。小学生でも、やることはほとんど非行高校生並みだ。

ただ、嘆かわしいことに昨今、この程度の問題児ならば、どの学年にも一人や二人はいるものだ。石岡たちが、学年の垣根を越えて、一気に〝全国区〟になったのは、去年の夏休みの校庭開放のときに、正門の脇に駐車してあった校長先生の自家用車を動かして校庭中を走り回り、遊びに来ていた下級生たちを車の鼻面で追い回して、三人に怪我をさせるという事件を引き起こしてからのことである。

このときは、翌日すぐに講堂で緊急の父母集会が開かれ、校長先生が事件の経過説明をすると同時に、演壇に頭をすりつけるようにして謝罪した。あんな場所に、いくら短時間とはいえ、キーをつけたまま車を停めていた私が軽率でしたという謝罪である。

この日、校長先生は、自宅で使っている眼鏡が壊れてしまったので、校長室の机の引き出しにしまってある予備の眼鏡を取りに来たのだという。用事はたったそれだけで、しかも先を急いでいた。皮肉なことに、何か教育委員会が催す集まりに出かける途中だったのだそうだ。

一学年上の生徒たちが引き起こした事件だったとはいえ、怪我人のなかには亘の同級生もいたので、邦子はこの集会に出席した。そして、プリプリ怒って帰ってきた。

「校長先生ったら、どうしてあんなに謝るのかしら。おかしいと思わない？」と、母は口を尖《とが》らせたものである。

「何もかも車を停めておいたワタクシが悪かったのですなんて、これはそういう問題じゃないわよ。勝手に乗り回した子供の方が悪いんじゃないの」

それでも集会では、校長先生の責任を問う意見の方が断然優勢だったのだそうだ。

「子供は何でもいたずらしたがるものなんだから、大人の方が気をつけなくちゃいけないんですって。どうかしてるわ。それどころじゃないのよ、小学生なのに車を操作することができるなんてたいしたもんだなんて意見まで出てたんだから。まったく、世も末ね」

怪我をした三人が、ほんの擦《かす》り傷程度で済んだこともあってか、騒ぎはそれ以上拡大することにはならなかった。もちろん警察沙汰《ざた》にも新聞ネタにもならなかったし、校長先生の首もつながった。足し算引き算が終わってみれば、石岡たちが増長して、ますます学校を舐《な》めてかかるようになっただけだった。

そういう連中のことだ。亘は不思議だった。石岡と心霊写真？　どうやっても結びつきそうにない。

「その六年生たち、最初からテレビの心霊写真コーナーに出るのが目的だったのかな」

「そんな感じだったよ」則之が答えて、横目になってビルの方を見た。「いい写真が撮れなかったら細工すればいいんだというようなことも言ってたしね」

「ひどいなぁ。そいつらもやっぱり、ここで大松さんたちと会ったんですよね？」

「うん。でも、そのときには子供たちだけじゃなくて、大人が二人一緒だった」

「あの大人たちは、テレビ局の人間だったんじゃないかねえ」と、大松社長が腕組みする。

「あり得るね」則之がうなずく。「僕らと顔をあわせたときには、バツが悪いのか保護者みたいな態度をとってたけど、ありゃテレビ局のスタッフだな」

亘はカッちゃんの方を振り向いた。「そのへんのことは小父《おじ》さんから聞いてないの？」

カッちゃんはかぶりを振った。「聞いてない。でも、出演することは決まってるんだって、威張ってたらしいぜ」

「その番組、観た？」と、則之が聞いた。

「観てません。ここんとこ、石岡の小父さんもうちには来ないし――あ、うち居酒屋なもんスから」カッちゃんは商人《あきんど》笑いをした。「ってことはその番組、お流れになっちゃったのかなぁ。うちのオヤジも黙ってるし」

「それともこれから放映されるのか」

「あ、そうかもね。テレビって、案外時間かかるんでしょ？　そうスね、きっと」

風が吹きつけてきて、青いシートがバタついた。みんな、一瞬はっとした。

「なんで僕らまでぎょっとするんだろ」

笑いだしながら、則之が言った。気がつくと、みんなしてビルを仰いでいた。

「ここに幽霊なんか出るわけがないってことは、僕らがいちばんよく知ってるのに。親父までそんな顔しちゃってさ」

大松社長は照れたように額をこすった。そんな仕草をすると、はえ際がだいぶ後退していることがよくわかった。

「そうだよな、幽霊なんぞより、生きてる人間の方が遥《はる》かに恐ろしいんだ」

何気なく口にされた言葉だった。少なくとも亘の耳にはそう聞こえた。お化けを怖がる小さな子供に、分別のある大人が言って聞かせるにふさわしい台詞《せりふ》。それなのに、口にした大松社長もそれを聞いた則之も、まるで恥ずかしいことでもしたかのように、てんでにさっと目を伏せた。

「さ、そろそろ帰ろうか」

則之が香織の車椅子の後ろに回り込むと、ストッパーを外した。車輪がキーと鳴った。

「そうだな。君らも乗って行きなさい。家まで送ってあげる」

「僕らは大丈夫です。すぐそこだから」

「そうはいかないよ。大人として責任があるからね。さ、乗った乗った」

結局、亘もカッちゃんもヴァンに詰め込まれることになった。車内で亘は、車椅子ごとシートに固定されている香織のすぐ隣に座った。彼女の髪からシャンプーの匂いがした。車のなかで女の子の髪の匂いを嗅《か》ぐなんて、少なく見積もっても五年は早いような気がしたけれど、それでどきりとするよりは、ツンと胸が痛んだ。香織は動かず、笑わず、しゃべらず、ただ人形のように座っている。そんな彼女の髪が、こんないい匂いをさせているなんて。彼女の顔がきれいなのも、肌がせっけんみたいに白くてすべすべなのも、手足がすんなりと長いのも、かえって辛《つら》い。

「小村」の方が近いので、まずカッちゃんを送り、それから亘のマンションへ向かった。

「僕は近くで降ろしてくれればいいです」

運転席で大松社長が笑った。「車で乗り付けたりすると、大きな音がするから、夜中に家を抜け出したことがバレるからかね？」

亘は正直に恐縮した。「うちの父、いつも帰りが遅いから、ひょっとしたらマンションの入口のところでばったり会っちゃうかもしれないんです――」

「だけど、こっそり忍び込もうとして、今度は君が泥棒に間違えられたりしたら困るだろ？」

結局、入口の手前の道路で降ろしてもらった。マンションに人影はまったく見あたらず、建物ごと寝静まっていた。亘が走ってエレベーターホールまでたどり着くのを見届けて、大松父子のヴァンはヘッドライトを一度点滅させると、すうっと立ち去った。

　翌日のことである。

「バレなかった？」

　一時間目の授業が終わると早々に、カッちゃんが寄ってきた。

「帰ったら小母《おば》さんが起きててサ、一晩中叱られてたなんてサ？」

　亘は首を振った。抜き足差し足で家に帰ったら、母さんは依然としてテーブルに突っ伏して眠っていたし、父さんはまだ帰っていなかったのだ。

「じゃあ、全然セーフだったんじゃんか。なのに、なんでそんな眠そうな顔してんだよ」

「カッちゃんはよく眠れたの？」

「帰ったらコロリ」

「どういう神経してんだよ」

　カッちゃんはクリクリ目を丸くした。「眠れないとまずかったスか？」

　亘は香織のことを考えていたのだ。大松社長と則之の、何か隠しているような、深い事情がありそうな態度も気になって仕方なかった。帰宅して落ち着いてから考えれば考えるほど、どんどんおかしな感じが強くなってきて、それで明け方まで眠れなかったのだ。

「そうかなぁ。いい人たちだったじゃん」

「そりゃ、親切だったよ。だけど親切過ぎないか?」

「何で?」

「あんなところでオレたちみたいな子供に出くわしたら、普通の大人は怒るよ。だけどあの人たちは笑うだけで、ちっとも叱ろうとしなかった」

「前に石岡たちのことがあって、慣れてたからじゃないの?」

「そんなんじゃないよ」亘は言って、じっと机を見つめた。新学期に与えられたこの机は、つやつやした表面に、前の年にこれを使っていた上級生からの置き土産が刻み込まれている。漢字が二文字、〝極悪〟。なんでこんなものを彫るのか。これのどこが面白いのか。

「大松さんたちには、きっと、幽霊を探しにくるガキなんかより、もっとずっと深刻なことがあるんだよ。そっちの方に頭も心もとられてるから、夜中に出くわした他所《よそ》ン家《ち》の子供なんて、気にしてる余裕ないんだよ。どうでもいいから親切にできるんだよ」

カッちゃんは、ほとんど坊主刈りに近いほど短く刈った頭をガリガリかいた。そしてひどく困った顔をした。こういうことは、今までにもよくあった。亘にとって真剣なことが、ちっともカッちゃんに伝わらないのだ。すると亘はひどくイライラしてカッちゃんに当たり散らしたくなるのだが、そういうときの自分の顔つきが、〝小村さんのところは水商売だから〟と言い捨てるときの母邦子の顔とそっくりだ――という事実には、自分ではまったく気づいていなかった。

「それってあの、香織って子のことかなぁ」

カッちゃんはぼそっと呟《つぶや》いた。きっと間違ってるに違いないから、亘に聞こえない方がいいな、でももしかして万にひとつあっていたら、そのときだけは聞こえてほしいな――というぐらいの音量だ。

そしてそれはあたっていた。

「決まってるじゃんか。そうだよ。それ以外にあるかよ」

カッちゃんがあてたので、亘はますます腹が立った。こっちが言うセリフを、なんで先にあてちゃうんだよ。

「あの子、病気かな」カッちゃんはますます気弱に呟いた。「顔とか見ただけじゃ、元気そうなのにな。なんで全然口きかなかったんだろう」

亘は考えていた。あの〝散歩〟だって、すごくヘンだ。人混みが嫌いだったら、公園とか水辺とかへ行けばいい。どうして夜中に連れ出さなきゃならない？　だいいち、香織は具体的にどこがどう悪いのだろう。

ひょっとしたら、あの子があんなふうになってしまったことと、中途半端に立ち往生している幽霊ビルとのあいだに、何か関わりがあるんじゃないだろうか。だからこそ、大松社長はひっそりと目立たないように深夜を選んで、わざわざ香織をあそこまで連れてきているのじゃないのか。

亘が黙り込んでいるので、カッちゃんはますます困り、もじもじした。

「あのさ、石岡たちのテレビのこと、今朝オヤジに聞いてみたんだ。あれから石岡の親父さんが何か言ってないかって」

商売柄、小村の小父さんも小母さんも夜が遅いが、朝食だけは家族揃って食べるのが習慣だ。一日に一度は、家族みんなで食卓を囲みましょう。そういう標語《うるわ》みたいなことが、小村の人たちはみんな大好きだ。一日一善とか、仲良きことは美しき哉《かな》とか。

「わからないって。石岡の親父さん、ずっと来てないっていうんだ。だからテレビのことはよくわかんなかったよ」

「ふうん」と、亘は鼻先で返事した。

「あのビルの幽霊のことは、もういいよな?」カッちゃんはヘラヘラ言った。「石岡たちと同《おんな》じことするなんて、バカっぽいもんな」

亘は黙っていた。カッちゃんはまた頭をぼりぼりかいて、じゃそういうことでどうもネとかなんとか言って席へ戻っていった。ベルが鳴り始めた。

亘はカッちゃんの後ろ姿を見た。あの頭は、小村の小父《おじ》さんがバリカンで仕上げるのだそうだが、たいていの場合、ちょこっとトラになっている。トラ刈りの部分は毎回少しずつ場所を変え、形も変わる。それでもカッちゃんは文句を言ったことがない。

香織の髪のシャンプーの匂いを思い出した。

小村の小父さんが二週間に一度、なんだかんだ話したり笑ったり、動くと耳まで刈っちまうぞと脅しながらカッちゃんの髪を刈るように、無表情な香織に話しかけながら、笑いかけながら、彼女の髪をシャンプーして、乾かして、櫛《くし》でとかして、ポニーテールにしてあげる人がいるのだ。たぶんお母さんだろう。きっとすごく悲しいだろう。香織が返事をしてくれないことが。生きていながら死んだようになっていることが。

いったい、香織に何があったんだろう？

大松家の三人は、亘にとって、今までと同じような想像力の働かせ方をしていては、けっして理解することのできない暮らしをしている人びとだった。亘の家はサラリーマン家庭だけれど、店をやっているカッちゃんの家の暮らしぶりを想像することはできる。隣の席の女の子は両親が二人とも教師だ。教師の家というのも想像することができる。同じようにして、父親が消防士だという家庭のことも、離婚して母親だけだという家庭も、父親が海外に単身赴任しているという家庭も、想像することはできる。

たとえその想像が実像から遠くかけ離れていようとも、亘の側から「あんなもんかな、こんな具合かな」と想像することさえできれば安心だ。

だが、大松家の人びとはそうではない。家のなかに、あんな状態に引き籠《こ》もってしまった可愛い女の子がいて、彼女をあんなふうにしてしまった何かしらの原因があって、それを皆で抱え込んでいる――そんな暮らし、そんな家庭は、亘の想像の埒外《らちがい》にあった。だいたいこんな具合だろうと、わかったような気分になることさえできない。

子供は大人になるまでのあいだに、様々な形の挫折《ざせつ》を経験するけれど、その挫折の大半は、今まで自分が教えられて磨いてきた価値観や想像力では手に負えないものにぶつかったことによるものだ――という成長の公式に、ここで亘は初めて触れているのだが、もちろん自分ではそれに気がついていなかった。だからイライラするのだし、だから興味を惹《ひ》かれるのだということもわかっていなかった。

その日は授業にも全然身が入らなかった。家に帰ると、邦子がリビングいっぱいに洗濯物を広げてアイロンをかけていた。機械的に手を動かしてYシャツやズボンにアイロンをあてながら、目はテレビに釘付《くぎづ》けだ。それでいて折り目が曲がったりしない。〝お母さんの曲芸〟と、父の明が称するところの技だ。

いつもなら「ただいま」もそこそこに、真っ直ぐ部屋に入って、塾へ行くまでの時間をテレビを観たりゲームをしたりして過ごすのだが、亘は足を止めて、母に話しかけた。

「ねえ、三橋神社の隣の幽霊ビルのことで、最近何か聞いてない？」

邦子はうわの空で生返事をした。「え？」

「あの建てかけのビル、大松さんていう社長さんが建て主なんでしょ？　その人の家に、中学生の女の子がいるんだって」

邦子はYシャツの襟をぱんぱんと叩《たた》きながら、「あらそう」と言った。一瞬だけテレビ画面から目を離し、手元を見て、くっついていた糸くずをつまんで捨てる。それからまたテレビの方に目を戻す。

「お母さんの友達の不動産屋の奥さんなら、何か知ってるかな？」

邦子は返事をせずにテレビを観ている。サスペンスドラマのようだ。鍵《かぎ》のかかっていないドアを開けてヒロインがある部屋に足を踏み入れる。そこに死体が転がっている。キャーと叫んで、コマーシャルだ。そこでやっと邦子が亘の方を見た。

「何？　何が何だって？」

亘は質問を繰り返そうとしたが、急に嫌になってしまった。「何でもない」と、足元に向かって言った。

「ヘンな子ね。冷蔵庫にチーズケーキが入ってるわよ。今日は塾でしょ？　自転車で行くのはやめなさいね。今日はあのクローバー橋のところで工事してるから。手を洗った？　うがい薬が切れてたら、洗面台の下の引き出しに、新しいのが入ってるから」

母さんは、亘が朝学校へ行って、午後家に帰ってきたときには山のタヌキに変身していたとしても、ちゃんとただいまと言いさえすれば気にしないんじゃないかと思うのは、こんなときである。さっさとチーズケーキをもらって、部屋に入ろう——と立ちあがったとき、電話が鳴った。

「ちょっと、出て出て」

アイロン台の前に座り込んでいる邦子は、すぐには立ちあがれない。今年に入って二キロほど太ったら、正座するとすぐに足が痺《しび》れるようになって困ったわと、つい最近も電話で誰かとそんなおしゃべりをしていた。

亘はリビングの隅の壁掛け電話機に近づき、受話器を取りあげた。「はい、三谷です」

しーんとしていた。

「もしもし？　三谷ですけど」

まだ、しーんとしている。もう一度もしもしと呼びかけて、返事がないのを確かめると、亘は受話器を置いた。

「間違い電話？」と、邦子が訊《き》いた。

「そうみたい」

「最近、多いのよ。こっちが出ると、黙ってるの。そのうち切れちゃうの」

電話のそばに来たついでに、カッちゃんにかけて、今日はキゲン悪くてごめん、帰りもさっさと一人で帰っちゃってさらにごめんと言おうかと思ったけれど、結局やめた。

そのとき、また電話が鳴った。最初のベルが鳴り終えないうちに、亘は受話器を取った。

「もしもし？」

また、しーんとしている。それでなくても今日はご機嫌値が底値の亘は、瞬間的にブチッと切れた。受話器を顔の前に持ってくると、大きな声で怒鳴った。

「用がなきゃかけてくんな、バカヤロー！」

バンと受話器を戻すと、邦子が目を見開いてこちらを見ていた。心配そうというよりは、面白がっているような目の色だった。

その日は塾でも勉強に集中できなくて、亘にしてはめったにないことなのだが、二時間のあいだに三度も先生に注意された。三度目のときには、「具合でも悪いのか？」と尋ねられてしまった。

亘自身にも、よくわからないのだった。気がつくと昨夜の出来事を頭のなかに蘇《よみがえ》らせている。大松社長が愛《いと》おしげに車椅子の肘掛《ひじか》けをぽんと叩くと、香織の華奢《きゃしゃ》な首がグラグラする。幽霊ビルを不恰好《かっこう》に包み込むシートの色を映して、彼女の頬はまるでロウみたいに青白く見える。そして彼女の髪からは清潔なシャンプーの匂いがする。同じ光景ばかりが心のなかでグルグル再生されるのは、病気なのだろうか？　ビデオデッキだったら間違いなく修理が必要なところだけれど、人間の場合はどうなのだろう。

ぼんやりとしたままの帰り道、また幽霊ビルに寄ってみようかと思った。塾は学校とは一八〇度逆の方向にあるので、遠回りどころか家の前を通り過ぎてしまうことになる。それでも寄ってみようかと思った。マンションの共同玄関が見えるところまで帰ってきたところを、思いがけなく呼び止められたりしなければ、きっとそうしていただろう。

「お帰り、今日は塾か？」

目をあげると、ほんの二、三メートル先に明が立っていた。右手に鞄《かばん》を提げ、左手には折りたたみ傘を持っている。そういえば今日、都心の方ではにわか雨が降ったらしい。

「お帰りなさい」と、亘も言って、父に近づいていった。明は亘が追いつくのを待たずに、ゆっくりと共同玄関の方へ続くスロープを歩き始めた。

「お父さん、今日は早かったんだね」

亘の左手首のデジタル腕時計は、午後八時四十三分を示している。忙《せわ》しなくまばたきしながら一秒の百分の一から時を表示してくれるこの時計は、昨年の秋に明が仕事でロサンゼルスへ行ったときに買ってきてくれたお土産だった。向こうではとても人気のあるバスケットボール・チームのロゴが入っている。実は亘はバスケットボールにはまったく興味がないので、この時計はあまり嬉《うれ》しくなかった。それよりもワーナーの出しているオリジナルグッズがほしかった。だから普段はほとんどこの腕時計を使わない。今夜はラッキーだった。父さんはきっと、亘がこの時計を気に入っているると思ってくれるだろう。

「学校はどうだ」

「うん」と、亘は答えた。それだけだった。この問いと答は、ここ一年ほどのあいだに、父子のあいだで完全に定番となってしまったやりとりだった。亘が「うん」の後に言葉を続けても、父は黙って聞いているだけだろうし、明が「どうだ」の後に何か具体的なことを聞いても、亘は「うん」としか答えないだろう。そう、だろうだ。実際には、まだそういうことは一度もないから。

三谷明は、もともとあまりおしゃべりな人ではない。一方、邦子はよくしゃべる。亘が聞いている限りでは、一対十くらいの割合で邦子の方が断然優勢だ。日常生活のなかでは、発言量の多寡は、そのままその発言者の意見の威力とイコールで結ばれる。

要するに、〝うるさく言った方が勝ち〟ってことだ。つまり三谷家は、邦子の意向に添って舵取《かじと》りされることになるわけだ。

ただ、事が「日常」ではなく、「日常の土台」に関わる問題となると、様相は一変する。そして日ごろは寡黙な三谷明が、千葉のお祖母《ばあ》ちゃんの言うところの「腹が立つほどの理屈っぽさ」を発揮するのも、そういう局面である。今のマンションを購入する時がそうだった。邦子が亘を私立の小学校へ入れたがったときもそうだった。亘の学習塾を決めるときもそうだったし、車を買い換えるときはいつもそうだ。明は目の前の問題について、たくさんの下調べをして、よく考えて、いちばん筋道通っていると判断した結論を選ぶ。そこには曖昧《あいまい》な「感じ」とか「そうした方がよさそう」とか「みんなそうしてる」とか「これが世間並みだから」などといういい加減な物差しは通用しないのである。対象が車ならば燃費や安全性、マンションならば施工業者や居住環境と、データできちんと提示できるものを示さないことには、そういう時の三谷明とは、何人《なんぴと》も議論することはかなわない。

ちょうど十年前、三谷のお祖父《じい》ちゃん——つまり明の父親であり、千葉のお祖母ちゃんの連れ合いであり、亘のお祖父ちゃんである人が亡くなった時の、明のふるまいときたら、今でも親戚《しんせき》じゅうの語りぐさになっている。そのころはまだ赤ん坊だった亘でさえ、親族が集まるたびにその話を聞かされるので、自分で見聞きしたことのようにしっかりと記憶してしまったほどだ。

　葬式に限らず、儀式のたぐいには、由来も理由もはっきりしていないけれど「とりあえずこういう場合にはこうする」というしきたりが付き物だ。明はこれに片っ端から抵抗した。なぜ戒名にランクがあるのか。その高低が納める金額で左右されるのはなぜか。亡父と仲の悪かった親戚が、親戚だというだけで通夜の席で大きな顔をするのは納得がいかない等々——それはそれは見物《みもの》だったらしい。

　お祖父ちゃんの葬式だから、喪主は当然お祖母ちゃんなわけだが、そのお祖母ちゃんがとうとう音をあげて、

「明、いい加減で折れて、静かにお葬式をあげさせておくれよ」と泣きを入れなければ、お祖父ちゃんの棺《ひつぎ》は一週間経っても千葉の家から一歩も出られなかっただろう——という。

　親戚の人たちも、「明さんて、頭はいいけど静かでおとなしい人だと思ってたのに、言い出したらきかないのねえ」と、いっぺんで認識をあらためたそうである。

「母さんは、そんなこととっくに承知の上だったから、面白かったわよ」と、邦子は笑って話してくれる。

　三谷明は、怖い父親ではない。何もわからない赤ん坊や、うっかりすると危険なことをしかねない幼児のころは別として、物心ついてからは、亘は一度だって怒鳴られ

たことはないし、ぶたれたこともない。今までのところは、父の最終兵器である「理詰めの論争」を持ち出されたこともない。忙しくてそんなことをしていられない——という側面は、もちろんあるのだけれど。

亘には、父さんのことが、今ひとつよくわからない。ただその「わからない」は、不愉快で居心地の悪い「わからない」ではない。父さんというドアは開いていないし、これからもめったなことで開きはしないけれど、その向こう側にあるものは、亘にとって大切なもので、父さんもまたそれを大事に考えてくれているのだと漠然と感じる——とでも言えばいいだろうか。

亘は、けっこう父さんが好きだったりする。自分のことをしゃべりたがる人ばかりが大勢いる——身の周りにもテレビのなかにも学校にも——毎日のなかで、黙って忙しそうにしている父さんは、かなりカッコいいと思うこともある。この年頃の子供が実はみんなそうであるように、彼が父親に対して抱いているイメージは、つまるところ、母親の三谷邦子が夫である三谷明に対して抱いているイメージを、ほとんどそのまま映しているものなのだった。

邦子は、夫が黙ってうなずきながら聞いているだけであっても、面白いことと腹の立ったこととちょっと相談のあること事後承諾だけど決めちゃったのよというようなことを、次から次へと楽しげに話す。ちょっと前までの、芯《しん》から「お子さま」であったころの亘もそうだった。でも今の亘は、アルデンテに茹《ゆ》でたスパゲティの芯みたいなものではあるけれど、「お子さま」にはない一個の人間としての芯ができつつあって、その芯は亘に、「うん」だけであとは黙っていることを勧めるのだ。それが男と女の違いなのかもしれない。あるいは、邦子のなかにはないが、亘のなかにある明の遺伝子のなせる業なのかもしれない。

それでも今夜は、「うん」の後、二人でエレベーターホールへ歩いてゆくあいだに、少しばかり心が揺れた。父さんに話してみたくなったのだ——いろんなことを。

幽霊ってホントにいるの？　みんなが一生懸命信じていたり、面白がったりしてることには、たとえそれがデタラメなことでも、調子を合わせた方がいいの？　そうしないと嫌われるの？　父さんはそういうの嫌なんでしょ？　でも、だからって、三谷なんか大嫌いだって罵《ののし》られたことはないでしょ？　僕も父さんみたいになれる？　間違ったことは間違いだって言っても、人とケンカしないでいるにはどうしたらいいの？

そしてあの——何ひとつしゃべらない、外界から切り離されたみたいな、大松香織のこと。ねえ父さん、まるで、テレビゲームのなかに出てくる塔のなかに閉じこめられたお姫様みたいな女の子に会ったんだ。ホントにそういう女の子がいたんだ。僕、ちょっとその女の子のことが気になるんだ。どうしたんだろうって、気になるんだ。

そういうことって、父さんにもあった？　たくさんの言葉が頭のなかで渦巻いて、でも結局出口が見つからずに、家まで着いてしまった。

　久しぶりに三人揃っての夕食で、邦子は忙しくいろいろなことを明に報告したり、相談したり、様子を聞いたり、とにかくにぎやかだった。母さんはとても楽しそうで、その気分が亘にも移って、夕食は美味《おい》しかった。

　食事が済んで、亘が自分の皿と箸《はし》と茶碗《ちゃわん》を台所へ運んで行こうと立ちあがったとき、電話が鳴った。急いで受話器を取る。

　しーんとしている。

「また？」と、邦子が箸を止めて尋ねる。

「また」と答えて、亘は受話器を置いた。

「このごろ多いの、無言電話」邦子が眉《まゆ》をひそめた。「気味悪いわ」

　明はちょっと首をよじって電話の方を見た。

「このぐらいの時間にかかってくるのか？」

「いつもは昼間だけど——昨日もそうだったよね、亘」

「うん。続けて二回」

「亘も何度か取ったことあるのか？」

「ううん、僕は昨日が初めてだった」

明は手にしていた茶碗をテーブルに戻して、また電話の方を振り返った。

「留守電にしておいたらいいじゃないか」

邦子が笑った。「いいわよ、エッチ電話じゃないしね。それに、千葉のお祖母ちゃんから電話かかってきたとき、留守電にしておいたりしたら、あとが面倒だもの」

それもそうだなと、明も少し笑った。亘は冷凍庫からアイスクリームを出して、水切りからスプーンを取り、テーブルに戻ろうとして、そこでまた電話が鳴った。

「僕が出る！」

叫んで、亘は受話器に飛びついた。昨日と同じように、一発怒鳴ってやろうと思ったのだ。だから最初から威嚇《いかく》的に「もしもし！」と、できるだけ太い声を出した。

すると、底抜けに陽気で、本物の野太い声が返ってきた。

「お、亘かぁ？　えらく気合い入ってるなあ」

ほかに間違えようがない。千葉の悟伯父《さとるおじ》さんだ。亘は拍子抜けした。

「なぁんだ、ルウ伯父さんか」

「なんだとはご挨拶《あいさつ》だぜ。元気でやってるか？」

「うん、元気だよ」

「おまえはちゃんと学校行ってる子供なんだろうなぁ。登校拒否とかしてねえか」

「してない、してない」

「イジメられて金ゆすられてねえか」

「ないない」亘は吹き出してしまった。「伯父さん、よくないニュースばっかり見過ぎてない？」

「そうかぁ。今時の学校は、江戸時代の牢屋敷《ろうやしき》みたいなんじゃねえのか」

「なんかよくわかんないけど、全然違うよ」

「そっか。やっぱテレビなんてあてにならないってことだな。それでおまえガールフレンドはできたか？」

「できるわけないよ」

「遅いなあ。五年生だろ？　初恋ぐらいしろよ。ドキッとなるような女の子がいないのか、周りに」

　悟伯父さんは、近ごろは事あるごとにこの話題で亘をからかうので、慣れっこの台詞《せりふ》だった。それなのに、今夜はその言葉が鮮やかに耳を打った。亘は自分の顔が赤くなってしまったのではないかとうろたえて赤くなりそうだった。

〝ドキッとなるような女の子〟というところで、目の奥に、一瞬だけれど消しようがないほどはっきりと、大松香織の顔が浮かんでしまったのだ。白い頬、大きな瞳《ひとみ》。

「い、いないよ」両親のいるテーブルに背を向けて、あわてて言った。「うちのクラスの女子なんか、全然かわいくないんだからさ」

「フーン、そりゃ残念だな」悟伯父さんは、亘の動揺に、まったく気づかない。「ところで、お母さんいるか？」

「いるけど、今日はお父さんも帰ってるよ」

電話の向こうで奇声があがった。「世にも珍しいことがあるもんだなぁ。じゃあお父さんを出してくれや」

ルゥ伯父さんだよと言い終えないうちに、すぐ後ろに来ていた明が、亘の手から受話器を受け取った。そして、「ちゃんと悟伯父さんと呼びなさい」と、珍しくぴしりと注意した。


三谷悟は、三谷明の五歳年上の兄である。十六歳の秋に地元の高校を中退して家業を継ぎ、今もそのまま継いでいる。大学から東京に出てしまった明とは対照的に、房総から一歩だって離れる気のない人だ。海と船と海釣りが死ぬほど好きなのである。

二人きりの兄弟だけれど、気性は一八〇度違っている。悟伯父さんはよくしゃべるし、しゃべることの筋道はほとんどの場合、まったく一貫していない。理屈などというものとは遠い場所で生活しているというか、そもそもそんなものの存在を知らないみたいだ。

父さんと悟伯父さんは、体格も顔つきもまったく似ていない。中背で細身の父さんに、長身でがっちりタイプの伯父さん。面長の父さんに、えらの張ったいかつい顔の伯父さん。今年四十三歳の伯父さんは、幼稚園のときから今と同じような風貌《ふうぼう》だったそうで、最近になってやっとこさ、年齢が外見に追いついたのだそうである。

そういうもろもろが災いしているのか、はたまた本人のワガママか、悟伯父さんはずっと独身である。千葉のお祖母ちゃんは密《ひそ》かにこのことで頭を痛めているらしいけれど、本人はいたって呑気《のんき》なものだ。結婚なんて面倒でよお、と言っている。でも子供は嫌いじゃないらしい。亘にもよくかまってくれるし、ナイショでお小遣いをくれたりする。

亘には母方にも伯父さんと叔父《おじ》さんが一人ずついるので、こんがらからないように呼び分けねばならない。母方の方はそれぞれ、住んでいる場所で「小田原の伯父さん」「板橋の叔父さん」と呼んでいるが、なぜか悟伯父さんだけは「千葉の伯父さん」にはならなかった。ルウ伯父さんという呼び方は、亘がまだうんと幼くて、言葉がおぼつかないころに使っていたものだが、今でもついつい口に出すことが多くて、そのたびにたしなめられてしまうのだ。

悟伯父さんの電話の用件は、「法事」とやらの込み入った事柄のようだった。切る前にまた受話器を回してもらおうと待っていた亘は、お風呂《ふろ》に入りなさいとリビングを追い出されてしまった。

母さんはよく、お風呂で一人になるといろいろ考え事をしてしまう、という。大人には、めったに一人きりになる時間などないからだそうだ。でも、それは子供だって同じだ。お風呂は物思いを誘う場所なのだ。そして今夜、入浴剤の香りと共に亘の頭のなかに浮かんできたのは、やっぱり大松香織の顔だった。塔のなかの静かな姫君。閉じこめられているのか、閉じ籠《こ》もっているのか。

――初恋ぐらいしろよ、か。

ルゥ伯父さんの言葉を、胸の内で繰り返して、亘はまたどきりとした。お湯がちゃぷんと波立った。

3　転校生

彼がやって来たのは、春の連休に入る直前のことだった。中途半端な時期の転校生だと、クラスの女の子たちが囁《ささや》いていたものだ。

「カッコいいんだって」

「成績いいんだって」

「英語ペラペラなんだってよ」

「お父さんの仕事の関係で、ずっと外国にいたんだって」

だって、だってで盛りあがるおしゃべりが、そこここで聞こえていたものだ。でも、亘にとっては、ピンと耳をそばだてたくなるニュースではなかった。

もちろん転校生は気になる存在だけれど、隣のクラスのことだ。知らなければ知らないで済んでしまう。それに転校生というものは、そのラベルが剝《は》がれてただの同級生になるまでのあいだは、どんなダイコンでもカボチャでも、三割増しくらいには良く見えるものだ。

亘の暮らすこの町は、不景気の最中《さなか》だというのに遅れてきたマンション建設ブームに沸いており、人の出入りも盛んだ。だから、亘も五年生になるまでのあいだに、四人の転校生を迎えた。それだけ見れば充分な経験になる。転校生が本当にラベルどおりの〝スゴイ奴〟である確率は、道を歩いていて空から落ちてきた隕石《いんせき》に頭を打たれて死ぬ確率と、どっこいどっこいというところだ。騒ぐ必要なんか、全然ない。そして、そうこうしているうちに、幽霊ビルの噂の方がずっと気になりだした――という具合だったから、実を言えば隣のクラスの転校生の名前さえ、はっきりとは覚えていなかった。

だから、最初は話がすれ違って困った。

「アシカワが心霊写真を撮ったんだってさ！」

「見たの？　見せてもらったの？」

「あたしは見てないんだけど、でもすっごいはっきり写ってるんだってよ！」

大松家の人びとと出会ってから、ちょうど一週間後のことだった。朝、あくびをかみ殺しながら教室へ入ってゆくと、教室の後ろの出入口のところで固まっていた五、六人のクラスメイトたちが、てんでにそんなことを言って大騒ぎをしていたのだ。あれ以来、いつも香織のことが心のどこかにひっかかっている亘にとっては、幽霊ビルの「ゆ」の字でも聞き捨てならない。

「ホント？　ホントにそんな写真撮ったのかよ？」亘は話の輪に飛び込んだ。「いつ？」

「一昨日《おととい》の午後だってさ」

「午後って……じゃ、昼間なの？」

「図工でスケッチしに行ったんだもん」

図工の授業に、街中《まちなか》に咲いている花をスケッチしましょうという課題があるのだ。

「三橋神社のツツジ描きに行ってってさ」

「それ……うちのクラスじゃないじゃん」

「だからアシカワが撮ったんだって」

そこで亘はようやく、話題の主が隣のクラスの転校生だと知ったのだった。

「アシカワっていうんだっけ」

「そ。ミツル・アシカワ。なにしろ外国育ち」

男子生徒の一人が気取ってそう言うと、女子たちが笑い転げた。

「バッカみたい。名前と名字をひっくり返せば外国人になるなんてもんじゃないよ」

亘には、転校生のプロフィールなどどうでもいい。問題は、そいつが撮ったという心霊写真の方だ。

「その写真、見せてもらえるかな？」

みんな口々にかしましく、自分たちも見たいのだと訴えた。

「だけど芦川《あしかわ》君、こんなもんで大騒ぎするのは良くないって、うちに持って帰っちゃったんだって。それきり、誰にも見せてないんだってさ」

瞬間、亘は心の隅で喜んだ。アシカワという転校生は、ひょっとすると僕と似たような考え方の持ち主なのかもしれない。こんなもんで大騒ぎするのは良くない、か。うん、いいじゃないか、そのセリフ。僕も、この前クラスの女子と揉《も》めたとき、そういう言い方をすれば良かったのかもしれないな。

「隣のクラスには、誰か実物を見たヤツはいるの？　一緒にスケッチに行ったヤツらは見たんだろ？」

クラスメイトたちは何人か隣のクラスの生徒の名前を挙げた。スケッチに行ったメンバーは、男子三人女子二人の五人組で、そのなかには、隣のクラス委員の宮原祐太《みやはらゆうた》郎《ろう》も入っていた。彼なら亘の友達だ。

「写真撮ったカメラは、宮原君が持って来たんだって」

「うちへ帰ってから、スケッチの細かいところを写真見ながら描けるようにさ」

ポラロイドカメラだったそうである。宮原の提案で、一人一枚ずつ、自分がスケッチしようと決めた構図をそのまま写真に撮った。芦川は神社の境内から、境内を囲む木立と、隣の幽霊ビルを仰ぐような感じのショットを撮ったのだそうだ。するとそこに、人間の顔のようなものが写っていた——というわけである。

「その場で写真にヘンなものが写ってることがわかって、もう大騒ぎになっちゃったんだって。最初は面白がってたんだけど、そのうち女の子が泣きだしちゃって、みんな怖くなって帰ってきちゃったんだってさ。スケッチはどうしたんだろうね？」

　それだけ聞けば用は足りた。亘は早速、次の休み時間に隣のクラスへ出かけて行った。廊下に面した窓からなかをのぞきこむと、窓際のいちばん後ろの席について、前の席の女子生徒と、隣の席の男子生徒と、盛んに笑いながら何か話をしている宮原の横顔が見えた。

　宮原祐太郎は学年一の優等生である。城東第一小学校ではまだ、毎学期に一度、成績優秀者の名前を廊下に掲示するなどという儀式を行っていないけれど、それでも頭のいい子のことは、みんな自然にそれと悟るものだ。その感度は、ひょっとしたら先生のそれよりも敏感で精度が高いかもしれない。

　ちょっと以前のことだけれど、父の三谷明が何かの折に、母の邦子を相手に学校論みたいなことを話しているのを、亘は聞きかじったことがある。明はずいぶんと難しい言い回しをしていたので、演説の大半は亘にはよくわからないものだった。でも、ひとつだけ、理解可能な上に、ピカリと光って心に残った言葉があった。

「本当に優秀な人間は、目を吊《つ》りあげてほかのすべてを犠牲にして勉強しなくても優秀なんだ。それが能力ってもんなんだから」

父のこの言葉が耳に入ったとき、亘はごく自然に宮原祐太郎の顔を思い浮かべた。そうだよなぁ——と思った。宮原はいつ見てもすごく明るくて、楽しそうで、呑気《のんき》にしている。それでいてすっごく勉強はできるし、リレーの選手には必ず選ばれるし、幼稚園の時から通っているスイミングスクールでも代表メンバーだそうだし、テレビも観ているしゲームにも詳しい。無理をして優等生を〝張っている〟ようには、まったく見えない。彼は生まれついての優等生なのだ。だが先生たちは彼を評して「努力家」「頑張り屋」だと褒める。ヘンなの——と、亘はいつも感じていた。宮原はいいヤツだけど、努力家じゃないよ。なんで先生たちにはわかんないんだろう？

亘がもう少し大人になれば、先生たちだってわかっているのだと、誰よりもよくわかっているのだと、でもそれを率直に口に出すと、いろいろと面倒なことばかり招来してしまうので黙っているしかないのだということが理解できるだろう。だって、人間には生まれついての能力差があるということと、努力することの大切さ尊さ楽しさとは、まったく別の問題だが、しばしば混同される問題でもあり、そこに人生の面白さと難しさがある——なんて、小学生相手にどう説明すればいい？

宮原は話に夢中のようだし、教室のなかは騒がしく、ちょっと声をかけたぐらいでは呼び出せそうになかった。見回しても、亘が気軽に名前を呼べそうな顔も見あたらない。

小学校のなかでは、クラスが違うということは水槽が違うということで、めったなことでは交流ができない。五年生になると、音楽や保健体育など、いくつかの科目で二クラス合同の授業や男女別のカリキュラムが組まれることがあって、ようやく行き来が始まるのだけれど、それも限られた時間内のことだ。亘が宮原をよく知っているのは、塾で同じコースに在籍しているからである。

教室の後ろの出入口のところまで行き、ウロウロしてみたけれど、宮原は話に夢中になっていて、全然気がついてくれない。亘は、こういう局面では意気地なしっぽい部分が前面に出てしまうタイプなので、ずかずかと隣の教室に踏み込んでゆくことができない。そのうちに休み時間の終わりを報《しら》せる鐘が鳴り始めた。

——しょうがないや、塾で話せるまで待とうかな。

亘は急いで踵《きびす》を返した。すると、目の前にいきなり何か真っ黒なものが立ち塞《ふさ》がり、どんとぶつかった。

「あイタ！」

思わず声が出た。亘がぶつかった真っ黒なものは音も声もたてず、ただふわりと、ほんのわずかだけれど薬臭いような匂いがした。

目の前に、黒いトレーナーを着た少年が立っていた。まばたきするほどわずかな時間、亘は、鏡を見ているのかと思った。それほどに、少年の背恰好《かっこう》が、亘自身とよく似ていたのだ。

「あ、ごめん」

反射的にそう言うと、それで錯覚も消えた。黒いトレーナーの上にのっかっている顔は、亘とは似ても似つかなかった。

悔しいけれど、それはそれは凄《すご》い美少年だったのだから。

亘はぽかんと口を開けて、少年の顔を見つめた。亘もまた、面白いヤッと呼ばれることを最大の勲章と考え、だからどんなときでも頭の片隅ではギャグや気の利いた台詞《せりふ》を考えずにはいられないティーンエイジャーの予備軍の一人であって、だからその本能に忠実に、ミリセカンドのそのまた千分の一単位のスピードで思考した。今月ってボク的には全国美少年美少女月間だな、だけどこの台詞ってイマイチ面白くないから口には出すのはやめた——というところまで考えたところで、相手の黒いトレーナーの胸元に留め付けられている名札に気がついた。

「芦川美鶴《みつる》」

ミツル・アシカワ。なにしろ外国育ち。

こいつが問題の転校生なんだ！

声をかけようとしたそのとき、芦川美鶴はするりと動き出し、亘をかわして教室のなかに入ってしまった。そのあまりの素早さに、亘は、彼が目の前からいなくなっても、たっぷり二秒のあいだは振り返ることもできず、隣の教室の出入口に背中を向けて、バカみたいに突っ立っていた。やっと教室のなかをのぞきこんだときには、生徒たちの大半は席についていて、鐘の最後のひと打ち（録音なんだから、ホントに鐘を槌《つち》で打ってるわけじゃないんだけど）が、震えるような尾を引きながら消えてゆくところだった。

亘はあわてて自分の教室に駆け戻った。妙にドキドキしていた。

その日はちょうど、塾の授業のある日にあたっていた。亘は一度家に帰ると、いつもより早めに塾へと向かった。宮原もたいてい早めに来ていて、静かなところで自習していることが多いからだ。

亘の通っている「かすが共通ゼミ」は、亘の家から自転車で五分ほどの場所にある。四階建ての小さなビルの三階のワンフロアを借り切っていて、教室の数は三つ。亘たち小学校五年生の授業は週に三度、国語と算数が主体の二時間の授業で、いちばん北側の角部屋が使われている。

読みはあたって、宮原は一人きり、教室の隅の彼のお気に入りの場所で参考書とノートを広げていた。算数のようだ。

宮原家は五人家族で、お父さんはガソリンスタンドを経営している。祐太郎の下に、幼稚園児の弟と、まだお尻《しり》におむつをあてている妹がいる。

宮原のお母さんは、宮原の実のお父さんとは、かなり昔に離婚している。弟と妹は、宮原のお母さんと今のお父さんとのあいだにできた子供たちで、だから宮原とは異父弟妹《きょうだい》ということになる。誰かが宮原の身の上話を聞いたことがあるわけでもないのだけれど、こういう話は何となく広まって、いつの間にか何となく周囲に知られてしまう類《たぐい》のことだ。風邪が流行《はや》るのと、ちょっと似てる。

宮原はとてもいいヤツだけれど、家のなかでどんなふうなのかは、亘も知らない。弟妹を可愛がっているという噂を、特に女の子たちの口から聞かされたことはあるけれど、同じ学区内にいて、同じ塾に通っていて、生活圏内が半分ぐらいかぶっていながら、今まで弟や妹と一緒の宮原を見かけたことはない。だから確かめようもなかった。

ひとつだけ確かなことは、宮原がこうしてしばしば塾で自習をするのは、家のなかでは、うるさくて勉強ができないからだということだ。これは本人がそう言っている。それは亘にも想像がつく。赤ん坊と幼稚園児のいるところでは、なかなか集中して勉強しにくいだろう。塾の先生もそのへんを考慮して、教室を使わせてくれている。もちろん、小さな弟妹がいるという生徒は宮原だけではない。ほかにも何人もいる。ただ、弟や妹がうるさくて勉強できないということがただの口実になっているのではなく、本当に静かな場所さえあれば勉強ができるのは、宮原だけなのである。だから、たいていの場合、彼はここでぽつりと一人で勉強している。

亘が教室に入ってゆくと、宮原は顔をあげて、ビックリしたように目を瞠《みは》った。壁の時計を見る。もうそんな時間か——と思ったようだ。亘はあわてて、ちょっとハナシ、あってさ、いい？　と申し出た。

「いいけど、何？」

宮原がたいそう真面目なので、亘はちょっと言いにくくなった。シンレイシャシンのことなんだけど……なんて、なんかあまりにも子供っぽいじゃないか。

それでもなんとか話し出すと、すぐに、

「ああ、その話かぁ」宮原はほっとしたみたいにうち解けた感じになった。「学校中の評判になっちゃってるみたいだね」

「ホントに幽霊が写ったの？」

「うーん」

宮原は椅子にそっくりかえり、クセのない髪を手でもしゃもしゃにした。顔はまだ笑っている。

「ツツジの花の陰に、人間の顔みたいなものが写ってることは確かなんだ。だけど、幽霊かどうかはわからないよ。そのときはそう思ったけど、ホントかどうかはわからない」

「三橋神社の隣の建てかけのビルには幽霊が出るって噂、知ってるだろ？」

「うん、知ってるよ」

「それとその心霊写真、なんか関係あるかな？」

「そんなの、わっかんないよ」宮原は本格的に笑いだした。「三谷って、そういうの気にするの？」

亘は急に恥ずかしくなった。そのなかにはちょっぴり腹立たしさも混じっていた。だって僕は最初から、そんな噂はまともに受け取ってなかったんだ！　と、責められているわけでもないのに弁解したくなった。ついつい口を尖《とが》らせて、女の子たちを怒らせてしまった時のことをしゃべってしまった。

「ふうん」そこでやっと、宮原は本気になったみたいだった。笑いが消えた。「僕も幽霊とかは本気で信じてないけど。だから別に三谷は悪いこと言ったわけじゃないんじゃないの。本気にすんなよ」

「それならいいんだけど――」

慰められて、しかしそれでは話が続かなくなった。大松香織のこともしゃべっちゃおうか。すごい美少女に会ったもんだから、あれからソワソワ落ち着かないんだよって。宮原なら絶対に笑ったりからかったりしないはずだから。

　でも、口から出たのは別の言葉だった。「芦川ってどんなヤツ?」

　宮原はごく素朴に不思議がった。「どんなヤッって、どんな意味?」

「今朝初めて見たらさ、あいつ人形みたいな顔してんじゃん?」

　亘にしてみれば、あれは「会った」のではなく「見た」のである。

「いいヤツだよ。うん」宮原はすぐに答えた。無理をしているのでも、何か含みのある答え方でもなかった。「人形みたいな顔ってね。うん、うちのクラスの女子、騒いでる」

　宮原は面白くなくないのだろうか。彼だって〝いちばん人気〟なのだ。

「だけど変わってない? 心霊写真撮るなんてさ。しかも持って帰ったんだろ? こういうことで騒ぐのはよくないとか言ってさ。なんかカッコつけてんじゃんか」

「カッコつけたわけじゃないと思うけど」宮原はまたクスクス笑った。「そんなに気になるんなら、会ってみりゃいいよ。来るからさ」

「来るって? ここに?」

「うん。今日から」

　どこかいい塾はないかと訊《き》かれたので、ここを教えたら、すぐに通うことに決まったのだそうだ。

「ここでも女の子たち、騒ぐだろうね」

「どうかな。だけど別にいいじゃない、騒いだって」

「芦川って、勉強――」

「できるよ。きっとかなり成績いいよ」

　ニコニコと言われて、亘は宮原の顔を見た。ぜーんぜん気にしていない。ホントに気にしていない。無理して突っ張ってるわけじゃない。自然体。〝いちばん人気〟の座を追われても、やっぱり気にしないんだろう。

　宮原は、失うものなんかないんだと、亘は気がついた。芦川美鶴がどんなに優秀でも、カッコよくても、それで宮原がバカになるわけじゃない。宮原は宮原のままで勉強ができて、足も速くて、泳ぎも上手くて、何でもできてカッコいいということに変化はないのだ。むしろ、独りぼっちの優等生でいるよりは、優等生同士の友達がいた方が楽しいくらいかもしれない。〝いちばん人気〟の席を取り合うのではなく、仲良く並んで座るようになるだけなのだ、きっと。

　そのへんの事情は、亘なんかとはまったく違う。カッコよくてできるヤツの人数が増えれば増えるほど、こっちは居場所が狭くなるのだから。

　亘と同じことを口に出しても、宮原や芦川は女の子を怒らせたりせずに済むのだ。現にそうじゃないか。自分で心霊写真を撮っておきながら、「こういうことで騒ぐのはよくない」なんてセリフを吐く。それは、意味としては亘がクラスの女の子たちを怒らせてしまったときの言葉と、ほとんど差はない。だけど芦川と一緒にいた女の子たちも、この噂話を聞いた女の子たちも、誰一人として「芦川は心霊写真を信じてない、嫌なヤツ」と責めたりしなかった。

宮原が、「三谷は間違ったこと言ってないよ、本当に三橋神社で人が死んだことがあるかどうか確かめてみる前に、これはその人の幽霊だなんて言っちゃいけないと、僕も思うよ」と言ったなら、女の子たちは素直に聞くのだろう。それはもう間違いなくそうするんだろう。宮原君がそう言うなら、そうなのねなんて言うんだろう。

めちゃめちゃ不公平だ。

ほかのすべての感情を潰《つぶ》してしまうくらい、ぐいーんと腹が立ってきた。女の子たちが何人か、おしゃべりしながらやって来たのをきっかけに、亘は席についた。塾では早い者順で自由に座る場所を決めていいのだが、やっぱりそれなりに定位置というのはできるものだ。亘の席は、廊下側の真ん中だった。

定刻五分前に、亘たちの担当講師の石井先生が教室に入ってきた。そのすぐ後ろに、芦川美鶴がくっついていた。教室は八割がた席が埋まっていて、ぺちゃぺちゃとおしゃべりが賑《にぎ》やかだったのだけれど、芦川を見たとたんに、みんなピタリと静かになった。

塾仲間は、だいたい三つの小学校の生徒たちで構成されている。城東第一と、城東第三と、あとは私立に通う子供たちだ。第三と私立の子供たちは、芦川美鶴を見るのは初めてだから、そりゃ驚きも大きいだろう。

先生はみんなと挨拶《あいさつ》を交わすと、芦川を紹介した。

「今日から一緒に勉強することになった芦川美鶴君です。城東第一のみんなはもう知ってるよね」

石井先生は二十四歳。大学の研究生で、ここでの講師はアルバイトだ。小柄なので、服装によっては高校生ぐらいに見えるときもある。それでもとにかく凄《すご》く頭のいい先生だし、話も上手いし、授業は面白い。何より亘たちをごまかしたり頭を抑えつけたりすることのない人なので、みんなに好かれているし尊敬されている。

それなのに、芦川と並ぶと、なぜかしら先生が——何というのだろう——小さく見えた。それはまだ亘の語彙《ごい》のなかにはない言葉と言い回しを必要とする表現だった。貧弱に見える。位負けしている。そんなところか。さっき先生が芦川を連れてきたときからしてそうだった。芦川が先生にくっついているというのではなく、立場上後ろに従っているだけだというように見えた。

「芦川です」と、言って、彼はちょっと頭をさげた。それで充分という感じだった。よく通る声だった。

芦川は空いている席に座るとき、宮原と目を合わせて、ちらっと笑った。宮原も笑い返した。亘の並びの席の女の子たちが、頭を寄せ合ってそんな二人を見やり、忍び笑いしたり囁《ささや》いたりしている。嬉《うれ》しそうだ。

石井先生は、できるだけ個別指導に近い形で授業をしたいという方針で、だからその日の勉強時間のあいだには、芦川が宮原の言うとおりの秀才なのかどうか、亘にははっきりつかむことができなかった。それでも、できそうな雰囲気というのは感じた。どうやらコイツは、本当にラベルどおりの〝凄いヤツ〟であるらしい。隕石《いんせき》だ。

授業が終わって帰る時間になると、当然のように宮原と芦川は二人組になった。塾の同級生たちが周りを取り囲む。女の子たちばかりではなく、男子も混じっている。亘は二人に近づく隙を見つけることができなかったし、大勢がわいわい楽しく騒いでいるところで、心霊写真は本物かだなんて、いきなり言い出したくはなかった。だから鞄《かばん》を抱えてさっさと家路についた。あんまり急いだので、まるで逃げてるみたいだと思った。だけど、何から？　わかってるくせに。

けっして逃げているのではないと自分に対して申し開きするために、そんな必要はないのに、家までずっと走って帰った。ただいま、と玄関の鍵《かぎ》を開けて飛び込むと、リビングのガラスのドアごしに、邦子が立っているのが見えた。電話に出ているらしい。亘がドアを開けると、顔をしかめていた。そして、乱暴にがちゃんという感じで受話器を置いた。

「どうしたの？」

「また無言電話なのよ」邦子は言って、本当に腹立たしいという様子で鼻を鳴らした。台所では鍋《なべ》が沸き立って、白い湯気が盛んにあがっている。

「今日はこれで三度目。夕飯の支度にとりかかってから、こっちが忙しいのをわかってかけてるみたいな感じで……」

そこで初めて、亘は母がただ怒っているだけでなく、怖がっているのだと気づいた。

「今度かかってきたら、僕が出る。お鍋ふいてるみたいだよ」

「あらヤダ！」

邦子は台所に飛んでゆき、亘は自分の部屋に行って鞄を片づけた。邦子は、台所が落ち着くと、塾はどうだったとか、今夜はチャーハンにしたけど給食はなんだったのとか、矢継ぎ早に話しかけ始める。いつものことなので、亘もあれこれ話したけれど、どうしても芦川のことがひっかかってしまって、身が入らなかった。

手を洗って食器を並べていると、電話が鳴った。亘は飛びついて受話器を持ちあげた。

「小村ですケド、亘君いますか？」

カッちゃんだった。邦子がサラダを混ぜる手を止めてこっちを見ている。亘は違う違うというふうに手を振って合図した。

「今日って塾の日だったろ？」

「そうだよ、だからこれから夕飯」

「そんじゃ後にする？　小母《おば》さんにオレ怒られちゃうから」

カッちゃんはやけに騒がしい場所から電話をかけている。聞き取りにくい。

「またかけ直すよ」

「うん、じゃそうして」

カッちゃんは早々に電話を切った。母さんがカッちゃんをよく思っていないことは、ちゃんと伝わっているのだ。

しばしばうちに電話をかけてくるのが、優等生の宮原だったらどうだろう？　母さんも嫌な顔なんてしないだろう。宮原君のいちばんの仲良し。母さんにも満足の行くポジションだろう。

亘自身はどうなんだ？　カッちゃんより、宮原祐太郎の方がいいか？

宮原はいいヤツだけど、亘にとって、付き合って面白い友達になるだろうか。いつもこっちが引け目ばっかり感じてなくちゃならなかったら、そういうのは〝友達〟じゃないんじゃないのかな。

宮原みたいに評判がよくて、カッちゃんみたいに面白い友達ならいいんだ。だけどそんなもん、あり得ない。満員で凄く賑やかだけど、乗り物に乗るのに一時間も二時間も待たなくてもいい東京ディズニーランドと同じくらい、あり得ない。

宮原と芦川。

カッちゃんと亘。

秤《はかり》の両端に載せたら、結果は目に見えてるような気がする。いや、亘とカッちゃんの全敗というのじゃなくて、秤の種類によっては、亘たちの方が重い場合だってあるだろうけれど、ただその秤は、亘が心から載せてほしいと願う秤じゃないような気がする。

そんなことを考えていたら、また電話が鳴った。今度こそは無言電話だろう。亘はさっと受話器を取った。

「三谷です！」

「亘か？」

明からだった。

「なんだお父さん」

「なんだはご挨拶《あいさつ》だな」

「また無言電話がかかってきて、お母さんが怖がってるんだ」

ちょっと間が空いた。「今日か？」

「うん、夕方に三回ぐらい」

邦子が電話に近寄ってきたので、亘はお父さんだよと言って受話器を差し出した。そして自分はテーブルに戻った。夕食の皿が並んでいる。今夜も母さんと二人きりの夕ご飯だ。

邦子はしばらく電話でしゃべった後、「はいはいわかりました、準備しておくから」と、何だかセカセカと承知して、「それじゃ、ご苦労様です」と言ってから切った。亘は、母が父からの電話の際、必ずこうして労《ねぎら》いの言葉を添えるのを、当然のように思っていた。

でも、一年ほど前のことだったろうか、母さんの同級生とかいう人が化粧品のセールスレディをしていて、仕事がてら遊びがてらうちを訪ねてきたときに、その認識をあらためた。その小母さんはなかなかきれいな人だったけれど、化粧の匂いが強すぎて、亘はそばにいると鼻がムズムズした。だから挨拶だけ済ませると、自室に籠《こ》もってゲームをしていたのだ。

母さんとそのセールスレディの小母さんが賑やかにおしゃべりしているときに、今日のように父さんから電話がかかってきた。母さんはいつものように応対し、いつものように労いの言葉で電話を終えた。するとセールスレディの小母さんがとても驚いて、大きな声を出すのが聞こえた。

「信じられないわぁ、今の、ご主人なんでしょ？　今はもう明治時代じゃないのよ、旦那《だんな》の方が邦子より偉いわけじゃないのに、なんでそんなにへりくだるの？」

へりくだるってどういう意味だ？　亘は辞書を引いた。〝相手を敬い、自分を卑下すること〟と書いてあった。もっとよくわからなくなってしまった。だから、セールスレディの小母さんが、急にがさつな感じになって、お説教がましく母さんにあれこれ言うのを注意深く聞いていた。その方が意味がわかるかもしれないと思ったのだ。

「古風なのもいいけど、あんまり亭主を甘やかしちゃ駄目よ。結婚した以上、あっちには働いて女房子供を養う義務があるんだからさ。五分五分よ。有り難がることないわよ」

母さんは笑いながら、別に甘やかしちゃいないわよと、言葉少なに反論していた。「亭主なんて、外じゃ何やってるかわからないんだからね」セールスレディの小母さんは言って、ケタケタと笑った。「うちなんかもう、お互いに放任主義よ。あっちもこっちに干渉しない。こっちもあっちに干渉しない。子供さえいなかったら、とっくに別れてるわね。子はかすがいとは、ほーんとによく言ったもんだわよ」

小母さんがしゃべればしゃべるほど、部屋の空気が汚れてゆくように、亘は感じた。きれい好きの母さんが掃除をした床や壁を、小母さんが、誰も頼んでもいないのに、こんなんじゃ掃除したことにならないわよとか勝手に決めつけて、汚れ雑巾《ぞうきん》をかけ直しているみたいな感じがした。

そのセールスレディの小母さんは、二度と三谷家を訪れなかった。母さんもあの人のこと好きじゃないんだなと思って、亘はホッとした。

夕食の後、カッちゃんに電話をかけてみると、今度は凄《すご》くテレビの音が大きいところで、本人が出た。

「ちょっとボリュームさげてくれる？」

「あ、悪《わり》いわりィ」

何かと思えば、今日学校の帰りに大松社長に会ったよ、というのである。

「何で？　どこで？」

「幽霊ビルの前でさ。なんか、灰色の作業着着た人と一緒だったよ」

次の施工業者が見つかったのかもしれない。

「社長さんだけだった？　息子さんは？」

「いなかったけど――何で？」

「何でって」亘は詰まった。「別にワケなんかないけどさ」

カッちゃんにはこういうところがある。どんなことにも、「何で？」って訊《き》けばすぐに答をもらえるって信じ切っている。これがたぶん、〝単純〟ということなのだろう。

「社長さん、嬉《うれ》しそうだったよ。工事が続けられるようになったんだって」

　やっぱりそうか。

「ビルが完成すれば、変な噂なんか消えてなくなるだろうしね」と、亘は言った。

「その方がいいよ。放っておくと、隣のクラスの芦川とかいうヤツみたいに、あそこで心霊写真を撮って喜ぶようなのが出てくるからさ」

　嫌な言い方だった。しかも嘘だ。

　はっきり嘘だと承知しているけれど、他人が耳にしたら確実に驚くであろう言葉を口にすると、舌が刺激的にピリピリする。香辛料みたいだ。だから、クセになるとやめられなくなるのだ。うかうかと嘘をついちゃいけないのは、そういうクセがつくと、あとあと怖いからなのだ。

　だけど亘は言ってしまった。案の定、カッちゃんは飛びついてきた。

「それ何？　何だよ心霊写真なんてさ」

　亘は説明してやった。それが嘘を積み重ねることになると、重々承知しつつ。カッちゃんはまったく初耳だったらしく、開けっぴろげに驚いている。

「スゲエなぁ、見たいなぁ」

「やめとけよ。そうやって騒ぐから、芦川がいい気になるんだ」

「オフクロが、二十歳までに幽霊を見なかったら、一生見ないで済むっていうんだ」

「だったらなおさら見ない方がいいよ」

「そうかぁ？　オレは絶対に二十歳までに見たいよ。幽霊も見ないで暮らすなんて、つまんないじゃんか」

カッちゃん一流の理屈である。つまらなくない人生を切り開くためにゲットしなければならないものは、幽霊を見る〝素質〟なんかじゃないはずなんだけどと言いかけて、亘は言葉を呑《の》みこんだ。そんなことを言ったところで、カッちゃんからはさらにトンチンカンな返事が来るだけだろう。そういうことに、今夜は何だか妙にイライラした。

「それじゃ、オレお風呂《ふろ》に入らなきゃなんないから」

カッちゃんはまだ何か言っていたが、亘はさっさと電話を切った。邦子が、小村君は何の用だったのと尋ねたので、何とかカンとか適当に答えた。そして自分の部屋に入った。ドアを閉めて一人になるとホッとした。

そこに突然、女の子の声が響いた。

「嘘つき」

椅子に座ったまま、亘はかちん！　と固まった。

4　見えない女の子

ソラミミ。

先週、大松さんたちに会った夜、家を抜け出す前に起こったのと同じアクシデントだ。口のなかがひゅうっと渇いた。

「あなたって嘘つきだったのね」

再び、空耳。甘い女の子の声のように聞こえるけれど、これはたぶん耳鳴りだ。いや、隣の家のテレビの音だ。このマンションは設計書に書いてあるよりも壁が薄いって、前に父さんが文句を言ってたじゃないか。

「聞こえないふりをしてもムダよ」

拗《す》ねたような女の子の声だ。テレビドラマの台詞《せりふ》だ。決まってるじゃないか。

「どうして、お友達にあんな嘘をついたの？　あなたはそういうことするヒトだったの？　あたしガッカリしちゃったわ」

亘はそうっと周りを見回した。見慣れた自分の部屋だ。今日は母さんがベッドカバーと枕カバーを取り替えてくれたらしい。ブルーのチェック柄から、黄色いチェック柄のに替わっている。きれいに背表紙の並んだ本棚。その下には、千葉のお祖母《ばあ》ちゃんが入学祝いに買ってくれた『こども百科事典』が並んでいる。もらってしまってから、ワンセット二十万円もすると聞いて、亘は悔しかった。そんなお金使ってくれるんだったら、パソコンにしてほしかったのに。そう言って口を尖《とが》らせたら、小学校の入学祝いには『こども百科事典』がぴったりなのだと言い返された。パソコンなんて、大人になってから自分で買うもんだよ、お祖母ちゃんは嫌だね。おかげで場所ばっかりとって、邪魔くさくてしょうがない。

壁のカレンダー。床の絨毯《じゅうたん》。机の上の消しゴムのカス。天井の灯《あか》り。

亘はバッと身を翻して、机の下をのぞきこんだ。はずみでキャスター付きの椅子がごろりと動いた。

もちろん、誰が隠れているわけもない。

それでも、今度は鋭く振り返って、ベッドの下をのぞいた。まるで犯人のアジトに踏み込むFBI特別捜査官みたいだ。背中にロゴの入ったジャンパーを着て、その下には防弾ベスト。ホルスターは肩から吊《つ》っている。

ベッドの下には、丸い綿埃《わたぼこり》がひとつ隠れていた。母さんによる掃除作戦から、かろうじて生き延びたゲリラ兵が、ひょっこり投降してきたというだけ。

女の子のくすぐったそうな笑い声が聞こえてきた。「あたしは隠れてなんかいないわ」

亘は身体を起こして、ゆっくりと椅子に戻った。心臓がピンポン玉くらいの大きさになって、ドキドキしながら身体じゅうをコロコロ回っているのを感じる。いつも心臓が収まっている場所はぽかりとお留守になって、そこを冷たい風が吹き抜ける。

「どこにいるんだよ？」と、小さく尋ねた。

不思議だった。女の子の声が聞こえてくる方向が、全然見当つかないのだ。天井からでもない、壁からでもない、前からでも後ろからでも、足元からでもない。それなのに、亘の頭のなかに響いてくる。でも、自分の声とははっきり区別がつくのだ。

「あたしは隠れてなんかいない。でも、探してもどこにもいない」

女の子の声は、謳《うた》うように言った。

「隠れていないものを探すなんて、ナンセンスだわ。探さなければならないものは、必ず隠れているはずだなんて、どうしてそんなふうに思い込むの？　探すから隠れるの？　隠れるから探すの？」

亘は顔をしかめた。思わず、空《くう》に向かって問い返した。「オマエ何だ？　何言ってんの？」

女の子の声が言った。「あたしはあなたのそばにいるのよ」

亘ははっと目を見開いた。閃《ひらめ》いたのだ。素早く椅子から立ちあがると、ドアを開いて部屋を出た。リビングでは、テレビが楽しそうにCMソングを歌っている。邦子の姿は見えない。お風呂だ、きっと。母さんはいつも、テレビを点《つ》けっぱなしにしておいてお風呂に入る。

ソファの脇の小引き出しに、使い捨てカメラがひとつ入っていたはずだった。先月家族で動物園に行った時に買ったもので、二十四枚撮りなのに、結局三、四枚しか撮らずに帰ってきてしまった。それでそのままになっているのだ。

引き出しを探ると——あった！　亘はカメラをつかんで自分の部屋にとって返した。いや、駄目だ。やみくもに飛び込んではいけない。閉じたドアの脇の壁にべったりと背中をつけて、呼吸を整える。ＦＢＩ再び。しかし今のミタニ捜査官にはバックアップをしてくれる同僚がいない。タンドクでの突入である。ドアのノブをゆっくりとつかんで回す。そうっと動かす。ドアを十センチ開く。二十センチ開く。よし、音をたてずに忍び込め。

カメラを持った右手を背中に回して、閉めたドアにそのままよりかかる。犯人は気づいていない——か、どうかわからない。なにしろこの凶悪犯は、不可視光線を放つ特殊スーツを装備している——という表現はおかしいかもしれないけど、とにかく目に見えないということをイカメシク言い表したい。ああ、赤外線バイザーを持ってくればよかった。

大きく深呼吸してタイミングを計ると、亘はカメラを取り出し、銃の引き金を引くように——心境としては——シャッターを押した。

フィルムを巻いてなかった。

これだからイヤなんだ。使い捨てカメラで写真を撮るときは、一枚撮ったらすぐに巻いておかないとダメなのに！

こうなってはもう、バレバレだ。亘はフィルムを巻いてはシャッターを押し、部屋じゅうをぐるぐると撮って撮って撮りまくった。そのあいだは何も考えなかった。天井を撮り、ベッドの下を撮り、椅子の陰を撮り、振り返っては撮り、しゃがんでは撮った。

とうとうフィルムが一枚もなくなった。鼻の頭にうっすらと汗をかいている。それを手の甲で拭《ぬぐ》って、床に座り込んだ。たいした運動量ではなかったのに、はあはあとあえいでいた。

女の子の声が、静かに言った。「あたしが写っていなくても、写っていたって嘘をつけばいいじゃない」

亘は再びかちんと固まってしまった。指がこわばり、カメラが膝《ひざ》の上に落ちた。

「あたしが写っていても、写っていなかったって嘘をつけばいいじゃない」

前の声は、右から聞こえたような気がした。後の声は、左から聞こえたような気がした。

「ないことも、あるって言えばあることになるの。あることも、ないって言えばないことになるの」

今度の声は、足元から囁《ささや》きあがってきたように聞こえた。

そして次には、天井から声が降ってきた。まるで小雨のように。

「あなたはあなたの中心で、あなたは世界の中心だから」

謳うような声の調子が、少しずつ変わってゆくことに気づいた。なんだか……悲しげだ。

説明のしにくい、でも切羽詰まった心に急《せ》かされて、亘は部屋の天井を仰いだ。そして声に出して問いかけた。

「君はどこにいるの？」

心臓がやっと元の大きさを取り戻し、いつもの収納場所へと早足で戻ってゆく。ことり、ことり、ことり。亘がその足音を五つ数え終えたときに、女の子が答えた。

「あなたはもう、知っているのに」

そして——居なくなったような感じがした。姿が見えず、どこから亘に話しかけているかも定かでない女の子なのに、それでも彼女がこの部屋から居なくなったことが感じ取れた。それはちょうど――接続が切れたような。

気がつくと、首も背中も汗びっしょりになっていた。指先が震えている。膝の脇に落ちた使い捨てカメラを拾おうとして、二度もつかみ損ねてしまった。

あなたはもう、知っているのに。

そんなはずはない。あの甘い声。うちのクラスに、あんな声の女子はいない。友達の声なら、聞けばすぐにわかるはずなんだ。

――いったい、誰なんだよ。

急に、置いてきぼりにされたような気がした。それでいて、誰かを置き去りにしてしまったような気もするのだった。


今月のお小遣いの残りでは、使い捨てカメラをスピード現像のお店に出すわけにはいかなかった。中一日かかるけれど、近所の大型薬局にフィルムを持ってゆくしかない。しかも、薬局は、亘が登校する時間にはまだ開いていないので、帰り道に寄ることになる。ますます時間を食ってしまう。子供であるというのは、なんて不便なことなんだろう。

勉強机の脇の本棚にズラリと並べてあるお気に入りのマンガの単行本の奥には、バタークッキーの空き缶が隠してあり、そのなかには、この九月に発売される『ロマンシングストーン・サーガⅢ』を買うための、秘密の貯金が入っていた。それに手をつければ、スピード現像に出すことなんて簡単だ。心がグラついた。マンガ本を退《ど》けて、缶のうわ蓋《ぶた》の絵柄を見るところまでは、やってしまった。溶かしバター色の仔《こ》ウサギが嬉《うれ》しそうにクッキーを食べている。それをしばらくのあいだ見つめて、首を振り、マンガ本を元に戻した。今はもう五月も半ば。ここでこのお金を使ったら、『サーガⅢ』の発売までには、絶対に間にあわなくなる。

結局、使い捨てカメラを学校の鞄《かばん》のなかに忍ばせておいて、翌日の午後、走って薬局へ行った。細長い預かり票の「お引き渡し日時」欄には、明後日《あさって》の午後四時以降という、亘にとっては非情な文字が並んでいた。そのあいだ、いったいどうやってあの部屋で暮らせばいいんだ？

商店街をとぼとぼと歩いていると、カッちゃんと二人でよく冷やかしに来るゲームソフト・ショップの前に出た。コンビニよりもひとまわり小さいくらいのお店で、ぐるりは透明な窓ガラス。その窓をすべて埋め尽くすように、内側からありとあらゆるテレビゲームのポスターが貼ってある。ところどころにわずかに空いた隙間から、店内に設置してあるゲームソフトの陳列棚や、デモ用のモニターの端っこがちらちらと見える。

『ロマンシングストーン・サーガIII』のポスターは、お店の正面に近い、自動ドアのすぐ脇の窓の内側に貼ってあった。ゲーム雑誌ではもう、設定画の一部と主要な登場キャラクターが紹介されているのだけれど、ポスターの方はあっさりしたものだった。真っ青な空に、綿をちぎったような小さな白い雲がたくさん浮いている。その中央を、帆に風をいっぱいにはらんだ帆船が一艘《そう》、飛ぶように進んでゆく――という絵だ。海ではなく青い空に、波を切って進む船。もちろん、主人公たちを乗せる船だ。

ポスターのすぐ上に、「九月二十日発売予定　八月二十日予約受付開始」と、手書きの短冊が添えてある。こちらは極太のマジックで、しかも赤い字で書いてあった。

「予定価格六千八百円」。

しばらくのあいだそれを眺めていると、やっぱりクッキーの缶の貯金に手をつけなくてよかった――という気持ちが込みあげてきた。平均的な小学校五年生が、どういう経済状態にあるのかは知らないが、少なくとも亘にとって、六千八百円は大金だった。だから、マンガ雑誌やゲーム雑誌に『サーガIII』の発売日決定の情報が載るとすぐに、貯金を始めたのだ。

三谷家では、原則としておねだりは通用しないことになっている。「算数のテストを頑張るから」「夏休み中早起きするから」という未来担保型のおねだりでも、「今学期の通信簿が良かったから」「このテストで頑張ったから」という成功報酬型のおねだりでも、ひとしなみにダメである。だから、亘の自室にある十四インチのテレビは、ねだって買ってもらった側の亘本人も、にわかには信じられないほどの希有《けう》の例外だったわけだけれど、それでさえ購入の際には、

「もう亘にも、自分で観たい番組を選ぶ機会がなくちゃね」

「亘が亘自身の意志で選ぶ番組がどんなものなのか、お父さんもお母さんも興味があるからな」

という〃理由〃がついていた。亘としてはねだって買ってもらったつもりのテレビだが、両親には別の思惑があるというわけなのだ。

三谷明は特にこのへんのことに厳格で、「亘には、人生の大事な局面で、これこれのことをすれば、これだけの見返りがある、世の中はそういうものだなんていう考え方をしてもらいたくない」と、しょっちゅう言っている。「努力は報酬のためにするものじゃない。自分自身のためにするものだ」

カッちゃんはそんな三谷の両親を評して、「すっげえ厳しい」と、目を丸くする。亘には、返事のしようがない。それでも、こういうお小遣い方面で泣き落としのきかない両親を持っていれば、イヤでも現実的にならざるを得ないということはわかっている。欲しいものと、買えるものとは、常に絶望的なほどイコールではないので、ほしいものの方を工夫して合わせてゆくしかないのだ。

亘の置かれているそういう状況を指して、もう一人、

「すっげえ厳しい」

と、カッちゃんと同じような表現で驚く大人がいる。ルウ伯父《おじ》さんだ。

「明、亘はまだまだ子供なんだから、たまにはもうちょっと甘やかしてやれよ」

なんて言ってくれることもある。

「亘だって、頑張ったときには、やっぱりご褒美がほしいよな？　友達の手前もあるんだしさぁ」

でも、ルウ伯父さんのそんな意見に、父さんはまったくとりあわない。

「兄さんは子育てをしたことがないからわからないんだ。子供と同じレベルで発言するだけじゃ、無責任だよ」

そんなふうに切り返すだけだ。

亘に関することだけでなく、三谷悟と三谷明は、ことごとに意見が食い違う兄弟だ。たいていの場合ルウ伯父さんの方が大雑把《おおざっぱ》で、父さんの方が几帳面《きちょうめん》で、だから最後には父さんの意見の方が勝つ。論争したり意見を交わすことそのものが、ルウ伯父さんは面倒でしょうがないのだ。

それでも、兄弟仲が悪いわけではない。喧嘩《けんか》なんかしないし、夏休みとかお正月とか、千葉のお祖母《ばあ》ちゃんの家ではけっこうお酒を飲んで話し込んだりしている。そう、

むしろ仲良しの兄弟だと言っていい。

でも——このごろ時々、亘は感じる。ほかのどんなことで言い争うときよりも、亘に関することで論争するときがいちばん、ルウ伯父さんは粘り強くなるみたいだ。なかなか投げ出さないもの。「ま、そんなたいした問題でもないからよ」という、伯父さんのきまり文句みたいな台詞《せりふ》を口に出すまで、ほかの問題の時より——たとえばそれが「法事」みたいな大事な行事のことであっても——時間をかける。

そしてそのことは、亘の心に、本人が気づいている以上に意味のある影を投げかけているのだった。ただそれは、今のところはまだ、はっきりとした問題意識にはなっていない。亘は両親を好いていたし、ルウ伯父さんも好いていた。

亘が千葉の家に遊びに行くと、ルウ伯父さんは、よくお小遣いをくれる。「お父さんには内緒でな」と、こっそりとくれる。でも、亘はそれを、後で必ず両親にうち明ける。特に去年あたりからは、ルウ伯父さんが一度にくれるお小遣いの額が大きくなってきたので、一人で隠しておくのは不安でたまらないのだ。すると父さん母さんは、亘からそのお小遣いを受け取って、亘名義の銀行口座に預けてくれる。ときどき、その通帳を亘に見せて、どれぐらい貯《た》まったか教えてくれることもある。この習慣は、亘が初めてそれと意識して「お年玉」というものをもらった、四歳のお正月から始まった。

「うちでは、子供に大金を持たせる習慣をつけたくないので」

父さんは、どちらの実家に行っても、そのように説明している。母さんの実家の小田原のお祖母ちゃんは、ルウ伯父さん以上にこっそりと——なんかちょっと父さんのことを怖がってるみたいに見えるくらいにこっそりと——ルウ伯父さん以上の大金をくれることがあるけれど、そのお金も同じようになる。

そういう次第で、亘には無駄使いできるお金はほとんどない。カッちゃんだけでなく、ほかにも、それを聞いて「三谷くんのウチは厳しい」と驚くクラスメイトがいる。「よくそれでグレないね?」などと真顔で訊《き》かれて、亘はいささか心許《こころもと》なくなったこともあった。「よくグレないね?」という質問の裏に、「アンタ根性ないね」という評価が潜んでいるように感じてしまったからである。

それで、お小遣い関係について、たった一度だけだけれど、邦子に問いかけたことがあった。ボクは父さん母さんが厳しいとは思わないけど、友達はみんな「厳しい」と言います、ホントに「厳しい」んですか? そうでないとしても、どうしてウチのやり方は、ほかの友達のところと違ってるんですか?

それは折しも、例の六年生の問題児石岡健児が校長先生の車を転がした事件で、学区内が混乱していた時期のことだった。だから、タイミングとしてはあまりよくなかったかもしれない。一学年上の生徒のことだから、普段はほとんど耳に入ることのない石岡家の事情を、このときばかりは、三谷邦子もよく知っていた。そして腹を立てている最中《さなか》だった。

石岡は、お小遣い方面では亘よりもずっと寛大な躾《しつ》けられ方をしている子供たちさえも仰天させるほどに、金遣いが荒いのだ。噂に聞く限りでは（本人に直《じか》に尋ねて確かめてみる気になんか、とてもなれない）石岡の一ヵ月分のお小遣いだけで、『サーガⅢ』が十本は買えるほどだという。しかも、それはあくまでも「石岡が親からもらうお小遣いの平均額」の話であって、実際にはもっともっと多いのではないかという。本人でさえ、一月にどのくらいお小遣いを使っているか、はっきりわからないのだそうだ。つまり、ねだればねだっただけもらえるからである。

しかも石岡健児の母は、それを自慢にしているらしい。PTAの集まりでも、「子供にお金の不自由はさせたことがない」と、たいそうな勢いで吹聴《ふいちょう》したそうである。念のためにしつこく言うが、そのPTAの集まりとは、ほかでもない彼女の息子の石岡健児が、校長先生の車を運転して下級生に怪我をさせるという事故を起こしたが故に、招集された集まりのうちのひとつだったのである。彼女はそこでそう言ったのだ――文脈としては、「ウチでは子供にもお金に不自由はさせていない、つまり金持ちなのである、従って怪我をしたトロい子供の治療費も、ちまちまケチったりせずにちゃんと払ってやる、だから文句はないだろう」ということが言いたかったのだろうが、いずれにしろ、そうでもしないと聞かされた側の心の平安が保てないという理由さえなければ、そんなところまで踏み込んで解釈してやる必要などまったくないような〃たわ言〃であった。

三谷邦子はそれを怒っていた。言語道断だというのである。あの親にしてあの子ありだ！　冗談じゃないわよ、まったく。だけどPTAの集まりでは——というより民主主義国家では——思想信条の自由は保障されているわけで、どれほど不届きな暴言を吐く人間であろうとも、だからと言って張り倒してしまうわけにはいかない。どれほど腹が立っても、それで相手を裁くわけにはいかないのだ。そういう次第で、三谷邦子は、地獄の竈《かま》が不完全燃焼しているみたいな心境で帰宅したのであった。

よりによって亘は、そこに小遣い問題のギモンについて問いかけてしまったのだった。思えば間の悪い子供である。

案の定、邦子は、亘が〃小遣いが少ない、友達にもそう言われた〃というふうに、文句を言っているのだと解釈してしまった。

「あんたも石岡君みたいにお小遣いがたくさんほしいっていうの？」というふうに切り返してきた。おっそろしく感情的になっていた。

「言っときますけど、お母さんはああいうのは大嫌い。あんたがそんなことを言い出すなんて、見損なったわ」

見損なわれた方は、何がなんだかわからない。当然である。プンプン怒っている母親に、何だかわからないままゴメンナサイと謝って、海の底に突き落とされたような悲しい気分になって部屋に籠《こ》もった。以来、お小遣い問題について持ち出すことは二度となかった。

理屈的には――父譲りの論理的な頭で――亘も理解しているのだ。子供に大金を持たせるのは良くない。努力は自分のためにするもので、金が目的ではないと教えたい。オーケイ、わかってるよ父さん。だけど、わかってはいても、同じ年頃の朋輩《ほうばい》たちから、アンタんチは厳しいと指摘されれば、なぜそうなのか説明してもらって、安心したいと思うのもまた当然なのだ。安心することさえできれば、そもそも亘は両親のすることに疑いをさし挟んではいないのだから、「ウチは厳しい」ということだって、一種の自慢になるのに。

そのときのことを思い出すと、亘は今でも心がうずくのを感じるのだった。タイミングが悪かっただけで、亘も邦子も悪かったわけではないのだが、心には傷がついてしまった。でも、現実なんてみんなそんなものだというミもフタもないこともまた真実だ。

とにかく、「ボクはお小遣いが少ない」という現実を、亘は生きている。だから今回のように不自由なことも多々あるけれど、反面、少しずつ貯金をしながら『サーガ

Ⅲ』のポスターを眺め、発売日を指折り数え、胸をふくらませる、その喜びは、パッと一万円札をもらって『サーガⅢ』を買うことのできる石岡健児のような子供たちよりも、ずっとずっと大きい――という信条を守ることもできるのだ。

写真ができてくるまでの中一日、亘はできるだけ強く自分を律して、あの女の子の甘い声のことを考えないようにしようと努力した。でも無駄だった。考えはどんどん具体的になり、恐ろしい幻想と、ピンク色の夢のあいだを、しきりと行ったり来たりした。

あれは誰なのだろう？

どこから亘のそばに来ているのだろう？

どんな女の子なのだろう？

人間なのだろうか？

幽霊なのだろうか？

それとも――もしかして妖精《ようせい》なのではないだろうか？

そう、妖精。それがいちばん近いように、亘は感じた。『サーガⅢ』でも、主人公のナビゲーション役として登場すると、雑誌の先行情報には書いてあった。『サーガⅡ』では、あまり大きな役割ではなくて、マスコット的に出てきただけだったのだけれど、『I』では妖精のニーナは大切なパーティメンバーの一人で、ゲームのなかほどの難所〝ワイトの断崖《だんがい》〟を登るときには、絶対に彼女の力が必要だった。亘は特にニーナがお気に入りだったので、大切に育ててラストダンジョンまで連れて行ったものだから、ラスボスとの戦闘の前にイベントが起きて、ニーナが、

「ここから先は、わたしたち妖精は踏み込むことができないの」

なんて言ってパーティメンバーから外れてしまったときには、思わずコントローラーを取り落とすほどにガッカリした。我慢できなくてカッちゃんに電話すると、

「なんだ、知らなかったの？」と、あっさり言われてますます愕然《がくぜん》とした。

「ラスボスのエレメンタル・ガードは、昔は大トマ国を守護する善き妖精の長《おさ》だったんだよ。だから妖精をパーティに入れとくと、仲間同士で戦うことになっちゃうからダメなんだ」

「そんなの聞いてないよ！」

「あ、ってことは、ノルの泉のイベント起こしてないんだ。だったら知らないわなぁ、カワイソウ、チョー不幸」

結局、亘は、慎重を期して保存しておいたニーナを育てる前のセーブデータまで戻り、ゲームをやり直したのだった。

子供の掌に載るくらいの大きさで、背中に羽が生えていて、ヒラヒラしたきれいな

バレリーナみたいな衣装を着ている——『ロマンシングストーン・サーガ』に登場する妖精は、だいたいそういう存在だ。ニーナはばっちり、そういうキャラクターだった。絶対に、悪者ではない。可愛くて明るくて親切で、ちょっと口が悪い時もあるけど物知りで、人間とは比べものにならないほどの長い年月を、その愛らしい姿のままで生きている。

亘に話しかけてくるあの甘い声も——そんな存在なのじゃないか？

期待と不安があまりに大きく、それでいてあまりに現実離れしているので、さすがにこのことはカッちゃんにもうち明けられなかった。写真に何か写っていたら、真っ先に見せに行こうとは思っていたけれど、姿の見えない女の子の声が聞こえるんだというだけでは、いくらカッちゃんだって笑うかもしれないし、もっと悪い場合には、心配するかもしれない。

学校の帰りに、走って薬局へ向かった。信号や横断歩道のところで立ち止まっては、腕時計を確認した。秒針が動いている——四時五分前、四分前、三分前。

お店に飛び込んでカウンターの前に並んだときには、ジャスト四時十秒前だった。亘の前に、小太りのおばさんが一人いて、白衣を着たお店の店員さんと、なにやら話し込んでいる。

亘は首をのばしてのぞいてみた。あるある、カウンターの後ろに、現像された写真の入った縦長の袋が立ててある。たくさんある。ざっと二十はあるだろうか。口のところに宛名が書いてある。目で追って、「ミタニ」の名前を探した——あった！　手前から五番目だ。ちゃんと現像されていた。

「だけどちっとも効かないのよ」

小太りのおばさんが、丸まっちいくちびるを尖《とが》らせて、文句を並べている。

「おたくに勧められたから、薬、替えてみたのよ。こっちの方が高いのに」

白衣の店員はにこにこしながら、困ったように眉毛《まゆげ》をさげている。「そうですか……でも、これは評判のいい新薬で」

「評判なんて聞いたこともなかったわよ。おたくに聞かされるまでは」

「はあ、そうですか」

「だから取り替えてほしいのよ。効かないんだもの。効かない薬なんて、イミないじゃないの」

「ただ、あの、封を切ってしまった薬のお取り替えはいたしかねますので……」

「どうして？　封を切ったか切らないかじゃないでしょ？　効くか効かないかじゃないの、薬なんだから。新しいのを寄越しなさいよ」

おばさんの手には、テレビでよくコマーシャルをやっている胃薬の箱が握られている。亘はジリジリして、誰かほかに店員さんはいないかと周りを見回した。ここは大きなお店で、いつも三、四人は白衣の人がいるのに、今日はなぜかしら見あたらない。レジ係の女性がいるけれど、あの人では写真の引き取りはやってくれないとわかっていた。

「あの、ボク」焦《じ》れてきて、おばさんの脇から首を出し、カウンターの店員に話しかけた。「写真を──」

「ごめんなさい、ちょっと待ってね」

店員は笑顔で謝った。おばさんの方は、亘をギロリと睨《にら》みつけた。「順番よ」

「それでは、こちらのお薬をお試しになりませんか？」

白衣の店員は、カウンターの下からひと包みの薬を取り出した。試供品みたいだった。

「そんなの要らないわよ」と言いながらも、おばさんは差し出されたものを手に取った。「これって、効くの？」

「漢方系の新薬ですが、胃もたれや消化不良にはよく効いて、さわやかな飲み心地です」

「ホントかしら」おばさんは薬の包みに鼻をくっつけてくんくんかいだ。「ヘンな臭い」

店員はまた困ったような笑顔を浮かべているだけで、黙っている。亘はその目を捉《とら》えて、声を出さずに「しゃ、し、ん」と言ってみせた。

「それじゃコレ、もらっていくわ」おばさんは試供品を、やたら大きくてふくらんでいる手提げ袋のなかにしまった。

店員と同じくらい、亘もホッとした。しかしおばさんはその場を退《ど》かなかった。でんと居座ったまま、店員の後ろの薬が並んでいる棚を眺めて、

「風邪薬なんだけど——」と、言い出した。「あたしは胃が弱いから、強いのは困るのよ。眠くなるのも困るの。おたくで売る薬はみんな眠くなるから嫌なんだけど、何か新しいのない？」

亘は思い切って肘《ひじ》でおばさんを押しのけた。そして細長い受け取りの紙を差し出しながら、「ミタニです、写真お願いします」と言った。

店員はちらとおばさんの方を見たけれど、はい、と応じて写真の袋が立てられている方へ一歩踏み出した。亘の首筋に、フハッ！　というような感じで生暖かいものが吹きつけてきた。何かと思って振り返ると、おばさんの鼻息だった。

「失礼な子だね」おばさんは小さな目を光らせて、ひん曲げた口の端から言った。

「順番だって言ってるじゃないの」

「ごめんなさい。もう胃薬のことは済んだと思ったんです」亘はなるべく邪気のない顔をして、明るくそう言った。

「小生意気なガキだよ。親の顔が見たいね」

おばさんは吐き捨てると、やっとこさのしのしと身体の向きを変え、カウンターから離れた。

「大人に口答えするなんて」

白衣の店員が、さっき亘の見つけたあの縦長の袋を持って、カウンターに戻ってきた。中身を取り出し、数枚のスナップ写真を手早く見せて、「これね？」

「はい、そうです」

お金を払っているあいだも、さっきのおばさんの視線と鼻息を感じたけれど、がんばって無視した。店員さんもそうしているようだった。お店屋さんもタイヘンなんだ。あんなお客でも、お客だったらお客なんだから。

写真の入った袋を手に、走りに走って、気がついたら幽霊ビルの近くまで来ていた。息がはあはあしている。頬が熱い。手が震えている。その場ではとてもじゃないけど開けてみる気になれず、とにかくヒミツでアンゼンで静かなところへ行こうと思うだけで走ってきたのだ。

家に持ち帰るわけにはいかなかった。まだたくさんフィルムの残っていた使い捨てカメラを、黙って使ってしまったのだから。いや、それよりも何よりも、妖精《ようせい》が写ってるんだぞ！　そんなもの、母さんに見せられるはずがない。

亘は立ち止まったのに、心臓だけはまだ走っているという感じだった。息を整えながら、周りを見回した。三橋神社の境内へ行こうか。あそこならベンチもあるし、日当たりがよくて明るい。人もいない。亘は道を渡っていった。

幽霊ビルは相変わらずシートをかぶり、しんとしていた。前を通り過ぎても、物音ひとつ聞こえてこない。この前、カッちゃんはあんなことを言っていたけれど、仕事の続きを請けてくれる工務店は、やっぱり見つからなかったのだろうか。あの話は、まとまらなかったのだろうか。

古びた朱色の鳥居をくぐって、境内に入っていった。赤い柱に緑色の屋根の拝殿の両脇に、わりと最近設置されたばかりのきれいなベンチがある――左右にひとつずつ――ひとつずつ――いつも空いていて――

いや、左のベンチに、子供が座っている。

芦川美鶴だ。一人で。

頭のなかが写真のことでいっぱいで、見れども見えずというか、誰か座っているということを、全然気にしていなかったのだ。あっと思ったときにはもう遅かった。砂利を踏む足音が聞こえたのだろう、芦川が顔を上げて、こっちを見て、目が合った。

芦川は本を読んでいた。なんだか厚くて重そうな本だ。背表紙の幅が十センチぐらいある。それを膝《ひざ》の上に広げていた。

ぽかんと口を開けて、亘は彼の顔を見た。一秒の百分の一ぐらいのあいだ、ベンチの上に人形を座らせてあるみたいだな、と思っていた。何かの広告写真みたいだ。

芦川は視線をさげて、また本を読み始めた。

亘のことなど、まったく気にかけていない。雀か犬でも見るみたいだ。いや、小鳥や子犬が近づいていったのなら、もっといろいろな反応をするだろう。それより悪い。ゴミか落ち葉でも見るみたいな目だった。紙屑《かみくず》だ、葉っぱだとわかってしまったら、もうそれで用済みだというような目だった。

亘のこと、まだ覚えてないのかもしれない。精一杯、好意的に考えた。そうだ、きっとそうだ。顔がわからないんだ、そうだよ。

「あのさ」と、亘は声をかけた。

自分でも笑ってしまうほど、情けないヘロヘロの声が出た。

芦川は最初、顔を上げなかった。亘が、今のひと声は聞こえなかったのかな、そうだ聞こえなかったんだな、よしもう一度と決断し、口を開きかけた時になって、やっとこちらに視線を投げた。雀の子が騒いでる、何だろううるさいな——というぐらいの重さしかない視線だった。

しゃべろうとして口を開けていた亘を、芦川はちらっと、本当にちらっと眺めた。半秒の後には、彼の目はまた本の活字の上に戻ってしまっていた。

亘は恥ずかしさに、じとっと汗をかいた。ヘンだった。失礼な態度をとっているのは芦川の方で、亘はただ挨拶《あいさつ》という正しいことをしようとしているだけなのに、どうしてこんなに恥ずかしいのだろう。

「塾で——一緒だよな」と、亘はさらに言った。だからボクにはキミに話しかける資格があるんだよと、言葉の合間に必死で弁解しているみたいな気がした。許可がないのに発言しているわけではないのであります、教官。

芦川はまた目を上げて、今度はさっきよりも長く、亘を見た。ついこのあいだ、隣の教室前の廊下で接近遭遇したとき、間近に見た長い睫毛《まつげ》が、不意に思い出されてきた。あの睫毛でさらさらっと触って、ボクを検品してるみたいだと思った。

気がつくと、芦川はまた本の方に戻っていた。やわらかな風がひと吹き、拝殿の屋根の上から左手の社務所の方へと吹き抜けて、その中間にいる芦川と亘の髪を、それぞれ同じように優しく撫《な》でていった。

「ボク、三谷っていうんだけど」

亘は勇気を奮い起こし、勇気ではない何かをぐいと抑えつけて、一生懸命に言った。

「あの……宮原の友達で……えっと……」

唐突に、芦川は本を閉じた。ぽんと音がした。深い藍色《あいいろ》の表紙の、古びた本だった。

「だから？」と、短く言った。よく通る声だったけれど、あまりに手短な発言で、切って投げるような言い方だったので、問いかけられているとはわからなかった。

それに亘は、一気にアガッてしまっていた。芦川美鶴と話ができたぞ！

「キミがすごく頭いいって、宮原に聞いて、ホントにできるんでビックリしたんだ——

——」

芦川は整った顔をこちらに向けて、笑いもせずにもう一度言った。「だから？」

それでやっと、亘にも、質問されているのだとわかった。だけど、何を尋ねられているのかわからない。

そうと悟ったのか、芦川はわざとゆっくりと、小さな子供に言い聞かせるみたいな口調で尋ねた。「だ、か、ら？　だから何？」

亘は、汗がすうっと引いていくのを感じた。だから？　だから何だってンのと訊《き》いているのだ芦川は。

話なんかする気はないし、亘と親しくなる気もないという意思の、これ以上ないほど簡潔な表明である。

でもさ、それはないんじゃないの？

「本を読んでるんだ」芦川は言って、藍色の表紙を軽く撫でた。亘のいるところからは、タイトルまで読み取ることはできなかった。ただ、漢字が並んでいるのは見える。難しい本なのだろう。

「あ、うん、わかった」最初に声をかけたときよりも、さらに腰砕けのヘロヘロした声で、亘は言った。芦川は亘の顔を見つめたまま本を広げると、ちょっと睨《にら》むような目をしてから、読書に戻った。

亘は回れ右をして帰るべきだった。怒ったってよかった。砂利をつかんで投げてやったって——どうせあたらない距離だから——バチがあたることはないだろう。親しくなろうと思って話しかけている者に対して、あんな口のききかたをする者は、相応の報いを受けるべきなのだ。

それなのに亘は、まだそこに突っ立っていた。芦川美鶴の持っている雰囲気に、完全に呑《の》まれていた。彼は何かすごく〝良い〟感じがした。〝貴重〟という感じがした。意味もない引け目と憧《あこが》れに幻惑されて、〝フン、感じ悪いヤツ〟と切り捨てることが、どうしてもできないのだった。

「心霊写真、撮ったんだってね、ここで」

大あわてで、すがりつくようにして口にした言葉は、これだった。

芦川は本を開いたまま、ゆっくりと顔を上げた。表情は、さっきまでとまったく変わっていなかったけれど、それでも亘は元気づいた。やった！　関心を引いたぞ。

「でもキミは、そういうので騒ぐのはよくないって言ったって。ボクもそう思うよ」

芦川の瞳《ひとみ》が、ちょっと動いた。明らかに、亘の言葉を面白がっているのだ。亘も口元に笑みが浮かんでくるのを感じた。

「ただ、さ、ムズカシイと思うんだ。大騒ぎをするのはバカだけど、不思議なことって、ホントにあるもんね。そういうことは、ちゃんと冷静に向き合わなくちゃ。でさ——」

「写真」と、芦川は言った。

「え？」

「写真、持ってるね」

そのとおり、亘は薬局から引き取ってきたばかりの写真を持っている。そもそもここには、それをチェックするために走ってきたのである。今も、そのことについて言い出そうと思っていたのだ。芦川はそれを先回りした。なんかスゴイぞ。こいつって、超能力者だったりするのか？

亘はまたぞろ高速エレベーターに乗ったようにアガッてしまった。

「ボ、ボ、ボクも、もしかしたら、心霊写真みたいなものを撮ったのかもしれないんだ」

亘は大急ぎで芦川のそばに駆け寄った。砂利を踏むと、宙を踏んでいるみたいな感じがした。ひとつの身体のなかに、ヘンだよ、なんでこんなヤツにこんなにドキドキするんだよと怒る亘と、やった！　これで芦川美鶴と友達になれるかもしれないと、手放しで喜んでいる亘がいた。

「この写真、ボクの部屋なんだ」亘は震える指で写真を取り出そうと、焦った。「妖精《ようせい》って、いるだろ？ 『ロマンシングストーン・サーガ』にも出てくるじゃない？ ああいうものが、ボクの部屋にもいるかもしれなくて──だって声が聞こえてさ、一度だけじゃない、二度もだぜ！」

論理と理性と合理性を重んじる三谷明の長男、いつもの三谷亘君だったら、うわずった声で、興奮に頰を紅潮させ、こんな言葉をしゃべり散らすくらいならば、舌を嚙《か》んで死んでしまいたいと思うことだろう。人間はまれに、自分でも信じられないような、普段とは極端に違うふるまいをしてしまうことがある。そういうときはたいてい、いろいろな意味で、いろいろなものに、いろいろな理由で酔っぱらっているのだが、今の亘には、もちろんそんなことはわからない。

「きっと写ってると思うんだ。見てみてよ。これ！」

やっとこさ、自分の部屋を写した写真を取り出し、芦川に差し出した。その拍子に、薄いビニール袋に入ったネガと、同じカメラで撮影した動物園でのスナップとが、ばさりと音をたてて足元の砂利の上に落ちた。亘はそれをまとめてつかんで拾い上げると、ベンチの上の、芦川の隣に置いた。芦川は一人でベンチの真ん中に座っており、左右どちらにもずれてくれなかったので、亘は座れなかった。

亘の部屋のなかを写した写真は、二十枚近くあるはずだった。芦川はそれを、すいすいとカードを切るみたいな手つきで、順番に眺めていった。そうやってひととおり見終わると、固唾《かたず》を呑んで見守っている亘に、初めて笑いかけた。そして訊いた。

「どこに？」

そんなものが写っているんだという質問だとわかるまで、二、三秒かかった。

「写って――ない？」

「何も。何ひとつ」

芦川は言って、笑みを消し、亘の鼻先に写真を突きつけた。一瞬ぼうっとしたあと、亘はそれをひったくるように受け取った。手がわなわなと震えて、うまく写真をめくることができない。

「そんな、そんなことあるワケないよ！」

唾《つば》を飛ばして叫びながら、亘は写真を調べていった。あわてるあまりに指のあいだからスナップが一、二枚滑り落ち、運動靴の甲のところに、はらりはらりと載った。

写ってる――亘の部屋は。壁もカーテンも、ベッドカバーの柄までもよく見える。机の上の散らかりようも、机の上の小さな本立てに並べられている参考書やドリルの背表紙も、タイトルまで読み取ることができる。

でも――妖精の姿はなかった。

女の子の髪の毛一本も、白い指先も、ひらひらする衣装の裾《すそ》も、何ひとつ写ってはいない。なし。ナッシング。

亘は目を上げて、芦川の方を見た。芦川は本を読んでいた。亘など、もうそこにはいないみたいに落ち着き払って。

「……確かに聞いたんだ」

女の子の声、と付け足す言葉は、亘の口のなかで呟《つぶや》きになって消えてしまった。

「そばにいたんだ。だから、絶対写真に写ると思ってたのに」

芦川が、細かな活字に目を落としたまま言った。「夢だよ」

「え？」亘は彼に一歩近づいた。低い声なので、うまく聞き取れなかったのだ。

「夢。夢を見たんだよ」ページをめくりながら、芦川は言った。「寝ぼけてたから、居もしない人間の声が聞こえたんだ」

「でも、いっぺんだけじゃないんだ。二度も同じことがあったんだ！」

「じゃあ、二度とも寝ぼけてたんだろ」

芦川は本のページをめくった。大きな章がひとつ終わったのか、白いページが現れた。

芦川は小さくため息をつくと、顔を上げた。「踏むよ」

「え？」今度は何だよ。

「写真。足元に落ちてるの、踏むよ」

彼の言うとおりだった。運動靴の甲の上から落ちた写真の端っこを踏んでいた。それは動物園で撮ったスナップのうちの一枚で、飼育係からリンゴをもらっている象の檻《おり》の前で、亘と邦子が笑っている。

「僕は心霊写真なんか撮ってないよ」

亘が写真を拾い上げようと身をかがめると、芦川は言った。亘が彼の顔から視線を外すのを、待っていたみたいなタイミングだった。

「ここで撮った写真に、幽霊なんか写ってるわけがないんだ。みんなが騒いでるのは、その方が面白《おもしろ》いからだ。それだけだ」

「でも、キミは――」

「そういうふうに騒ぐのは良くないって、僕は言った。君も同じ意見なんだろ？　さっきそう言ってた」

芦川は少し、怒っているみたいに見えた。目が輝いていた。

「そういう意見の持ち主である君が、妖精の写真を撮ろうとするなんて、ヘンだね」

叱られてるみたいだった。

「そりゃ確かに――ヘンかもしれないけど、でも僕はホントに、誰もいないところで女の子がしゃべる声を聞いたんだ」

言葉を強めて主張しようと、心では思うのに、実際にはどんどん声がしょぼついていってしまう。

「だから、それは夢だったんじゃないかって言ってるんだ。僕だったらそう思う。写真なんか撮ろうとはしない」

芦川は言って、ちょっと首をかしげて亘を見つめた。

「自分で言ってることを自分で裏切って、一人で騒ぐなんて、ヘンだ」

亘は何か言おうとして、口をパクパクさせた。そうしないと泣きだしてしまいそうだった。おしっこをしたくなってきた。

まるで大人と話しているみたいだった。いや、下手な大人以上だ。太刀打ちできない。ルウ伯父《おじ》さんなんか、この半分も手強《てごわ》くない。誰に似ているかと言ったら父さんだ。いちばん理屈っぽくなってるときの、父さんだ。

子供同士の言い争いだからこそ、子供のやることなんだから、子供の考えることなんだから——という究極の言い訳が、最初から封じられている。側《はた》で見ている大人がいたら、そんなふうに感じることだろう。

「僕には、妖精なんかより、もっとずっと大きな問題があるように思えるけど」

芦川は、少しも乱れない落ち着いた口調で続けた。亘はそうっとまばたきをして、涙がこぼれないのを確かめてから、彼の顔を見た。

「どんな問題？」

「人によるよ」

芦川は言って、膝《ひざ》の上で本を立てると、表紙と同じ色合いの青いしおり紐《ひも》を引っ張り出して、広げてあるページのところに挟んだ。そして、またポンと音をたてて本を閉じると、小脇に抱えて立ちあがった。

亘はすうっと寒くなった。この会見は、こんな形で終わるのか。

「僕がなんか問題あるっていうのかよ」

「別に、そんなことを言ってるんじゃない」

「言ってるじゃないか！」

またぞろ泣きそうになってきたので、声を張りあげた。こっちだって怒ってるんだ。

芦川は、さっきと反対側に首をかしげて、あらためて、珍しいものでも観察するみたいに、しげしげと亘を見た。それから、その視線をまったく動かさず、表情も変えず、ただ口だけを動かして、言った。

「君ン家《ち》、お父さんはいないの？」

亘は驚いた。「なんでそんなこと訊《き》くんだよ？」

「いないの？」

「い、いるよ。ちゃんといるよ」

芦川はちょっとまばたきをした。

「じゃあ、お父さんは写真嫌いなの？」

ますますヘンな質問だ。「なんでさ？」

芦川は形のいい顎《あご》の先で、亘の手のなかの写真を指した。

「写ってないね、お父さん。一枚も」

亘は写真に目を落とした。そんなこと、全然気づかなかった。そうだったろうか？

「うちに帰ったら調べてみろよ。写ってないよ。君とお母さんばっかりだ」

亘は、とっさに頭に浮かんだことを言った。

「お父さんは写真を撮るのが好きなんだよ」

実際には、そんなことはない。というか、三谷明が写真を撮るのが好きか、撮られるのが嫌いか、そんなことが家のなかで話題になったことさえないというのが正直なところだ。でも、この動物園行きのときは確かに、明は自分は写真に写らず、邦子と亘を撮ってばかりいた。だから、芦川にそう答えてやったっていいはずだ。

だいいち、そんなこと三谷家の勝手じゃないか。

「ふうん」芦川は鼻先で返事をした。「じゃ、いいじゃないか」

そう言うなり、くるりと身体の向きを変えて、さっさと歩き出した。亘は、亘から見ればまだ話は途中なので、芦川が神社の鳥居のそばへ行ってしまうまで、おとなしくその場に突っ立っていた。だが、芦川はどんどん行ってしまう。そこでやっと、目が覚めたみたいになって何歩か追いかけた。

「おい、待てよ！」

芦川は振り返りもしない。何も言わない。

「問題があるなんて、ヤなこと言いっぱなしにして、何だよ！」

芦川は朱色の鳥居をくぐって、神社の外へ出ていってしまった。あたりは急に静かになり、鳥のさえずりが聞こえてきた。

——何なんだよ、アイツ。

変わり者だという以上だ。

急に、なんだかひどく、くたびれた。写真を落とさないように持って、さっきまで芦川が座っていたベンチに近づき、腰をおろした。さっきまで芦川のものだった視界が、目の前に広がる。だからどうということはなかった。ツツジの花は満開を過ぎて、そこらじゅうに花びらが散っている。三橋神社は三橋神社で、境内には人気《ひとけ》がなかった。

一枚一枚、手に取って写真をチェックしていった。亘の部屋。やはり、あの甘い声の持ち主は、どこにも写ってはいなかった。

動物園でのスナップ。羽を広げたフラミンゴの群をバックにして、おどける亘。鳩にポップコーンを投げてやる邦子。この日はお天気が良かった。邦子も亘も眩《まぶ》しそうな顔で笑っている。

確かに芦川の言うとおり、三谷明もまた、どこにも写ってはいなかった。

5　事件の影

——今月は、ツイてない。

亘はそう思うことにした。この六月は、何をやっても良くない月なのだ。だからつまらないことばっかり起こるのだし、嫌な思いばっかりするのだ。

——夏休みまで、おとなしくしてよう。

それでなくても、亘は、一年のうちで六月がいちばん嫌いだった。びちょびちょと雨ばかり降る。急に気温が下がって鼻がぐしゅぐしゅするかと思えば、じっとりと汗ばむような夜が続くこともある。長袖《ながそで》を着たらいいのか半袖を着たらいいのかはっきりしないし、お気に入りのシャツやズボンが、一度洗濯をしてしまうと、なかなか乾かない。どうして母さんは乾燥機を買ってくれないのだろう？　今の洗濯機に買い換えるとき、電器屋さんに、セットなら勉強しますよって、あんなに勧められたのに。うちは南向きだから必要ないわなんて言って。いくら南に向いてたって、太陽が出なきゃ洗濯物は乾かないんだ。それに僕は、うちのなかに洗濯物を干すの、貧乏くさくてイヤなんだ。

その点については、さすがは父子《おやこ》というべきか、三谷明も同意見だった。邦子が家じゅうに洗濯物を干し並べると、彼はあからさまに不機嫌になり、これをどうにかしてくれと、子供のように口を尖《とが》らせて文句を言うのだ。

「乾燥機ぐらい買ったらいいじゃないか」

と、亘と同じ進言もする。だが、邦子の方が聞き入れない。

「そんなのゼイタクよ。梅雨時だって、一週間も十日もお日様が出ないというわけじゃないんだから」

雨降りが続くと、そういう小競り合いというか言葉のやりとりは、朝晩の挨拶《あいさつ》と同じくらいの頻度で、三谷家のなかに発生した。しかし、それ以外はおおむね平和で何事もなく、六月は粛々と——またはじめじめと——過ぎてゆくようだった。やっぱりおとなしくしているのがいいのだと亘は思い、亀の子のように首を引っ込めて、さらにおとなしくなった。

幽霊ビルの噂も、亘が気にしなくなったせいもあるのだろうけれど、さっぱり聞こえなくなった。みんな飽きっぽいのだ。あれから大松家の人たちを見かけることもない。カッちゃんも、まったく誰にも会っていないという。そして工事は、依然として再開されないままである。

芦川美鶴は、学校だけでなく、「かすが共進ゼミ」でも優等生であることを証明した。二ヵ月に一度、担当の石井先生と、ゼミの塾長先生が「みんなの学力の伸び具合を把握するため」に執り行う実力テストで、あっさりと宮原祐太郎を抜き去り、ぶっちぎりのトップに躍り出たのだ。今の五年生の塾生たちのなかでトップだというだけでなく、歴代でもダントツの成績だという。

亘は、塾でも学校でも、芦川とは顔を合わせないよう、少し古めかしい言い方をするならば〝袖振りあう〟ことさえないように、気をつけて毎日を過ごしていった。もうあんなふうに、一方的にやりこめられるのは御免だと思った。それも、全力でぶつかりあって完敗したというのじゃない。亘は必死だったけれど、芦川の方は、なんだか剣の先っちょで亘をあしらっているみたいだった。だからこそ、その場で傷つけられただけでなく、後で思い出すたびに、また傷が深くなるような気がするのだ。もう関わるのはよそう。

それに、六月の半ば頃になると、幸せなことに、亘には、芦川や幽霊ビルなんかよりも、もっと考え甲斐《がい》のある、楽しい目標がひとつできたのだった。ほかでもない、八月まるまるいっぱいを、千葉の三谷家で過ごそうという計画である。

今までの夏休みも、七月の終わりから八月の第一週にかけて、海水浴にはいちばん良いシーズンには、千葉のお祖母《ばあ》ちゃんのところに泊まりにいって、楽しく過ごすのが恒例だった。明はそんなに休みをとれないし、夫が働いている時に邦子が家を空けるわけにもいかないので、そういうときは、亘だけがお祖母ちゃんの家に泊まるのだ。幼稚園のころから、それでへっちゃらだった。ホームシックにかかったり、お母さんに会いたいなんて、一度だってメソメソしたことはなかった。「亘は海の子なんだ」と、ルウ伯父《おじ》さんも保証してくれている。

それだから今年は、いよいよ、一週間や十日だけなんていうケチくさいことを言わずに、八月いっぱい千葉で暮らそうというわけなのである。もちろん、それだけ長くいるということになれば、お客さんテキに遊んでばかりはいられない。お祖母ちゃんの店も、海の家の売店も、ルウ伯父さんの仕事も、亘ができる限りのお手伝いをするのだ。

「ちゃんと働けたら、それに見合う給料を出してやる」と、ルウ伯父さんは言った。亘は、その話に飛びあがって喜んだ。〝給料〟って、なんて素敵な言葉だろう！

『ロマンシングストーン・サーガⅢ』の後に、おそらくは十一月の半ば頃だろうけれど、『バイオニック・ロード』という、とても面白そうなゲームが発売される。RPGではなくて、アクション・ゲームだけれど、雑誌の情報を見る限りでは、SF的なストーリーがとても複雑で、謎めいていて、主人公がカッコよくて、それはもうドキドキするほどに亘好みのゲームなのだった。それが、発売予定価格七千二百円なのである。CD二枚組だ。

最初に雑誌で見たとき、あ、こりゃ駄目だ、諦《あきら》めだと思った。『サーガⅢ』から二月とあいてない。七千二百円なんて、絶対に無理だ。手も足も出ない。

カッちゃんなら、何とかなるかもしれない。二ヵ月あいてれば、お小遣いのやりくりもつくだろう。小村家は、小父《おじ》さんも小母《おば》さんも商売が忙しくてカッちゃんにかまえない分、お小遣い方面では三谷家よりもずっと甘いからである。小父さん小母さんが、ゲーム内容を厳しくチェックするということもない。

ただ、基本的かつ大きな障害があるのだ。カッちゃんは、アクション・ゲームは嫌いなのである。RPG命なのである。『バイオニック・ロード』？　それ何？　え？　主人公がサイボーグなの？　侵略してきた異星人をやっつけて、宇宙コロニーに閉じこめられてる住民たちを救出するって？　亘が一生懸命にその面白さを売り込んでも、カッちゃんは話半分に聞き流し、そして尋ねるのだ。

「で、魔法は使えンの？」

使えないと答えたら、その場でアウトだ。カッちゃんにとって、魔法の使えないゲームなんて、梅干しの入ってないおにぎりと同じくらい意味のないものなのだから。

つまり、小村克美君に『バイオニック・ロード』を買ってもらって、貸してもらうもしくはプレイさせてもらう――という技は、最初から使えないのである。

ああ、お金がほしい。切実に、亘はそう思っていた。そんなところへ、ルウ伯父さんの台詞《せりふ》が聞こえてきたのである。八月いっぱい、こっちへ来たいんだって？　ちゃんと働けたら、給料払ってやるよ。

働けるよ！　働けますとも！

亘は一生懸命に両親を説き伏せにかかった。三谷明も邦子も、まるまる一ヵ月のあいだ、我が子が家を離れるということに、最初のうちは、強い抵抗を感じているようだった。せいぜい半月ぐらいならばいいだろう。でも、三十日間？　それはちょっと——

「ずっと千葉のお祖母ちゃんのところにいたら、遊んでばっかりいて、宿題ができないんじゃないの？　駄目よ」と、邦子は反対した。

「宿題は七月のうちにやっちゃう。ドリルだけだから。あとは日記と感想文だから、千葉でもちゃんと書けるもん」

「朝顔の観察は？」

「それだって千葉の方がいいじゃん。お母さん、ベランダに朝顔の鉢を置くと、イモムシがつくからイヤだって言ってたじゃない」

邦子はこれで、うーんと唸《うな》った。確かにイモムシは嫌いなのだ。朝顔の蔓《つる》から、干してある洗濯物や布団にも移ってしまう。毎夏、亘の宿題のために朝顔を育てるたびに、ベランダで悲鳴があがるという事態が発生し、ご近所の手前みっともなくて仕方なかった。

一方、三谷明はもっと手強《てごわ》かった。

「親戚《しんせき》のところでも、アルバイトするのはまだ早い。亘は小学生だ。少なくとも中学生になるまでは駄目だよ」

「ルゥ伯父さんは、いいって言ってくれてるのに」

「それは伯父さんの考えだ。父さんは意見が違う。おまえはまだ子供だ。お金のために働いちゃいけない」

とりつくしまがないという感じだった。何を言っても、どう訴えても、答は同じ。おまえにはまだ早い。亘は目の前が真っ暗になった。毎日毎日、父さんに考えを変えてもらうにはどうすればいいか、どういう意見を述べればいいかと、夜も眠りが浅くなるくらいに、必死で考えた。

ところが——である。

「亘、夏休み、お祖母ちゃんと悟伯父さんのところで過ごしてもいいぞ」

六月最後の日曜日、遅い朝ご飯の食卓で、明は突然そう言い出したのだ。新聞を読みながら、なんだか、あんなふうに議論したり頼んだりした話題についての結論というよりは、〝塩を取って〟とでもいうくらいの軽さで、ひょっこりと。亘はすぐには信じられず、自分はまだ寝ぼけているのかもしれないと、邦子の顔を見た。母も驚いていた。

「あなた――いいんですか？」と、少しばかり笑いながらも、邦子は念を押すように訊《き》いた。「亘は八月中、千葉へ行こうとしてるのよ？」

「いいんじゃないか」明は新聞をめくった。「何なら、君も行って来るといい」

「そんなわけにいかないわよ」邦子は笑いだした。「あなたを放っておいて、わたしだけ海水浴なんて、ねえ」と、亘にうなずきかける。

「別にかまわないよ」明は新聞から目を上げないまま、ひょうひょうとした口調で言った。

「普段だって、すれ違いばかりで母子家庭みたいじゃないか。同じだろ。俺だってやもめみたいだし」

その言い方には――何というか、ほんの少しだけれど〝含み〟があった。亘は確かに、それを感じた。昨日土曜日は、父さんは休日出勤で一日じゅう出かけていて、帰りも遅かった。なんか嫌なことがあったのかもしれない。ひどく疲れているのかもしれない。それで機嫌が悪いんだろう。

「だからこそ、夏休みぐらいは一緒に過ごす時間をたくさんとりたいのよ。ね？」

邦子は亘に笑いかけた。今度ははっきりと、〝援護せよ〟と顔に書いてある。〝明隊長は不機嫌モードに入っているぞ、亘二等兵〟。

しかし、亘は困った。父さんの承諾は、喉《のど》から手が出るほどほしい。それがせっかく差し出されているというのに、母さんの味方をして断るなんて。

「それに、亘が八月中千葉に行っちゃったら、小田原の両親に会えないわ」邦子は言って、立ちあがってコーヒーポットを持ってきた。「二人とも寂しがるわ。可哀想よ」

明は黙っている。それどころか、新聞を持ちあげて顔を隠してしまった。邦子はさらにあれこれ言ったけれど、明は生返事をするばかり。食事の席の雰囲気も沈滞してしまった。

こうして結局、なんとなくなし崩しではあるけれど、亘は夏休み中の一ヵ月の千葉行きを獲得したのだった。

千葉で過ごす八月の一ヵ月間を、有効かつ楽しいものにするためには、東京にいる七月のうちに、宿題の大半を片づけてしまうことが必要だった。亘はこういう点では周到な性格である。七月中の約十日間は、どんなに強烈な誘惑があろうが、ラジオ体操に間にあう時間に起きて、週に二度のプール教室に出かけるほかには、ずっと家にいて宿題に集中する計画を立てている。そのことを考えると、無条件で心がはずむのだ。いつもなら、大嫌いな六月の、そのまた大嫌いの中心――しとしと雨と蒸し暑いのと、思い出したように夜気が冷えて鼻づまりになるのとで、憂鬱《ゆううつ》一方の梅雨も、今年はちっとも苦にならなかった。じめじめした空気と晴れない空の先には、頭から丸かじりして味わうことのできる素晴らしい夏が、亘のために出番を待ってくれている。

「チカゴロ、やけに明るいじゃん？」

カッちゃんにそう尋ねられて、楽しい秘密をうち明けると、彼は手放しで羨《うらや》ましがった。

「いいなぁ、俺もちょっとぐらい遊びに行かれるといいんだけどなあ」

「ルウ伯父《おじ》さんにきいてみてあげようか？」

カッちゃんが一緒なら、亘だってもっと楽しい。

「伯父さんなら、きっとオーケイしてくれるよ」

「うん……」カッちゃんは、珍しくちょっと煮え切らない顔をした。「ただき、オレんとこは店の手伝いがあるからね」

「お盆休みは？」

「そんときは家族旅行。ウチはオヤジもオフクロもあんまし休みとれないから、家族旅行だけはちゃんと行くんだ」

「カッちゃんて親孝行？」

「——って感じぃ？」

そう言い合って、二人で笑った。

そんなふうに過ごして、六月の末、あと一枚日めくりをめくれば、待望の七月という日の午後のことだった。

この日は塾があるので、亘は急いで学校から帰ってきた。何かおなかに詰め込んでから出かけたかった。

すると、玄関に女もののきれいな靴が揃えてあり、リビングで話し声がする。女の人の声である。

そっと顔をのぞかせると、例の母さんの友達——不動産会社の社長夫人が来ているのだった。コロンの香りがする。

「あら、お帰りなさい」邦子が亘に気づいて声をかけた。社長夫人も振り返る。亘は、ここまで来て目前の千葉行きがフイになるようなミスをしたくないので、母さんの機嫌をとるべく、とても良い子のご挨拶《あいさつ》をした。

それに満足してくれたのか、母さんは手早くお八つの支度をして、それを亘がお客様の前ではなく、自分の部屋で食べることを許してくれた。お八つは豪華なケーキだった。フルーツが山ほど飾ってある。

「佐伯《さえき》さんにいただいたのよ。お礼を言いなさいね」

お盆を差し出しながら、母さんは社長夫人の方に頬笑んで、そう言った。そうそう、社長夫人の会社は、佐伯エステートとかいうのだった。

母なる女王邦子の友達が来たときには、そこに同席して、学校のこととか友達のこととか、面白くもないことをあれこれ訊かれながらお茶を飲まなくてはならない、それは、第一王子の亘に課せられた使命である——というのが三谷家の法律である。本日はあっさりとそれを免除されて、亘は心底ホッとしたが、すぐに、なんとなくヘンな感じがしてきた。なにゆえに、こんな超法規的措置がとられたのか？　邦子と佐伯社長夫人の話は続いている。ひそひそ、ひそひそ。

答は明らかだ。その会話を、亘の耳には入れたくないのだ。ではどうするか？　決まってるじゃないか、盗み聞きするのだ。亘は手づかみでケーキを食べながら、ドアに張りついて聞き耳を立てた。

「——それで警察はどうするつもりなのかしら？」と、邦子が低い声で言った。

亘はクリームのついた指を舐《な》めながら、目を瞠《みは》った。

「もちろん犯人を捜してるわよ。だいたいの目星だってついてるんじゃないかしら」

「きっと変質者よねえ。前にも同じようなこと、やってるかもしれないし」

「それもそうだけど……不良グループじゃないかって」

「不良って、高校生とか？　まさか中学生じゃないでしょう。やったことがやったことだもの。車だって使ってるんでしょ？」

「まあねえ。だけどホラ、最近は高校入ってもすぐやめて、家でブラブラしてる子供も多いから、そういう連中が集まって——」

「問題を起こすのね。アラ、問題どころじゃないわね。これは犯罪だもの」

「だから自警団をつくるって言ってるわけよ。うちはお宅と同じで男の子ばっかりだけど、女の子のいるお宅は深刻よ。震えあがってるわよ」

「そりゃ当然だわ」

「だけど、気の毒よねえ」社長夫人がため息をついた。「大松さんのところも——」

亘はちょうど、ケーキのてっぺんに載っていたサクランボを口に入れたところだった。驚きのあまり、種を飲み込んでしまった。

ダイマツ？　あの大松ビルのオーナーの大松さんのことか？　そうだろうそうだろう、だって、建てかけの大松ビルについて詳しい情報を教えてくれたのは、ほかでもない佐伯社長夫人だったのだから。

「中学生ですって？　お嬢さん」

「ええ、そう。だけど大松さんのところは、事件があった後、すぐには警察へ行かなかったのよ。今度の事件があってね、それで——ひょっとしたらお嬢さんをさらった犯人と同じ奴の仕業なんじゃないかって思って、それでやっと訴え出たってわけ。警察も、聞き込みに回ってたしね」

「その気持ちもわからないじゃないけど、もっと早くに訴えればよかったのに」

「それがね、大松さんのお嬢さん、事件のショックで口をきかなくなっちゃってるらしいの。ちょっと……まあなんていうか、心が壊れちゃってるというか」

ショックを受けたのか、邦子は黙った。しかしドアの内側に張りつきながら、亘はもっともっと大きな衝撃に揺すぶられて立ちすくんでいた。ほっぺたについたクリームと、同じくらい真っ白な顔色になっていた。

大松家の中学生のお嬢さん。

口をきかない。

心が壊れてる。

香織のことだ。ほかの誰であるはずもない。

見とれるくらい綺麗《きれい》だけれどうつろな目をして、兄が押す車椅子に座っていた。まだ制作途中の人形のように、華奢《きゃしゃ》な首がぐらぐらしていた。

香織が——あんなふうになってしまったのは、〝事件〟のせいだという。ヘンシッシャとか不良とかがからんでいる事件のせいだという。警察が乗り出しているという。佐伯社長夫人はさっき、「お嬢さんをさらった」と言わなかったか？　香織は誰かにさらわれたのか？　誘拐されて、あんなふうに壊されてしまったのか？

胃袋がゲンコツよりも小さく縮まって、すうっと下がって、膝頭《ひざがしら》のあたりでやっと止まった。ケーキはもう一口も食べられない。

亘はまだ思春期の入口にも到達していない年頃だが、それでも、今いる場所から入口を見ることはできる。しかも、思春期の入口には扉はなく、柵《さく》もない。昔はあったらしいけれど、時代が進むに連れてだんだんに壊されてきたのだ。だから、遠目でもそこをのぞくことは充分にできるし、入口の先、その奥にあるものはみんな、ことのほか色鮮やかなので、両親が亘がのぞいて知っているのではないかと推察している事柄の倍ほどの事柄を、亘はすでに知っていた。

だから、推し量ることができた。大松香織が、どうやって、どんな経過《プロセス》で以《もっ》て壊されたのか。それが女の子にとってどんなことなのか。あて推量だから細かいところは違っている——たぶんかなり違っているだろうけれども、それが全体として恐ろしく、忌まわしく、汚らわしいことだという直感的認識だけは間違っていなかった。

塾へ行く時間が迫っていた。キッチンに皿を出して、挨拶してから出かけねばならない。でも、どんな顔をしていいかわからなかった。母さん、ボクはその女の子を知ってる。香織さんを知ってる。その子に会って、実を言うとずっとその子のことが気になってる。だってすごく可愛かったから。妖精《ようせい》のニーナみたいに。

そんなことを考えるだけで、泣けてきそうだった。

亘は忍者のように部屋を忍び出て、母と社長夫人の囁《ささや》くような会話を振り切って、自分でも説明できないエネルギーに急《せ》かされて、一直線に塾へと走った。通りすがりの人びとは、あの男の子は何をあんなに怒っているのかと、訝《いぶか》ったことだろう。

その日は塾にいるあいだじゅうずっと、じっと椅子に座っていても——先生が亘の提出した算数のドリルの間違いを解析してくれていても、宮原祐太郎がいつもながら几帳面《きちょうめん》な勉強ぶりで皆を感心させていても——亘は一人で走り続けているような気分だった。どこに向かっているのかわからず、なぜ走っているのかもわからない。ただ走っている。走れば、自分の助けるべき人が何処にいるか、自《おの》ずとわかると信じている英雄《ヒーロー》のように。走れば、行き着く先に自分の倒すべき怪物《モンスター》が待ち受けていると知っている勇者のように。

でも、現実には何も見えず、どこにも着かない。だから、とても孤独《ひとり》だった。

塾の授業が終わると、夜も八時を過ぎてしまう。いつもはおなかペコペコだが、今日は空腹さえ感じなかった。ただ何となく、胃のあたりがスカスカになっているだけだった。亘は友達とおしゃべりすることもせずに、そそくさと参考書とノートをしまい込み、黙って家路についた。

歩きながら、無性に大松ビルに行きたくなった。行けばまた香織に会えるような気がしてたまらない。初めて出会ったのは、もっともっと遅い時刻だった。真夜中だった。だからこんな時間に行ったところで、彼女が散歩に来ているはずはない。それどころか、建築途中の大松ビルが、いつもの香織の散歩コースに含まれているかどうかさえ確かじゃない。あの夜は、たまたま大松社長が、娘を散歩に連れ出した時、中途半端に放置されたままのビルの様子を見に寄っただけのことだったのかもしれないのだ。

理屈を並べてみても、爪先は大松ビルの方へ向いていた。今夜は、マンションの共同玄関のところで明に呼び止められるという偶然もなかった。亘は真っ直ぐに、ほとんど目的があるかのような一途《いちず》さで、大松ビルへと向かって歩いた。幸い、今夜は雨もやんでいる。

カッちゃんが、灰色の作業着を着た人と連れだった大松社長にばったり会ったというのは、もう半月ばかり前のことだ。だけど、その後もビルの建築が再開される様子はない。大松ビルは痩《や》せた骨組みの上にシートをかぶり、夏も近いというのに、薄ら寒い姿をさらして立っている。

誰もいない。やっぱり。毎日学校への行き帰りでここを通るときは、それなりに人通りがあるのだけれど、なにしろ隣は神社だし、このあたりは住宅ばかりで、お店もコンビニも見あたらないので、陽が落ちるとすうっと静かになってしまうのだ。

街灯の下に立って、亘は大松ビルを見あげた。シートとシートを結び合わせている太い紐《ひも》が、ここ数日の雨を吸い込んで、死んだミミズみたいに垂れ下がっている。そこにも、ここにも。その数を数えた。

本来作業が進められていたならば、出入口になるべき場所には、ことのほか厚いシートがかけられていて、そのシートだけは紐ではなく、大きな南京錠で留め付けられていた。作業を続けてくれる工務店が見つかるまでは、この南京錠の鍵《かぎ》は、きっと大松社長が保管しているのだろう。以前にここで会ったときには、亘とカッちゃんが来る前に、南京錠を開けて、建物のなかの方まで点検していたのかもしれない。

シートとシートの隙間に目をあてて、のぞきこんでみた。かろうじて鉄筋や階段らしきものが見える。ちょっとカビくさい。

亘は腕時計のデジタル表示に目を落とした。午後八時十九分三十二秒——

大松社長は、なぜあんな遅い時刻に、香織を散歩に連れ出していたのだろう？　こだって、昼間点検に来れば済むことだったじゃないか。なんでわざわざ夜遅くに——

昼間出歩くと、明るい太陽の光の下で、香織の壊れてしまった様子が、残酷なほどくっきりと見えてしまうことに耐えられないのだろうか。香織本人が、昼間外に出ることを嫌がるのだろうか。いや、もしかすると彼女は、太陽の光ではなく、町を歩いている見知らぬ人たちを怖がるのかもしれない。香織を壊した奴らを思い出させるから？　それとも、香織を助けてくれなかった人たちを思い出させるから？

次から次へと湧いてくる辛《つら》い疑問を消し去るために、事件の詳しいことを知りたかった。でもその一方で、事件のことなど知りたくもなかった。

亘の目には、不運続きで中途半端に立ちつくしているこのビルが、大松香織と重なって見えて、仕方がなかった。理不尽な運命のために、ここに立ちつくし、風雨にさらされ、いたずらに放置され、少しずつ少しずつ痩せ衰えているのは、ただの建物ではなく、香織の魂そのものなのではないか――そんな気がして、たまらなかった。

心のなかの悲哀と憤りに、あまりにもどっぷりと浸かっていたので、亘の目は現実を見ていなかった。目と鼻の先にあるものを感知することができなかった。

そして、気づいたときには、今度はそれが、まるっきり幻影のように見えた。だって、あるはずのないものがそこにあったら、いくら小学五年生だって、ああこれは夢だゲンカクだ、ホントじゃないってわかるさ――

南京錠で留め付けられたシートを、内側から、そっと誰かが押し開こうとしている。手が見える。

亘はぽかんと口を開いて、その手に見とれた。動いてる。

妙に白い手だった。でも女の人の手じゃない。もっとしわくちゃで乾いている。小田原のお祖父《じい》ちゃんの手と似てる。

手がシートを持ちあげて、隙間を広げ、その隙間から誰かが亘を見つめている。

「うわ！」

遅れてきた驚愕《きょうがく》が、声になって口から飛び出した。亘が叫ぶのと同時に、シートを持ちあげていた手が引っ込んで、隙間も閉じた。南京錠がぶらぶら揺れる。

誰か、ビルのなかにいる。

とっさに、亘はしゃがんでシートの裾《すそ》をつかんだ。シートは思いがけないほど重たかったけれど、両手で持ちあげると、三十センチぐらいの隙間が空いた。亘はそこから内部へと潜り込んだ。勢いよく身体を滑り込ませたので、湿った泥が頬にも顎《あご》にもくっついたけれど、全然気にならなかった。

シートの内側に入って膝立《ひざだ》ちになったところで、今さらのように、あまりにも暗いことに気がついた。シートとシートのつなぎ目から、街灯の光が細く差し込んでくる。灯《あか》りと言えばそれだけだ。コンクリートの基礎や、鉄筋の柱。すぐ右手に設置されている階段。みんな、わずかな光源があるがために、かえって暗い闇の塊になっている。

何か音がした。右の方で。亘は、凄《すご》い勢いでそちらに顔を振り向けた。

階段の上――一階から二階、二階から三階、三階から四階――踊り場で折り返しながらあがってゆく。どうやら、三階から四階へと続く踊り場まで設置されただけで、その先がないようだ。目を凝らしても、確かに何もない。宙ぶらりんになっている。

そこを、のぼってゆく人影が見える。

6　扉

さっきと同じように、亘は啞然《あぜん》として口を開いた。自分の目に映っているものが信じられなくて、ただただまばたきをするしかない。

三階から四階に続く踊り場の端、そこから踏み出せば下に落ちるしかないぎりぎりのところに、その人影は立っていた。黒いシルエット。痩《や》せて背が高い。そして――

（あれは、フードだ）

長く裾を引くローブを着て、フードをかぶっているのだ。左手は踊り場の手すりの上に置かれている。右手には杖《つえ》を――二メートル以上の長さがありそうな杖を持っている。

その杖のてっぺんに、何か丸いものがついていて、光っている。輝いている。

魔導士だ。

『ロマンシングストーン・サーガ』には、シリーズを通して、敵と味方に一人ずつ、強力な魔導士が登場する。『サーガI』では、味方になる魔導士は、敵方の魔導士のお師匠さまにあたる偉い人で、その分気難しくて怒りっぽいおじいちゃんだった。『サーガII』の魔導士は、一転して若い美人で、敵方の魔導士の分身《ダブル》だった。敵方の魔導士も色っぽい美女で、何百年も生きているのに歳をとらない。なぜかといえば、自分に降りかかるべき「老い」を、強力な魔法で疫病に変えて、何も知らない大トマ国の人びとの上に振りまいているからだった。味方になる美人魔導士は、敵方の魔導士を倒せば自分もいっぺんに歳をとり、一瞬のうちに老婆になってしまうことを承知の上で、主人公に力を貸してくれるのだった。

『サーガIII』では、今のところ雑誌の情報を読む限り、またおじいちゃん魔導士が登場するようだ。この人には何らかの古《いにしえ》の呪いがかけられていて、それを解くために主人公に同行を申し出るということであるらしい。イラストを見ると、『I』の魔導士よりもずっと優しそうで、なんだかサンタクロースみたいな感じだった。

それぞれに個性的な魔導士たちだが、服装には共通するものがある。フード付きの長いローブと、手にした杖だ。『II』の美人魔導士など、下着が見えそうな超ミニスカートを穿《は》いているにもかかわらず、ローブは裾を引きずるほどの長さだった。つまり、それはお約束の制服なのである。

そして今、幽霊ビルの内側の闇の中で、宙ぶらりんに途切れた階段の踊り場の上に立っているのも、やっぱりそういう出《い》で立ちの人物だった。魔導士だ。間違いない。

だって、ほかにどんなキャラクターを思い浮かべることができる？

問題は、魔導士なんか実在するはずがないということである。

「あの、あの、あの」気がつくと、亘は仰向いてそんなことを口走っていた。

「あの、あの、アナタは――」

頭上の踊り場の人影が、こちらに頭を振り向けたように見えた。杖の角度が、ちょっと変わった。

「アナタは、そんなところで何してるんですか？」

沈黙が落ちた。それでも、亘は暗がりのなかで、フードの人影がこちらを見つめているのを、その視線をはっきりと感じた。

「あの、その」半歩前に踏み出して、「危ないですよ、そんな高いところにいたら」

返事なし。

人影は動かない。

嫌な感じがじわっとした蒸気となって、亘の全身を押し包んだ。

もしかするとアレは、もちろん魔導士なんかじゃなくて、その――ちょっとばかりココロのバランスを失っているヒトというか、変わっているヒトというか、そういうヒトがここに入り込んでいるというだけのことじゃないのか？　それでもってボクは、そういうヒトと闇のなかで二人きりで、しかもこっちから呼びかけて注意を惹《ひ》いちゃったりしてるワケだぞ。

もっとも、魔導士のコスプレするのが好きなお年寄りが、この近所に住んでるってこともあるって——考えられないでもないけど。

フードの人影が、一歩手前に踏み出した。

亘はすうっと冷汗をかいた。コスプレ好きなおじいちゃん——あるわけないって、そんなこと。

あわててしゃがみこむと、ひっかくようにしてシートの裾を持ちあげた。焦っているので上手くいかない。すると、頭上から雷のような声が轟《とどろ》いた。

「恐れるでない、少年よ！」

亘は固まってしまった。たっぷり数秒間、そのままの恰好《かっこう》でいた。

それから、おそるおそる振り返り、頭上を仰いだ。

フードの人影は、さっきまでと同じ場所に存在していた。杖が、またちょっと傾いた。シートの隙間から差し込む街灯の光を受けて、杖のてっぺんについた珠《たま》がピカリと光った。

頭上から、今度はずいぶんと穏やかな声が聞こえてきた。

「おぬしは、どこから来たのかな？」

質問されているのだ。亘は両手でシートの裾をつかんだまま、口をあわあわさせることしかできなかった。

だって、日本語だ。

「名前は？」と、声がまた問いかけてきた。明らかに老人の声だった。ほんの少しだけれど、しゃがれているようだ。タバコ飲みの小田原のお祖父ちゃんと同じだ。

「これ、何とか言わんかい」

問いながら、頭上の人物は、さらに半歩手前に踏み出した。

亘の顎《あご》がガクガクしてきた。「あの、あのあの、あの」

「そうか、おぬしはアノという名なのか、少年よ」

違う違う。亘はぶるぶる首を振った。でも声が出てこない。

「アノよ、おぬしこそ、こんなところへ何をしに来た？」

そうっと見あげると、フードの人影は、三階から四階へ続く踊り場の手すりにもたれて、亘を見おろしていた。杖は肩に担いでしまっている。

なんだか――妙に気さくである。

「アノよ、おぬしも友達に聞いてきたのかの？」

フードの人影は、杖を持ちあげてとんとんと肩を叩《たた》いた。

「ここのことは、だいぶ評判になっとるらしいからの」

それらの言葉は、狼狽《ろうばい》して混乱してコントロールを失っている亘の心にも、かろうじて届いた。

トモダチ。トモダチに聞いてきた。

ヒョウバンになってる。

「あの――あの――」

つっかえつっかえ言い出すと、頭上の人影は笑いながら遮った。

「アノよ、ここはミダス王の謁見の間ではないからの、発言する時にいちいち名を名乗らなくてもかまわんのよ」

「あの――いえそうじゃないんです」

やっとまともな言葉を口にできると、それで呪いが解けたみたいになって、亘は立ちあがった。

「ボクはアノって名前じゃありません。亘といいます」

「ワタル？」人影は首をかしげたようだった。フードが動いた。「ほう、そうか。似とるなあ」

え？と思った。「誰にですか？」

「誰でもない」フードの人影はすぐに答えた。「少なくとも、おぬしの友達ではないようじゃの」

杖を反対側の肩に担ぎ直すと、さらにゆったりと手すりにもたれた。なんだか、今にも懐からタバコか煙管《キセル》でも取り出して、一服つけそうなほどにくつろいだ感じである。

「それでワタルよ、おぬしはここへ何をしに来たのじゃ？」

「えっと——あなた——あなたはさっき、シートの隙間から外を見てたでしょ？」

「ほほう」

「そのとき、外側からも、あなたの手が見えたんです。それで、何かと思って潜り込んできたんです」

「なるほど」人影は呑気《のんき》そうに言った。「で、おぬしはここに何をしに来たのじゃ？」

「だから、あなたの手が見え——」

ロープの袖口から、するりと手が出てきた。人影は指を立てて、ノンノンノンというように左右に振った。

「ワタルよ、おぬしはわしの質問を聞いておらんの。いいかね、よくお聞き。おぬしはここに何をしに来たのじゃ？」

亘は困ってしまった。「だって——」

「おぬしはこの建物の前を散歩しておったのかの？　この時刻に？　梟《ふくろう》の朝は子供らの夜ではないか」

ああ、そういう意味か。亘はやっと得心した。「そもそもここへ来たのは、ちょっと人に会いたかったからです」

「人に会う」歌うように節を付けて、フードの人影は繰り返した。「その人はどこにおるのじゃな？」

それは、たとえこんな奇天烈《きてれつ》な状況ではなくても、答えにくい質問である。大松香織のことなんか、どう説明しよう？

「ここには……いないんですけど」

「ほほう。いないとな」

「はい。でも、前にここで会ったことがあって、それでボク――」

「前にここで会ったことがあるとな」

「そうなんです。おかしな話に聞こえるのはわかってるけど、でもホントなん――」

フードのヒトは、亘の発言を最後まで聞いてくれずに、また遮った。「その人とはどんな人なのかな？」

「女の子、ですけど」

「少女とな、ほほう」

また歌うように言ってから、フードのヒトは急にしゃっきりと姿勢を直し、どんと杖《つえ》をついた。亘はビクリとした。

「さて、わしはもう帰らねばならん」

「あの、ですけど──」

「それに、どうやらおぬしは間違いをしているようじゃ」

「ボクがですか？　何を？」

「おぬしはここへ来てはならぬ」

「だけど──」

「そういう次第で、おぬしはわしには会っておらん」

「でもこうやって話して──」

「案ずるな。これからわしがおぬしの時を巻き戻してやろう。おぬしはここにはおらなんだ。何も覚えておらなんだ」

「ちょ、ちょっと待って──」

フードの人影は、ちっとも待ってくれなかった。亘の言葉など聞こえてない。杖を片手に、残る片手を宙に差しのべて、最初の時と同じような、朗々とした声を張りあげた。

「偉大なる時の大神クロノスよ、その忠実なる僕《しもべ》、風と雲と虹の使者よ、我ここに立ちて仰ぎ願わん！」

呪文《じゅもん》だ。亘はまたぞろ唖然《あぜん》とした。

「その恩寵《おんちょう》をもって、流れし時を留めたまえ、返したまえ、忘却の泉より湧き出《いづ》る水にて浄《きよ》めたまえ」

　ぐいと、杖が空に突きあげられた。

「ダン・ダイラム・エコノ・クロス、えいや！」

　瞬間、無数のフラッシュが焚《た》かれたように、亘の目の前が銀色《しろがねいろ》の光に満たされた。あまりの眩《まぶ》しさに思わずまばたきをすると、

「あれ？」

　暗い幽霊ビルのシートの内側に座り込んでいた。あわてて見あげても、三階から四階に通じる踊り場の上には、誰もいない。

　魔導士も、コスプレするお年寄りも。亘のほかには誰もいない。でも――

（何だったんだ、今の？）

　と思った。ということは、

（全部覚えてるぞ）

　あのじいさん、時を巻き戻すなんて言ってたけど、ボクは何も覚えていないなんて言ってたけど、ちゃんと覚えてるぞ。

　急に頭がフラフラしてきて、片手で自分の額を押さえた。熱でもあるんじゃないか。夢を見てたんじゃないか。ほっぺたをつねってみようか。つねってみるぞ。痛い。ちゃんと痛い。

亘はシートの裾《すそ》を持ちあげ、ようやっと外へ出た。街灯の下で、腕時計を見た。遅くなっちゃった、母さんに叱られる、何て言い訳しようか――

息が止まった。

デジタル表示は、八時十九分三十二秒。

そんなバカな。ただシートの内側に入り込んで、そこから出て来るだけだって、三十秒とか一分とかかかるはずだ。

時間が過ぎてない。

（わしがおぬしの時を巻き戻してやろう）

魔法みたいだ。

いや、みたいじゃない。これこそ魔法だ。

あの呪文――一生懸命に思い出してみた。時の大神クロノスとか言ってたぞ。その使者が――何だっけ、風となんとか。虹だったかな。それで最後に、なんとかラムとかエコノなんとかとか――ああ、もっと注意深く聞いていればよかった。

あれは本物の魔導士だったんだ。夢や幻なんかじゃない。コスプレ好きのおじいさんでもない。正真正銘、真の魔導士。

だけど、そんなものが、いったいどこからやって来たんだよ？

身体の内側からどやしつけられたみたいに飛びあがり、亘はもう一度シートの内側に潜り込んだ。一度街灯の光に慣れた目には、幽霊ビルのなかの闇は、さっきよりも遥かに濃く深く見えた。それでも、踊り場にも、鉄筋の陰にも、階段の下にも、亘以外の誰一人いないことだけは、明らかだった。

「なかなか面白そうだけど……なんか、今までと感じが違うねえ」

カッちゃんはそう言って、黄色い傘を右肩から左肩の上に載せ替えた。雨滴がパラパラと落ちる。

「感じが違うって？」と、亘は訊《き》いた。

「IとIIと違うじゃん。今の日本が出てくるってさ、なんかシラける感じしない？　それに、その調子だと、ディスクの三枚目くらいまで進めないと、ポスターに出てくる空飛ぶ船には乗れなさそうじゃんか」

そこまで聞いて、カッちゃんの言葉の意味がやっとつかめた。亘はガックリした。

「カッちゃん、今までの話、『サーガIII』の先行情報だと思ってたのかよ？」

カッちゃんは目をクリクリさせる。「違うの？」

放課後、二人は学校の裏庭にいた。図書室のすぐ脇の通用口から外に出て、コンクリートのステップのいちばん上に、並んで腰かけていた。今日は朝からずっと細かな雨が降り続いていて、一向にやむ気配を見せない。天気予報によると、大きな低気圧が近づいているということで、西日本では大雨の危険があるとかいう話だった。

亘はカッちゃんにうち明けたのだった。自分の部屋にいると、どこからともなく話しかけてくる甘い声の女の子のこと。幽霊ビルで亘に魔法をかけた、魔導士のこと。熱を込めて、精一杯正確に言葉を選んで話したのに、カッちゃんときたら、それをゲームの話だと思っていたというわけである。

でも、仕方ないかもしれない。立場を逆にしたら、亘だって同じように受け取るだろう。姿の見えない女の子。おじいちゃん魔導士。どっちも、作り話のなかの存在だ。本当に会ったんだ、話をしたんだと言い張っても、証拠は何もない。

亘はひどくくたびれた感じで、頭がぼうっとしていた。昨夜はほとんど眠れなかったし、幽霊ビルでドタバタしたせいで、風邪をひいてしまったのかもしれなかった。

塾からの帰りがいつもより遅れて、母さんにはひどく叱られた。国語のドリルにどうしてもわからないところがあって、先生に訊いているうちに遅くなってしまったんだと説明したのだけれど、なかなか機嫌を直してくれなかった。亘は、そんな言い訳など真っ赤な嘘だと見抜かれているのか――と、ヒヤヒヤしたのだけれど、どうやらそんなわけではないようだった。昨夜の母さんは、亘が帰る以前から、ずっと機嫌が悪かったみたいなのだ。昼間は佐伯社長夫人とたっぷりおしゃべりをして、きっと楽しかっただろうはずなのに。

カッちゃんと同じように肩に傘を担いで、亘はぼんやりと雨足を見つめた。もしかすると、ボクも壊れかけてるのかもしれない。

「おい、ちょっと」

カッちゃんに声をかけられるまで、半分眠ったような感じになっていた。

「見てみろよ、ホラ」

カッちゃんは亘の肘《ひじ》をひっぱって、図書室の窓の方を指さした。大きなガラス窓ごしに、図書室の書架の一部が見える。それだけでなく、その書架のそばに誰かいるようだ。人影が動いている。

図書室の窓よりも、こちらの方が低い位置にいるので、首をのばしてみても、肩から上がかろうじて見えるくらいだ。それでも、カッちゃんに指摘される以前に、書架のそばの人影が誰のものなのか、亘にもわかった。

「芦川だ」

間違いなくアイツだった。半袖《はんそで》の白いポロシャツを着ている。芦川にしては珍しいことだった。塾で見かけるときは、いつも黒っぽいものばっかり身につけているのだ。

「芦川だけじゃないよ」カッちゃんが、図書室の方からはこちらを発見されないように、首を縮めて傘の陰に隠れながら言った。「石岡たちも一緒だ」

そのとおりだった。芦川が窓際の書架のところで足を止め、棚から一冊の本を抜き出して、広げた。すると石岡が近づいてきて、芦川が本を読めないように邪魔を始めた。石岡の後ろには、いつもながら、彼の腰巾着《こしぎんちゃく》の六年生が二人、ぴったりとくっついている。見ているうちに、三人で芦川を取り囲むような恰好《かっこう》になってしまった。

亘は驚いた。芦川と石岡健児。何とも奇妙な組み合わせだ。確かに石岡は学校の問題児だけれど、亘たちとは学年が違う。普通に学校生活を送っている分には、接触する機会はごく少ない。それなのに芦川のヤツ、なんでまた石岡に目をつけられるような羽目になってしまったんだろう？　ガラスの向こうの光景は、明らかに、石岡と彼の取り巻きが芦川を虐《いじ》めているの図——だった。

「なんだかイヤな感じだな」亘も声を潜めた。そして、じりじりと窓ににじり寄った。

そのとき、視界を塞《ふさ》いでいた石岡が半歩脇に動き、亘のいるところからもまた、書架の前の芦川の横顔が見えるようになった。

怖がっているような表情ではなかった。芦川は、石岡たちの方を向いてさえいない。視線は手にした本のページの上に落ちていて、そのせいか、真っ直ぐな鼻の線が、いっそう際だって見える。サラサラした前髪が、目の上に垂れている。芦川の髪形は、女の子のショートカットみたいな形で、男にしては長めである。今はまだいいけれど、中学生になったら許されないだろう。芦川だからこそ似合うスタイルなのに、塾の男子たちのなかに、真似っこして髪をのばす連中が出てきた。隣のクラスでも同じような状況であるらしい。

（やっぱ、あのロンゲがまずかったのかな）

目立ちたがりの常で、石岡も、自分より目立つ存在については極めて敏感なのだ。芦川も、そのアンテナにひっかかったか。

そのとき、窓の向こうで石岡が腕をのばし、芦川の肩を強く突いた。芦川がよろめいて、亘の視界から消えた。

「うわ、ヤバイぜ」カッちゃんが、いささか興奮気味に囁《ささや》く。「今日は図書係の先生、いないのかな？」

いないのだろう。石岡たちは、そういう点では抜け目ない。下級生を虐めている現場を押さえられるようなヘマはしない。

「誰か呼んできた方がいいかな？」

石岡の腰巾着だろう、ケケケと高い声で笑うのが、ガラスごしに聞こえた。どすんというような音も響いてきた。

「職員室に――」

立ちあがりかけたカッちゃんの袖を、亘は強くつかんで引き留めた。

「シぃ！　ちょっと待った」

視界のなかに、また芦川が戻ってきたのだ。今度はしっかりと石岡に向き合っている。石岡は亘たちの方に背中を向けているので、亘の目には、芦川の表情がはっきりと見えた。

芦川の方が石岡よりも小柄なので、心持ち見あげるような姿勢だ。それでもまったく負けていなかった。

芦川は、さっきと同じ無表情の表情だった。ほんの少しでも、これっぽっちでも、石岡に対して感情を示すことを拒否しているかのようだ。それなのに威圧感があった。強い視線に圧《お》されたらしく、石岡が半歩退《の》いた。彼の着ている派手なチェックのシャツが、窓ガラスの半分を埋めてしまった。亘は傘をたたんで身軽になると、ギリギリのところまで窓に近づいた。

芦川が何か言っている――くちびるが動いている。でも言葉は聞こえない。かろうじて聞き取れたのは、

「おまえ、オレを誰だと思ってんだ？」

ちょっとばかりひっくり返った石岡の声だけだった。

芦川がまた何か言う。よほど低い声を出しているのだろう。亘は焦《じ》れて、首をのばした。

その瞬間、ガラス窓の向こうの芦川と、視線があってしまった。

亘は首を引っ込め、窓の下の壁に張りついた。芦川が窓の外の亘に気づいたことで、

石岡たちも振り向き、こっちを見るに違いない。まずいとヤバイを足して十乗したぐらいのピンチだ。

雨がさわさわと顔にあたる。髪が濡《ぬ》れる。

しかし、息を詰めて壁に張りついていても、何も起こらない。通用口のステップのところでは、カッちゃんが目を丸くしている。何か言おうとしたので、亘は口元に指を立てた。

それから十数えた。そして、壁に張りついたままそろりそろりと横移動をして、カッちゃんのそばに戻った。

「ダイジョウブかよ？」と、カッちゃんが囁く。

「見つかった」と、亘も声を殺して答えた。

「なかへ入ろう。ここにいちゃまずいよ」

亘はびしょ濡れの傘を拾い上げた。カッちゃんは雨粒を巻き散らしながら傘をたたむ。

いきなり、ガラリと図書室の窓が開くと、芦川美鶴が顔を突き出した。亘もカッちゃんも、その場で石になった。

芦川は何も言わない。ただ真っ直ぐにこちらを見ている——亘の目を見ている。

「わ、わ、わ」と、カッちゃんが言った。「何だよ？」

芦川は、カッちゃんには目もくれなかった。ただじっと亘を見ている。何だかわからないけれど、何かを確実に読み取られているという気がして、亘はゾッとした。それなのに、目をそらすことができない。

数秒が経った。芦川は、これで納得がいったとばかりに薄く頬笑むと、また唐突に首を引っ込めて、窓を閉めた。

「な、な、な」カッちゃんはあえいだ。「何なんだよ、あいつ？」

亘は傘の柄を握りしめた。指が震えている。怖かった。アイツ、すごく怖い。

しばらくその場で呼吸を整え、自分で自分を落ち着かすことができると、止めるカッちゃんを振り切って、亘は図書室に向かった。だが、一歩遅かったようだ。石岡も腰巾着も、芦川美鶴も居なくなっていた。閲覧室で女子生徒が数人、静かに勉強しているだけだった。

「芦川のヤツ、石岡たちと何を話してたんだろうな……」

独り言のような亘の呟《つぶや》きに、カッちゃんが答えた。「たぶん、心霊写真の話じゃないかなぁ」

亘はビックリして振り返った。その勢いがあんまり凄《すご》かったので、カッちゃんが飛び退いた。

「心霊写真？　三橋神社の？」

「うん、そうだよ。芦川が撮ったやつ」

「なんでそんなもんに、石岡たちがこだわるんだよ？」

「知らないの？　あ、そうか。三谷はここんとこ、夏休みのことばっか考えてたもんね」

石岡健児が、芦川の撮った心霊写真をほしがっているのだという。それで、しつこく芦川につきまとっているのだという。

「石岡としては、それをテレビ局に持ってゆきたいわけよ」

石岡は、以前に一度、心霊写真をネタにテレビに売り込もうとして失敗している。なるほど、それで芦川の写真に目をつけたのか。

「セコイだろ？　ま、石岡らしいけどさ」

もちろんセコイが、それ以前に、なんで他人の体験を横取りすることまでしてテレビに出たがるのか、その気持ちが理解不可能だ。

それに――

「芦川も、つきまとわれるのがイヤなら、さっさと写真をやっちゃえばいいのに」

亘は吐き捨てた。三橋神社での芦川とのやりとりが、鮮やかに思い出される。かさぶたを剝《は》がしたら、また血が出てきたときみたいだ。あのときの芦川の、これ以上ないくらいにケイベツ的な視線。身震いが出る。

「アイツは、心霊写真なんて頭から信じてないんだ。だったら、石岡にくれてやったっていいじゃないか」

亘が勝手に怒り始めてしまったので、カッちゃんはついてゆかれずに困っている。頭の横っちょをかきながら、ぼそぼそっと言った。

「そんなら、そういうふうにアドバイスしてやれば？　塾で一緒なんだろ？」

「一緒なんかじゃない！」

カッちゃんは目をシロクロさせた。「何だよぉ。どうしちゃったの？」

「カッちゃんはうるさいんだよ。何でもいちいち説明しなくちゃなんないのかよ？　説明したってわかりゃしないくせに。バカじゃないの」

八つ当たりだとわかっているけれど、ゴメンと言う気持ちにはなれなくて、亘はさっさと図書室を出た。カッちゃんを置いてきぼりに、一人で廊下を歩き出す。カッちゃんはためらいがちに後を追いかけてきたけれど、亘が逃げるように足を速めるので、そのうちに止まってしまった。

「うちに帰ンの？」と、大声で訊《き》いた。「そんなら、バイバイ」

亘はどんどん走り出した。学校を出て家に通じる道までたどり着くころには、自分のふるまいがひどく勝手で意地悪だと気がつくくらいまで頭が冷えていたが、もう手遅れだ。一人でとぼとぼ帰るしかなかった。

その晩、夕食が済んだころに、千葉のルゥ伯父《おじ》さんから電話がかかってきた。最初にベルが鳴り出したときには、食卓を片づけていた邦子が、ちょっとビクリとした。肩ごしに電話機の方を振り向く様子も、ワケありげな感じだったけれど、亘が「ボク出ようか」と椅子を降りると、「いいのよ、お母さんが出る」と、素早く受話器を取った。そして相手がルゥ伯父さんだとわかると、氷が溶けるみたいに表情を和らげたのだった。

「亘、伯父さんがお話があるんだって」

亘は図書室での出来事で気が咎《とが》めていたし、明日カッちゃんに会ったら謝らなくちゃいけない、どんなふうに言おうか、カッちゃんは許してくれるよな、そんなに怒ってないよな――などと、ずっとグルグル考えていた。そのせいで、夕食も美味《おい》しくなかった。

芦川のこととかいろいろなことを、誰かに聞いてほしいという願いもあった。でも、こんなこと、誰に話したらいいのかわからない。

そこへルゥ伯父さんだ。そうだよ、伯父さんになら話せるかもしれない。

「もしもし、亘です」

「よう、夕飯は食ったか？」

伯父さんは相変わらず元気で大声だった。

「メニューは何だ？　ハンバーグかスパゲティかロールキャベツか？　いいなぁ、旨《うま》かっただろ」

いつもの挨拶《あいさつ》だった。以上の三品は、伯父さんの大好物である。ついでながらロールキャベツはホワイトソースで煮たものではなく、トマトソースのがお好みだ。

「伯父さん」と言いかけて、亘は喉《のど》がヘンなふうに詰まるのを感じた。自分でも驚いた。泣きたいほど思い詰めているようなつもりはなかったから。「ボク——」

「実はさ、おまえの知恵を借りたいと思って電話したんだよ」と、伯父さんは続けた。

亘の声の調子がいつもと違うことに、気がついてはいないようだ。

「伯父さんの幼馴染《なじ》みの友達が、結婚してそっちに住んでるんだけどな、先週、子供が交通事故にあって入院してるっていうんだよ」

小学校四年生の男の子だという。幸い命に別状はなかったが、右の太股《ふともも》の骨が折れているので、長期の入院生活になりそうだという。

「でな、伯父さん、今度の土曜日にお見舞いに行くつもりなんだけど、何を買っていってやったらいいと思う？　本とかゲームとか、伯父さんじゃ見当つかなくてさ」

ルウ伯父さんは、ほかにもいくつか用事があるので、金曜日の午前中からこっちに来る予定なのだという。お見舞いの品も、上京してから買うつもりなのだそうだ。こっちじゃ、東京の子が喜ぶような洒落《しゃれ》たものを見つけられないからな。

「それなら伯父さん、うちに泊まるの？」亘の声が跳ねあがった。「お見舞いは土曜日なんだから、一泊するんでしょ？　うちに泊まってよ、いいでしょ？」

亘は台所に背中を向けていたのでわからなかったが、その問いかけを聞いて、邦子は渋い顔をしていた。亘が悟伯父を好いているので口には出せないが、彼女はがさつで無教養でズボラなこの義兄が大嫌いだったのだ。

そして電話の向こうでは、亘の無邪気な喜びを表した問いかけに、悟伯父が答えていた。「いや、伯父さんいろいろ用があってさ、夜も遅くなりそうだから、亘んところにはお世話になれないよ。また今度な」

三谷悟は、義理の妹が思い込んでいるよりも、ずっと繊細なところのある男だった。自分が邦子に嫌われていることぐらい、ちゃんと察していた。

「なんだ……今度今度って、もうずっとうちに泊まってないじゃない」亘はがっかりして、肩を落とした。「ボクがちっちゃいときには、仕事で東京に来るといっつもうちに泊まってくれたのに」

「おまえは今だってちっちゃいじゃないか。それとも、いつの間にかゴジラみたいにでっかくなったのか？　そうか、だからここんとこ、千葉じゃ地震が多いんだな。おまえがどすんどすん歩き回るから、こっちまで揺れるんだ、そら、また揺れた！」

亘はクスクス笑った。もう二年ほど前になるが、伯父さんに、夏休み映画の『ゴジラ』を観に連れて行ってもらったことがある。それはハリウッド製のゴジラで、伯父さんは最初から最後まで、このゴジラは俺の好きなゴジラじゃない、あんなバタくさい巨大トカゲはゴジラじゃないと言い張って、うるさくてしょうがなかった。それでも、遠くからゴジラが近づいてくると、地面がどすんどすんと揺れて、たくさんのタクシーや乗用車や道を歩く人びとが、そのたびにぴょん、ぴょんと飛びあがるシーンだけは、いたく伯父さんのお気に召した。映画が終わって両親と落ちあい、四人一緒に食事に行ったレストランでも、帰りの電車やタクシーのなかでも、ルウ伯父さんと亘は何かといってはそのシーンを真似して、椅子の上や道ばたで飛びあがって楽しんだものだった。

話しているうちにも、亘はルウ伯父さんに会いたくてたまらなくなってきた。伯父さんにだったら、叱られることばかりを心配せずに、女の子たちに「嫌いだ！」って言われてザックリ傷ついたことも、夜中にうちを抜け出したことも、勝手に使い捨てカメラを使ってしまったことも、芦川美鶴に鼻先でバカにされたことも、何かというとカッちゃんに当たり散らしてしまう自分が自分でも嫌いだっていうことも、みんな話してしまえる。伯父さんは叱らないだけでなく、亘のことを笑ったり、呆《あき》れたりもしないだろう。いい加減もう少ししゃんとしなさいと、お説教することもないだろう。

「ねえ伯父さん、そんならボク、伯父さんの買い物に一緒に行ってあげるよ」と、亘は言った。「お見舞いに何がいいかなんて、ここですぐ思いつかないし、金曜日なら授業も五時間だし塾もないから、早く帰ってこられるもん。それからデパートだってトイザらスだって、どこへでも行かれるよ」

電話の向こうで、三谷悟はちょっと迷った。「うーん、そいつは名案だけど……」

「いいでしょ、ね？」

「それじゃお母さんに訊いてごらん。金曜日の午後、伯父さんと二時間ばかり出かけてもいいですかって。もちろん、亘が夕飯に間にあうように、伯父さんが送り届けるよ」

やった！　これなら、伯父さんと二人でゆっくり話ができる。亘は送話口を手で覆って、邦子の方に身を乗り出すと、大声で訊《たず》ねた。「ねえお母さん――」

しかし、食卓についてお茶を飲んでいた邦子は、質問が全部終わらないうちに、きっぱりと答えた。「ダメよ」

「どうして？　いいじゃない、今度の金曜日だよ。塾のない金曜だよ」

「ダメよ。いけません」

「なんで？」

「伯父さんはお仕事でこっちへ出てくるのよ。邪魔になります」

「でもボクは伯父さんの手伝いをするんだ。お見舞いの品を買いに――」

邦子は湯飲みを食卓において、ため息をついた。それからことさらに怖い顔をした。意地悪ババアと、とっさに亘は思ってしまった。

「ダメと言ったらダメ。お母さんが電話を代わるわ」

「いや、いいよ亘。伯父さんと出かけておいで」

三谷明の声だった。亘も邦子も、驚いて声のした方を振り返った。明はきちんと背広を着て鞄《かばん》を提げて、リビングの戸口のところに立っていた。縁なし眼鏡が鼻の上でちょっとずり落ちている。目は真っ直ぐに亘を見ていた。

「悟伯父さんに会うのは久しぶりだろう？　伯父さんがいいというのなら、一緒に行っておいで」

びっくり顔で近づいていった邦子に鞄を渡しながら、明は続けた。

「夏休みのあいだお世話になることでもあるし、亘が千葉でどんなお手伝いをしたらいいか、ちゃんと打ち合わせしてくるといい。どれ、お父さんが電話に出よう」

明は亘の手から受話器を受け取ると、悟伯父と話し始めた。やあ、兄さん元気ですか、母さんにも変わりはない？　うん、こっちもみんな元気だよ、それで今の話だけど――

突然の助け船による形勢の大逆転だ。亘は、ボクの目がピカピカ輝いて、半径一メートルぐらいの周囲を明るく照らしてるんじゃないかと感じた。ゴジラが来たわけでもないのに、嬉《うれ》しさでぴょんぴょん跳ねた。

「こら、やめなさい」邦子が鞄を抱いたまま、眉《まゆ》をひそめた。「うるさいでしょ」

母さん、テクニカルノックアウトで怒ってるんだ。亘はおかしくて仕方なかったけれど、顔には出さないように懸命にこらえた。

明が話を終えて、また亘に受話器を返した。「伯父さんと夕食も一緒にしておいで。その方が、のんびり買い物できるだろう」

亘は飛びあがった。「ありがとう！」

ルウ伯父さんと、手早く打ち合わせをした。伯父さんがうちに迎えに来てくれるという。

約束を確認して電話を切ると、明が着替えを済ませて、食卓につくところだった。邦子が皿を並べている。亘は嬉しくて嬉しくて踊りだしたいくらいだったけれど、邦子がしかめ面をしているので、ぐっとこらえた。

「お父さん、ありがとう」

明は夕刊を広げながら、「伯父さんの邪魔にならないようにするんだぞ」

「うん。約束します」

「今夜は早かったんですね」食卓と冷蔵庫のあいだを行き来しながら、邦子が訊《き》いた。

怒っているので、亘を無視している。

「この時間に帰ってこられるなら、わたしたちも食べないで待ってたのに」

「急に会議がひとつ中止になったんだ」

「ビールは？」

「いや、いらない」

邦子が亘を見ようともしないのと同じように、明も邦子を見ずに新聞ばかり眺めている。亘は口のなかで「ボクは宿題をしようっと」などとボソボソ呟《つぶや》いて、自室へ撤退した。

厳しい競争相手である兄弟のいない一人っ子は、ワガママ放題で他人の気持ちに鈍感だなどと言われることがあるが、それはずいぶんと一面的なものの見方だ。両親の顔色を観察しなくてはならないのが子供の宿命であるならば、見張り台に立つのも防衛ラインを引くのもいつも独りぼっち、一緒に共同戦線を張ることのできる仲間のいない一人っ子は、かえって、場の空気や雰囲気に敏感になることだってある。家庭内で、そういう修練を積むからだ。

おとなしく机について宿題帳を広げたが、当然ながら、すぐには勉強の方に頭を切り換えることができなかった。このところの様々な出来事をうち明けたら、ルウ伯父さんはどんな顔をするだろうと考えると、なんだか楽しくなってくる。伯父さん、ボク魔導士に会ったんだよ。魔導士に、時間を巻き戻す魔法をかけられたんだ、ホントだよ！

それでも、楽しい物思いを何とか宥《なだ》めて、算数と国語の書取をやっつけた。トイレに行こうと部屋を出ると、両親はソファの方でコーヒーを飲んでいて、邦子が亘にお風呂《ふろ》に入りなさいと声をかけてきた。

「はあい、あと二ページやったら入ります」

戻ってきた時には、邦子が何か話していた。まだ戒厳令が解けたわけではないので、亘は知らん顔で自分の部屋に入ったが、話の切れ端が耳に入った。どうやら、今日の昼間もまた、無言電話が何度かあったという話であるらしい。なるほど、それで母さんは、ルウ伯父《おじ》さんからの電話だとわかるまで、緊張した顔をしていたのだ。妙に意地悪っぽいのも、それが原因だったのかもしれない。なぁんだ。

その夜ベッドに潜り込むころには、亘の気分はすっかり持ち直していた。

「正月に会ってから、たった半年しか経ってないのに」

ルウ伯父さんは、亘の頭の上に大きな掌を載せた。

「また背が伸びたな。あと半年もすれば、俺の肩まで届くんじゃないか？」

「そんなに早く伸びないよ」と、亘は笑った。

今の亘はルゥ伯父さんの左腕に残っているBCGの痕《あと》に、やっと届くくらいの背丈だ。そんなところに注射の痕があるのを知っているのは、伯父さんと何度も一緒に海水浴をしているからである。

ルゥ伯父さんは大男である。縦にも横にも大きい。長髪に髭面《ひげづら》で、腕も足ももじゃもじゃに毛深い。それにまた今日は派手な色柄の半袖《はんそで》シャツを着ているので、まるでディズニーランドのアトラクションに出てくるクマみたいだった。これでバンジョーでも抱えてカンカン帽をかぶったら、そっくりだ。

「東京は暑いな」ルゥ伯父さんは手で顔を拭《ぬぐ》った。「海っぺりの暑いのと違って、都会の蒸し暑いのは身体にこたえるよ。一人で買い物するんじゃ、途中でイヤになっちまうところだった。付き合ってもらえて助かるよ」

金曜日の午後四時になるところだった。亘はもう二時間近く前から帰宅していて、伯父さんがやってくるのを今や遅しと待ち受けていた。もちろん、支度はばっちりしてある。外出用の白いシャツで、おろしたてだった。

「まだ梅雨明けじゃないと思うけど、今日は雨にならなくてよかったわ」

邦子は窓際に行って、空を仰いだ。朝からずっと曇ったままだけれど、昼過ぎには薄日もさしていた。

「おかげで傘が荷物にならないで済むな」ルゥ伯父さんはにっこり笑った。「じゃ、出かけるとするか、亘」

「うん。行ってきます、お母さん」

「いい子にするのよ。お願いしますね、お義兄《にい》さん」

「亘はいつもいい子だよな。伯父さんの方がいい子にしてないとまずいや」

カラカラと笑いながら、伯父さんは先に立って玄関を出た。ドアの前で見送りながら、邦子が、おかまいもしなくてと言い添えた。母さん、伯父さんには本当にコーヒー一杯出さなかった。そういうことではすごくちゃんとしたヒトなので、これは珍しい。そういえば、なんとなく表情が硬いというか、ぎくしゃくしていた。また昼間、無言電話でもかかってきたのだろうか。

今日のこの時間までに、亘はとりあえず、カッちゃんと仲直りをしていた。正確には、昨日はごめんと謝ると、カッちゃんがどんぐり目をなお丸くして、「え、何が？」と言ったので、うやむやになってしまったのだけど、でも少しは気が楽になった。

ルゥ伯父さんは東京へ出てくるまでに、いくつか追加情報を仕入れていた。入院している男の子はロボットアニメが大好きだということ。亘と違って、ほとんどテレビゲームはやらないということ。これは、お母さんに禁止されているのであるらしい。さらに、彼が最近とてもほしがっていて、一学期の通信簿の結果によっては買ってもらえることになっていたMDプレイヤーは、すでに手に入れているということ。

「どっちにしろ、小学生のガキの見舞いに、俺はMDプレイヤーなんて高価《たか》いものは買っていかないけどな」

新情報を聞いて、亘は提案した。「神保町《じんぼうちょう》だっけ、本屋がたくさんあるでしょ。あそこにね、今野書店ていうアニメ関係の本の専門店があるんだって。そこでロボットアニメの本を買っていってあげようよ」

「そいつはいいかもしれないな。だけど、なんでそんなこと知ってるんだ？　亘もロボットアニメが好きなのか？」

「ボクはそれほどじゃないけど、塾の友達に、すっごいマニアがいるんだ。アニメのことなら何でも知ってる」

神保町という本の町に行くには、ＪＲ線御茶ノ水《おちゃのみず》駅で降りればいいのだそうで、二人は駅に向かった。道々ルゥ伯父さんは、蒸し暑くなってくるとお祖母《ばあ》ちゃんのガミガミ度合いが上昇してうるさいけど、言うことがメチャクチャなのでけっこう面白いとか、海水浴場の近くに大きなゲームセンターができたとか、半月ほど前、突堤で夜釣りをしていた人が海坊主を目撃して大騒ぎになったとか、千葉の家でよく出前を頼んでいた「蓬萊軒《ほうらいけん》」という美味《おい》しいラーメン屋の親父さんが、不良学生と喧嘩《けんか》して頭を十針も縫ったとか、お正月からこちらの千葉の様子を、あれこれと話してくれた。

御茶ノ水駅で降りて、神保町の書店街へ着いてみると、あまりにもたくさんの本屋があり、あまりにも広いので、亘は今野書店を見つけられるかどうか心許《こころもと》なくなってきた。住所までは知らないのだ。

「ま、大丈夫だよ。ちょっと来てみな」

伯父さんは交差点に面して立っている大きな書店ビルに入っていって、レジの店員さんに話しかけた。親切な若い女性の店員さんで、伯父さんの質問を聞くと、すぐに書店街の案内図をくれた。そのうえで、目的の今野書店の場所も、指で示して教えてくれた。

「近ごろニュースじゃ嫌な事件ばっかりだけど、世の中には親切な人だって、まだまだいっぱいいるってことさ」と、ルゥ伯父さんは上機嫌だった。

書店街を訪れるのは初めてだ。亘は目が回りそうだった。世の中にはこんなにもたくさんの本があるのか。誰が読むんだろう。

「ボクなんか、一生かかっても、ここで売られてる本の一万分の一も読めないよ」

「伯父さんなんざ、一億分の一でも無理だ」

ルゥ伯父さんは身体を揺すりながら笑った。

「いったい誰がこんだけの本を書いてるんだろうな？　本を書くようなヤツの頭のなかって、どうなってるのかと思うよ。脳味噌《のうみそ》のかわりに、文字がいっぱい詰まってんのかな」

目指す今野書店は、三階建ての小さなビルで、店先にまで、本もお客も溢《あふ》れていた。ルウ伯父さんが人混みをかき分け、亘はその後にくっついて、書架を見て回った。ここでもまた、めまいがするほどの本の波と山だ。小一時間かけてお見舞いのためのムック本を三冊選び終えたころには、二人ともぐったりと疲れていた。

「うひょー、エネルギーがいるぜ」

ルウ伯父さんは汗びっしょりになっていた。

お客で満杯の今野書店を出て、亘が大きく深呼吸をしたとき、後ろから誰かにどん！　とぶつかられた。まったくの不意打ちだったので、亘は完全にバランスを崩し、あっと思うまもなく、両手両膝《りょうひざ》を激しく舗道に打ちつけて転んでしまった。

手足がジーンと痺《しび》れて、とっさに起きあがろうとしても、足がうまく動かない。と、次の瞬間、コンクリートの舗道の上についた亘の右の掌を、薄汚れたウォーキングシューズがぐいと踏みつけた。

「イタイ！」と、亘は叫んだ。

ルウ伯父さんの太い腕が亘の胴に巻き付き、身体ごと抱え上げた。「大丈夫か？　亘、ケガしてないか？」

怒鳴るような声だ。亘は掌の痛さで口がきけなかったが、とにかくうなずいて、自分の足で舗道に立った。すると伯父さんは、顔を上げて大声を張りあげながら、ぱっと駆け出した。

「おい、ちょっと待て、待てったらオマエだよ！」

伯父さんは、亘たちに背を向けて遠ざかろうとしていた通行人のひとりに、背後から飛びついた。灰色のTシャツにジーンズ姿の、伯父さんの半分ぐらいの体格の男性だ。伯父さんがそいつの両肩をつかんで振り向かせると、とても若い男だとわかった。

「オマエ、子供を転ばして踏んづけて、ゴメンの一言もないのかよ！」

伯父さんに胸ぐらをつかまれても、その若者はまったく表情を変えなかった。病人のように血色が悪く、顎《あご》は痩《や》せこけて、目もどろんとしている。こういうのを〝死んだ魚のような目〟というのだと、亘はズキズキ痛む掌を押さえながら考えた。

「返事ぐらいしろ！　オマエ自分が何やったかわかってるのか！　え！」

伯父さんはますます猛《たけ》り狂う。顔が真っ赤だ。若者のTシャツの襟を締めあげる。

しかし、若者の方は怖がるでもあわてるでもない。ただ無言で伯父さんをじいっと見返すだけだ。

「伯父さん、ボク大丈夫だから」と、亘は声をかけた。するとルゥ伯父さんは亘の方をちらりと見て、また若者を怒鳴りつけた。

「おまえ、さっきあの子にぶつかったんだ。それであの子が転んだのに、おまえの目の前で転んだのに、おまえは足を止めるどころか、あの子の手を踏んづけて、さっさと通り過ぎようとしたんだぞ！　それがどんなことだかわかってるのか？　そんなことが通用すると思ってるのか？」

若者は表情を変えない。口元がへの字になっているので、怒っているのかとも思ったが、違っていた。ただくちびるが弛緩《しかん》しているだけだった。

「おまえはいい大人だろ？　子供の手本にならなきゃいけない側なんだ。あの子に謝れ！　ちゃんと、ゴメンナサイ怪我はなかったかいって言うんだ！」

すると若者の口が動いた。亘のところからでは、声が聞き取れなかった。

しかし、伯父さんは顔色を変えた。「何だって？　もういっぺん言ってみろ！」

若者は言われたとおりにした。「うるせえな」と言ったのだ。

「う、うるさいだと」

「ごちゃごちゃうるさいんだよ」若者は、伯父さんが驚いて手を緩めた隙に、もがくようにして伯父さんの手から逃れた。そして、唾《つば》でも吐くような口つきで言い捨てた。「あんなガキ、転ぼうが死のうが知ったこっちゃないよ。通り道の邪魔をするから悪いんだ」

伯父さんはぽかんと口を開けた。顔色が、今度は白くなってゆく。ああ、まずい。亘は心臓がでんぐりがえるような気がした。伯父さん、伯父さん、落ち着いて——

そのとき、聞き覚えのあるあの甘い声が呼びかけてきた。

「危ない、止めて！　ワタル、あなたの伯父さんを止めるのよ！」

亘はドキンとして、かえってどうしたらいいかわからなくなってしまった。またあの女の子だ！　今度はどこから話しかけてる？

「通行の邪魔だと」伯父さんは唸《うな》るような声を絞り出した。「だったら子供でも突き飛ばしていいってのか？　ここはおめえだけの道なのかよ？　え？」

「あんたの道じゃないだろ」若者は鼻先で言って、ニヤリと笑った。「程度の低いヤツが、ガタガタ騒ぐんじゃねえよ」

伯父さんの両肩がぐいと持ちあがった。殴りかかるつもりだ！　ああどうしようどうしたらいいどうしよう――

とっさに亘は地面に転がり、けたたましく叫んだ。「イタタ！　痛いよ！」

効果はてきめんだった。暴れ牛のように突進しかけていたルウ伯父《おじ》さんは、壁にぶつかったみたいにつんのめって止まると、亘の方へと向きを変えた。

「どうした！」

伯父さんが亘の方にすっ飛んで来ると、くだんの若者はとっとと逃げ出した。すぐ人混みに紛れてしまう。

「やった！　うまいわよ、ワタル！」あの女の子の声が、嬉《うれ》しそうに華やいだ。「あの若い人、刃物を持ってたの。下手をしたら、たいへんな事になるところだった。あなたって機転がきくのね、ワタル」

　女の子の声に聞き入っていたので、亘は伯父さんの呼びかける声に応《こた》えなかった。それがなおさら伯父さんを不安にさせたのだろう。はっと我に返ったときには、伯父さんに両肩をつかまれ、ぶんぶん揺すられていた。

「亘、大丈夫か？　伯父さんの声が聞こえるか？　おい、何とか言え！　伯父さんの顔が見えるか？　返事をしろ亘ぅ！」

「お、お、お、お」亘は、今度は物理的に目が回りそうだった。「お、おじさ、ん、き、聞こえてる――」

「おお、大丈夫か！」伯父さんは泣きだしそうな顔をしている。

「だ、ダイジョウブ。だから、ゆ、ゆ、揺さぶらない、でよ」

「お、すまん」伯父さんはやっと亘から手を離し、その手で自分の頭を抱えた。「俺ときたら、おまえを預かったと思ったら、もうこれだ。ケガなんかさせちまって――」

「ケガはたいしたことないよ」亘はあわてて、踏みつけられた手を伯父さんの目の前で動かしてみせた。

「ね、ホラ動くよ。骨なんか折れてないし。痛かったけど、もう平気だよ」

　せっせと無事をアピールしてみせると、伯父さんもようやく落ち着きを取り戻した。それでも、なめし革みたいによく日焼けした頬のあたりに、逆上の名残りの紅潮した部分が、ちょっぴり残っている。

「まったく——ああいうヤツは何なんだろうな?」亘を立ちあがらせ、舗道の端に寄ると、伯父さんは太いため息をついた。「世の中が自分中心に回ってると思ってやがる。他人の迷惑なんかこれっぱかしも考えないし、他人を思いやる気持ちもない。チクショウ、何様のつもりなんだ」

亘は黙ったまま、通り過ぎる人びとの方を眺めた。さっきまでは、こっちをチラチラ見ている人たちもいたけれど、今はもう、誰も何事もなかったみたいな様子で、みんな急ぎ足に通り過ぎてゆく。

女の子の声も、もう聞こえない。

「行こうよ」と、亘はルウ伯父さんの袖《そで》をひっぱった。「人混みにくたびれちゃった。ね、行こう?」

お医者に診せるほどのことはなさそうだが、踏んづけられた亘の右手は、ちょっぴり腫《は》れていた。

「俺は救急キットを持ってる。湿布も包帯も絆創膏《ばんそうこう》もある。それにホテルには氷があるから、傷を冷やせるぞ」

伯父さんはそう言って、亘を宿泊先のホテルに連れて行った。飯田橋《いいだばし》駅の近くのビジネスホテルで、外観はいかにも安そうな感じだけれど、室内は思いの外《ほか》きれいで、しかもツインルームだった。亘は、一昨年のお正月に、小田原のお祖父《じい》ちゃんお祖母《ばあ》ちゃんと一緒に東京ディズニーランドに行って、近くのホテルに一泊した時のことを思い出した。

「ヤッホー」亘はベッドのひとつに飛び乗って、ぴょんと跳ねた。「これなら、ボクが泊まることもできるね？」

「明日学校はどうするんだ？」伯父さんは笑いながら諫《いさ》めたけれど、ちょっと嬉しそうだった。「一人でもツインに泊まるのは、俺の唯一の贅沢《ぜいたく》なんだ。シングルルームじゃ、マッチ箱に入ったみたいな気がしてな」

伯父さんはズック製の小さなボストンバッグのほかに、書類鞄《かばん》のようなものを持っていた。こっちで仕事があると言っていたのは、本当なのだ。

「伯父さん、どんな用事だったの？　そっちは済んだの？」右手に湿布をしてもらいながら、亘は尋ねた。「まだ用事が残ってるなら、ボクはここで待ってるよ」

伯父さんの救急手当の手際といったら、それはそれは鮮やかなものだ。正式にライフセイバーの訓練を積んでいるし、海水浴場の監視員としての経験も豊富だ。伯父さんは、そういうことを大声で言う人ではないので、あまり知られていないけれど、今までに、十本の指では足りないくらいの数の人命を救っているはずだった。

「用事はもう済んだよ。さあ、これでいい」

伯父さんは、亘の右手に包帯を巻き終えた。

「だけどこれじゃ、夕飯にカニとかステーキとかは食えないな。フォークしか持てないもんなぁ」

「ボク、マカロニグラタンが食べたい。デニーズとかでいいよ」

「おまえって安上がりのお子さんなんだなぁ」伯父さんは面白そうに笑った。「ま、ちょっと一服したら、そこらを歩き回って旨《うま》そうな店を探してみようよ。まずは、ちょいとビールでも飲んでからさ」

亘は冷蔵庫からオレンジジュースを出してもらった。ベッドの頭板《ヘッドボード》にもたれて足をのばす。伯父さんと二人で旅行にでも来たみたいだった。それも近場じゃない、とっても遠くに。内緒の相談事には、もってこいの感じ。

「ねえ、伯父さん」亘は口を開いた。「あのね、聞いてほしいことがあるんだけど」

自分の経験したことを、出来事の起こった順番どおりに、そのとき自分がどんな気持ちだったかという感想や感情の動きも織り交ぜながら説明するというのは、かなり難しいものだった。教室の黒板の脇に立って、三十数名のクラスメイトたちを相手に、夏休みの自由研究を発表するよりも、百倍くらい大変だ。

それでも亘は、ルウ伯父さんがちゃちゃを入れたり話の腰を折ったりせず、ときどきトンチンカンな合いの手を挟んだりしながらも、終始興味深そうに聞いてくれたおかげで、何とかやりとげることができた。甘い声をした姿の見えない女の子。幽霊ビルの魔導士。三橋神社の心霊写真。全部しゃべった。思い出せることはすべて。

亘がしゃべり疲れて黙るころには、伯父さんはミニ冷蔵庫に入っていた缶ビールを全部空けてしまっていた。そして、飲み干した最後の一缶を手のなかであっさりと握り潰《つぶ》すと、ちょっとのあいだそれを見つめてから、言った。

「その幽霊ビルってのは、おまえの家のすぐ近所なんだよな？」

「うん。学校に行く途中にあるんだ」

「そしたら、これから飯を食って、おまえを家に送ってゆく途中に、そのビルに寄ってみるのも面倒じゃないよな？」

亘は驚いた。「ビルに入ってみるの？」

「うん。だって気になるじゃないか。その魔導士とやらがさ」

こういう反応がかえってくるとは予期していなかった。

「伯父さん、ボクが作り話してるとかって、思わないの？」

ルウ伯父さんは目をパチクリさせた。「なんだよ、作り話なのか？」

「ち、違うよ。ホントの話だよ」

「だろ？　だったら放っておけないよ」

伯父さんはベッドから立ちあがった。ビールのせいで顔は赤いが、ちっとも酔っぱらっているようには見えない。ルウ伯父さんはめちゃくちゃお酒に強いのだった。

「魔導士がどんなものなのか、伯父さんは知らないぜ。おまえが遊びに来たときぐらいしか、テレビゲームなんかやらないからな。でも、いかれたジイさんがそのビルに出入りして、子供たち相手に何かおかしなことをやってるとしたら、見過ごしにはできないな」

亘は口のなかでモゴモゴ言った。何を言いたいのか、自分でもはっきりしなかった。伯父さんは亘の話を笑い飛ばしはしないものの、亘が望んでいたような形とは、かなり違う受け取り方をしているようだ。

「子供たち相手って——魔導士に会ったのは、今のところ僕だけだと思うけど」

「そんなことはないさ。ほかにもいるはずだ。ジイさん自身がそう言ってるじゃないか」

魔導士は、亘に向かって、「おぬしも友達に聞いてきたのか」と問いかけた。ルウ伯父さんはその点を指摘するのだった。

「あ、そうか」言われてみればそのとおりだった。さらに魔導士は、「ここのことは、だいぶ評判になっとるらしい」という台詞《せりふ》も吐いたのだ。

「幽霊ビルに出るお化けも、ヘンジンで美少年の転校生が撮った心霊写真の正体も、たぶんそのジイさんだろう。その芦川って子がおまえをバカにして、写真を見せようとしなかったのも、石岡とかいうバカ上級生たちに追いかけ回されても写真を渡さないのも、そのへんに理由があるんだよ、きっと」

そして伯父さんは、大げさな表情をつくってぽんと手を打ち合わせた。「今ちょっと思いついたんだが、ひょっとして、亘の見た魔導士は、芦川って子のお祖父《じい》ちゃんだったりしてな」

芦川の家族構成のことを、亘は何も知らない。お祖父ちゃんが一緒に住んでいるのかどうか、わからない。でも、かけられた魔法は本物だった。だから亘にとっては、伯父さんの発言はちっとも愉快じゃなかった。ルウ伯父さんは、一人で腹を揺すって大笑いをした。

「だったら面白いだろうなぁ。でもあり得るぞ。世の中を騒がして楽しむためなら、どんなことでもやりますって連中がゴロゴロしてる昨今だからな」

亘の話に手間取ったので、もう午後六時半を過ぎていた。伯父さんは、亘が魔導士を目撃したのと同じ時間に幽霊ビルを訪れようと提案したので、二人はホテルの近くで手早く夕食を摂《と》った。予定では、亘は心の内を吐き出して、心ゆくまでグラタンやフライドポテトやチョコレートパフェを愉《たの》しめるはずだった。でも、現実はいつも予定とは違うのだった。ルウ伯父さんは、亘の様子をうかがうような――とてもきれいで繊細な細工物が目の前にあって、自分のこの不器用な指ではどうやって扱ったらいいかわからないのだけれど、でもその細工には明らかに不具合があるので、何とかしなくてはならないと考えている――そんな顔色と目つきでチラチラと亘を観察していた。そして、夏休み中に頑張ってクロールで二百メートル泳げるようになろうなとか、海の家の仕事を手伝うとなると重労働だぞ、朝は夜明け前から起きるから、夜は七時のニュースが終わったころには眠くなっちゃうぞ、だから千葉にいるあいだはテレビゲームはお預けだ、というようなことを言った。

ルゥ伯父さんは、亘が作り話をしているとは思っていない。その意味では、亘を信じてくれているのかもしれない。でも伯父さんは、亘のうち明けた事柄の大半は――変なじいさんの存在を除けば――亘の頭のなかだけの幻想だと考えているのだ。

では、なぜ亘はそんな幻想を抱くのか？　それはつまり、テレビゲームばっかりしてて外で遊ばないからである。これが伯父さんの回答なのだ。おかしな作り話をするなと叱られるより、なお悪い。

こんなはずじゃなかった――亘は、機械的にスプーンやフォークを口に運びながら、苦い思いを噛《か》みしめた。ルゥ伯父さんなら、僕のことわかってくれると思ってた。

食事を終えると、伯父さんは張り切って、すぐにも幽霊ビルに出発しようと言った。時間的にも、今から向かえばちょうど頃合いだったので、亘は黙って後に従った。

「何だよ、しょげてるな。怖いのか？　大丈夫だよ、伯父さんがついてる」

ルウ伯父さんはそう言って、大きな分厚い掌で、亘の背中をばんと叩《たた》いた。いつもなら、そんなふうにしてもらうと、いっぺんで元気になる亘なのだけれど、今夜は全然勝手が違った。今夜のルウ伯父《おじ》さんは、亘の好きなルウ伯父さんではないし、なお悪いことに、亘とルウ伯父さんの間柄が、これから起こる出来事によって、今までとは決定的に違う恰好《かっこう》になってしまうような予感がするのだった。

何もしゃべらなきゃよかった。黙って一人で呑《の》みこんでいればよかった。大人にうち明け話なんか、するものじゃない。

伯父さんは、レストランの近くのコンビニで懐中電灯をふたつ買った。支払いのあいだ、ずっと亘に背中を向けていた。亘はふと、このまま僕が一人で逃げ出しちゃったらどうなるかな、なんてことを考えた。もちろん、実行することはできなかったけれど。

二人はタクシーで幽霊ビルの近くまで行った。万事に節約家で、人間は自分の足で歩くものだ、特に子供は車なんかに乗るもんじゃない、公共交通機関を利用する場合も、料金半額なんだから、椅子に座るなんざもってのほかだというのが持論の伯父さんにしては、ごく珍しいことだ。それほどに、早く幽霊ビルを見てみたかったのだろう。

実際、伯父さんは子供みたいに興奮している。ここかと呟《つぶや》いて、シートに包まれたでき損ないのビルを見あげる目つきは、ちょっとばかし怪獣映画の主人公の気分が乗り移っているみたいにも見える。あるいは、刑事ドラマの主人公か。廃ビルに出没して子供たちに悪さをするヘンシッシャを捕まえるというエピソード。

伯父さんは周囲を見回して、人気《ひとけ》も人目もないことを確認してから、シートの裾《すそ》を持ちあげた。「ここから潜り込んだんだな？」

「うん、そう」

「よし」伯父さんは、亘の分の懐中電灯を差し出した。「気をつけるんだぞ」

亘は懐中電灯を握りしめて、シートをくぐった。

ルゥ伯父さんは、亘を階段の下に立たせておいて、懐中電灯を動かしながら、あちこち探り回った。身体が大きいのに、動きがきびきびとしてスムーズで、つまずいたり物にぶつかったりすることもない。一階部分をひととおり見て回るまでは、真剣そのものの顔つきで、冗談みたいな台詞も吐かなかった。

「よし、それじゃ階段だ」

伯父さんは言って、足元を確かめながら、ゆっくりと階段をのぼり始めた。一歩ごとにステップを懐中電灯で照らして、注意深く観察しながら進んでゆく。

「誰か出入りしてるなら、ゴミぐらい落ちてそうなもんだがな」

二階と三階のあいだの踊り場で足を止めて、伯父さんは頭をかいた。

「埃《ほこり》の上に足跡も残ってないし……」

そう言われて、亘は自分の足元を見おろし、懐中電灯で照らしてみた。打ちっ放しのコンクリートの部分も、地面が剝《む》き出しになっている部分も、ベニヤ板が敷かれている部分も、みんな、ざらざらして目の粗い土埃やコンクリートの粉などに覆われている。でも、階段のステップは、どの段もみんなきれいだ。隅っこの方に、わずかに埃や土が残っている程度である。伯父さんの言うとおり、足跡なんか残りようがない。

でも、逆に考えれば、階段がそれだけきれいになっているということは、誰かが頻繁にここを歩いているという証拠になるのではないか。上り下りするとき靴が汚れないように、誰かが箒《ほうき》か何かできれいに掃除したのでは？

その「誰か」が、魔導士の言っていた「友達」なのだろう。

（芦川――かな？）

「おい亘、階段はここで終わりだ」

伯父さんが頭上から呼びかけてきた。三階から四階にあがる踊り場に立っている。

「おまえの見たジイさん、ホントにこんなところに立ってたのか？」

「うん……」

「ここ、けっこう怖いぞ」伯父さんは手すりにつかまって、ゆっくりと周囲を見回している。「年寄りや子供がこんな場所に出入りしてるとなると、問題だな。もっと厳重に立入禁止にするべきだ。なあ亘、その芦川って子にさ、あんな造りかけのビルなんかで遊んでると、危ないよって忠告してやるべきだな」

「芦川がここに来てるとは限らないよ」

「限るよ。心霊写真の件を考えてみろよ」

「当てずっぽうを言うの、嫌だよ」

またバカにされるだけだ。

「こりゃ、家に帰って、亘の父さん母さんにも相談するべきだな。それで、町内会から働きかけてもらうとかさ——」

そのとき、伯父さんのシャツの胸ポケットで、携帯電話が鳴り始めた。

「もしもし？ うん？ なんだ明か。いや、ちょっと聞こえにくいな、待ってくれよ」

伯父さんは片手に携帯電話、片手に懐中電灯を持って、器用に階段をおりてきた。亘のところまでおりると、電話をちょっと持ちあげて、「父さんだ、父さん」と言った。

「もしもし？ あれ、ここも雑音が入る——え？ 聞こえない？ もしもし？」

伯父さんは電話がうまくつながる場所を探して、結局はシートの外に出ていってしまった。ここは鉄骨が剝き出しになってたりするので、電波障害を起こすのかしらなど考えながら、亘もシートの方へ歩み寄った。懐中電灯を消し、ズボンの尻《しり》ポケットに突っ込んで、しゃがんで両手でシートを持ち上げようとしたそのとき、あたりが妙に明るくなっていることに気がついた。

目の前のシートの、縫い目が見える。

しゃがんだまま首をよじって、亘はビルの上の方を見あげた。そして――

ぽかんと口を開いてしまった。

ついさっきまで伯父さんが立っていた場所、この前、あの魔導士の立っていた場所、三階から四階にあがる階段の踊り場に、

(扉だ)

両開きの扉が、

(いったいいつの間に?)

上の部分に凝った装飾がついていて、全体に古風なカーヴを描いていて、

(閉まってる)

扉は固く閉じているのに、その輪郭と、中央の合わせ目を、白く輝く眩《まぶ》しい光の線が、くっきりと彩っている。中空に現れたその扉の向こう側には、きっとこの白い光がいっぱいに満ちていて、それが、

(隙間から溢《あふ》れ出して)

幽霊ビルの内側を、こんなふうに薄明るく照らしているのだ。

亘はフラフラと立ちあがると、階段に近づき、一歩一歩のぼり始めた。ステップを一段あがるごとに、扉の隙間から漏れる光が強くなってゆく。亘は扉から視線を離すことができず、何度かステップを踏み外して転びそうになった。それでもひっぱられるようにして扉を目指して行く。自分でも止められない。三階に着く頃には、這《は》うような恰好《かっこう》になっていた。

そこまで近づくと、扉の周囲と中央から漏れる光のぬくもりまで、はっきりと感じられた。無意識のうちに、亘は笑顔を浮かべていた。手を上にのばすと、明るい光が掌にぶつかって、さながら春の雨のように、さらさらと音をたてるのが聞こえるようだ。

なんて清らかで、なんて明るくて、なんて優しい光なのだろう。

亘は踊り場まで達した。そこでようやく立ちあがり、扉に向かって両手をのばした。

7　扉の向こう

亘を歓迎するように、扉の中央の光が、一段と太く強く輝きを増した。扉が――

(開くんだ)

向こう側から、向こう側のこの光溢れる世界から、こちらに向かって押し開けられようとしている。今にも、今にも――

(開いた！)

大波のように押し寄せてきたまばゆい光に、亘は思わず目の前に手をかざした。眩しさに、真っ直ぐ顔を上げていることさえできない。温かな光に全身を洗われながら、早瀬のなかに立つように腰を落として、かろうじて自分を支えていた。

光のなかから、誰かが真っ直ぐにこっちへ近づいてくる。白い光のなかでも、一段と白く輝く小さな人影。開いた扉に向かって、走って、走って、走って――

そして光から飛び出し、いきなり亘の目の前に降り立つと、少年の姿になった。そして叫んだ。

「何でおまえがこんなところにいるんだ？」

息がかかるくらい近くに、芦川美鶴が立っていた。両目を見開き、両足を踏ん張り、咎《とが》めるように亘に向かって指を突きつける。

「ここで何してるんだ？」

難詰するようにそう叫ぶと、しかし、亘が何か言う前に、芦川はくるりと背中を向けて、また扉のなかへ、真珠色に輝く光の向こうへと、まっしぐらに走り去った。芦川の姿は、光に呑《の》みこまれて、またたくまに見えなくなってしまった。

亘には、何か考える余裕などなかった。迷ったり、怖がったりする時間もなかった。気がついたら、扉に向かって、光に向かって、芦川の後を追って走り出していた。

扉の縁をまたぎ越えるときには、無意識のうちに大きくジャンプして――

そして、真っ白な虚空のなかに飛び込んだ。

光の海。温かな気流。

空だ。

飛行機の窓から眺める雲海。そのイメージが広がった。亘は雲のなかを泳いでいた。下へ、下へ、下へ。落ちてゆく。耳元で風が鳴っている。空を切って落ちてゆく。それなのにゆったりとして、南の海を泳ぐ年寄りのウミガメのようだ。手足をのばすと、指の周りと、爪先を、輝く光が輪になって取り囲む。亘が姿勢を変えると、光の輪もそれについてくる。細かな光の粒子たちと、輪になって踊りを踊っているみたいだ——ゆっくりと身体をのばし、頬笑みながら、亘はぐるぐると旋回した。上を仰ぐ。光の空。下を見おろす。光輝く雲の海。

と、唐突に雲が切れて、真っ青な空と、その下に広がる青々とした平原が見えた。

「うわ！」

叫び声と共に、亘は落下した。

（落ちるぅ！）

小石のようにまっしぐらに、地上に向かって落ちてゆく。飛びすぎてゆく周囲の風景は、あまりのスピードに、もうぼやけた影にしか見えない。明るさだけしか感じられない。そしてさらにスピードがあがる。容赦なく速くなる。落ちて、落ちて、落ちていって——

どすん！　と、背中から着地した。

頭のなかがしーんとしている。背中を地面にぺったりとくっつけ、両足を持ちあげて、天を仰いでいる。なんて無様な恰好《かっこう》だ。カッコ悪いったらありゃしない。

でも、そんなことを考えられるってことは、生きてるってことだ。

頭上には、底抜けに明るい青空が広がっていた。生まれてこのかた、こんなに美しい青空は見たことが——あるけど、それは、旅行会社のカウンターにおいてある、ハワイやグアムへのツアー旅行のパンフレットの写真だった。ああいうパンフレットには、パソコンで画像処理して色鮮やかにした写真が使われているので、信用できないと父さんが言ってた。本当はもう、ハワイにもグアムにもサイパンにも、あんな青空はありゃしないのだと。

だけど、ここにはある。本物の、しみひとつない青空だ。

ここはどこだ？

亘は手をついて上半身を起こした。ちょっと頭がフラついたけれど、どこも怪我はしていないようだ。血も出ていないし、手足も動かせる。あんな高いところから落ちたのに。

見渡す限り、一面の砂漠だった。

お尻《しり》の下の砂は、ザラザラと目が粗く、乾燥しきっていて、掌ですくっても、見る間に指の隙間からこぼれ落ちてしまう。この砂がクッションになって、怪我をせずに済んだのだろうか。

太陽は、頭のほとんど真上から照りつけている。首筋や頰にあたる陽射しは、ちくちくと刺すようだ。さっき、空の上から落下する時に垣間見たのは平原だった。だけどここは砂漠だ。どうしちゃったんだろう？　気流に乗って、流されちゃったのかな？

とにかく、砂漠だ。だけどここはどこだ？

わかっているのは、あの扉のこっち側だということだけだ。

芦川はどこだろう？　あいつもこの砂漠でウロウロしているのだろうか？　ここを出て、とにかくもう少ししのぎやすい場所へ行くには、どっちを目指したらいいかな？　あの平原はどこにあるんだろう。

よろよろと立ちあがると、砂漠の風が亘を取り巻き、小さな砂嵐を起こした。顔の前で手を振って、砂を払いのける。咳《せき》が出そうだ。

そのとき、亘のすぐ後ろの砂の上に、小さなアリジゴクみたいな砂の渦巻きが発生した。音もなく、しかしどんどん大きくなる。

亘がシャツやズボンにくっついた砂をバタバタと払い落としているあいだにも、渦巻きはぐんぐん輪を広げてゆく。中心が深くなってゆく。やがてしゅるしゅると音がし始めた。

その音で、亘は振り向いた。そして飛び退いた。砂の上にできた渦の縁は、もうすぐ亘の踵《かかと》に届くところだった。そのまま気づかずにいたら、渦の中心に向かって仰向けに倒れてしまっていただろう。

「な、なんだこれ？」

思わず大声を出した瞬間だった。渦の芯《しん》のいちばん深いところから、真っ黒な動物みたいなものが一匹、砂を巻き散らしながら飛び出してきた。それが宙に躍りあがったとき、四本の脚と長いしっぽが見えたので、亘はそれを犬だと思った。

それは軽々と亘の頭を飛び越え、反対側に着地した。砂埃《すなぼこり》が舞いあがり、その向こう側で犬みたいな動物がひと声吠《ほ》えた。顔を打つ砂粒をよけながらそいつを見た亘は、危うく腰を抜かしそうになった。

それは身体は犬だけど、頭だけが犬じゃなかった。ドーベルマンに似たしなやかな黒犬の姿をしているのに、頭があるべきところには、なんというかヘンテコリンな——これ、なんて言うんだっけ、台所においてある、母さんがたまに、ホントにたまにワインの栓を抜くとき使ってる——

そう、コークスクリューだ！　ねじねじの栓抜きだ。こいつの頭は、そんな恰好《かっこう》をしているのだった！

ねじねじ頭を亘の方に振り立てて、その怪物《モンスター》はまた吠えた。ギギギギギャン！　不協和音そのものの咆哮《ほうこう》に、ねじねじ頭全体が共振する。こいつったら、喉《のど》も口もなさそうなのに、どうやって吠えてんだろ？

「それにさ」亘は怪物に向かって愛想笑いをした。「おまえ、ボクのこと食べようとしてるように見えるけど、いったいどうやって食べンの？　口もないのにさ」

亘の疑問に応《こた》えるように、ねじねじ怪物は口を開けた——というより、ねじねじ頭全体をふくらませながら、亘の方に、そのてっぺんを向けたのだ。そうすると、ねじねじの内側が見えた。吐き気がするようなねっとりした赤色で、ぬめぬめと粘膜が動いていて、縁にはびっしりと牙《きば》がはえている。

キャッと叫んで、亘は逃げ出した。右に走ると、三歩ほど先に新しい渦巻きができつつあることに気がついた。左に走ると、そこにあった渦巻きのなかから、新手のねじねじ頭が飛び出してきた。

前方のねじねじ頭が、また吠えた。一気に飛んで距離を詰めてくる。ああどうしよう神様仏様、ねじねじに囲まれちゃった——

両手で顔を覆ったとき、何かががっきと首筋に食い込むのを感じた。身体が浮いた。気がついたら、亘はまた飛んでいた。

そんなに高くあがってはいない。スキー場でリフトに乗っているみたいだ。ただリフトと違うのは、亘の手も足も、宙に浮かんでぶらぶらしていることだ。

ねじねじ頭の怪物犬たちは、今や五匹に増えていた。盛んに吠えながらぴょんぴょん飛びあがり、亘の脚に噛《か》みつこうとしている。そのあいだにも、砂漠の上に、次から次へと新しい渦巻きができてくる。ねじねじ怪物犬は砂の下に棲《す》んでいて、獲物が上を通りかかると、ああやって砂のアリジゴクをつくってひっぱり込むか、そこから飛び出して襲いかかるのだろう。

「ねじオオカミの群のなかに飛び込むなんざ、正気とは思えん！」

亘の頭の上で、甲高い声がした。

「この俺さまが飛びかからなかったら、今ごろおぬしはねじオオカミの胃袋に収まって、ねちょねちょのごちゃごちゃのドロドロの肉汁にされちまってるところだ！」

どうやら、この甲高い声の持ち主が、今現在亘をぶらさげて飛んでいるようである。つまりは命の恩人だ。とりあえずは。

「どうもありがとう」

後ろ襟をつかまれているので、上を見ることができない。口を開くと砂漠の風が飛び込んでくるけれど、亘はそれにメゲずにできるだけ大声でお礼を言った。

「本当に助かりました！」

「そうだろう、そうだろう」甲高い声が、なお高くなった。気をよくしているようだ。

「本当にいいところに、俺さまが飛びかかったもんだ」

正体不明の、とにかく翼のある生きものにぶらさげられて砂漠を横切りながらも、父譲りの几帳面《きちょうめん》さが頭をもたげてきて、亘は訊《き》いた。「あの、さっきからあなたは〝飛びかかる〟と言ってますけど、それは〝通りかかる〟の意味ですよね？」

頭の上の翼のある生きものは、ブンと鼻息を吐いた。「とんでもない！　俺さまは薄汚く地べたをはいずり回ったりせんのだ！　いついかなるときも、俺さまは飛ぶ！

だからどんなところにも、〝通りかかる〟ようなはしたない真似はせんのだ！　必ず〝飛びかかる〟、わかったか小僧め！」

　怒って振り落とされてはかなわないので、亘は素直にはいと言った。

　ちょうど二階家の屋根ぐらいの高さを、自転車を漕《こ》ぐくらいのスピードで、亘はのんびりと運ばれてゆく。周囲は依然として砂漠ばかりだけれど、左手の前方に、ごつごつとした小高い岩場が見えてきた。

「小僧め、おぬしはどこから来たのだ？」頭の上で、甲高い声が訊いた。「もしや、逃亡者ではあるまいな？」

　それでなくても答えにくい質問だが、〝逃亡者〟というインパクトの強い言葉に、なおさら亘は返事に窮してしまった。

「それにしてもおぬしは重いな！」

　実際、〝俺さま〟の翼の羽ばたく音が、少しばかり乱れている。そんなに大きな鳥ではないのかもしれない。

「あの岩場に降りるぞ」

　言うが早いか、〝俺さま〟は左手の岩場を目指した。岩場が近づくと、ぐっと高度をさげ、ぶうんと勢いをつけて亘を放り出すようにして降ろした。

「うわっと、危ない！」

降ろされた方は勢い余って、今度は岩場の端から転がり落ちそうになった。すかさず、また後ろ襟をつかまれる。

「小僧め、鈍いな」

尻餅《しりもち》をついている亘の前に、ばさばさと羽ばたきながら、大きな朱《あか》い鳥が降りてきた。染料で染めたみたいな、混じりっけなしの朱色だ。翼の差し渡しが一メートルぐらい。身体は華奢《きゃしゃ》だが、三本の鉤爪《かぎづめ》は丈夫で鋭く、亘の頭をわしづかみにすることぐらい、簡単にやってのけそうだ。この鉤爪に襟首をつかまれてたんだなと思うと、急にぞっとした。

翼をたたんだ朱い鳥は、カクンと小首をかしげて亘を見おろした。鷲《わし》みたいな顔かたちだが、頭のてっぺんに、サンバのダンサーの羽根飾りみたいな、金色の細い羽がたくさんはえている。それが砂漠の風を受けて、優雅にたなびいている。

「ど、どうもありがとう」

亘の喉はにわかに干上がって、カスカスの声しか出てこない。だってこいつ——鳥だよ。どう見たって鳥だよ。それなのに言葉をしゃべってるよ。

「礼には及ばん。だが質問には答えてもらうぞ。このあたり一帯は、俺さまたちカルラ族の縄張だ。他種族に勝手に足踏みされては困るからな」

ひと息にそう言ってから、朱い鳥はおおと声をあげて、今さらのように驚いた。

「なんと、おぬしはヒトの子供ではないか！」

「は、はい。そうです」

「ヒトの子がどうしてここにいる？　ここで何をしている？　どうやって来たのだ？」

続けざまに問いかけながら、やたらに羽をバタバタさせるので、亘は目を開いていることもできない。

「ちょ、ちょ、ちょっと待ってください。今、説明します。だから羽ばたかないで」

朱い鳥はそうかと言って、羽を収めた。亘は大きく深呼吸をして、何とか息を整えた。心臓が胸の内で大暴れをしている。

「ボ、ボク、どこか雲の上の方にある扉を通って落ちてきたんです」

亘が自分の身に起こったことを説明すると、朱い鳥は大きな目で青い空を仰いだ。

「なるほど……そうか。要御扉《かなめのみとびら》が開いているのだな」

「カナメノミトビラ？」

「そうだ。此《こ》の地と彼の地を隔てている、それはそれは大きな扉だ。下から見あげたのでは、そのてっぺんを見定めることはできない。雲のあいだに隠れてしまっておるからな。俺さまたちの仲間でも、それができたものは、未《いま》だにいない。カルラ族ほど強い翼の持ち主は、此の地にも彼の地にもおらないのだから、それは要するに、今まで扉のてっぺんを極めたものはいないということだ」

流暢《りゅうちょう》にしゃべって、朱い鳥は胸をそらした。長い羽が風にたなびく。

「要御扉は、彼の地で数える時の単位で十年に一度、九十日間だけ開くことになっておる。今はその時期だったのだな。すっかり忘れていたぞ」

「はあ……」

「してみると、おぬしはうっかり要御扉を通り抜け、彼の地から此の地に迷い込んできたのだな。だからねじ砂漠なんぞに落ちよったわけだ。なるほど、なるほど」

此の地とは、今いるこの場所。彼の地とは、亘が日常生活を送っている現実世界のことだろう。でも、亘が通り抜けてきたあの扉は、両開きの立派なものだったけれど、あくまでも普通の大きさの扉であって、そんなに巨大ではなかった。それを言うと、

「それはそうだろう。こちら側から見なければ、要御扉の本当の広さも大きさも、まったくわかりはしないのだ」と、朱い鳥はまた威張った。

「そうですか……」

やっと胸の動悸《どうき》も収まってきて、亘はぺたりと岩場に座り込み、しみじみと周囲を見回した。視界は三六〇度。しかし、全部砂漠である。ところどころに鋭い線を描いて飛び出しているのは、今座っていることと同じような岩場だろう。地平線には薄黄色い陽炎《かげろう》のようなものが立ちこめていて、はっきりと見定めることができない。あれは砂嵐だろうか。

「びっくり仰天という顔をしとるな」

朱い鳥は、わさわさと翼を揺さぶりながらそう言った。どうやら笑っているらしい。

「まあ、無理もない。何も知らなかったのだからな。俺さまは迷子を拾ったのは初めてだが、今までにも何度か、要御扉が開いている時期に、ヒトの子が誤って落ちてきたことがあるということぐらいは聞いている。つまり、こういう間違いはおぬしだけではないのだ。おぬしは少々間抜けかもしれないが、飛び抜けて愚かだというわけでもない」

慰めてくれているのだ。さっきは命を助けてくれたのだし、なかなか親切なヒト――ではなくてトリ――のようである。

「それであの……ここは、どこなんでしょう？」今さらのようだが、亘は訊《たず》ねた。

「此の地にも名前があるんでしょう？　何という世界なんですか？」

朱い鳥はすぐに答えた。「〝幻界《ヴィジョン》〟だ」

「ヴィジョン――」

亘の記憶では、『サーガⅡ』のなかに、「ヴィジョン・ストライク」という魔法があったはずだった。それは上位の魔導士だけが使える技で、魔法で作りあげた幻を敵に見せ、幻惑して同士討ちをさせるというものだった。

ヴィジョン。つまり幻影だ。

「じゃあここは、幻の国なんですか」

「おぬしのようなヒトの子にとっては、そうだろうな」

「ボクは今、幻のなかにいるんですか？」

亘は両手を広げてみた。砂埃《すなぼこり》を含んだ風が吹きつけてきて、目に痛い。

「こうやって感じる風も、首筋に陽があたって暑いことも、砂埃が口のなかにまで飛び込むことも、全部幻なんですか？」

「おぬしにとってはな。ヒトの子よ。迷子よ」

亘は岩場の上に立ちあがってみた。どこもここもゴツゴツしているので、ちょっと足元が危なっかしい。

「こうやって見渡す限りの砂漠も、一切合切、みんな幻なんですか？　現実じゃないの？」

「俺さまは現実という場所に行ったことがないのでよく知らないが――」朱い鳥はカクカクと首を動かした。「幻と現実は、相反するものか？」

「ええ、そうです」

「すると、此の地が幻界ならば、此の地に相対する彼の地が現実ということになる。するると、ここは現実ではないということになる。だがなぁ、ヒトの子よ。おぬしはすぐに彼の地へ帰るのだ。だから此の地のことを気にすることはない」

「ボク、帰るの？」

「迷子を置いておくわけにはいかぬからな。それが掟《おきて》だ」

「だけどボク、友達を追いかけて来たんです。一人で帰るわけにはいかない」

「おぬしの話から察するに、その友達とやらは、おぬしと違って迷子ではないのだ。要御扉を自由に出入りしているということは、御扉の番人に認められた〝旅人〟なのだ。だから心配する必要はない」

「でも！」

朱い鳥は羽をふくらませて飛びあがると、また亘の後ろ襟を捕まえにかかった。

「ちょっと待って！　ボクはまだ帰りたくないんだ！」

亘は首を縮めて逃げ出し、覆いかぶさるように捕まえかかる鳥の鉤爪の下をかいくぐって、岩場の端へと飛び退いた。そのとき、左足の下のゴツゴツした岩を踏み違え、足首に痛みが走ったかと思うと、

「うわ！」

バランスを崩して横ざまに岩場の縁から転がり落ちた。

一瞬、青空の切れっ端がくるりと目の端を横切り、次の瞬間には背中からまた別の岩場の上に落ちていた。どうやら、さっきまでいた岩場のてっぺんのすぐ下に、ちょっとしたでっぱりのようなものがあって、そこにひっかかったおかげで、真っ逆様に

落下せずに済んだようだ。

助かった！　でっぱりの縁に手をかけて起きあがると、頭上を黒い影がさっと横切った。朱い鳥が旋回してゆく。ぐずぐずしていたら、またすぐにも捕まえられてしまうだろう。

どうしよう、とにかく、もっとでっぱりの奥の方へ張りついていないとまずい――油断なく上の方に目をやりながら、手探りで後ろに下がると、右手の先に何かがぶつかった。岩とは感触が違う。後ずさりしながら何気なくそちらを見ると、あのねじ頭が目に飛び込んできた。

きゃっと叫んで、亘は危うくでっぱりの縁から飛び出しそうになった。すかさず朱《あか》い鳥の黒い影が降りてくる。前門の虎後門の狼とは、こういうときのことを言うんじゃなかったかな？

しかし、ねじねじ頭はそこに転がっているだけで、亘が叫んでも両足をばたばたさせて蹴《け》り飛ばそうとしても、ピクリとも動かない。よく見ると、そこにあるのはあの不恰好《かっこう》なねじねじ頭の部分だけで、身体の方は見あたらないのだ。

――死んでるのかな？

目を凝らすと、そうだ、確かにそこにあるのは頭だけだ。しかも、頭はひとつ分だけじゃないようにも見える――破片や断片みたいなものが、岩のあいだに挟まって、そこにも、ここにも、そこらじゅうに。それどころじゃない、気がつくと、シャツやズボンに、細かな骨や肉の化石のクズみたいなものがいっぱいくっついているじゃないか。

「なんだよ、これ！」

それらのクズを落とそうと、大慌てで身体じゅうをバタバタ叩《はた》いた。当然、上空への警戒が薄れて、あれっと思ったときにはあの鉤爪《かぎづめ》で後ろ首をつかまれ、またぞろ両足が宙に浮いていた。

「さあ、おぬしは家に帰るのだ」朱い鳥は先生みたいな厳しい口調で言った。「法《きまり》には従うべきだと、教えられておるだろう？」

こうなってしまっては抵抗は無駄だ。というより、亘は身体にくっついたねじオオカミの残骸《ざんがい》を叩き落とすことの方に必死だった。

「これ、これ、これいったい何？」

頭上から答が返ってきた。「ねじオオカミのカスだな」

「なんでそんなもんがあんなところに溜《た》まってるの？」

「ねじオオカミの肉は旨《うま》いが、頭は食えん。それにあいつらはなかなか凶暴なのでな、俺さまたちはあいつらを捕まえると、岩場に頭を叩《たた》きつけて殺すのだ。そうすると楽に殺せるし、不味《まず》い頭もとれてしまうので一石二鳥だ」

「あなたたちは、ねじオオカミを餌にしてるんですか？」

「そうだよ。だからこの砂漠が縄張なのだ」

縄張とはそういうものだと相場が決まっておると言って、朱い鳥は悠々と翼をはためかせ、上へ上へと昇ってゆく。亘は何だか急にエネルギーが切れたような感じになってしまい、もう暴れたりする気力も失せて、ただただ運ばれていった。

しばらく飛ぶと厚い雲のなかに飛び込んだ。亘の顔を、柔らかな雲がふわふわと撫《な》でてゆく。ほんのりとペパーミントの匂いがする。雲に香りがついてるなんて——現実世界でもそうなのだろうか。それとも、これもやっぱり幻界《ヴィジョン》だからこそだろうか。

「さあ、ついたぞ」

朱い鳥が大きな声で言いながら、ひときわ強く翼をはためかせた。亘は勢いよく雲のあいだを通り抜け、ふわっと投げ出されて、お尻《しり》から雲の上に着地した。

目の前に、銀色に輝く巨大な壁が立ちはだかっていた。さっきの話を聞いていなかったら、すぐにはこれが扉だとわかりはしなかったろう。大きい。本当に大きい。小さなアリンコになって、ホテルの正面玄関を見あげているみたいだ。

「これが要御扉《かなめのみとびら》だ」亘の隣に、朱い鳥がふわりと降りてきた。「両開きの扉の真ん中に、ひときわ明るい白い光が一筋見えるだろう？　あれが、御扉が開いている印だ。閉まっている時期には、あの光はまったく見えなくなっている」

扉の形は、ここへ来るとき通り抜けてきた両開きの扉と、よく似ているように見えた。ノブや取っ手らしいものは見あたらない。

「おぬしが近づけば、御扉は自然に開く」

亘はためらって、朱い鳥を見あげた。鳥の大きな瞳《ひとみ》が、御扉の眩《まぶ》しい輝きを映して、明るく光っている。

「どうしても帰らないとダメなんですか？」

「どうしてもだ」

「じゃ、また来ることはできる？　戻ってきたいんです、ボク」

「おぬしはここへは戻らぬ」

朱い鳥は、亘の言葉をあっさり撥《は》ね返した。

「御扉に認められた旅人でない限り、もうここを訪れることはないのだ。おぬしは彼の地の子供、ヒトの子であるからな」

「それじゃ、旅人として認められるにはどうしたらいいんですか？」

「さあ、それは俺さまの知るところではない」

「誰が知ってるの？　さっき言ってた、御扉の番人？」

朱い鳥は両の翼を持ちあげて、ゆさゆさと揺さぶった。「おぬし、それほどまでして俺さまに放り出されたいのか？」

亘は両肩を落とした。泣きたくなってきた。朱い鳥は、まだ目を光らせていたけれど、そんな亘にちょっぴり同情してくれたのか、少し優しい声を出してこう言った。

「悲しむな。彼の地に帰れば、陽が昇り陽が沈むのを眺めるうちに、此の地のことは忘れてしまうだろう。此の地から彼の地へは、何ひとつ持ち帰ることができないのだからな。思い出さえも、記憶さえも然《しか》りだ」

しょぼんと首を落としたまま、亘はゆっくりと御扉の方へ向かった。朱い鳥の言葉どおり、御扉はまるで亘に道を開けるように、音もなく開き始めた。扉そのものが光源となっているみたいで、あまりに眩しく、まばゆくて、顔をあげることもできない。それでも、次第に広くなる二枚の扉のあいだに、吸い寄せられるように、亘は近づいていった。

「ヒトの子よ、達者に暮らすがいい」

朱い鳥の声が、遥《はる》か背後から小さく聞こえてきた。

「俺の名はカルラ族のギガ。彼の地の夜の闇、おぬしの夢のなかでなら、また会うこともあるかもしれぬ」

目を開けているのに、何も見えない。それとも光を見ているのだろうか。光そのもの、輝きそのもの。歩いているのか停まっているのか、前進しているのか後退しているのか、それさえもはっきりしない。ふわふわと漂うようだ。ゆらゆらと流されるようだ。
そして亘は、まばゆい光に呑《の》みこまれるようにして、すうっと意識を失った。
幻界——
要御扉。
ここで何をしているんだ？
なぜおまえがここにいるんだ？
砂漠の熱い風とギガの朱い羽。
あの真っ青な空と緑の草原。
誰か僕を呼んでる？　亘、ワタル——
誰か僕の頰を叩いてる。
僕は——どこにいる？
目を開くと、ルウ伯父《おじ》さんの顔が見えた。

8　現実問題

「亘！　気がついたか、亘！」

ルゥ伯父さんが、亘の上に覆いかぶさるようにして、亘の額に手をあてていた。伯父さんの顔は引きつり、口元がベソをかいている。

「伯父さん……」

亘が呟《つぶや》くと、伯父さんは顔をくしゃくしゃにした。「ああ、よかった、俺がわかるんだな？　どこか痛いとこはないか？　苦しくないか？　俺は——俺はもう——」

「伯父さんてば……僕は……大丈夫だよ」

亘は起きあがろうとした。すると誰かの手が横から伸びてきて、そっと肩のあたりを押さえた。

「急いで起きない方がいいよ。本当にどこも痛くないかね？」

驚いたことに、それは大松社長だった。ニコニコ笑っている。

「大松さん……」

少し頭がぼうっとしているみたいで、自分の声が耳のなかに籠《こ》もって聞こえる。亘はパチパチとまばたきをしてみた。

見慣れない部屋のなかだった。三谷家の住むマンションの部屋より、もっとずっと天井が高い。ルームライトは真四角で、洒落《しゃれ》た金色の縁取りがついている。

「ここは私の家《うち》だよ」亘の表情を読んだのか、大松社長が説明してくれた。「お客さん用の寝室なのでね、ベッドが堅いかな」

伯父さんの泣き顔が、大松社長のそばに並んだ。「おまえ、あのビルで倒れたんだ。覚えてるか？　伯父さんが電話を終えて戻ってみると、おまえは階段の下にばったり――」

そこでまた泣きだす。大松社長が笑いながら伯父さんの肩を叩《たた》いた。

「伯父さんは君のことが心配で、本当に生きた心地もしなかったみたいだよ」

「だってよぉ――」

伯父さんの泣き声を伴奏に、大松社長が言った。「伯父さんが倒れている君を見つけて、病院へ運ぼうとシートの外へ出てきたとき、ちょうど私がそこへ行き合わせてね。それで、伯父さんと君をうちへお連れしたというわけだよ」

「俺はもう仰天しちゃって」ルゥ伯父さんは、鼻の下をこすりながら言った。「でも社長さんが、おまえは具合が悪いようには見えない、顔色もいいし呼吸も正常だ、子供は深く眠るものだし、とにかくちょっと連れ帰って様子をみようと言ってくれてさ」

「だって私には、君は気持ち良さそうに眠ってるようにしか見えなかったからね。良い夢を見てるのか、口元が笑っていたし」と、大松社長が補足した。亘は納得した。

〝幻界《ヴィジョン》〟に行っているあいだ、こっちの世界に残っていた僕の身体は眠ってたのか。

「僕、大丈夫です。大松さんごめんなさい。勝手にビルに入り込んで……」

亘の言葉に、ルゥ伯父さんもやっと大人としての分別を取り戻したようで、あらためて神妙に、大松社長に頭をさげた。

「まったく言い訳のしようもないです。他人様《よそさま》の建物のなかに勝手に入り込んだりして」

大松社長は大笑いをした。「いえいえ、ですからそれについては、もう気にしないで下さい。三谷君、伯父さんから事情は聞いたよ。誰にしろ、あのビルに入り込んで子供たちを脅かすような人物がいるとしたら、放ってはおけない。今後は、私の方でちゃんと手を打つから安心しておくれ」

社長は頑丈そうな手を持ちあげて、頭をかいた。

「これまでにも、幽霊の話とかいろいろあったが、あまり本気で問題にしてはいなかったんだ。ときどき私らで見回るようにすれば大丈夫だろうと、タカをくっていてね」

「今夜も、見回りのつもりでいらしたんだそうだ」ルゥ伯父さんは、面目なさそうに大きな身体を縮めている。「おかげで助かったよ。俺ひとりじゃ、うろたえるばっかりでどうしようもなかった」

大松社長とルゥ伯父さんは、かなりうち解けた様子で話したり笑ったりしている。それでも、亘には少し不可解だった。ルゥ伯父さんは経験豊富なライフセイバーだ。命の危険にさらされている人たちを、何度となく助けてきた。それなのに、僕のことでは、何もできないほどあわてふためいてしまったという。そんなことって、あるかな？

「それじゃ亘、気分が大丈夫なら、失礼しようか」

伯父さんの言葉に、亘はうなずいた。大松社長は車で送ろうと言ってくれたけれど、伯父さんはそれを丁重に辞退した。

「すぐ近くですから。これ以上、ご厚意に甘えるわけにはいきません。本当に申し訳ありませんでした」

「そうですか。でもまあ、そんなに気にしないでくださいよ。それじゃ三谷君、元気でな。あのビルのことは、本当にもう心配しないでいいからね」

大松社長の言葉に、亘ははいと返事をしたけれど、心のなかは複雑によじれていた。

社長さんが本気であのビルの監視を厳しくしたら、要御扉《かなめのみとびら》に近づきにくくなって、ひどく不便なことになる。

——こうなったら、早く芦川に会わなきゃ。

会って、話をしなきゃいけない。こっちももう避けたり逃げたりしないし、あいつにもそんなことはさせるまい。要御扉の前で顔を合わせてしまったのだから、今までとは事情が違う。バカにされても、二度とひるんだりするもんか。

芦川は本当に〝旅人〟なのか。そうだとしたら、なぜそうなれたのか。御扉の番人には、どうやって認められたのか。そして何よりも、芦川は〝旅人〟になって、幻界と現実世界を行ったり来たりして、いったい何をしているのか。答のほしい疑問はたくさんある。

大松家を出て夜道を歩き始めると、ルゥ伯父さんは亘と手をつないだ。それはひどく子供っぽいことで、亘は照れくさかった。

「伯父さんてば、僕はもう大丈夫だよ。だから手なんかつながなくっていいよ」

ルゥ伯父さんは、何か思い詰めたような顔で亘を見おろした。まだ涙の気配が、両目のあたりに残っているようだ。

亘は、伯父さんにちゃんと謝っていないことを思い出した。本当に心配をかけたのに。

「伯父さんゴメンナサイ。僕、眠かったんだ。気分が悪かったわけじゃないんだよ。大松さんが言ってたとおり、ただ眠ってただけなんだ。いつの間にか寝ちゃったんだ。すごくぐっすり眠っちゃったんだ」

ルウ伯父さんはうなずいた。「うん、そうだな。伯父さんはあわて者だ」

そう言うと、先に立って歩き出した。亘はおかしなことに気がついた。伯父さんは、三谷家のマンションとは逆方向に向かっているのだ。

「伯父さん、反対だよ。そっちはうちじゃないよ」

呼びかけると、伯父さんは立ち止まった。亘に背中を向けたまま、首をうなだれている。

「それが……いや、いいんだよ、こっちでいいんだ」

「どうして？」

「亘は今夜は、伯父さんとホテルに泊まるんだ。大通りに出てタクシーを拾おうよ」

亘は伯父さんに追いついて、見あげた。伯父さんの顔は、ヘンなふうに歪《ゆが》んでいる。街灯の灯《あか》りでも、それがよく見えた。それなのに伯父さんは、やけに元気な声を出した。

「あの電話な、亘の父さんからだったんだ」

幽霊ビルにいるとき、伯父さんの携帯電話にかかってきた電話だ。

「今夜は亘を預かってくれってさ」

　素朴な疑問が浮かんできたので、亘はそれを口にした。「だけど、明日は休みじゃないよ。僕、学校があるよ」

「早起きして、伯父さんがこっちまで送ってきてやるよ」

「でも、着替えもないし……」

　亘は自分のシャツとズボンを見おろした。そして、さっきまではすっかり忘れていたことを思い出した。ねじオオカミ！　あいつらの死骸《しがい》の切れっぱしが身体中にくっついていたのだ。まだ残ってるんじゃないか。

「伯父さん、僕、臭くない？　変な臭いしない？」

　亘がシャツやズボンをバタバタ叩《はた》くのを、伯父さんは黙って見ていた。自分のことに夢中になっていた亘は、とりあえずひととおり点検して、身体に何もくっついていないことを確かめ終えるまで、そんな伯父さんの様子をおかしいとも思わなかったのだが――

「伯父さん？」

　気がつくと、伯父さんは片手で顔を押さえていた。

「どうしたの、伯父さん。今度は伯父さんが具合が悪いの？」

　ルゥ伯父さんは、顔を押さえた手の指の隙間から、声を押し出した。「ああ、嫌だなぁ。俺はこんなことは嫌だよ」

「……？」

「おまえに嘘なんかつけないよ。伯父さんはこんな役回りはしたくないよ」

「伯父さん……」

伯父さんはぐいと顔をあげ、唐突に亘の手をつかんだ。そして乱暴なくらいに強くひっぱって、今度は三谷家の方向に向かって歩き出した。

「行こう、亘。おまえにはおまえの家に帰る権利がある。ちゃんと話を聞く権利もある。伯父さんはそう思う」

「え？　ちょ、ちょっと待ってよ伯父さん」

「いいんだ。ついてきな。帰ろう」

亘は伯父さんに引きずられて歩き出した。マンションの正面玄関に着くまで、伯父さんは恐ろしい早足で、だから亘はほとんど走るようにしてついていかねばならなかった。

ところが伯父さんは、正面玄関のところで急に速度を落とし、目に見えてためらった。それを吹っ切るようにしてエレベーターまで進み、またぞろ早足で箱に乗り込み、三谷家のある階に着くと、今度はそこでまたためらった。何だか、伯父さん一人が亘の目には見えない怪物《モンスター》と闘い、それを退けながら、前に進んでいるみたいだった。

亘は怖くなった。急に家に帰りたくなくなってきた。予感のようなものが胸のなかに込みあげてくる。さっき伯父《おじ》さんがホテルに泊まると言ったとき、学校だの着替えだのとグズグズ言わずに、素直にそうしていればよかったと思った。

伯父さんは三谷家のドアチャイムを押した。静かな共用廊下に、チャイムの音色が高らかに響く。亘は腕時計をちらりと見た。とっくに午前零時を過ぎている。

スリッパを履いた足音が、ドアの方に近づいてくる。カチャリと音がして、ドアが開いた。チェーンがかかっている。

ドアの隙間から、三谷明の顔がのぞいた。亘はぎょっとした。父の顔はひどく青ざめ、疲れていた。急に老けたようにさえ見えた。

「兄さん――」と呟《つぶや》いて、明は亘が一緒にいることに気づき、くちびるをぐいと結んだ。

「よかった、間にあった。まだいたんだな」伯父さんは低く言った。「亘を連れて帰ってきた。入れてくれよ」

明は一度ドアを閉じ、がちゃがちゃと不器用な音をたててチェーンを外すと、黙ったままルゥ伯父さんを招き入れた。そして、くるりと背中を向けてリビングへ戻ってゆく。亘は父の顔を見ることができなかった。

リビングには灯りがついていたが、台所も洗面所も真っ暗だった。邦子の姿が見あたらない。両親の寝室のドアは、ぴったりと閉じている。

「お母さんは先に寝ちゃったの？」

亘が尋ねても、明は答えない。そのときになって初めて亘は、父が、ネクタイこそ解《ほど》いているものの、まだ背広姿のままであることに気がついた。

「お父さん、帰りが遅かったの？」

テーブルの上には何も出ていない。皿もきれいに洗ってある。明は亘の問いかけに答えず、背広の内ポケットから煙草を出して、火を点《つ》けた。

黙って亘の後ろに立っていたルウ伯父さんが、険しい声を出した。「邦子さんは？」

明は短く答えた。「寝てる」

様子がおかしかった。何から何までおかしかった。まるでお母さんが病気にでもなったみたいだ。まるで誰かが死んだみたいだ。

「亘」明が亘に声をかけた。

「ちょっとこっちに来て、座りなさい」

そう言いながら、明はソファに腰をおろした。手をのばして、まだ長い煙草を灰皿に押しつけ、ぐしゃぐしゃにして消した。父らしくない動作だった。

「明！」ルウ伯父さんが、まるで脅しつけるような声を出した。「亘が帰ってきたんだぞ。それでもおまえ――」

明は冷静に、兄の言葉を遮った。「兄さんは黙っててくれ」

「でも――」

「こんなふうにし向けたのは兄さんじゃないか。仕方がない」

亘はソファに近づき、座った。膝《ひざ》がガクガクした。ついさっき――幻界《ヴィジョン》でねじオオカミの群に襲われて、あんなに怖い思いをしたばかりだというのに、今はもっと怖かった。

ルウ伯父さんは、亘の後ろに立っている。無言のままだ。

「おまえには報《しら》せないでおきたかったんだ」と、明は言った。ほんの少し、声が震えている。「あとでお母さんから話を聞いてほしかった。だから伯父さんに、おまえを一晩預けたんだが」

ルウ伯父さんが素早く言った。「だがそんなのは不公平だ、この子だって説明を――」

明は、つと顎《あご》をあげて兄の方を見ると、かすかに笑った。

「子供に向かって説明なんかできることじゃないから、兄さんに頼んだんじゃないか」

ルウ伯父さんはぐっと詰まった。

「亘、聞いてくれ」と、明は亘の顔を見た。亘は父の顔を見つめ返した。心の片隅で予感のようなものが、キキタクナイ、ナニモキカセナイデと、小さく叫ぶのを感じながら。

　三谷明は、ゆっくりと言った。

「お父さんは、この家を出てゆく」

　コノウチヲデテユク。

「お母さんと離婚するんだ。お父さんの言っていることの意味がわかるね？」

　リコンスルンダ。

「お母さんにもおまえにも、本当に申し訳ないことだと思っている。でも、お父さんは決心した。さんざん迷った挙げ句に決めたことだから、もうこの決心を貫き通すつもりだ」

　モウシワケナイコトダ。

「このことについては、お母さんにも、今夜初めてうち明けた。それでずっと話し合っていたんだが、お母さんはとても驚いて——ショックを受けたようだ」

　亘は口を開いた。普通にしゃべろうと思ったのに、驚くほど弱々しい声が出てきた。

「お母さんは寝込んでるの？」

「そうかもしれない。さっき様子を見たときには、眠っていた」と、明は答えた。

「これから先も、お母さんとは何度か相談をしなくちゃならないだろう。この家のこととか——おまえとお母さんの今後の生活のこととか、細かいことで、決めなくちゃならないことがたくさんあるからな」

亘はゆっくりとまばたきした。何度まばたきしても、目に映る光景は変わらない。チャンネルが切り替わらない。これは間違いじゃない。夢でもない。現実だ。今、僕は、幻界にいるわけじゃない。

しかし、家を出てゆくと告げる父の姿は、幻界の砂漠のねじオオカミよりも、もっともっと非現実的に見えた。

ここで訊《たず》ねなければならないこと、訊ねる権利があることは、山ほどあるはずだった。それなのに、亘にはそれがつかめなかった。砂漠の砂が指のあいだからこぼれるように、思いのすべてが漏れ落ちてゆく。心の底が抜けてしまったみたいに。

やっと、亘は訊《き》いた。「お父さんは、これからどこへ行くの？」

「落ち着いたら報せるよ。携帯電話は活かしてあるから、それで連絡はつくだろう」

それだけ言うと、明は立ちあがった。亘は呆然《ぼうぜん》として父を仰いだ。これで話はおしまいなんだろうか。これっきりなんだろうか。

明はかがんで、ソファの後ろから何か引っ張り出した。

旅行用のボストンバッグだった。いつも出張の時に使っている、見慣れたバッグだ。でも、このバッグが、こんなにも中身をたくさん詰め込まれて、パンパンにふくらんでいるのを見るのは初めてだ。

「明――」ルゥ伯父《おじ》さんが、かすれた声で呼んだ。「おまえ、もう言うことはないのか？　亘に言ってやることはないのかよ？　それだけでいいのか？」

明は自分の息子ではなく、兄の目を見て答えた。「亘に対しては、何を言っても言い訳になる」

「それだって――」

「兄さんにはわからないよ」

ルゥ伯父さんはすうっと青ざめた。口元が震えている。

明はボストンバッグを持ちあげた。亘は見るともなくそれを見ていた。バッグの持ち手をつかむ父の手を。玄関に向かって歩き出す父の爪先を。

「兄さん、亘を頼む」と、明は言った。彼の声は、もう震えてはいなかった。

「俺は頼まれなんかしないぞ」頑固に目をそらしたまま、ルゥ伯父さんは言い切った。

「こんな手前勝手な話があるか。俺は何も頼まれてなんかやらないぞ」

三谷明は、静かに亘の方を顧みた。そして、同じように静かな声で言った。「亘、お母さんを頼んだよ」

そして歩き出した。スリッパが音をたてる。ひたひた、ひたひた。

僕はどうしてお父さんを止めないんだろう。亘はぼんやり考えていた。どうして走っていってしがみつかないんだろう。行かないでって泣きわめかないんだろう。

それは、そんなことをしたって無駄だとわかっているからだ。いつだってそうだった。父さんは決めたことは守る人だ。三谷家では、父さんの決めたことは絶対だった。父さんの結論は判決だった。どんなに泣きわめいても、その判決は翻らない。亘の身体には、そういう躾《しつけ》が染みこんでいる。

ワガママ？　だけど、これはワガママなんだろうか。ワガママは駄目だ。

亘はソファから立ちあがると、玄関へ駆け出した。明はこちらに背を向けて靴を履いていた。

「お父さん」

亘の声に、明の背中がぴくりとした。

「お父さんは、お母さんと僕を捨ててくの？」

一瞬、明の動きが止まった。靴べらをつかんだ手が白くなったように見える。

だが、すぐに彼は靴を履く動作に戻り、靴べらをすぐ脇の下足入れの上に載せた。

そして、背中を向けたまま言った。

「お母さんとは離婚しても、お父さんは亘のお父さんだ。どこにいたって、お父さんであることに変わりはないよ」

「だけど捨てていくんでしょう？」

亘は言った。どうしてこんな情けない声しか出ないんだろう。なんでもっと大声を出せないんだろう。どうしたらもっと説得力のある言葉が出てくるんだろう。

「捨てていくんだよね？」

三谷明は、ドアを開けた。

「ごめんよ、亘」

そして、出ていってしまった。

亘はその場に突っ立って、ドアが閉まるのを見ていた。口がぽかんと開いて、目が乾いて、おしっこを我慢しているときみたいに、下腹がきゅんきゅん痛んだ。

ルウ伯父さんが黙って近づいてきて、背後から亘の肩に両手を載せた。

「ごめん」

ルウ伯父さんの声が泣いていた。

「やっぱり――おまえを連れて帰ってくるんじゃなかった。伯父さんと一緒にホテルにいりゃよかったな。伯父さんが間違ってた。ごめん、ごめんな」

僕はまだ眠ってるんだ。亘はそう考えていた。これは夢のなかの出来事だ。僕はまだ幽霊ビルの、あのでき損ないの階段の下で、コンクリートのクズと埃《ほこり》の上に座り込んで、手すりにもたれて眠ってるんだ。それに気づいた伯父さんがあわてて僕を連れ出して、そこへ大松社長さんが来て、これから僕を大松さんの家に連れて行ってくれるんだ。

僕は眠ってるんだ。目が覚めれば、すべては元どおりに戻ってるはずだ。胸の内で、亘はその言葉を、呪文《じゅもん》を唱えるように繰り返した。怪物《モンスター》を倒す呪文。怪物を追い払う呪文。怪物を消し去る呪文。

いいや、違う。呪文なんかきかない。だって僕は眠ってないんだから。これは現実だ。今目の前で起こってることだ。

心の底から、痛みが込みあげてきた。あの魔導士の唱えていた時を巻き戻す呪文。あれはどんな言葉だったっけ。覚えておけばよかった。今こそ使うべきときなのに。

「伯父さん」

ルゥ伯父さんの体温を背中に感じながら、亘は小さく訊いた。

「伯父さんは知ってたの？　今夜お父さんが出ていくってこと、前から知ってたの？」

伯父さんは、ちょっと呼吸を整えるみたいに、荒く息をついてから答えた。「あの電話をもらうまでは、知らなかったよ」

「それじゃ伯父さんもビックリしたんだね」

だから、僕が眠ってしまっただけで、あんなに取り乱しちゃったんだね。

「非道《ひど》いよな」伯父さんは呟《つぶや》いた。「こんなことってありかよ。おまえにどうしろっていうんだよ」

亘は黙って振り返ると、伯父さんに抱きついた。力一杯しがみついて、泣きだした。

こんなに混乱していても、疲れていても、悲しんでいても、やっぱり夜は明けるものであって、亘は、顔にあたる朝日が眩《まぶ》しくて目を覚ました。

伯父さんと二人、リビングで寝入ってしまっていた。ルゥ伯父さんは、大きな身体がソファに収まりきらずに、床に転がっている。亘は長いソファの端っこに、何かから避難するみたいに小さく丸まっていた。そのせいで、起きて立ちあがると、身体じゅうの骨がギコギコした。

窓の外には、爽《さわ》やかな青空が広がっている。梅雨明けなのだろうか。昨日も雨の気配はなかったけれど、今日のこの空はまた格別だ。雲ひとつない。

時計を見ると、もう八時に近かった。伯父さんは陽射しに背中を向けて、まだ熟睡している。亘のぼんやりとした記憶でも、ここで横になったのはほんの数時間前のことのような気がするから、無理に起こさなければ、きっとこのまま眠っているだろう。

両親の寝室の方からも、こそりとも音がしない。母さんはどうしているのだろう。眠っているのか、眠ったふりをしているのか、ただ起きてきたくないだけなのか。いずれにしろ、邦子は亘が昨夜のうちに帰ってきていることを知らないのだ。

ちょっとのあいだ、声をかけにいこうかという誘惑にかられたけれど、結局やめた。今朝は誰とも話したくない。誰かに見られることさえ厭《いと》わしい。このままこっそり息をひそめて、学校へ行ってしまおう。急がないと遅刻してしまう。

顔を洗い、歯を磨き、髪の毛を撫《な》でつけ、くしゃくしゃになった服を着替える。教科書とノートを揃えて鞄《かばん》に詰め込んだところで、別に学校なんかへ行かなくたっていい、どこか他所《よそ》に行ってしまって、このまま帰ってこなくたっていいんだよな、というようなことを、ふと考えた。

幻界《ヴィジョン》——またあそこへ行って、何もかも忘れてしまえたら。

いやいや、駄目だ。またカルラ族に捕まって追い返されるのが関の山。それならまだ幸運な方で、下手するとねじオオカミの餌になっちゃう。

結局、学校しか行く場所はないんだな、子供には。家《うち》がなくなっちゃったらさ。

集団登校のグループは、とっくに先に行ってしまっていた。集合時間に遅れた生徒は、置いていってもいいというのがきまりだ。亘は一人で学校まで歩いた。校舎が見えてきたところで、五分前の予鈴が鳴った。だから駆け出して、正門を目指した。そんなことをしていると、昨日までと何も変わらないみたいだった。ただ寝坊して朝ご飯抜きだというだけで、何も起こってないみたいだった。

信じられないことに、教室では普通に授業をやった。担任の先生はいつもより機嫌がいいくらいだ。やっと梅雨が明けそうで気持ちがいいね、なんて言っている。

三谷家が崩壊したところで、世の中は変わらないのだ。世界なんてそんなものなんだ。

ちょっと前に、ナントカカントカの予言書とかいう本が話題になったことがあった。テレビ番組でもやっていた。それは超古代文明の遺跡から発見された石版を解読して得られた予言で、人類は二〇二四年に滅亡すると書いてあるんだそうだ。その番組に出ていたゲストのなかに、亘の好きなピラミッド学者の先生がいて、こういう予言とか古代文明にまつわる話とかは、作り物として楽しむにはいいけど、あまりまともに受け止めてはいけないと発言して、司会者を困らせていた。この世界がいつか未来のどこかで滅亡するかどうかという問題と、この予言が信用できるものであるかどうかという問題は、まったく次元が別だって。それはとても筋道正しいお話で、だから亘は安心してテレビを消し、お風呂《ふろ》に入ってぐっすり眠ることができたのだった。

それでも、個人は滅亡するのだ。笑っちゃうくらいカンタンに。だけど世界は続いていくのだ。とりあえず。

一時間目の授業が終わったところで、亘は担任の先生に呼ばれた。

「三谷君、今さっき、お母さんから電話があったの。あなたがちゃんと登校しているかどうかって。ええ、教室にいますよってお返事したんだけど……」

先生は訝《いぶか》しそうに目を細めた。亘は言った。

「うちのお母さん風邪をひいて、寝込んでるんです。それで僕、今朝はお母さんが寝てるうちに、黙って出てきたから」

「ああ、そう。だからお母さん、心配なさったのね。でも、偉いわね。三谷君はしっかりしてるわ。授業が終わったら真っ直ぐに帰って、お母さんを安心させてあげなさい」

ハイわかりましたと答えて、亘は席に戻った。そして、その日の残りの授業が、滅亡した三谷亘の世界の上を、そよ風のように通り過ぎてゆくのに耳を傾けた。

正午過ぎに正門を出るころには、汗ばむくらいの陽気になっていた。鞄をぶらぶらさせながら歩いていると、後ろの方からやけに騒がしい声が追いかけてくる。耳がわんわんするほどだ。

「おいってば、なんだよ、何シカトしてんの？　まだ寝ぼけてンの？」

カッちゃんだった。亘はポカンとした。すごく久しぶりだ。十年も二十年も会ってなかったみたいな気がする。

「ヘンだなぁ。今日はずっとぼうっとしてるじゃんか。『サーガⅢ』の体験版でも手に入れたのぉ？」

「ううん、そんなんじゃないよ」

「ふぅん。てっきりそうかと思ったよ。あのさ、昼飯食べたらウチへ来ない？　父ちゃんがパチンコの景品でさ、なんでかわかんないけどサッカーゲーム取ってきたんだ。

これがすっげえハマるんだよ、やんない？」

亘は黙って、カッちゃんの明るい顔に見とれた。何か言おうと思っても、何も思いつかない。ただ、カッちゃんはいいなぁと思うだけだった。カッちゃんになりたいな。

「何だよぉ、なんでオレの顔じろじろ見ンの？　何かついてる？」

「ううん」亘は首を振った。「今日は遊べないんだ。ごめん」

カッちゃんも、何かヘンだと気づいたようだ。いつもクリクリと落ち着きなく動く目が、ちょっと止まった。

「ミタニ……どうかしたの？」

「どうもしないよ。どうも」

「風邪ひいたの？　腹こわしたとか」

「どうもしないよ」

カッちゃんはしげしげと亘の顔をのぞきこんだ。「だけどおかしいじゃんか」

「おかしくないよ」

亘は薄く笑った。カッちゃんはちょっと身を引いた。

「そんじゃオレ、帰る」

「うん」

「うーんと――その、なんか用あったら、電話して」

「うん」

「オレずっとウチにいるからさ」

「うん、わかってる」

「そんじゃね」

カッちゃんは振り返り振り返り去っていった。彼の姿が見えなくなってから、亘はまた歩き出した。同じ道を帰ってゆく、たくさんの下級生たちや同級生たちにどんどん追い抜かれ、それでもゆっくりゆっくり歩いた。気がついたら、また、今朝と同じようにまったく一人になっていた。

大松さんの幽霊ビルの前まで来て、亘は足を止めた。ビルの様子には変化がなかった。シートが太陽の光を反射して光っているだけだ。社長さんは何か手を打つと言っていたけれど、今日はまだ何の動きもないようだった。

また、幻界のことを考えた。奇妙なことに、朝うちで思い出したときよりも、思い出の印象が薄れていた。あの大きな朱《あか》い鳥——名前は何て言ったっけ？　頭に思い浮かべるイメージも、ちょうど写真の色が褪《あ》せるように、少しばかり鮮やかさを欠いているみたいに感じられる。なんでだろう？

「——ミタニ」

呼ばれて、亘は我に返った。誰だ？

芦川美鶴だった。三橋神社の鳥居の柱にもたれて、亘の顔を、じっと見ていた。

芦川は、ついて来いという身振りをして、さっさと三橋神社の境内に入っていった。

亘は、昨日からの出来事で身体ばかりか心もクタクタに疲れていたけれど、瞬間的に、

——ここで何してるんだ？

扉の前での光景が映画のようにくっきりと再現されて、あのとき芦川の後を追っていったのと同じ勢いで駆け出した。

芦川は亘が追いついても、見向きもしなかった。思い詰めたように顎《あご》を引いて、真っ直ぐな鼻の線が、いっそうきわだって見えた。

「座れよ」

芦川は、境内のベンチのひとつを指して、短く言った。亘は言われたとおりにした。以前、ここで出会ったときに芦川の座っていた場所だ。

腰かけると、境内のなかが、よく知っているはずの三橋神社のそれとはまったく違って見えた。いつも鳥居の前を通り過ぎたり、境内を横切ったりするときには、こんなふうな風景には見えない。何か広々として静かで、緑に囲まれている。お社の古びた屋根瓦《やねがわら》の、欠け落ちた漆喰で修復をほどこされた場所でさえ、趣が違う。普段はこの屋根瓦を見ると、なんかビンボーな感じ、と思うだけだった。

遠い土地の、見知らぬ場所に来たみたいな錯覚をおぼえた。

「いい景色だろ？」

芦川は、亘の斜め前に突っ立って、胸のあたりで腕を組みながら言った。

「ここは神域なんだ」

「シンイキ？」

亘が問い返すと、芦川は面白くなさそうに答えた。「神のおわします場所だよ」

その返事の厳《いか》めしさと表情の厳しさ。ごくたまに見かけるこの社の神主さんだって、ここでこんな畏《こわ》い顔をすることはないんじゃないか。だってここの神主さんは小柄でニコニコしたおじいさんで、低学年の子供たちの下校時間には、すぐ前の横断歩道のところで黄色い旗を持って立ってることもある。おわしますというのも、たぶん「いるよ」という言葉の難しいバージョンだろうけれども、神主さんはそんな言い回しだってきっとしないだろう。

芦川はお社の方に目を向けて、怒っているみたいに黙っている。亘が居心地悪さに何か言おうともぞもぞしたところで、やっと口を開いた。

「行って来たのかよ」

素っ気ない質問だった。

「どこに？」と、亘は訊《たず》ねた。もちろん、わざと訊《き》いたのだ。わかっていた。それはあの——あの場所のことだ——えっと、何て言ったっけ？

思い出せなくなっている。驚いた。ついさっきまでは覚えていたはずなのに。

芦川はこちらを振り向いた。やっと、まともに亘を見た。

「幻界《ヴィジョン》へ行って来たんだろ？　扉の向こう側さ。わかってるんだ」

亘は口を開けた。幻界？　幻界っていうのは、あの、あの――そう、砂漠のこと。何か恐ろしいケダモノみたいなものに襲われたんだ。だけどあれは夢じゃなかったのかな？

芦川はじっと亘を見つめ、一歩近づいた。芦川の瞳《ひとみ》が小さく縮んでいる。寒さに手がかじかむみたいに。

「僕――隣の幽霊ビルに」亘はしどろもどろに言った。「伯父《おじ》さんと一緒に行ったんだ」

「そこで会ったろ」芦川は確認するように訊ねた。「昨日のことじゃないか」

「そうだけど……」

芦川は横を向くと、ウジウジしたヤツだな、と吐き捨てた。亘は、オレって何でこいつには会うたびにバカにされなきゃなんないのかなと考えた。そのくせ心の片隅で、この話が噛《か》み合わないのはこっちのせいだよ、と囁《ささや》く声が聞こえる。それは亘のなかの小さなワタルで、大声を出してぴょんぴょん跳んで手足をバタバタさせて亘の注意を惹《ひ》こうとしているのだけれど、そんなことをしているあいだにも、それはどんどん小さく縮んでゆくのだ。

そして、とうとう消えてしまった。小さな小さなワタル。消える間際に、精一杯の大きな声でこう言った――

「陽が昇り陽が沈むのを眺めるうちに、此《こ》の地のことは忘れてしまうだろう」

同じ言葉が、亘の口からも飛び出した。だが声が亘の声ではなかった。低く重々しく偉そうで、宣告するような響きがあった。

そっぽを向いていた芦川が、いきなり振り返った。目を瞠《みは》っている。亘は亘で、自分の口から飛び出したヘンな声に狼狽《ろうばい》して、女の子みたいに両手を口にあてていた。

「――そうか」芦川の口元がほころんだ。「おまえ、カルラ族に捕まったんだな？」

亘は口を押さえたまま、上目遣いに芦川を見た。美少年は上機嫌だ。その場で踊りだしそうなほどだ。

「導士の言うことに嘘はないんだ。そうか、おまえには資格がないから、こっちに戻ってきて一日経つと、幻界の記憶は全部消えてしまうんだな」

嬉《うれ》しそうに、芦川は話しかける。亘には何がなんだかさっぱりわからない。それなのに芦川は楽し気に独り言を続けた。

「記憶は、戻ってきてすぐには消えないんだ。それだと空白ができてしまうからな。でも一日くらい残っているだけなら、子供なら、夢でも見たんじゃないのって言われて終わる。大人なら、クスリでもやってんじゃないかって嗤《わら》われてそれまでだ」

　そうかそうかと手を叩《たた》き、空を仰いで、芦川は笑いだした。亘は目をパチクリさせてながめていた。コイツおかしいんじゃないの？　腹立つなあ。

「何の用なんだよ」亘は訊いた。「またバカにしようってのかよ」

　芦川はクックッ笑いながら、また腕を組んだ。頭を振り振り、「誰もおまえをバカにしてなんかいないよ」

「したじゃんか」

「いつ？」

「この前だよ。心霊写真のことしゃべったときだよ」

「ああ、あれか」芦川はうなずいた。「だっておまえの言うことがめちゃめちゃだったからさ。宮原から、三谷はバカじゃないって聞いてたのに、しゃべってみたらあんまり幼稚なんでおかしかったんだ」

　ま、そういう宮原だって幼稚だけどなと、たいしたことでもなさそうに付け足した。これに亘はカッときた。思わずベンチから立ちあがった。

「宮原はいいヤツだぞ！」

　芦川はまだ笑顔だ。「べつに、悪い奴だとは言ってないよ」

「ヨウチだとか言ったじゃないか！」

「事実だからさ。だいいち、幼稚なのは悪いことじゃない。もしそうなら、幼稚園児はみんな邪悪だってことになる」

「そういうのは――へ理屈っていうんだ」

「ふうん。三谷は、パパやママにそう言って叱られてるわけか」

パパとママという言葉に、なぜかしら嫌味な抑揚がついていた。それでなくても、今の亘にとって、それはいちばん聞きたくない単語だったのに、その抑揚はさらに忌まわしかった。

「僕の父さん母さんが何だってんだよ！」

亘は芦川に飛びかかった。満身の力を込めてぶん殴ってやろうと拳《こぶし》を振りあげたのに、それはいともカンタンに空を切った。亘は満身の力を込めて転んでしまった。

芦川の運動靴の爪先が、目と鼻の先に並んでいた。そうやってまじまじと近くで見ると、ひどく履き古されて、すり切れた靴だった。一瞬だけ、なんでコイツこんなボロ靴履いてるんだろうという疑問が頭をかすめたが、今はそんな場合ではないのだった。

おなかを強く打って、亘はすぐには立ちあがれなかった。何とか首をひねって芦川を見あげると、彼はもう笑っていなかった。

「うるさいから、まとわりつくなよ」

最初と同じ無愛想な口調に戻って、そう言った。

「僕はおまえみたいな幸せなお子さんに付き合っていられるほど暇じゃないんだ」

幸せなお子さん？　誰が？

もしもその言葉がなければ、それが耳に突き刺さらなければ、亘は何も言わなかったろう。芦川は仲良しじゃない。カッちゃんみたいな親友じゃない。宮原みたいな気のいい奴じゃない。こんな奴にうち明け話みたいなものなど、死んでもするもんか。

でも、言わずにいられなかった。境内の土埃《つちぼこり》にまみれた顔をあげて、亘は吐き出した。

「それはこっちのセリフだ。おまえみたいな幸せなお子さんに付き合っていられるほど、僕はお気楽な子供じゃないんだ」

芦川はわざと両目を見開いてみせた。

「へえェ。何を言うかと思えばな」

「うるさい！」

亘は地面に両手をついて、何とか起きあがった。ぺたりと座り込む。口の端が切れているんだろう、ヒリヒリする。

「偉そうな顔して偉そうなこと言って、ホントは何にもわかりゃしないくせに。おまえなんか——おまえなんかにわかるもんか。父さんが、昨夜うちを出ていっちゃったんだ。それで僕は――だから僕は――お気楽な――お子さんなんかじゃ――ゼッタイ――」

重なる疲労と敗北感で、亘は喉《のど》が詰まった。

芦川の口調は、まったく変わらなかった。

「出ていったって、それはおまえのおふくろさんと離婚するってことか？」

「そうだよ。ほかに意味があるかよ」

「それが何だっていうんだよ」

亘はまだ地べたに座り込んでいた。芦川は亘を見おろして立っていた。今の言葉は、その位置関係でうち下ろしに頭を殴られたぐらいの衝撃があった。

「な――」

「何だって言うんだって訊《き》いたんだ。たかが離婚ぐらいで」

信じられない。

「母さんと僕は――捨てられるんだ」

「それで？　早くほかの誰かに拾ってもらうためには、そうやって泣いて悲しんでいた方が効率がいいってか？　まあ、作戦としちゃそれがいいかもしれないな」

声も出ない。

「その程度の作戦がお似合いだよ。おまえとおまえのおふくろさんじゃね」芦川はさらりと言ってのけた。「世間の同情もかえるだろうしな。うん、山ほどかえるぜ。押入に入りきらないくらいの同情がかえる。だけど、僕からは何も出せないぜ」

亘はただ呆然《ぼうぜん》とするばかりで、もう何も思いつかなかった。どんな反撃も。

芦川は一瞬だけ亘を見ると、つと視線をそらして、地面を睨《にら》みながら言った。「隣のビルには、もう近づくな。今の話じゃ、それどころじゃないんだろ。自分のことだけにかまけてろよ。僕はこの近くに住んでるから、おまえがウロウロしてたらすぐわかる。いいな？」


芦川が立ち去った後も、しばらくのあいだ亘は境内でへたりこんでいた。肩の上に何かが載っていて、それが亘を押さえ込んでいて、どうしても立ちあがれないのだった。載っているものは、もしかしたら凄《すご》いゴミ。崩壊した全世界の残骸《ざんがい》。世界だって、もしも壊れたら、誰かが後片づけしなくてはならない。産業廃棄物処理会社のトラックを呼ばなくては。だけどきっと、引き取ってはくれない。

「君、君」

おじいさんの声が呼んでいる。見るともなく目をやると、神主さんだった。近づいてくる。初詣《はつもうで》の時に見かけたのと同じ恰好《かっこう》をしている。白い着物に薄緑色の袴《はかま》。髪も白い。

「どうしたんだね？　転んだのかい？」

亘は土埃にまみれているのだった。

「血が出てるじゃないか。学校の帰りだね？　誰かと喧嘩《けんか》でもしたのかな」

神主さんは、亘のそばに来てかがみ込み、親切に声をかけてくれた。

「君一人なのかね？　えーと――三谷君、三谷亘君か」神主さんは亘の名札を読んだ。

「おじさん」と、亘は言った。

「何だね？」

「ここって、神社でしょう」

「ああ、そうだよ」

「神社は神様がいるところなんでしょう？」

「そうだよ」

「おじさんは神様を拝んでるんでしょう」

「拝んで、お祀《まつ》りしているのだよ」

「拝まれて、神様は何してるの？」

もちろん答を知っている質問であるが、なぜそんな質問をするのかがわからないと答えられないのだというように、神主さんは亘の顔をのぞきこんだ。

「三谷君は、どうしてそんなことを知りたくなったのかな？」

「ただ知りたくなったんですよ」亘はぞんざいに言い放った。「だって神様があんまりバカでナマケモノだから」

神主さんは、驚いて黙った。亘は立ちあがった。膝《ひざ》が痛かったけれど、そんなことなんかもうどうでもいい。

「なんにも悪いことしてない人が不幸になるのは、神様がバカでナマケモノだからでしょ？　そんな神様拝んで、おじさんつまらなくないですか？」

鞄《かばん》をひっつかみ、亘は駆け出した。三橋神社の神主さんは、心配そうな顔をしてその小さな後ろ姿を見送っていたのだが、亘は後ろを振り返らなかったから、気づかなかった。

家に帰ると、邦子がいて、亘の顔を見るなり泣きだした。これは現実で夢ではなく、さめても消えてもくれない。母の涙を見て、とどめのように、最後の念押しのように、それがはっきりした。亘はもう泣かなかった。石になった。子供の形をした石に。

9　戦車が来た

日曜日になると、千葉のお祖母《ばあ》ちゃんが上京してきた。

お祖母ちゃんはドアチャイムを鳴らさずに、どかんどかんとドアを叩《たた》いた。亘たちも驚いたけれど、両隣の人もあわてて首を出したくらい大きな音がした。亘があわててドアを開けると、お祖母ちゃんは両手に大荷物を提げていて、なんとまあ足でドアをノックしていたのだった。

「あ、亘！」と、お祖母ちゃんは大声を出した。「ごめんよ亘！　お父さんがバカなことをしでかして、あんたもビックリしたろ？　お祖母ちゃんが来たからね、もう大丈夫だよ。何にも心配することないからね。邦子さんはいるかい？」

言いながら、ずんずんあがってきた。邦子が顔をのぞかせると、今度はまた「あ、邦子さん！」と叫んで、

「いったいどうしたっていうんだい？　あたしゃ心臓が停まって死ぬかと思ったよ。明のバカはどこにいるの？　首根っこひっ捕《つか》まえて連れ戻してくるから、場所を教え

てちょうだいよ」
「お義母《かあ》さん――」
邦子は呟《つぶや》いて、両肩をすとんと落とした。嬉《うれ》しそうではないけれど、感動している
みたいには見える。
「ご心配かけてすみません」
邦子は進み出て、姑《しゅうとめ》の大荷物を受け取った。亘はお祖母ちゃんが顔を真っ赤にし
て、こめかみに青筋を立てていることに気づいた。フル出力で怒っているのだ。
「まったくもう、明もいい加減で世迷《よま》い事を並べるのはよしたと思ったのに、まだや
るかね。やっとわかったよ、あたしは伜《せがれ》たちを育て損なったんだね。一人は四十過ぎ
て所帯も持たない道楽者だし、もう一人はどうしようもない女狂いだったなんてね！」
「あの、お義母さん」
邦子が亘を気にして、拝むような仕草をした。お祖母ちゃんはまん丸な目のまま亘
の顔を見て、あら、そうだよねと大声で言った。
「子供の耳に入れたいようなことじゃないよね。だけど邦子さん、あたしゃね――」
「わかりましたお義母さん。亘、マックで朝ご飯を食べていらっしゃい。小村君を誘
ったら？」
千円札を渡されて、亘は外に出されてしまった。何だかよくわからないが、竜巻で

家がコナゴナに壊されてしまって、まだどこからどう片づけたらいいかわからないのに、そこへ戦車がやって来たという感じだ。

マンションの外階段を降りてゆくと、駐車場の方から、ルウ伯父《おじ》さんが走って来るのが見えた。亘が踊り場のところから声をかけると、伯父さんは立ち止まり、はあはあ言いながら手を振った。

「一緒に車で来たんだよ。だけどお祖母ちゃん、俺が駐車スペースを探してるうちに、とっとと降りちゃってさ。走っていっちゃったんだ」

亘と伯父さんは、マンションのささやかな中庭に据えられた、一脚だけのベンチに並んで腰かけていた。伯父さんは汗だくだった。顔色も、あんまり良くない。

「昨日、亘が学校へ行った後、伯父さんも一度うちに帰ったんだ。それでお祖母ちゃんに事情を話したら、何が何でもすぐに東京へ行くって言い出してな。それでも店があるからさ、大急ぎで留守番を手配して、今朝まだ暗いうちに出て来たんだよ」

「伯父さん、くたびれてるね」

「そうか？　亘もひどい顔してるぞ」

ルウ伯父さんは大判のハンカチで顔を拭《ぬぐ》うと、ふうっとひとつ息をついて、やっと落ち着いた。

「大丈夫か？」

「わかんない」

「そうだろうな……。めちゃくちゃ理不尽だもんな、大丈夫もへったくれもあったもんじゃないよな」

「ねえ伯父さん」亘はルゥ伯父さんの顔を仰いだ。「さっきお祖母ちゃんが、父さんのことを〝女狂い〟って言ったよ」

ルゥ伯父さんは憎々しげに舌打ちした。

「あのクソババア、余計なことを」

「父さん、ほかの女の人のとこに行ってるの？」

伯父さんはハンカチをくしゃくしゃに丸めて、それでまた鼻の下を拭った。

「そういうこと、おまえ、わかるか？」

「わかるような気がする」

「ホントかよぉ」

「ドラマだと思って考えれば」

「うーん……その手があるか。ま、テレビじゃそんなことばっかやってるもんな」

伯父さんは太い腕を組んだ。亘も同じようにした。

「あれから、お母さんとはどんな話をした？　お母さんはどんなふうに言ってる？」

「父さんと喧嘩《けんか》したって。それで父さんは、頭を冷やすために、しばらく家から離れて暮らすんだよって」

仲直りできれば帰ってくるから、心配しなくてもいいとも言ったのだ。

「お母さんの口からは、離婚て言葉は出てこなかったんだな……」

「うん。全然言わなかった」

「おまえ、金曜日の夜に伯父さんと一緒に帰ってきて、お父さんと会って話をしたってこと、お母さんには言わなかったの？」

「言ったけど……父さんが離婚て言葉を使ったってことは、言わなかった」

言えなかったのだ。

「なんで」

「言ったら、お母さんガッカリするんじゃないかって気がして」

「だって——そうやって、父さんが僕に対してはっきり言ったってことは、父さんが考え直しをすることは、もうあり得ないってことじゃない。だけど、お母さんはまだ、そんなふうには考えてないんだ、きっと」

ルウ伯父さんはうなずいた。「おまえには、喧嘩だって言ったくらいだもんな」

なにしろ出し抜けだからなぁと、唸《うな》るような声を出して、ボサボサの髪をかきむしった。

「明って奴は、昔からそうなんだよ。何でも一人で考えて、結論しか言わないんだ。

俺もそれで何度も喧嘩したけどさ。大事なことでも、全部自分で勝手に決めちゃうんだよな」

ルウ伯父さんが、亘としゃべっていて、自分のことを「俺」と言うのは珍しい。これは別に伯父さんだけじゃなくて、母さんも亘としゃべるときに「あたしは」なんて言わない。いつだって主語は「母さんは」だった。父さんもそうだった。自称するだけじゃなく、お互いに呼び合うときだってそうだった。だから亘は、漠然とではあるけれど、大人になると、みんなそういうものなんだろうと思ってきた。先生だってそうだ。主語はいつも「先生は」だ。

　大人になると、セキニンとかヤクワリとかの方が大きくなるから、「私は」なんて、うっかり言えなくなるのだ。だからこそ、大人になるのは面倒くさいのだ。子供の方が、自由でいいのだ。

「さっきの質問だけど」ルウ伯父さんが、亘の顔色を見ながら尋ねた。「おまえ、もしもお父さんに、ほかに好きな女の人がいたらどうする？」

「もしもじゃなくて、そうなんでしょ。だからお祖母ちゃん、あんなに怒ってるんだ」

「うん……」

「お父さん、その人と結婚したいのかな」

ルウ伯父さんは、急にプリプリ怒りだした。

「冗談じゃねえよな、一度結婚してるくせにさ」

「伯父さんはなんで結婚しないの？」

ルゥ伯父さんは目を剝《む》いた。「今はそんなこと話してないだろ？」

でも亘には、それはとても大事な質問で、今こそ訊《き》きたいことだった。結婚て何だ？　大人はなんで結婚するんだ？　一度結婚してるのに、どうして結婚し直したくなるのだ？　どういう時にやり直したくなるのだ？

亘の真剣な気持ちが通じたのだろう。ルゥ伯父さんは、きまり悪そうにモジモジしながら、しばらく考えて、答えてくれた。

「伯父さんは、まずモテないんだ」

「そうかな。伯父さんよりもっとモテそうにない人だって、結婚してるじゃない」

伯父さんは苦笑した。「おまえって、結構スルドく大人を問いつめるね」

明に似て、頭いいんだよなと、おまけのように呟《つぶや》いた。そしてまた、ひとしきり髪をかきむしった。

「伯父さんはたぶん——臆病《おくびょう》なんだよ」

「臆病って、怖がりってこと？」

「うん、そうだ」

「そんなことないよ。伯父さん勇敢じゃない。ライフセイバーで、何度も表彰されてるじゃないか」

「それとはまた違うんだ。全然違う」

そして、亘の頭をぽんと叩《たた》いた。

「伯父さんは、そうだな、結婚すると、きっといつかこういうことを起こしちまう。それが怖いから、結婚できないんだ」

「こういうことって？」

「だから、今のこの状態」ちょっと両手を広げて、「わかるだろ」

「ほかに好きな人ができちゃうとか？」

「うん……だけど亘、結婚がうまくいかなくなるのは、それだけが原因じゃないよ。だからお父さんとお母さんのことも、それだけが悪いんじゃないよ」

「そうなのかな……」

亘は、父が出ていって以来、心の片隅でずっと感じていた疑問を口にした。

「だったら、僕も悪かったんだと思う？」

ルウ伯父さんは、ギクリとして固まった。

「僕があんまし良い子じゃなかったから、父さん嫌になっちゃったのかな」

伯父さんは、今度は両手でがしがしと頭をかきむしり始めた。

「ああ、俺ってなんでこうなのかな。墓穴ばっかり掘るな。言っちゃまずいことばっか言うんだよな、バカだから」

泣いたような声だった。

「伯父さん――」

「おまえは何も悪くないよ。何ひとつ悪いことなんかしてない。悪いのはお父さんだ。勝手なこと言って、家を出ていっちゃったんだから。だいいち、あの家出の仕方だって卑怯《ひきよう》じゃないか。おまえが出かけているあいだに、荷物まとめて逃げようとするなんてさ」

僕が悪いのでなければ、父さんが悪くて卑怯だってことになる。僕も父さんも悪くなければ、母さんが悪いことになるのかな。僕も父さんも母さんも悪くなければ、悪いのは、悪いのは――

「クソ！　まったくどんな女なんだろうな」憤懣《ふんまん》やるかたないという口調で、伯父さんが吐き捨てた。「顔を見てやりたいよ。一発殴ってやりたいよ」

悪いのはその女の人なんだな、きっと。

ぼんやりと並んで座っていると、エレベーターホールの方から、お祖母《ばあ》ちゃんが走ってきた。すぐ後を、母さんが追いかけている。

「お義母《かあ》さん、お義母さん、待ってください！」

走りながら、必死で呼びかける。お祖母ちゃんは全然止まらない。それでなくても丸っこい身体つきなのに、転がるような勢いで走る走る走る。

「悟！　そんなとこで何してるんだい？　車を出しておくれ！　出かけるんだから」

ルウ伯父《おじ》さんはベンチから立ちあがった。

「出かけるって母さん、どこへ行くんだよ」

「決まってるじゃないか、明のところだよ。頭から水ぶっかけて連れ戻すんだ！」

「そんな威勢のいいことばっかり言ったって、何も解決しないよ。ちゃんと話し合いをしなくちゃ」

お祖母ちゃんは唾《つば》を飛ばして怒鳴った。

「バカ言ってんじゃないよ！　若い女のケツ追っかけて女房子供を捨てるようなバカ息子と話し合う口なんか、あたしゃ持ち合わせてないね！」

「お義母さん」亘の前で、母さんはしゃがんでしまった。「ご近所じゅうに聞こえます。やめてください」

お祖母ちゃんはますますカッカする。「聞こえたっていいじゃないか。そんなこと気にしてる場合かね。邦子さんあんたいつもそうなんだから。こうなっちゃ見栄も体裁もないだろ？　あんた、自分の置かれてる立場がわかってんのかね。どこの馬の骨とも知れない女に亭主寝取られるなんて、そもそもはあんたが抜けてるからじゃないか！」

「おふくろ！」ルゥ伯父さんが怒鳴った。亘は目の前に七色の星が飛び散るようだった。オンナノケツヲオイカケル。ネトラレル。

「親に向かって大声を出すもんじゃないよ！」お祖母ちゃんも負けてはいない。「悟も悟なんだ。図体ばっかり大きいくせに、何の役にも立ちゃしない。明が出てゆくってときに、あんたなんで張り倒してでも止めなかったんだよ？」

ベランダから首を出して、こっちを見おろしている人がいる。母さんはしゃがんだまま両手で頭を抱えている。泣いてるみたいだ。

「おふくろ、とにかく今はそんな話はよせ」

ルゥ伯父さんは、お祖母ちゃんの肩をぐいとつかんだ。乱暴な仕草だったけれど、お祖母ちゃんの両目が真っ赤になっていることに気づくと、急に空気を抜かれたみたいに、ぐったりと腕をおろしてしまった。

「ここでこんなことをやりあってたって仕方ないだろ」伯父さんは優しい声で言った。「邦子さんも亘も可哀想だ。とにかく俺たちは、いったんホテルへ引きあげようよ」

「あたしは明に会うんだよ」お祖母ちゃんは頑固に言い張った。

「会えるように、俺が手配するよ。ちゃんとやるから。な？」

10　途方にくれて

結局、ルウ伯父さんは何とかうまくお祖母ちゃんを宥《なだ》めることに成功して、二人は車でホテルへ向かった。それでもお祖母ちゃんは、明と話し合うまでは千葉へは帰らないと、頑強に言い張っていた。あの大荷物は、その覚悟のあらわれだろう。

亘と邦子は、黙りこくって家に戻った。亘がそのまま自分の部屋に行こうとすると、邦子がダイニングの椅子に腰かけながら声をかけた。

「亘、少しお母さんと話をしない？」

邦子はひどく疲れた顔で、頬がげっそりとこけていた。さっき頭を抱えたりしたせいか、髪も乱れている。亘は、母と向き合って座るのが辛《つら》かった。ああ病気なんだ、オカアサンハ、オモイビョウキニカカッテイルンダ。ハヤクオイシャサンヲヨバナクチャ。

「ごめんね」と、邦子は小さな声で言った。「あなたにこんな悲しい思いをさせるなんて、お母さん申し訳なくて」

亘は黙って俯いていた。そこはいつもの亘の席で、邦子もいつもの邦子の席に座っていて、明の席は空けてあった。それは長年の習慣で、今さら言葉で指示する必要などない。ずっとこうやって座ってきたのだから。

そのポジション取りだけを見るならば、今までと何の変わりもなかった。明がゴルフや出張で不在にしている日曜日。それとまったく同じだった。この父さんの椅子に、何のことわりもためらいもなく、当たり前のようにして僕や母さんが座ったり、誰かほかの人を腰かけさせる時は来るのだろうかと、亘は考えた。

「お母さんや僕が悪いわけじゃないって、ルウ伯父さんが言ってた」と、亘は言った。

「悪いのはお父さんと──今お父さんと一緒にいる女の人だって」

邦子は亘と同じようにうなだれたまま、かすかに眉《まゆ》をひそめた。

「女の人、ね」と、呟《つぶや》いた。

「そうなんでしょ？」

邦子は目をあげて、ほんの少し微笑した。「さっきお祖母ちゃんが言ってたこと、あんた、しっかり聞いちゃったもんね。今さら隠したって無駄よね」

「うん」

「それがどういうことだか、わかる？」

「わかると思うよ」

テレビドラマで、そういうことといっぱいやってるもんねと、先ほどのルゥ伯父さんの注釈をさっそく利用して、亘は答えた。

「テレビドラマかぁ」邦子はため息をついた。「そうね。お母さんも、こんなことはドラマのなかだけのお話だと思ってた。身の上相談とかだって、あんなのほとんどやらせだって。まさか自分の身の上に降りかかってくるなんて、夢にも思わなかったわよ」

独り言みたいに呟く。

「みんな他人事《ひとごと》だと思ってた。こんなことになるのは、家庭がちゃんとしてなくて、だらしなくって、いろいろなことが上手くいってない人たちのことだ、自分には関係ないって。そんなふうにタカをくってたから、バチがあたったみたいね」

そんなことないよと言ってあげるべきなんだけれど、亘は黙っていた。亘自身だって、お母さんと同じように感じていたからだ。

口をついて出てくるのは、質問ばかり。

「僕たち、どうしたらいいんだろ。どうしたらお父さん帰ってきてくれるんだろ」

「わからない」

邦子はすぐさま、短く答えた。正直な本音が、思わずこぼれたというふうに。この言葉の主語は「わたしは」だった。でも、すぐに気を取り直して、「お母さんは」が隠れた主語になっている言葉を続けた。

「だけど、亘はそんなこと考えなくていいのよ。何にも心配しなくていいの。あなたが悪かったわけじゃないって、伯父さんもそう言ったんでしょ？　お母さんもそう思うわ。これはお父さんとお母さんの問題なんだから」

父親譲りの亘の頭は、それは違うと反論を組み立てる。確かに「明と邦子」の問題なら、亘は関係ない。でも、「お父さんとお母さんの問題」なら、それはそもそも亘抜きでは成立しない問題なのだから、亘抜きで解決できるわけがないのだ。主語が違うよ、お母さん。

だけど、今こんなことをお母さんに言い返して、何になるってんだよ。

「お父さんは僕に、お母さんとは——離婚しても、亘のお父さんであることに変わりはないって言ってた」

「それは——金曜日の夜に、あんたがルウ伯父さんと一緒に帰ってきたとき？」

「うん、そう」

「お父さん、あんたにそんなこと言ったの」

邦子の目に、涙が溢《あふ》れた。

「どうしてすぐにお母さんに言わなかったの？　あんた、そんなことちっとも言わなかったじゃないの。お父さんはしばらく出かけて帰らないって言ったって、それしか言わなかったじゃない」

実際、亘はそんなふうに嘘をついたのだった。

「ごめんなさい」

「なんで謝るの。あんたが謝ることじゃないわよ」邦子はテーブルに肘《ひじ》をつき、両手で顔を覆ってしまった。「あんたに謝られたら、お母さんどうしていいかわからないじゃない。非道《ひど》いわ」

テーブルに突っ伏し、呻《うめ》くような声をたてて泣きだした。ごめんなさいと、亘はまた呟いた。涙が出てきて、目の前がぼやけた。こすってもこすっても、ぼやけて見えた。

「違うのよ、亘、ごめんね」

邦子は顔を伏せたまま、泣き泣き言った。

「非道いのはあんたじゃないの。お父さんよ。だってそうじゃない。あんたにそんな言い訳聞かせて、お父さんはお父さんで変わりないんだからいいだろなんて言って、あんたが何にも言い返せないようにして、あんたが一人で呑《の》みこまなくちゃならないようにして、それで出てゆくなんて」

ふと、ルウ伯父さんの声が蘇《よみがえ》ってきた。明は昔からそうなんだ。何でも一人で考えて、結論しか言わない。

そう、お父さんはそういう人なんだ。筋道立てて物事を考えて、正しい結論を見つけたら、どんなことがあってもそれを貫き通す。そういう時のお父さんには、どんな反論だって通用しない。このマンションを買うときだってそうだったじゃないか。

　正しい結論。三谷明にとっての正しい結論は、邦子と亘を捨てて出てゆくことだった。だからそうしたのだ。でも、お父さんがお父さんにとって〝正しい〟その結論を導き出すまでの過程を、僕は何にも知らされてない。そこに計算間違いがないかどうか、確かめてみなくちゃいけないじゃないか。

　今までは、全部お父さんに任せてきた。お父さんなら間違いをしないって。いつだってそうだったから。だけど今度は違う。今度のこれは間違いだ。誰かお父さんにそれを教えてあげなくちゃ。検算してあげなくちゃ。

「お父さん、お母さんには何て言ったの？」

　亘の問いかけに、邦子は顔をあげて首を振った。涙がぽろぽろ落ちる。

「そんなこと、あんたは知らなくていい！」

「僕、教えてほしいんだもん」

　亘は一生懸命に、今自分で考えたことをしゃべった。邦子は涙でうるんだ目で亘を見つめ、痛ましいくらいに辛《つら》そうに微笑した。

「あんたはこんなに良い子なのにね」

「お母さん——」

「いいのよ。あんたはもう心配しなくて。大丈夫！」邦子は大げさにうなずいた。「お母さんがやるわ。あんたの言うとおり、お父さんの計算間違いを見つけて、教えてあげるから。そしたらお父さん帰ってくるわ。だから亘は、お父さんは出張に行ってるんだって思ってて。ホントにそうなんだから。お父さんはちょっと、面倒なお仕事があって、しばらくかかりっきりにならなきゃならないの。だから出張よ。いいわね？」

これでは、今度はお母さんの言うことを、丸呑みしなければならなくなる。それじゃ同じことなのだけれど、亘にはそれしかないのだろうか。

「そうよ。あんたはこんなに良い子なんだから、お父さんを失くさせたりしない」と、邦子は宣言した。「お母さん、頑張る！」

たった一度のこの話し合いを境に、お母さんは亘に何も言わなくなった。千葉のお祖母《ばあ》ちゃんやルウ伯父《おじ》さんと会ったり、電話で長いこと話し込んだり、小田原の実家に電話をしたりすることはあるけれど、それで何がどうなったのか、どんな話をしているのか、亘にはまったく教えてくれない。

お父さんは出張よ。つまり、そういうこと。頭から嘘だとわかっているのに、亘にそれを信じろというのである。

それではあまりに辛すぎて、こっそりルウ伯父さんに尋ねてみた。だがルウ伯父さんも、この問題が持ちあがったばかりのころとは全然様子が違ってしまっていた。

「お母さんには何て言われてる？　お母さんの言うとおりにして、亘は普通に暮らしてればいいんだよ」

なんてことを言うのだ。

「あと半月もすれば、夏休みじゃないか。八月になったらこっちへ来るんだろ？　伯父さんはそのつもりで待ってるんだからな。宿題をちゃんと終わらせとけよ」

きっとお母さんから、亘には何も言わないでくれと頼まれているんだろう。それぐらいちゃんと察しはつく。だから食い下がった。

「お祖母ちゃんはどうしてるの？　お祖母ちゃん、お父さんと会ったの？」

「お祖母ちゃんなら店で忙しくしてるよ。だから亘は余計なこと考えなくていいんだよ」

「余計なことじゃないよ！　僕のことじゃないか！」

思わずカッとなって言い返すと、伯父さんはとたんに声をしょぼしょぼさせた。

「そんなことを言って、伯父さんを困らせないでくれよ」

「困らせるつもりなんかないよ、だけど」

「おまえはまだ子供なんだよ。大人の問題を背負い込むことなんかないんだ。亘は何も悪くない。だから、亘が何かしなくちゃならないという責任もない。伯父さん、おまえのお母さんからも頼まれてるんだ。亘には、悩むことはないって言い聞かせてやってくれって。だから頼むよ。な？」

おかしい。ルウ伯父さんはこんな人じゃなかったはずなのに。僕の言うことよりも、お母さんの言うことの方を絶対優先しちゃうなんて、全然伯父さんらしくないじゃないか。

こうなったら——もう、直《じか》にお父さんに会うしかない。

お母さんに内緒で、そんなことはできない。しちゃいけない。そう思ってきた。だけどお母さんの方は亘に無断で、亘には見えない場所、聞こえないところで何かをしようとしてる。片づけようとしてる。そんなのフェアじゃない。

だったら僕だって、自分の考えに従って行動したっていいはずだ！

七月に入ると、憂鬱《ゆううつ》な梅雨空の日々は少なくなり、陽射しも一気に強くなった。テレビの天気予報では、眼鏡をかけた予報官が天気図を指し示しながら、気温の変動が激しいので風邪をひきやすいですよとにっこりし、梅雨の終わりの集中豪雨にご注意を——と呼びかけている。

夏休みはもう目前だ。みんな浮かれている。塾の教室のなかにさえ、カウントダウンの気分が満ちている。五、四、三、二、一、さあお休みだ！　実際には、塾のカリキュラムは夏休み中も——いや夏休み中だからこそ——豊富に用意されており、すべてを受講するつもりなら、休みらしい休みはほとんどないほどなのだけれど、それでもやっぱり、みんなワクワクする。勉強しなくてはならないということと、学校が休みだということは、実はまったく別モノなのだ。そして、子供たちにとってより重要なのは、前者よりも後者の方なのである。

亘は一人だけ、どんな種類のトキメキからも離れた場所に心を置いて、級友たちのあいだに混じっていた。外から見ても、これという変化は感じられなかったろう。実際、友達の誰かから、最近元気ないねなんて声をかけられることはなかった。まとまった学力テストの実施される時期ではないので、成績の急降下が担任の先生の注意を引くということもない。

唯一の例外は、もちろん、カッちゃんである。彼の目だけはごまかせなかった。

「ミタニ、なんか最近怒ってない？」

お祖母ちゃん戦車が来たりて撃ちて壊して去った日曜日から、ちょうど一週間後のことである。亘は小村家に遊びに来て、二人でカッちゃんの部屋にいた。大きな押入のある四畳半で、窓の向こうには物干場が見える。洗濯物が盛大にひるがえっている。亘はテレビゲームの画面から目をそらして、カッちゃんの顔を見た。カッちゃんはカルピスソーダの入ったジョッキを片手に、少しばかり困ったように両の眉毛《まゆげ》をさげている。

亘の分のジョッキは手つかずのまま、お盆の上で汗をかいていた。階下《した》のお店でチューハイや生ビールを出すのに使っているジョッキだから、なにしろ大きい。全部飲むとゲップが止まらなくなりそうだ。

案の定、ジョッキを半分以上カラにしているカッちゃんは、続けて何か言おうとして口を開いたとたんに、「ゲプ」とやった。

亘は笑った。カッちゃんも笑った。テレビ画面いっぱいに映し出されているのは格闘ゲームで、コントローラーを落として笑っているあいだに、亘の操っていたキャラはコンピュータにボコボコにされてしまった。

「なんか、ずっと怒ってるみたいな顔してるよな、ここんとこ」と、カッちゃんは言った。

そんなふうに見えていたのかと、亘は静かに驚いた。もちろん怒りはあるけれど、それだけが顔に出ているなんて、自分ではまったく気づいていなかった。

この一週間、亘はなんとか明と連絡をとろうと、あの手この手で努力してみた。とにかく一度でも電話がつながればいい。ところがこれが、月へ行くのと同じくらい大変だった。信じられないことだけれど、世の中の仕組みはそういうふうになっているのだ。

明は携帯電話を持っているが、亘はその番号を知らない。今までの生活のなかでは、知る必要なんかまったくなかったからだ。あの金曜日の夜中、ボストンバッグを提げて出てゆくときに、明は「携帯電話は活かしてあるから、それで連絡がとれる」と言っていた。だから番号さえわかればいいのに、これがわからない。

もちろん、邦子が教えてくれるはずはない。あれ以来、「お父さんは出張中」という筋書きのなかに亘を閉じこめておこうと——もちろんそれが亘のためだと信じるからこそなのだけれど——必死になっているのだから。

家のなかに書きとめてあるはずだと、アドレス帳や電話帳をめくってみた。どこにも書いてない。ホームテレフォンの短縮ダイアルに登録してあるのではないかと、邦子の目を盗んで電話機のマニュアルを探し出し、調べてみたけれど登録もない。ひょっとすると邦子が、こういう事態を想定して、消してしまったのかもしれない。うん、充分あり得る。

となると、次は会社だ。ところが亘は、ことこういう局面に立たされて初めて、父が勤めている会社名こそ知っているものの、その先は何も知らないということに気がついた。本社にいるのか、どこぞの支社にいるのか、営業所にいるのかもわからない。

それでも、電話帳に載っている本社支社営業所サービスセンター、片っ端から電話してみた。すると今度は別の関門が立ち塞《ふさ》がる。三谷明が所属しているような大きな会社では、電話帳や一〇四で調べることのできる代表番号に電話をかけて、ただ「三谷明をお願いします」と言っても、あっさりとつないではくれないのだ。必ず所属部課名を訊《き》かれるし、「おうちの方ですか？」「坊や、どういうご用件なのかしら」と追い打ちが来ることもある。亘が訊かれたことに答えられないと、そのアヤフヤさをすぐに怪しまれ、「イタズラは良くないね」と叱られたり、「お母さんがお急ぎのご用でお父さんとお話をしたいということなのかしら？　それならお母さんと電話を代わってね」なんて言われたりする。あれこれ言い抜けようとすると、かえって逆効果になるだけだ。

僕は本当に三谷明の子供で、ただお父さんと話をしたいだけなんですが。

それらの事どもを、最初から今までの一連の出来事を、亘はゆっくりと、カッちゃんにうち明けた。もうしゃべりながら涙ぐむようなこともなかったし、興奮もしなかった。すっかり手詰まりになってしまって、疲れてしゃがんで休んでいるような心持ちだったから。

カッちゃんは、それでなくてもクリクリした目をまん丸に見開いて、ひと言も発さずに話を聞いていた。亘がひととおりの話を終えて、ジョッキに手をのばして持ちあげると、それをぽかんと見守りながら、呟《つぶや》いた。

なんだかよくわからない衝動が込みあげてきて、亘は発作的に、ちょっとタガが外れたみたいに笑った。

「スゲエ」

「うん、スゲエでしょ」

「お父さんとお母さんがムカシ離婚しましたっていうヤツなら、ほかにも知ってるけど」

「うん、それなら僕も、宮原がそうだし。ほかにも塾にいるから」

「同じヤツかな？　二組の田中じゃない？」

「違うちがう。佐藤《さとう》って女の子。学校が違うんだ」

「交通事故でお父さんが死んだってヤツもいるけどなぁ」カッちゃんが真顔で言う。

「そういうの、自分のことみたく考えたことってないよ」

亘だってそうだった。

「だけどミタニ、やっぱその――どうしても小父《おじ》さんと話、したい？」

「しないと、何が何だかわかんないままだろ？　ムカつくよ」

「うん……」

カッちゃんは空っぽになったジョッキをのぞきこんで、またゲプと言った。それでも今度は笑わず、真面目な表情のままだ。

「でもさ、小母《おば》さんに任せとけば、うまくいくかもしんないじゃない？」

「それで父さん帰ってくる？」

「うん。なんかそんなもんらしいよ。ケッコンしてるとさ」

「誰に聞いたんだよ、そんな説」

「店で話してるもン。うちの父ちゃんと母ちゃん、夫婦喧嘩《げんか》やめさせるの上手いらしいんだよね。けっこう頼りにされてンだ」

「お客さんがそういう話を持ち込んでくるってわけ？」

「そ、そういうこと」

「他所《よそ》に女の人がいても、じっと我慢してれば帰ってくるって、そういう例がいっぱいあるって意味？　そんなの保証できんの、カッちゃん」

そんなもん、誰にもできるわけがない。カッちゃんは困って黙ってしまった。

「このままじゃ、僕は嫌なんだ」と、亘は言った。頑《かたく》なな口調だが、むろん本人にはわからない。

「ミタニ、頭いいからさ。だから曲がったこと嫌いだもんな」と、カッちゃんは言った。

「ミタニの小父さんに電話できればいいってんなら、何とかなるかもよ」

あまりにあっさり言われたので、亘がどきんとするまで二、三拍かかった。

「ホントか？」

「うん、ホント。名簿に載ってるから」

「名簿？」

去年の防災の日に、このあたりの八つの町内会が合同で防災訓練を行った。小村の小父さんが実行委員の一人として大活躍したのを、亘も覚えている。

「あのとき、町内会の緊急連絡簿みたいなのを作ったんだよ。ミタニの小父さんは実行委員じゃなかったけど、地震とか火事とかあったときの緊急連絡ナントカ委員ていうのにはなっててさ、それでね、名簿に会社の住所とか電話番号とか載ってるんだよ。オレ、見たことあるもん」

亘はカッちゃんに飛びついた。「それ、見せて！」

三分とかけずに、カッちゃんはその名簿を探してきた。コピー用紙をホチキスでとじて、表紙をつけただけの簡単なものだ。でも、内容はしっかりしていた。

「三谷明——あった！」

勤務先の部課名と直通電話の番号まで、ちゃんと書いてある。

「電話借りていい？」

「いいけど、今日はダメだよ。だって日曜日じゃんか。会社休みだよ」

あ、そうか。

「明日、帰りにウチに寄りなよ。オレ電話かけたげる」

「カッちゃんが？」

「うん。バイトのあんちゃんのフリして、お客さんの三谷さんがお店に忘れ物しましたっていって、小父さんを電話口に呼んでやるよ。オレそういうの、しょっちゅうやってっから。そうでないと、またお母さんに代わってとか言われたらメンドウじゃんか」

「そうか。カッちゃんさえてるね」

カッちゃんはエヘヘと笑った。「いつも宿題教えてもらってるばっかだけどさぁ、こういうことなら任せてよ」

とても得意そうな顔をして、

「それにさ、最初からミタニが電話してきたってわかったら、小父さん電話に出てくれないかもしンないじゃん？」

と言い切り、亘の顔を見て、口をつぐんだ。

「ゴメン。オレってば調子こいてヘンなこと言った」

亘は首を振った。心はザックリ切れていたが、無理してかぶりを振った。

「いいよ、カッちゃんの言うとおりだもん」

「そんなことないよ。オレ――」

「いいや、あってるよ。だって父さん、僕がいないあいだに家を出ようとしたくらいだ」

亘と直に話し合うことを避けようとする可能性は、大いにある。カッちゃんはスルドイ。

しかし本人は、「ごめん」と呟《つぶや》いてしおしおにしおれている。

「いいんだよ、気にするなって。それより、ゲームやろうよ」

カッちゃんはノロノロとコントローラーを手に取った。それでも気まずい雰囲気は消えない。亘も頬のあたりがピクピクするようで、とりつくろうような言葉も出てこない。

「そういえばさぁ」カッちゃんが、出し抜けに調子っぱずれな声を出した。「ミタニ、塾で芦川と一緒だろ？　あいつの話、聞いた？」

カッちゃんの健気《けなげ》な話題転換に、亘は喜んで飛び乗った。「何の話だよ？　あいつまたお化けの写真でも撮ったの？」

「あれ、ミタニ知らないの？　あいつさぁ」

アメリカ育ちなんかじゃ、全然なかったというのだ。

「なんかさ、親戚《しんせき》の伯父《おじ》さんがコンピュータの会社に勤めてて、転勤でアメリカにいるんだって。なんかあんまし聞いたことないようなところ。ニューヨークとかじゃなくてさ」

芦川は、転校してくる前、一年ほどその伯父さんのところに行っていただけなのだという。生まれは川崎市内だそうだ。

「なぁんだ」

アレまあ、である。

「だけどアイツ、英語上手いんだろ？」

「うん。でも、ちょっとはアメリカにいたんだったら、僕らよりは上手くても当然じゃないの」

芦川はああいうヤツだから、自分で自分のことを宣伝したりはしないと思う。アメリカに住んでいたことがあるという話が、級友たちのあいだを伝わるうちに、自然とふくらんで「外国育ち」になってしまったのだろう。そして、今ごろになってそれが訂正されるというのは、芦川が、それだけみんなになじんで、定着したという証拠だ。訂正作業の方こそ、本人がやっているんじゃないのか。

「でも、伯父さんと住んでたことがあるなんてさ、あいつも——家の中、なんかあったのかな」

ふと思った。今の亘は、どうしてもそういう方に気が行ってしまう。芦川が変わったヤツで、ときどき怖いようなところがあるのも、家庭に原因があるからじゃないのか。

「ミタニは、芦川とはあんまし付き合わないの？」

「付き合わないよ」亘はすぐに言った。「何度かしゃべったけど、あいつ変なヤツだもん。スカしててさ」

この前の神社での会話の詳細——芦川にいろいろ言われたということ自体は覚えているものの、その内容はほとんど記憶にない。

どうやら、亘のなかから〝幻界《ヴィジョン》〟の記憶が消えると同時に、それに関わる周辺の記憶も、一緒に薄れているようなのだ。魔導士のことも、扉のことも、そこへ駆け込んでいった芦川のことも。それだけでなく、芦川への興味や関心もぐっとダウンして、幽霊ビルに近づくなと、ほとんど脅迫的な言葉で釘《くぎ》をさされたことも、スルリと忘れている。もしも誰かが、ここしばらくの亘の行動や体験を、逐一見守っていたとしたら——そう、ちょうど今これを読んでいる皆さんのように——すぐにもそのことに気がついて、亘に「おかしいよ」と教えることができるだろう。でも現実には、そんな便利な存在はどこにもいないので、亘はケロリとしているのだった。

「実はムズカシイ奴なのかもね」カッちゃんはコントローラーを握った。「誰もあいつの家に遊びに行ったことないンだってさ」

亘も2P側のコントローラーを手にした。「実は人気《にんき》ないんじゃないの？」

「宮原とは仲いいんだってね。だけどあいつも家には行ったことないんだって」

「カッちゃん、それ誰から聞いたの？」

「サクマに聞いたんだ。あいつホラ、うちのクラスの女子と仲いいじゃん」

「おしゃべりサクマか」

「芦川のこと追いかけ回してたんだけどさ、相手にしてもらえないんで、周りをウロウロ探り回ってんだよ」

「そういうの、ストーカーとか言わない？」

「石岡たちはどうなのかな？　心霊写真のこととか、まだしつこくしてンのかな。ほら、前にあったじゃんか、図書室で。芦川、石岡たちに取り囲まれてたよな？」

亘の記憶がちょっと乱れ、そう、あの雨の日の図書室の光景が蘇《よみがえ》った。石岡たちを退け、落ち着き払って窓を開けて、亘を真っ直ぐに見つめたあの瞳《ひとみ》。

——あのとき、アイツどうやって石岡たちを追い払ったんだろう？

水底の泥が、ボートのオールにかきまぜられて浮かび上がるように、ふわりと疑問が浮かんできた。今の今まで、気にしたことさえなかった疑問。これもまた〝幻界〟と関わりがあるが故に、亘のなかから消えていたことのひとつなのだが、本人は知る由もない。

現実生活がそれどころではなかったのを隠れ蓑《みの》に、それらは皆、ひっそりと亘の心から退場していこうとしている。気づかれぬように、悟られぬように。

〝幻界〟は遠くなる。

「オレ、紅蓮三戟蹴《ぐれんさんげきしゅう》からの空中コンボ、バッチリ出せるようになったんだ。見たい？」

カッちゃんがニヤリとした。

「見たい見たい。ホントかよ」

「ホントなんだなぁ、これが。おりゃ！」

ゲームしているうちに、陽が暮れた。

翌日の放課後、亘は家に寄らず、カッちゃんと一緒に直に小村家に行った。小父《おじ》さん小母《おば》さんはお店の準備に忙しく、二階の電話機の周りには誰もいなかった。

カッちゃんの言葉に嘘はなく、「任せてよ」というのは安請け合いではなかった。

電話をかけたとき、三谷明は会社にいた。席にいた。だからすぐにつながった。

差し出された受話器を受け取って耳をつけると、心臓が耳の穴のすぐ内側に移動してきているみたいに、どきんどきんと音がした。

「もしもし、お父さん？」

店名がよく聞き取れないが居酒屋みたいなところから、お客さん忘れ物してませんかという問い合わせがきた——というつもりで電話に出たはずの三谷明は、瞬間、黙った。亘はその沈黙を、必死で聞き取ろうとした。

「僕です、亘です」

父はまだ黙っている。

「会社に電話かけたりしてゴメンナサイ。お父さんの携帯電話の番号、ボク知らなくて。お母さんも教えてくれないし。だけど、どうしてもお父さんと話したかったから」

何の根拠もない直感が、亘の心の隅で囁《ささや》いた。デンワ、キラレチャウヨ。

だが、三谷明は言った。「元気か？」

亘は急に身体が震え出して、受話器を耳に押し当てることさえ難しくなってしまった。

「もしもし？　亘、元気なのかい？」

カッちゃんがじっとこちらを見ている。見つめちゃ悪いんだろうけど心配だからサ、というような顔で、耳たぶをひっぱりながら。

「うん――あの、元気です。ちゃんと学校行ってるし」

「そうか。それならよかった」

「お父さん――」

「このままこの電話で話すのは、ちょっと難しいんだけどね」

「それじゃどうしたらいい？」

少し、間が空いた。明のいるオフィスはとても静かなところであるようで、何の音も聞こえない。

「今週の土曜日は、学校はお休みか？」

「うん」

「それじゃ、どこかで会おうか。亘と父さんと、二人で」

心の痺《しび》れがとれて、急に血が巡り始めたみたいに、じいんとした。

「うん」

「あんまり遠くない方がいいな。去年だったかなぁ、一緒に本を借りに行った都立図書館、覚えてるか？」

亘の家から、バス停にして八つ分くらい離れたところにある図書館である。

「うん、わかる」

「そこの貸出しカウンターの前でどうだ？　お昼に」

「ちょうどお昼？　十二時だよね？　うん、いいよ、大丈夫だよ」

明は携帯電話の番号も教えてくれた。亘はそれを、急いでメモして復唱した。閉じこめられている檻《おり》の鍵《かぎ》を開ける番号をゲットしたみたいに、一心不乱に。

「亘――」

「うん、なぁに」

「おまえにこんなことを言うと、怒るかもしれないけれど、その日は父さん、おまえと二人きりで話をしたい。だから――」

「うん、お母さんには内緒で行くよ。僕もお父さんと二人で会いたいから」

それじゃ切るよと、明は言った。亘はありがとうと言って、カチリと切れる音を確かめるまで、じっと耳をあてていた。

「小父さんと会えるか？」カッちゃんが身を乗り出した。

「うん、土曜日に」

口から飛び出したその声が、妙にしわしわしているので、そこでやっと、オレちょっぴり泣きそうなんだと気がついた。

「ミタニ一人で行くの？　小母さんは？」

「今度はオレだけ。そういう約束だし」

「そっかぁ」意味ありげにうなずく。「そうだよな、この場合《バヤイ》。そいで、気が済むまでしゃべってさ、ミタニの知りたいことを教えてもらってくればいいよな？　オレ、よくわかんないケド、そんな気ィする」

「カッちゃん、ありがとう」

「なんのなんの」カッちゃんは照れた。「オレは、チャッチャャッとやっただけじゃんか」

土曜日まで、気持ちが落ち着かなくて困った。変にソワソワして、お母さんに、どうかしたのかと尋ねられても困る。夜眠っていて寝言を言っちゃったらどうしようかなんて、そんなことまで考えた。

当日の朝は、五時頃に目が覚めてしまった。ひとりでぼんやりリビングに座っていると、あの金曜日から土曜日の朝にかけて、ルウ伯父《おじ》さんとここで、二人で過ごした時のことが思い出された。その連想が不吉なのか、心理的にはもっともなものなのか、わからない。ただ気がついたら、亘はあのときルウ伯父さんが頭を抱えて座っていたのと同じ場所に座り込んで、膝《ひざ》を抱いていたのだった。

宮原君と一緒に都立図書館に行くと言って、家を出た。邦子は何も感じていないようで、往復のバス代と、お昼代に五百円くれた。出がけに仰いだ母の顔は、眩《まぶ》しい夏の午前中の光に照らされ、残酷なほど老けて見えた。まるで洗い晒《ざら》しのカーテンのようだった。

二時間も早く着いてしまって、開架式の書架のあいだを歩き回り、手当たり次第に本を読み散らして過ごした。何を読んでも頭に残らず、ただ文字の列がアリンコの列みたいにぞろぞろ通過してゆくだけだった。

几帳面《きちようめん》な三谷明は、約束の時間もきちんと守る。十二時五分前に、亘が貸出しカウンターの前に行ってみると、父は来ていた。

アースグリーンのポロシャツに、白っぽいズボン。真新しいスニーカー。どれも見覚えのないものだ。それに明はレンズの小さな縁なし眼鏡をかけていた。お父さんが軽い近視だということは知っていたけれど、そのデザインの眼鏡をかけているのを見るのは初めてだった。

縁なし眼鏡は、よく似合っていた。

「なんだ、もう来てたのか。待っただろう」

口調は落ち着いていて、静かで、亘の知っている父さんに変わりはなかった。あの夜、家を出てゆくときに見せた、翳《かげ》った顔、曇った声、落ちた両肩——あれはあの夜限りのことで、今はもう消えている。

考えてみたら、あれからもう二週間以上経っているのだ。久しぶりに仰ぐその顔から受ける印象を言葉にしようとして、亘はちょっとのあいだ、目を瞠《みは》って考えた。

上手く——表現できない。お母さんほどじゃないけれど、お父さんも痩《や》せたみたいだ。だけど——褪《あ》せてはいない。それよりむしろ——なんだかそう、お祖母《ばあ》ちゃんがよく使う言い回し——

（小ざっぱりとして）

若返ったみたいな感じがする。

（バカだな、そんなワケあるかよ）

父さんが家出して若返るなんて、考えるだけで失礼だ。誰に？　それはえっと、僕にも母さんにも。

「そんなにしげしげ見られると、父さん、きまりが悪いなぁ」

三谷明は微笑してそう言った。亘はあわててまばたきをして、でも何を言ったらいいかわからず、

「お母さんに、お昼代五百円もらった」

なんてことを口に出した。

「そうか。それじゃそのお金は、こっそりお小遣いにしなさい。お昼は父さんがご馳《ち》走《そう》するよ。何が食べたい？」

食べたいもののことなんか、全然頭に浮かばない。何でもいいよ、どっかそのへんを歩き回るだけでもいいよ。父さんといられるなら、何だっていいよ。

「風があって気持ち良いから、公園を歩くか。さっきここへ来るときも、通り抜けてきたんだ。ホットドッグの屋台が出てたぞ」

亘は父の後について、図書館から公園の方へ向かった。図書館の南側一帯に広がる、震災などの非常時には避難場所になる大きな公園で、広い芝生は、目にしみるほど青々としている。緩やかな曲線を描く遊歩道をたどって歩いて行くと、中央に小さな噴水のある円形広場に出る。そこここに人が散っているけれど、運良く空いているべ

ンチが見つかった。

「ここにするか」と、明が言った。

大型のヴァンを改造した屋台は、広場の端っこに停まっていて、雪だるまみたいに太ったおじさんとおばさんが、愛想良くニコニコ笑いながら商売をしていた。亘がホットドッグとコーラを二人分注文すると、ポテトも揚げたてで美味《おい》しいよと勧められた。近寄ってみて初めて気づいたのだけれど、ヴァンの運転席には幼稚園ぐらいの小さな女の子がいて、コーンカップに載せたバニラアイスクリームを舐《な》めていた。おじさんとおばさんの子供なのだろう、きっと。

明と亘はベンチに並んで座り、昼食を食べた。それどころじゃなかったから、味なんてどうでもいいやという気持ちだったのに、パクリとやってみると、それはそれは美味しいホットドッグだった。明も感心したようで、昼時、会社の近くに、こういう屋台が回ってきてくれるといいんだがと言った。いい店が少ないんだよ。

それを言われて亘は、もう何年も前のことだけれど、父さんがお弁当を持って会社に通った時期のあったことを思い出した。一年間ぐらいだったろうか。そのうちに所属部署が変わって、お昼も得意先の人と食べる機会が増えたので、弁当は必要ないと言って、やめになった。

学校はどうかとか、小村君も元気かとか、一学期の通信簿には自信があるかとか、父さんは穏やかな声で、いろいろ質問した。その平和な雰囲気に浸っていると、家のなかには何事も起こっておらず、ただ二人で散歩に来ているみたいだった。家では母さんが洗濯をして布団を干して、父さんの靴を磨いて、父さんのYシャツにアイロンをかけている――

話が少し切れて、沈黙が落ちた。噴水の音がきれいに聞こえる。

「お父さん、いつからその眼鏡をかけてるの？」

入口を手探りするようなつもりで、亘は問いかけた。

明は縁なし眼鏡をちょっと持ちあげて、

「ヘンかな？」

「ううん、似合うよ」

亘の頭の隅を、さわさわっと質問がよぎった。その眼鏡を選んだのは、今いっしょにいる女の人なのかなぁ。幸い、亘が強いて捕まえようとしなかったので、その質問は言葉にならず、どこかに消えてしまった。

「似合うけど、なんだかお父さん、知らない人みたいに見えた。最初に見たとき」

「ふうん、そうか」

明は言って、また眼鏡をずり上げた。

「そんなはずはないんだけどな」

「お父さん」

「うん？」

言いにくい質問のはずなのに、つるりと口をついて出てきた。

「もう、ゼッタイ家には帰ってこないの？」

明は小さなレンズごしに亘の目を見て、それからゆっくりと視線をさげた。足元に、ホットドッグからこぼれたケチャップが数滴落ちている。

「お母さんは、待ってればお父さんは帰ってくるって言ってた。だから何も心配しなくていいって」

ホットドッグの屋台の周りには、にぎやかにお客さんたちが集まり、大繁盛だ。ベンチもみんな塞《ふさ》がってしまった。亘よりずっと小さな子供たちが、噴水の水をパシャパシャ跳ね散らかして遊んでいる。飛沫《しぶき》が光にキラキラ光る。

「それ、ホントなの？　僕ホントにそう思っててていい？」

三谷明は眼鏡を外すと、膝《ひざ》の上に置き、両手でゆっくりと顔を撫《な》でた。それから、亘の方を見た。

「父さんはずっと亘の父さんだよ」

その言葉は、水面に投げた石が、ひとつふたつ跳ねて、水を切って飛んでゆくように、亘の心の表面を弾《はじ》いただけだった。

「僕はそんなこと訊《き》いてるんじゃないんだ。わかってるでしょう」

　それに母さんは、そういう言い方は卑怯《ひきょう》だって言ってた——その言葉が、くちびるの内側まで来て、止まった。

　明は噴水に目をやった。しばらくのあいだ、ベンチを埋めている、楽しそうな家族連れやカップルに目をやった。

　それから眼鏡をかけ直して、亘に向き直った。眼鏡を外しているあいだは休憩《きゅうけい》で、眼鏡をかけたら仕事が始まる——そんな感じがした。

「家に帰るというのが、またお母さんと一緒に暮らすという意味であるならば、それはないよ。おまえの言葉を借りるなら、それは絶対にない」

　こちらから問いかけて、そこに返ってきた答だというのに、亘はその重さを受け止めきれず、底が抜けたような気がした。お尻《しり》の底が抜けて、父さんの答もろとも、亘の魂も暗く深い地の底へ落ちてゆく。

「あの夜も、父さん話したろ？　うんと迷って、やっと決心したから、その決心を貫き通すって。だからもう、家には帰らないよ。帰るくらいなら、最初からこんなことは言い出さない。これがとても大変なことで、お母さんとおまえをどれほど深く傷つけることなのか、父さんだってわかっているから」

　それなら、なぜ？

「おまえは頭のいい子だから、ヘンにごまかしたりしないで、最初から筋道立てて話した方がよかったんだな。それは父さんが間違っていた」

三谷明は、淡々と続けた。

「何を言ってもおまえを悲しませるだけだろうし、理解してもらうのも、今はまだ無理だと思ったんだ。だから、黙って出ていこうとした。それでおまえが父さんを嫌いになったり、父さんを憎むようになったとしても、それは父さんが受けるべき当然の罰だと覚悟していたからね。その気持ちは、今も持っているよ。おまえにどんなに恨まれても、父さんは弁解できない」

亘は何も言えなかった。父の言うことは、確かにとても筋が通っていたから。

「おまえの方から、父さんなんかもう僕の父さんじゃないと言われても、父さんはそれを受け入れるしかない。罰だから。ただ、父さんは、たとえおまえが許してくれなくても、ずっと亘の父さんであり続ける。おまえに対しては、そういう形で責任をとることしか、父さんにはできないからな」

亘はまだ落下の途中だった。父さんからもらった答は、いつの間にか腕をすり抜けて、どこに行ったかわからなくなってしまった。亘より先に落ちていったのか。

ひとりぼっちで、ずうっと落ちてゆく。光の届かない縦穴を、どこまでもどこまでも。耳元でひゅうひゅう風が鳴る。縦穴の入口はぐんぐん遠ざかり、その縁に立っている父さんも、どんどん小さくなる。

「もちろん、これからおまえが上の学校へ行くために必要な資金は、父さんが負担するよ。お母さんと二人の生活費も、できるだけ何とかして送金する。お母さんと正式に話し合いができるようになったら、それについては、お母さんが望むとおりにするつもりだ。あの家も、そのまま住んでいてくれていい。あれはお母さんと亘のものだから。そういう点では、何も心配することはない」

父さんはお金のことを話してるんだ。そうか、お金か。お金は大切だもんね。

「お父さんは——お母さんと僕のこと、嫌いになったんだね？」

三谷明はかぶりを振った。「そういうわけじゃない。それにこのことで、おまえとお母さんを一緒にして考えることは、父さんにはできない。一緒にするのは間違いだ」

「どうして？　だって僕のお父さんとお母さんのことだよ。三人で家族じゃない」

「家族だって、一人一人の人間の集まりだよ、亘。全然別の生き方をすることだってあるし、一緒には歩けなくなることだってある」

「父さんは、今ほかの女の人と暮らしてるんでしょ？　その人の方が好きだから、僕らを捨てるんでしょ？　そうなんでしょ？」

縁なし眼鏡の小さなレンズごしに、明の目が大きくなった。心底驚いているようで、口がちょっと開いた。

「おまえ、誰にそんなことを聞いたんだ？」

「誰だっていいじゃない」

「良くないね。父さんにとっては問題だ。おまえの耳に入れるようなことじゃないから、伏せておいたんだから」

「だけどホントのことだったら、僕は聞きたいよ。嘘は嫌だ。嘘つきはいけないって、父さんいつも言ってたじゃないか！」

思わず声が大きくなり、近くのベンチの人たちが、亘の方を見た。赤ちゃんを乗せたベビーカーを押して通りかかった若いカップルが、足を止めた。

明は手をのばして、亘の背中をちょっと撫《な》でた。触れられるのが、亘はすごく嫌だった。振り払いたいという衝動を抑えるために、両手をきつく握って目をつぶった。

「確かに、嘘は良くない」

低くかすれた声で、明は言った。

「だけど、話をねじ曲げて嘘をつくのと、外には出したくないことを隠しておくのとは、まったく違うよ。それだけはわかってほしい。わかるよな？　亘は賢いから」

そんなことはどうだっていいんだ。なんでそんなふうにして、話を別の方向に持ってゆこうとするんだよ。

「ルウ伯父《おじ》さんから聞いたのか？」

亘は黙っていた。

「じゃ、千葉のお祖母《ばあ》ちゃんからか？　それとも母さんからか？」

ぐいと顔を上げて、亘は言った。「ホントなのかどうか教えてくれなきゃ答えない」

明はため息をついた。

「しょうがないな……」

噴水の周りには、また賑《にぎ》やかさが戻っていた。誰も、こんな場所でこんなシンコクな話し合いの場が持たれているなんて、想像もしないだろう。世の中の人たちは、一人残らずシアワセなのだ。僕たちを除いては。

「本当だよ」と、明は答えた。

その答は、まだまだ落下中の亘のすぐ脇を、風を切って通り過ぎていった。落ちたのではない。羽がはえていて、楽しそうにどこかに飛んでいってしまったのだ。

「父さんはその女の人と、新しい生活をつくりたいと思ってるんだ。お母さんが納得してくれて、離婚ができたら、その人と結婚するつもりだよ」

何より先に、あの戦車の地響きが心に蘇《よみがえ》ってきて、亘は言った。「お祖母ちゃんはカンカンに怒ってるよ。絶対に許さないって」

驚いたことに、明は笑った。「うん、よく知ってるよ。電話でさんざん怒られたからね。もう親でもない子でもないと言われた。父さん、お祖母ちゃんに勘当されたんだ」

「カンドーって何？」

「だから、親子の縁を切るってことだ」

「じゃ、お父さんはもうお祖母ちゃんの子供じゃないし、ルウ伯父さんの弟でもないってこと？」

三谷明は苦笑した。「本当にそうなるわけじゃないよ。ただ、それぐらい怒ってるんだっていう意味で、お祖母ちゃんはそう言ったんだ」

「お祖母ちゃんをそんなに怒らせても、お父さんは自分の考えてることが正しいと思うの？　こういうことが正しいと思うの？」

明は亘の顔をのぞきこんだ。「おまえは、誰か親しい人が怒るからって、自分の信念を曲げることが正しいと思うか？」

「シンネンって……自分にとって大切なことって意味？」

「ああ、そうだ。自分にとって譲ることのできない、大事なものだ」

それなら、今の父さんにとっては、お母さんと僕を捨てるってことが、そんなに大事なことなんだろうか。

「お父さんの信念って、何さ。お母さんすごく悲しんでるし、お祖母ちゃんは怒ってる。ルウ伯父さんは頭抱えてばっかりいるよ。それでも守らなくちゃならない信念って、何なんだよ」

隣のベンチに座っている年輩のおじさんとおばさんが、亘の言葉の端っこを耳に留めたのか、さっきからこちらを見ている。明もそれに気づいたのか、ちらっと彼らの方を見て、険しい顔をした。

隣のベンチのおじさんとおばさんは顔を見合わせ、揃って手にしていたソフトクリームを舐《な》め始めた。

「父さんの信念か」明は繰り返した。「それを知らないと、納得できないんだな?」

「うん」亘はきっぱりうなずいた。でも内心では怖《お》じ気づいていた。父さんを追いつめてしまったというか、踏み込み過ぎてしまったというか、開けずに通り過ぎるべきだったドアを開けようとしているというか、そんな気がしてたまらなかった。テレビゲームみたいな攻略本があればいいのに。この部屋は、わざわざ入っても手強《てごわ》い隠しボスがいるだけだ、レベルが五十を超えないうちは無視して通り過ぎた方がいいって、教えてくれるような。

「父さんの信念は」三谷明はゆっくりと言った。「人生は一度しかないってことだ」

ジンセイハイチドシカナイ。

「だから、間違ったと思ったら、たとえどれほど苦労があっても、困難があっても、やり直せることはやり直す。一度しかない人生に、後悔を残したくないからな」

重々しい口調で放たれた言葉だけれど、亘の頭に残ったのは、「マチガイ」という単語だけだった。

父さんの人生はマチガイだった。

それじゃ、僕は？

「お父さんは、お母さんと結婚したのがマチガイだって言ってるの？　そしたら、お父さんとお母さんの子供の僕も、やっぱりマチガイなの？　そういうこと？」

明はかぶりを振る。「そうは言ってない。そういう意味じゃない」

「じゃ、何がマチガイなのさ？　僕にはわからないよ」

「だから、これは今のおまえにはまだ理解できないことなんだ。大人になって――いくつか辛《つら》い経験をすることがあって、それで、やっとわかることかもしれない。わかるようになるのが幸せかどうかは、また話が別だけどな」

迷子になってゆく。聞けば聞くほどに迷路が複雑になってゆく。いつも父さんの説明を聞くと、どんな面倒くさいことでも、スッキリとわかる気がした。こんがらがった事柄でも、父さんがほどいてくれると、きれいに整理されて見えるような気がした。

だけど今は、まるっきり逆だ。父さんがしていることは、それ自体はとってもシンプルだ。父さんは母さんと別れ、僕を置いて家を出て、別の女の人と結婚したい。たったそれだけのことだ。それなのに、説明を求めると、どんどんこんがらがってゆく。

明は片手をのばして、亘の肩をつかんだ。ゆっくりと揺さぶりながら、こう言った。

「ひとつだけ、しっかりと覚えておいてもらいたいことがあるんだ。父さんと母さんがどんな間違ったことをしようと、失敗をしようと、それはおまえにはまったく関係ない。おまえは独立した一人の人間なんだから。いつも父さん、言ってきたろ？　子供だってひとつの人格で、親の付属品じゃないって。だから、父さん母さんの結婚が失敗しても、おまえはその結婚の失敗作なんかじゃないんだ。これだけは、絶対に忘れないで覚えていてほしい。だって真実なんだから」

亘は肩を揺さぶられながら、ゆらゆらと首を振った。「お母さんは、ケッコンが失敗したなんて思ってないよ。だから悲しんでるんじゃないの？」

「それはお母さんが、まだ現実を真っ直ぐ見る勇気を持てないでいるからだ」

明の眉間《みけん》にしわが寄った。

「ちゃんと顔を上げて現実に向き合えば、どうしようもなくはっきりわかることなのに。失敗は失敗だ。最初から失敗だった。ごまかしばかりだったんだから」

お母さんはいつも家のなかをきれいにしてたよ。ちゃんとご飯だってつくってくれたよ。朝寝坊だって、そんなに何度もしなかったよ。千葉のお祖母ちゃんと喧嘩《けんか》することもあったけど、でも仲直りもちゃんとしてたよ。

「お母さんは何も悪いことしてないよ。失敗なんてしてないよ」

亘は呟《つぶや》いた。そして、珍しく――本当に珍しく、父が冷静さを失い、苛立《いらだ》ちを顔に出していることに気がついた。そして早口に、急いで何かを押し流すみたいにして、一気に言うのだった。

「悪いことがイコール失敗だってわけじゃない。悪いことは何もしなくても、失敗することはある。むしろ、その時には良かれと思ってやったことが、長い年月が経ってみると、失敗だってわかるってことの方が多いんだ」

隣のベンチのおばさんが、ソフトクリームを舐めるのをやめて、こっちを見ている。コーンの縁から、溶けたソフトクリームがスカートの上にポタポタ垂れていることにも、まったく気づいていないみたいだ。

「おい」と、おじさんが低く言って、おばさんを肘《ひじ》でつついた。「垂れてるぞ」

あらヤダとあわてて、おばさんはスカートを拭《ぬぐ》った。亘はそれを、ぼんやり眺めていた。おじさん、おばさん、僕らの話、聞こえてるんでしょ。わかりますか？　通訳して教えてくれませんか。僕の父さん、何が言いたいんだろう？

「僕にはわからない」

亘が小さく言うと、明はうなずいた。

「わからないだろう。わからなくていい。これは父さんの間違いだ。今日おまえと会ったのも間違いだ。ちゃんと説明なんかできないし、ただおまえを傷つけただけじゃないか。な？　そういうことだ」

父が「そういうことだ」という言い回しを使うときには、「これで話は終わりだ」という合図《サイン》だ。今まで、世の中のいろいろな事柄について、数多くの「どうして？」という質問を父にぶつけて、たくさんのやりとりを積み重ねて、答をもらったりヒントをつかんだりしてきた亘は、そのことをよく知っていた。

思わず、大きな吐息が漏れた。今まで息を止めていたみたいな気がした。二十五メートルプールを、一度も息継ぎせずに泳げるだけ泳いで、とうとう苦しくなって足をついたみたいな感じがした。

呼吸が戻ると、現実感も戻ってきた。そして、とても簡単で、最初からそこにあった考えが、泡のようにぽかんと浮かび上がってきた。それはそのまま、口をついて出た。

「だけど結局は、お父さん、お母さんじゃない女の人を好きになって、その人の方が良くなっちゃった、そういうことなんでしょ？」

三谷明は返事をしなかった。両眉《りょうまゆ》をひそめて、眼鏡の縁に指で触れて、地面を見つめている。

噴水の飛沫《しぶき》が、亘の方まで飛んできた。

「そう思いたいなら、そう思っていていい。それでいいよ」と、明は言った。

帰ろう——と、明は立ちあがった。

「バス停まで父さんが送ってゆくよ」

「いいよ、僕、もうちょっとここにいる」

「だだをこねるもんじゃないよ、亘」

「だだじゃないよ、図書館に寄っていきたいだけだよ」

「こんな話の後で、おまえ一人だけ置いて父さんが帰るわけいかないじゃないか」

「僕なら平気だよ。ちゃんと帰れる」

だから父さんは、安心して帰ればいいよ。シッパイじゃない女の人のところに帰りゃいいじゃないか。

亘はもう、父の目を見なかった。

頑《かたく》なにベンチに座り続ける亘の前に立ちはだかり、三谷明は黙っている。亘は地面を見つめて黙っている。

噴水の飛沫が、風に混じって飛んでくる。冷たい。若い女の人の笑い声が聞こえる。赤ちゃんが泣いてる。

「なあ、亘」明は口を開いた。

亘はじっとしていた。

「父さんに会うって——おまえ一人で考えたことか？」

「カッちゃんに手伝ってもらったよ」

「そうじゃない。考えたのは、おまえ一人かって訊《き》いてるんだ」

亘は目を上げた。父さんはなんだか――怯《おび》えているみたいに見えた。

「どういうこと？」

三谷明はくちびるの端をちょっと曲げて、言葉を探すみたいに間をおいた。両手をポケットに突っ込むと、視線をさげた。

「お母さんに頼まれたんじゃないのか？」

よく聞き取れなかった。「え？」

「お母さんに、お父さんに会って、家に帰ってくれるようお願いしてきなさいって、そう言われたんじゃないのか？」

亘はぽかんと口を開いた。

「――そんなことじゃないよ」

「そうか」明は難しい顔のままうなずいた。「それならいいんだ。もしもお母さんがそんなことをしたんなら――そんなふうにおまえを利用しようとしたんなら、良くないからな。確かめておきたかったんだ」

「お母さんはそんなことしないよ」

僕には、お父さんは出張に行ってると思いなさいって、そう言ったんだ。

「僕、内緒で出てきたんだ」

明はほっとしたというように、両肩を大きく揺らした。

「ホントだよ」

「うん、わかった。それじゃ父さんは帰るよ。おまえも気をつけて帰るんだよ」

歩き出しかけて、ちょっとためらい、

「携帯電話にでなら、いつかけてきてもいいからな。父さんと話したくなったら、かけておいで。宿題のことでも、何でもいいから」

一人になってぽつんと腰かけていると、どこかから小さな声がした。あまりに疲れ果てて、空っぽになってしまっていたので、注意を集中するのが難しく、聞き取れない。

「――坊や」

肩を軽く叩《たた》かれて目をやると、さっきまで隣のベンチに座っていたおばさんが、すぐそばに立っていた。スカートの上に、ソフトクリームのしみが残っている。小太りで、亘と同じくらいの背丈で、とっても丸まっちい。かがんで、ちょっと笑顔をつくっている。

「坊や、どこまで帰るの？」

空っぽの袋みたいになってしまっている亘には、声がなかった。

「もしよかったら、おばさんたちと一緒に帰らない？」

おばさんの後ろでは、おじさんが困ったような不機嫌そうな顔をしている。

亘の口から、自分のものとは思えないような、合成音声みたいな、平べったい声が飛び出した。「僕、図書館へ行くから」

「そう。坊やのおうちは遠くないの？」

亘はもう一度、「図書館へ行くから」と言って、立ちあがった。

「おい、よせよ」おじさんが後ろからおばさんを小突いた。「余計なお世話だ」

おばさんはおじさんのシャツの袖《そで》をつかんだ。「だって心配じゃないの、こんな小さな子が――」

亘は二人を置いて、図書館の建物の方へと歩き出した。

「あ、坊や！」おばさんが大声で呼んだ。「ソフトクリーム、食べない？」

バカやめとけよと、おじさんが諫《いさ》めている。

「しかしなぁ……」

少しずつ、ゆっくりと二人から遠ざかってゆく亘の耳に、おじさんの言葉の切れっ端が、ひらりと届いた。

「世間にゃホントにいるんだなぁ。ああいう手前勝手な親が」

おばさんが、「男なんてナントカカントカ」と言ったのも、ちらりと聞こえた。

もう落下しているような感じはしなかった。落ちるだけ落ちて、底に着いたのだ。どのぐらいの深さで、どのぐらいの広さの、どこに通じている何の底だかわからないけれど。

図書館の入口が見えるところまで行って、振り返ってみた。おじさんもおばさんも、もういなくなっていた。亘と明が座っていたベンチには、派手なウインドブレイカーを着た若いカップルが座っていた。隣のベンチは空いている。噴水の水飛沫《しぶき》が眩《まぶ》しい。

ここにこうして立っているのに、ここにいないような感じがする。亘は底に落ちてコナゴナになって、水飛沫よりもまだ小さくなって、そこら一面に飛び散っているのかもしれなかった。

11　秘密

それから夏休みまでのわずかな日数を、いったいどんなふうに、どんな顔をして過ごしたのか。後になって思い出そうとしても、どうしても思い出せなかった。それくらい、何にも失くなって、何でもなくなって、何もしなくなって生きていた。

生活には変化はなかった。またルウ伯父《おじ》さんが訪ねてきて、亘とは夏休みの打ち合わせをして、夜遅くなってから、リビングで母さんとヒソヒソ話し込んでいたということはあったけれど、何の話だったのかどんな結論が出たのか、亘には知らされなかった。

三谷邦子は本当に、明が長い出張に行っている時と同じ暮らし方をしていた。そういう意味では、彼女の言葉には嘘がなかった。亘と二人の夕食で、テレビを観て笑うこともあるし、亘が歯磨きしないで寝てしまったと怒ることもある。夜九時過ぎにカッちゃんから電話がかかってきたときには、今までとまったく同じような口調で、

「お店をやっているようなおうちと、我が家は方針が違うんですからね」と叱られた。

亘にはけっして甘くない、今までどおりの母さんだった。

終業式の前日、朝起きてみたら、亘の右のほっぺたがパンパンに腫《は》れていた。痛くて口を開けることもできない。母さんにのぞきこんで見てもらうと、

「歯茎が腫れてるわよ。歯医者さんに行ってらっしゃい。今日は学校、休んでいいから」

どちらにしろ、もう一学期の授業は終わったようなものだし、この有様ではプールにも入れない。亘は素直に言うことを聞いて、午前中から歯医者の待合室に座った。

虫歯ではないと、先生は言った。歯肉炎だよ。子供には珍しいんだけどね。最近、硬いものを食べて口のなかを切ったりしなかった？　歯ぎしりをするクセがあるって、お母さんに言われたことない？

治療が済むと、腫れはまだそのままだったけれど、痛みはずいぶんと軽くなった。少し熱が出るかもしれないよと言われたとおり、寒気がする。梅雨が明けて太陽全開の道を歩いても、あまり汗をかかなかった。

家に帰ると、母さんは買い物に出かけていた。テーブルの上にメモが置いてある。

「新しいパジャマを着て寝なさいね」

そんな大げさに着替えて寝込むほどの状態じゃない。ソファでゴロ寝でいいや。ゴロンと寝っ転がったところに、電話が鳴った。

千葉のお祖母《ばあ》ちゃんかな。ルウ伯父さんかな。小田原のお祖母ちゃんかな。ついこのあいだ、小田原のお祖母ちゃんからの電話に出たら、すぐ泣くんだもの、嫌だった。のろのろと受話器を持ちあげると、女の人の声がした。聞き慣れない声だ。セールス？

「三谷邦子さんでいらっしゃいますね？」

お母さんはいませんと答えようとしたのだけれど、口が腫れているのと、治療の際にかけられた麻酔がまだ切れていないのとで、うまく言えなかった。亘が痺《しび》れたくちびるにてこずっているあいだに、女の人の声はどんどん先をしゃべってしまう。

「昨日、また会社の方にお電話をいただいたそうで、同僚から聞きました。前回お話をした時に、会社には連絡しないとお約束をいただいたはずですが、お忘れでしょうか」

きれいな声だし、丁寧な言葉遣いだけれど、なんか怒ってるみたいな感じがする。声がうわずってるような――それに早口だし。こんなセールス、あるかなぁ？

「こういう――嫌がらせのようなことをされては、わたしも人間ですから、感情を害します。それにそもそも、わたしはわたしたちが顔を合わせても、あまり有意義な話し合いにはならないと思っております」

あの、間違い電話じゃないですかと、亘は言おうとした。すると、聞き慣れないきれいな声の女の人は、丸めたものをぶつけるみたいな勢いで、こう言った。

「明さんは、あなたがこういうことをお続けになるようでしたら、離婚裁判になってもいいと言っています。彼も怒っているんですよ。あんまり賢いやり方とは言えないんじゃないかしら。わたしが申しあげたいのはそれだけです。もう二度と職場に電話をかけないでください。わたしの上司も、部下の私生活のことを会社に持ち込まれるのは迷惑だと、はっきり申しておりますので」

それでは——と、相手が電話を切る気配がしたので、亘は大声を出した。「お母さんじゃなヒれす！」

キーンというような沈黙がきた。亘の声が、受話器のなかいっぱいに反響している。

「もし、もヒ」麻酔でふくれあがったような感じのするくちびるを動かして、亘は必死で言った。「僕は、三谷、ワタルれす」

電話の向こうで、誰かが息を呑《の》むような、かすかにあえぐような音がした。それから、ガチャンと切れた。

短いあいだに、亘は冷汗びっしょりになっていた。じわりと流れる汗と入れ替わりに、認識が身体に染みこんできた。

あれは、父さんの、女の人だ。

今、三谷明が一緒に暮らしている女性だ。邦子との結婚を解消して、新しく結婚したいと望んでいる女性だ。

アナウンサーみたいな声してら。亘はそう考え、そんなことしかすぐには連想できない自分に嫌気がさした。

膝《ひざ》から力が抜けて、その場にしゃがんでしまった。するとそのとき、ここしばらくのあいだ忘れていたけれど、確かに聞き覚えのある甘い声が、小さく呼びかけてきた。

「ワタル、だいじょうぶ？」

亘はびくりとして、へたりこんだまま周囲を見回した。もちろん、誰がいるはずもない。あの甘い声。正体不明の女の子の声。

「ワタル、泣かないで。わたし、あなたのそばにいるから」

どこからともなく投げかけられる言葉に、心が優しく撫《な》でられるようだ。

「君、どこにいるの？」

宙に問いかけると、女の子の声はすぐに返ってきた。「だから、あなたの近くよ」

「だったら、どうして姿が見えないのさ？」

「わたしにはあなたがちゃんと見えてる。でも、あなたからわたしを見ることはできないのね」

女の子は小さくため息をついた。実際にはそんなことできないけれど、もしもその吐息を感じられたなら、きっとキャンディのような匂いがするに違いない。

「ワタル——このところずっと、わたしのこと忘れてたね？　わたしがあなたに話しかけたこと、忘れてたね？」

言われてみればそうだった。あまりにも様々な辛《つら》い事柄に場所を取られて、見えない女の子のことを考えるだけの余裕など、亘のまだ小さな心のどこを探しても見あたらなかったのだ。

それどころじゃない、以前にこの不思議な女の子の声に話しかけられたこと、彼女の正体を探ろうと試みたこと、写真を撮ったこと——それらのことさえも、ひどく遠く霞《かす》んだ思い出に見える。確かに記憶には残っているけれど、気持ちがくっついてこない。

「そうだね……僕、君のこと忘れてた」

「それはきっと、あなたが番人に認められた旅人じゃないからなんだわ」

女の子は、怒ったように声を尖《とが》らせた。

「あなた一度、こっちに来たでしょ？　でも追い返された。だから記憶が消えてるの。わたしのことも、その記憶と一緒に薄れてる」

そんなことを言われても、亘にはピンとこない。そう、事実は彼女の言うとおりなのだが、だからこそ亘は忘れているのだ。

「こっちって、どっち？」

亘のぽかんとした問いかけに、女の子はまたため息を漏らした。

「〝幻界《ヴィジョン》〟よ——って言ったって、今のあなたには何が何だかわからないんだろうね」

うん、わかんないよ。

「とにかくワタル、わたしはあなたの味方よ。あなたが何とかこっちに来てくれたら、いろいろなことをして助けてあげられるの。お願い、もう一度〝幻界〟に来る方法を探してちょうだい。あなたなら、きっとできるわ」

亘は、これは夢かな——なんて考えていた。さっき受けたショックのあまり、夢を見てるんだ。きっとそうだな。


父さんの女の人から電話がかかってきたことを、亘は邦子にはしゃべらなかった。

それでなくても母さんは、今日は特に疲れてぐったりしているように見えた。どこまで買い物に行ってきたのか、帰ってきたのは初夏の長い一日が暮れかかったころで、夏用の外出靴は、すっかり埃《ほこり》だらけになっていた。

その夜、邦子が眠ってしまってから、亘はそっと家を抜け出した。

最初は、どこへ行こうとはっきり意識していたわけではなかった。ぐるっと散歩して、何となく夜空を見て、涼んで帰ってきてもいい。公園のブランコを独り占めしてもいい。とにかく、気分を変えたくて外に出た。

歩きながら思いついた。そうだ、これからいきなり訪ねて行って、カッちゃんをビックリさせようか。小村の小父《おじ》さん小母《おば》さんは、もう明後日からは夏休みなんだし、泊まっていけって言ってくれるかもしれない。そしたら二人で、夜通し『ストリートファイターZERO3』で対戦できるじゃんか。母さんだって、今は亘がカッちゃん家《ち》に泊まったぐらいで怒ったりしないだろう。

そうやって歩いてきたはずなのに、ふと気がついたら、大松さんの幽霊ビルが見えるところに来ていた。三橋神社の木立が、夏のどんよりした夜気のなかで、重たげに葉を揺らしている。

なんでここに来たんだろう？　まるで——知らないうちに誰かに呼ばれたみたいだ。亘はふらふらと幽霊ビルに近づいていった。それもまた、誰かに招き寄せられているみたいだった。

シートの内側に人の気配がする。一人二人じゃない。押し殺したような声だが、やりとりをしている——いや、なんか凄《すご》んでる。

亘はシートを持ちあげて、内側に素早く潜り込んだ。すると目の前に、ゴムサンダルをひっかけた小汚い二本の足がにゅっと立っていた。

「わ、なんだコイツ！」

足の持ち主が、亘に気づいてあわてた声を出した。亘はゴムサンダルに踏みつけられないように、あわてて横に転がったが、一瞬遅かった。容赦もなければ手加減もない勢いで脇腹を蹴《け》り上げられて、息が停まり目の前が真っ白になった。

「誰だよコイツ、おまえの友達か？」

途絶えそうになる、ギリギリ一歩手前のところでこらえている亘の意識が、誰かの話し声をキャッチする。

「おまえが呼んだのか？　まさかそんなことないよな」

「加勢にしちゃ頼りないしなあ」

ブレていた世界の焦点が、やっとこさ中央に戻った。蹴られたところがうずいて吐き気がしたが、亘は必死に起きあがった。

シートの内側は、大型の懐中電灯の灯《あか》りで照らされていた。強力な灯りに、なかにいる人間たちの影が長く延びて、そちらの方こそ本体であるかのように、ぴょいぴょい動き回っていた。

亘のほかに、三人いる。懐中電灯を持っているのは——ほかでもない。石岡健児だ。六学年の問題児。こいつがいるっていうことは、あとの二人は腰巾着《こしぎんちゃく》たちに決まってる。ああ、ホントだメンツが揃ってら。

石岡たちが、ここで何やってんだ？　頭を振って、目の前の現実を捉《とら》え直すために目を凝らして、そこでやっと、四人目の人物がいることに気づいた。地面に俯《うつぶ》せにされている。その背中の上に、石岡の腰巾着の一人が乗っかって、膝《ひざ》で背骨をグリグリやっている。

四人目の人物の顔の半分ぐらいを、ベタベタと貼りつけられたガムテープが隠している。それでもよく見れば、すぐに誰だかわかった。亘は驚きで「あっ」と声を出し、自分の声の振動で脇腹がぐっと痛んで、思わず両腕で身体を抱いた。

ガムテープで口を塞《ふさ》がれて、石岡の腰巾着に押し潰《つぶ》されそうになっているのは、芦

川美鶴だった。両目を大きく見開いて、こぼれそうなほどの瞳《ひとみ》で亘を見つめている。

何か必死で訴えかけているみたいだ。

「な、なんてことしてんだ。ヒドイよ」

亘は言葉を吐き出したが、おなかに力が入らないのと、怖くてビビッているのとで、

ヘロヘロの声しか出なかった。

石岡たちは笑い転げた。この下卑たゲラゲラ笑い、シートの外まで聞こえないのだ

ろうか？　三橋神社の親切な神主さんは、いったい何をしてるのだろう？

「へえ、コイツ面白《おもしろ》いこと言うぜ」

「ヒドイよぉ、だってさ」

石岡たちが嘲笑《あざわら》う。どうしても立ちあがれないので、亘は地面に膝立ちになった。

そうやって膝頭で歩いて、芦川のそばに近寄ろうと動き出したら、もう一人の腰巾着

に、いきなり頭の横側を蹴られ、もんどりうって地面に転がった。

どすん！　大きな音だ。どうして大人が助けに来てくれないのだろう？　何でこの騒動が外に漏れないのだろう？

「命中ぅ！」

「側面蹴りっていうんだろ、これ」

「俺にも一発やらしてよ。練習、練習」

次の一撃が飛んでくるのを、亘はなんとか避《よ》けようと思ったのだけれど、頭がクラクラして目が回り、どうにもならなかった。膝蹴りの一発を、背中のど真ん中にきれいに決められてしまった。

どっと倒れると、芦川の顔が目と鼻の先にあった。視線がぶつかった。

亘は今にも気絶しそうで、もう痛みも何も感じず、身体は熱があるみたいに火照り、視界が狭まって上下もはっきりしなかった。それなのに芦川の大きな黒い瞳は、亘の両目をしっかりと捉えた。ただその視線の力だけで、亘は揺れる小舟が碇《いかり》につなぎ止められるように、かろうじて意識を保っていた。

芦川が何か伝えようとしている——ガムテープの下で、口を動かして。

（剝《は》がせ）

口を覆っているテープを剝がせって？

（剝がせ、早く！）

石岡がうひょーとかいうような奇声をあげながら、亘の尻《しり》を踏んづけた。どっと笑い声があがる。反動で亘の身体が跳ね上がり、右手が動いた。

（そうだよ、手を動かして、剝がしてくれ）

だけど気絶しちゃいそうだ。息をしても息をしても息ができないんだよ。信じられないことだけれど、亘の右手が勝手に動いてゆく。芦川の顔の方へ。べったりと貼りつけられたテープの方へ。

黒い影が頭上で躍ったかと思うと、石岡のボディプレスが決まった。芦川と亘は、あばら骨がぼきんと鳴るほど強くおっぺされ、ほっぺたが地面に押しつけられた。

「やりィ！」と、歓声があがる。

いったい何のために芦川をここに連れ込んで、彼に何を要求してたんだかわからないけど、石岡たちってバカだから、ミジンコほどの知能もないから、いったんこういうバカ騒ぎを始めると、元の目的なんかどこかへ行っちゃって、ブレーキがきかなくなっちゃうんだ。このままだと殺されちゃうかもしれない。

亘の右手がまた動く。芦川の口元のテープの端をつかむ。

——ベリッてやったら痛そう。

一瞬、そんなことを思ったけど、手はためらいなく左から右へ動いて、テープを取り去った。一枚。続いてもう一枚。

「あ、何やってんだよコイッ!」

石岡の腰巾着が、亘の動作に気づいて近寄ってきた。だがそれよりも一瞬早く、亘は芦川の顔のテープを剝がしきり、まだ粘着力の残るテープを指先にくっつけたまま、右手ががくんと地面に落ちた。

芦川の両目が漆黒《しっこく》に輝いた。彼はぐいと首を持ちあげて、石岡たちを――いや違う、幽霊ビルの内側の空《くう》を睨《にら》んだ。

腫《は》れあがり、血のにじんだ芦川のくちびるが開いて、言葉が流れ出す。

「大いなる冥界《めいかい》の宗主よ、我、盟約に則《のっと》りここに請い願わん。闇と死者の翼の眷属《けんぞく》よ、我ここに古《いにしえ》の黒き血の契約の印を以《もっ》て呼びかけん――」

石岡の手の中の懐中電灯が、ぱっと消えた。「わ、ど、どうしたんだ?」

石岡がうろたえて、よろよろと後ずさりした。シートに映った彼の影もよろけた。

亘はガンガンと痛む頭を横に向けて、何とかして石岡たちの方に視線を向けた。変だった。恐ろしく変なことが起こっていた。懐中電灯は消えたのに、唯一の光源がなくなったのに、シートの内側は奇妙に明るくて、さっきまでよりも、みんなの顔がはっきり見える。

芦川の声が続いている。謳《うた》うような調子を付けて、言葉ははっきりとしていて、ああそれになんてきれいな声なんだろう。

「我に仇《あだ》なす敵に久遠の死の眠りを、解けぬ氷の呪縛《じゅばく》を与え給え。サキュロズ、ヘルギス、メトス、ヘルギトス、出《いで》よ暗黒の娘、バルバローネ！」

呪文のような言葉が終わると、なぜあたりが明るかったのか、亘にもわかった。芦川と亘と、石岡たち三人のちょうど中間あたりの地面が、白っぽく輝いているのだ。そこから放たれる青白い光で、周りが明るくなっているのだ。

——いったい何が？

輝いている場所は、マンホールよりも小さいくらいで、形も丸い。そこがみるみる盛りあがってくる。何かが地面から生まれ出ようとしているかのように。

——そんなバカな。

固いはずの地面が、輝いている丸い場所だけ、粘土のように柔らかく見える。そこから今——人の頭が——頭の形ができてきた。首が出て、肩が出て、両手を胸の前で組み合わせていて、ほっそりとした胴が出てきて、なまめかしい腰の線が出てきて、

——女の人だ。

真っ黒な粘土でできた、女の人の形のマネキン。

石岡たち三人が、腰を抜かして口を開けている。その前で、地面から生まれ出た真っ黒なマネキンが両手を広げた。豊かな胸が丸見えになったけれど、やっぱりそこも

真っ黒だった。

のっぺらぼうの顔に、目が開いた。

金色の目だった。白目が全然なかった。真ん中に一筋、漆黒の線が入っているだけだ。猫みたいだ。豹《ひょう》みたいだ。

「ようこそバルバローネ。美しいあなたへの生け贄《にえ》です」

芦川が顔を輝かせ、俯せの姿勢のままで、できるだけ高く頭を持ちあげて、謳いあげるようにそう言った。

真っ黒なマネキンは、手を広げたまま、石岡たちの方へ向きを変えた。三人はバカみたいにすくんでいるだけで、声も出さなければ逃げようともしない。

マネキンの両手の先から、尖《とが》った爪がうねうねとはえ始めた。それと同時に、腕の後ろ側から、身体よりもなお黒い翼が伸びてきた。

亘は地面に倒れたまま、首をよじって頭を横に向けて、目の前で起こっている信じられないような光景を見つめていた。自分でも怖いのか嬉《うれ》しいのかわからないけれど、気がついたら笑っていた。声は出せず、ただ口元が『不思議の国のアリス』に出てきたチェシャ猫みたいににんまりしていたのだった。

芦川に〝バルバローネ〟と呼ばれた異形の真っ黒な女は、長い脚をするりと動かして、石岡たち三人の方へ、一歩また一歩と近づいてゆく。背中の翼はすっかり伸びきり、その差し渡しは二メートル以上もありそうだ。両手の爪は見事な鉤形《かぎ》で、バルバローネが優雅に手を空に泳がせ、ポーズをつけるように指先を宙に差しあげると、カチリと音がした。

石岡たちはビルの隅まで後ずさりして、もう逃げ場がなくなって、てんでにすがりあうような恰好《かっこう》で、やっぱり亘と同じように、バルバローネに見とれていた。三人とも血の気が失《う》せて、真っ白な顔になっている。大きく瞠《みは》った両目。半開きの口元。恐ろしさにすくんでいるようにも見えるし、ちょっとばかり喜んでいるみたいにも見える。

でも亘はバルバローネの背中を見ており、彼らはバルバローネの顔を見ている。石岡なんか、食いつくようにして彼女の顔を仰いでいる。何か言いたそうにくちびるが動く。実際、言葉が漏れてるみたいだ。でも聞き取れない。あまりに小さな声だし、

バルバローネの爪がまた、

カチリ

と打ち鳴らされる音に気をとられて。

バルバローネは今、どんな表情を浮かべているのだろう？　ふたつの金色の眼は、どんなふうに石岡たちを見つめているのだろう？

「お、俺」と、石岡がうわごとのように呟《つぶや》いた。「行くよ、そっちに行く」

問いかけに対する返事みたいな言い方だった。まるで、バルバローネに「私と共に来るか」と問われて答えたみたいだ。だけど、誰も何も言っていないのに。石岡はおかしくなっているんだ。

とろけるような笑みが、石岡の顔いっぱいに広がった。ふらふらと立ちあがって、バルバローネに歩み寄る。腰巾着の二人は、石岡から視線を離すことができないまま、しっかりと抱き合ってしゃがみこんでいる。二人とも口があわあわ動いている。「ケンちゃん――」と、どっちかが泣くような声を絞り出した。「ダメだよ、やめなよ、ダメだってばよう」

石岡は何も聞いていない。何も見ていない。バカみたいにバルバローネを見あげて、今や彼女のすぐ目の前にまで近づいて、そこで両膝《りょうひざ》を地面に着くと、両手を大きく広げた。

「俺、行くよ――」

バルバローネの両肩が、するりと動いた。

肩の動きが腕に伝わり、翼の先端にまで伝わり、彼女の漆黒の身体全体が、さざ波のようにさあっと震えた。何の根拠もなく、でも絶対の本能的な確信で、亘は思った。身震いしたんだ、嬉しくて身震いしたんだ。まるで――獲物に食いつく瞬間のケモノみたいに。

翼の両端がピン！　と伸びきった。

スイッチを切ったように、石岡の顔から笑みが消えた。

そして出し抜けに、彼は悲鳴をあげた。理性のブレーキも意志のコントロールもない、剝《む》き出しで手放しの悲鳴だった。

バルバローネが石岡に襲いかかった。しなやかな黒い両腕が、二匹の蛇のようにぐるぐると彼の身体に巻きついた。バルバローネが前にかがんだかと思うと、その真っ黒な頭が、いきなり、アメーバみたいにどろんと形を崩して、十倍ほどの大きさにふくらんだ。そして腕のなかにからめとった石岡を、頭のてっぺんから丸呑《まるの》みにしてしまった。石岡の悲鳴は、鋏《はさみ》で断ち切られたみたいにピタリと止んだ。

真っ逆様に呑みこまれるとき、彼のスニーカーの片方が、勢い余ってスポンと脱げて、亘の足元まで転がってきた。

亘は目を瞠っていた。呑み込まれる寸前の、一瞬のそのまた十分の一ぐらいの短い時間、石岡が見せた恐怖の表情が、ストップモーションみたいに瞳《ひとみ》に焼きついて、見えるものと言ったらただそれだけだった。

石岡を呑み込んだバルバローネは、瞬時のうちにまた元の形の良い頭に戻って、漆黒の美しい女神像に戻って、そして残りの二人の方へ指先を、鉤爪を差しのばした。

「イヤだよぉ！」

二人が泣きわめく。

バルバローネは音もなく飛びあがると、翼をひと振りして、あっという間に二人を捕らえた。抱きかかえられた二人の脚が、バルバローネの翼の下から、じたばたともがきながら飛び出して、必死で空を蹴《け》っている。

竜巻のような迅《はや》い風が、亘の頭の上を通過した。地面に伏していても、身体を持ってゆかれそうなほどの強風で、亘は思わず目を閉じた。そしてそれは唐突に止んだ。

おそるおそる目を開け、頭を持ちあげてみると、あたりは暗闇に戻っていた。

どこか遠く——シートの外、幽霊ビルの外、ひとつ向こうの交差点で、エンジンが強く空ぶかしされる音が聞こえた。

亘のすぐそばで、懐中電灯がカチリと点《つ》いた。痛いほど眩《まぶ》しくて、亘は目を背けた。腕が伸びてきて、亘の肩に触った。

「大丈夫か？」

芦川だった。ひどい顔だ。くちびるが切れている。右の鼻の穴から鼻血が一筋流れている。でも、しっかりした動作で、亘を助け起こしてくれた。

地面に座ると、とたんにぐるっと目が回って、今度は仰向けに倒れそうになり、亘はあわてて両手をついた。あっちもこっちもズキズキ痛むのに、何だか感覚が遠くて、自分の身体じゃないみたいだった。

芦川は亘のそばに片膝をついていて、今は拳《こぶし》で鼻の下を拭《ぬぐ》っている。

「あ……あいつらは？」

亘は何とか声を出した。口の中に嫌な味がした。血の味かもしれない。

「あいつらって？」芦川は、わざとのようにとぼけて訊《き》き返した。

「石岡と……仲間の二人」亘は彼を見あげた。またまいがして、視界がぼけた。芦川の表情を見ようとするのだけれど、うまく焦点を合わせることができなかった。

「こっぴどくやられたな」と、芦川は言った。「一人で立てるか？」

両足がゴムでできてるみたいな感じがして、力が入らない。それでも亘は言われたとおりにしようとして、自分の運動靴の底が空しく地面をこするのをぼんやり眺め、

「あいつらはどうしたの？」と繰り返した。「どこへ行ったの？　さっきのは何だったのさ？　あのバケモノ。あの真っ黒な」

現実感が、ますます遠くなる。自分でも何を言っているのか、ちゃんと把握できていないような感じだ。言葉の最後の方は、寝言みたいな呟きになってしまった。

「バケモノなんていないよ」芦川は、塾の教室で先生の質問に答えるときと同じ、揺るぎない口調で否定した。「さっきのは夢だ。何でもない。夢を見たんだよ」

「夢なんかじゃないよ――」

言い返しながら、結局亘は立ちあがれずに、ゆらゆらと身体を揺らして、突っ伏し

てしまった。地面に倒れる直前に、芦川が受け止めて支えてくれた。

「何でここに来たんだ？」

芦川が尋ねる。亘は彼にもたれていると楽ちんで、とても眠くなり、口が回らなくなった。キゼツするのかなぁ――と思った。

「何でって――」

「呼んでもいないのに」芦川は吐き出すように言った。怒っているみたいに聞こえる。

「何となく来たンだ――」亘は小声で答えた。

「呼んでもないのにやって来て――おまえって――何にも関係ないのに――」芦川はそう言って、唐突に、ちょっと笑った。「でも、おかげで助かった」

何の話？　もうどうでもいいよ。眠くって。

「おせっかいなヤツ」芦川は言って、それから口のなかで小さく何か呟いた。また、呪文《じゅもん》みたいだった。すると亘の上に、温かな白い光が降ってきた。光は亘を包み込んだ。身体じゅうの痛みが、みるみるうちに、嘘のように消えてゆく。気持ち良い。

それじゃあな――と、芦川が言ったように聞こえた。これでお別れだよ、サヨナラ。

そうして亘は眠り込んだ。

はっと目を覚ますと、自分のベッドに横になっていた。頭をきちんと枕の上に載せ、仰向けになって、両手を胸の上で組み合わせている。眠っていたのではなく、ドラマのなかで眠ったふりをしている子役のように。

三秒か、五秒くらいのあいだ、亘は両目を見開いて天井を見あげていた。それから、ガバッと起きあがった。

いきなり、目覚まし時計が鳴り出した。亘は文字どおり飛びあがった。

午前七時だった。時計は嘘をついていない。チェックのカーテンを、夏の朝日が照らしている。気温はもうあがり始めていて、パジャマが汗で身体にくっついている。

「亘、起きなさい！」

ドアの向こうで邦子の声が聞こえた。ドンドンとドアがノックされる。

「今日は終業式でしょ！　最後になって遅刻なんかしたら、恥ずかしいわよ」

今日は終業式——

亘は両手で頭を押さえた。ちゃんとココにある。頭はちゃんとついてる。目も見えている。匂いもわかる。台所から漂ってくる。お母さんがタマゴを焼いている。

じゃ、あれは？　昨夜目にした光景は？

夢だったのか？

昨夜《ゆうべ》はボク、どこにも出かけなかったのか？　出かけたつもりになっていただけで、実は寝床に潜り込んでいたのか？　こっそりカッちゃんの家に遊びに行こうと考えたのも、夢のなかのことだったのか？

そしてあの——あの——怪物《モンスター》。

おぼろげだけど、覚えている。芦川と、翼のはえた女のヒトの形をした真っ黒なバケモノ。金色の目。鉤爪《かぎづめ》がかちんと鳴る音。

石岡健児が悲鳴をあげてた。

亘は転がるようにしてベッドから飛び出した。台所に駆け込むと、焼けたトーストの端っこをつかんでお皿に載せようとしていた邦子が、ビックリしてキャッと言った。

「な、何よどうしたの？」

「お母さん、ボク——」

「何なの、亘？」

亘はがくんと両肩を落とした。説明する自信がない。あれを言葉に換えることなんてできない。全然。まったく。不可能だ。

「イヤねえ、寝ぼけてるの？」邦子は笑いながら、テーブルの上に落としてしまったトーストを拾った。「早く顔を洗ってきなさい。汗びっしょりじゃないの」

うん——とうなずいて、亘は洗面所に行った。鏡をのぞくと、確かに寝ぼけた小学生の顔が映っていた。怪我なんかしてなかった。髪に寝癖がついているだけだった。

さあ終業式だよ、これでしばらくは学校とお別れ、四十日間の夏休みが待ってるよ。太陽が歌いながら照りつけている。私は子供たちの期待を裏切ったりしないよ、今日はたんと暑くしてあげようね、だってこれから夏休みなんだからさ！

校庭で朝礼が始まったばかりのころは、亘はまだ現実感が取り戻せなくて、昨夜の夢のような夢でないようなものの映像の方に心を奪われていて、級友たちが落ち着きなくさざめいていることにも、先生たちがいつになく険しい顔をしていることにも、興味を惹《ひ》かれなかった。出席番号順に並んでいるので、亘よりずっと前の方にいるカッちゃんが、先生の隙を見てはちょいちょいこちらを振り返り、何か合図を寄越していることにも、気づいてはいたが気が向かなかった。

校長先生のお話が終わり、みんなでゾロゾロと教室へ引きあげるときになって、カッちゃんが亘に駆け寄ってきた。

「なあ、タイヘンだなタイヘンだな？」

亘はとろんとカッちゃんを見た。

「なんだよ、眠たいの？　夜中にゲームやってたんだろ」

カッちゃんはいやに興奮している。

「まさか何も知らないハズないよな？　あ、だけどミタニの小母《おば》さんはＰＴＡの役員やってないから、まだ聞いてないのかな？　そんならうちの親父もオフクロも役員じゃないけど、でも親父は消防団入ってるかンな」

早口で自問自答している。

「どうしたんだよ」さして興味もなしに、亘は訊《き》いた。亘にしてみれば、カッちゃんがどんなビックリニュースを持っていようと、昨夜の夢のような体験に比べてみれば、何ほどのオドロキでもなかった。そんなの、『ジュラシック・パーク』を観た後でフカガワ爬虫類館《はちゅうるい》に行くみたいなもんだ。

「ミタニ、ホントに知らないんだな！」

カッちゃんは驚き、実に嬉《うれ》しそうな顔をした。わぉ、まだこのニュースを知らないトモダチがいる！　だからオレ、教えてやれるってわけ？

「石岡健児が行方不明なんだ」

二人は二階の教室に向かう途中、階段の踊り場に立っていた。亘はつんのめるようにして足を止めたので、後ろに続いていた女子生徒とぶつかってしまった。

「あ、ごめんミタニ」女子生徒は言って、亘の背中を軽く叩《たた》いた。「いきなり止まんないでよぉ」

叩かれた振動で、亘はぐらりと揺れた。それでも目はカッちゃんの顔の上に据えたままだった。誰が見ても、明らかに様子がおかしい。カッちゃんがちょっと身を引いた。

「ミタニ大丈夫？　サナエ、おまえが叩くからだよ」

亘は答えず、カッちゃんに一歩詰め寄った。カッちゃんはビビッて一歩下がった。

サナエも心配そうに近寄ってきた。

「石岡健児って、あの石岡？」

「そ、そうだよ」カッちゃんはうなずいた。「六年の、あの嫌なヤツ」

「あいつが行方不明？」

「そうよ、朝から姿が見えないんだって」サナエが話に割り込んだ。「パトカー呼んで、大騒ぎしてるよ。お母さんが学校にも電話して、だから六年の先生たちタイヘン」

「あ、そっか、おまえンとこ近所だもんな」カッちゃんがサナエに言った。「うちのオヤジ消防団だからさ、ソーサクしてんだ」

「でもさあ、大げさだよね」サナエは髪を肩先から跳ね上げながら言った。「石岡って、しょっちゅう夜遊びしてたんでしょ？　マキコのうちってさ、駅前に貸しビル持っててさ、ゲーセンに貸してんの。石岡とあいつの仲間が、夜中過ぎても遊んでるんで、何度も注意したけど全然ダメで、すごい困ってたことあるよ」

「夜遊びしても、帰ってこなかったことは初めてだから心配してンだってさ」カッちゃんが事情通風に説明した。「それに今日はさ、なんかあいつ、オーディションとか受けることになってたんだって。テレビの」

「だから帰ってこないハズないって？」

「うん、そうじゃないの」

サナエは、こぼれるような愛くるしい笑顔を見せた。「オーディション受けて、また落とされるのがイヤで家出したんじゃないのぉ？　あいつなんて、テレビ出るの無理よ。不細工だもん」

カッちゃんは喜んだ。「あ、おまえもそう思う？　やっぱアイツ不細工だよな？」

「出来損ないのゴリラみたい」

「な？　なんで誰も本人に言ってやらないんだろうなぁ」

「アンタ言ってやれば？」

「オレ？　ヤダよ」

「いくじなしィ」

笑いあう二人の声に、かすれて裏返ったおかしな声が割り込んだ。本人にもとても自分の声とは思えなかったけれど、亘の声だった。

「いなくなったの、石岡だけ？」

カッちゃんたちは、同時に亘の顔を見た。

「え？」

亘は壁を見ていた。機械的に質問を繰り返す。「いなくなったのは石岡だけ？　それともアイツの仲間も一緒？」

カッちゃんとサナエは顔を見合わせた。「それはわかんないけど……」

「でも、ひょっとしたら一緒なのかもな」カッちゃんが、またも事情通風に首をひねる。「三人いっぺんにいなくなったから、騒いでるのかも」

「ねえミタニ、どうしたの？」サナエが亘の肘《ひじ》をつかんだ。「顔、真っ青だよ？」

チャイムが鳴っている。生徒たちはどんどん教室に吸い込まれてゆく。

亘は何とか声を出した。「――は？」

「え？　何？」カッちゃんたちが耳を寄せる。「何って言ったの？」

「芦川は？　芦川は来てる？」

「芦川って――隣のクラスの？」

サナエが不審そうにカッちゃんの顔を見た。カッちゃんは首を振る。

「芦川なんて関係ないじゃん」

「でも――あ、ちょっと待って、ねえ、ミサちゃん」

教室に駆けあがろうと急いで来たひとかたまりの生徒たちのなかに、友達の顔を見つけたらしい。サナエは大声で呼び止めた。呼ばれたミサちゃんは階段の途中で振り返った。

「なあに？」

「あんたのクラスの芦川君、来てる？」

「休んでる。朝礼のときいなかったもん。あの子遅刻なんかしないし」

「ホント？　ありがとう」

ミサちゃんたちは駆け去る。亘は目の前が真っ暗になり、身体が冷たくなり、立っているのも難しくなってきた。芦川も休んでる。芦川もいなくなってる。

これでお別れだよ、サヨナラ。

あいつ、そんなこと言ってなかったか？

亘の肘をつかんでいるサナエの腕に、さらに力が入る。

「コムラってば、ぼうっとしてないでよ。ミタニ貧血だよ。ひっくり返っちゃうよ。先生呼んできて！」

「――大丈夫だよ」亘は言った。「平気だから。貧血なんかじゃない」

「だって――」

「ホントだから。サナエ――」

「え？　何？　どうした？」

「腕、痛い」

サナエは一瞬ぽかんとしてから、ぱっと手を離した。「あ、ごめんごめん」

「バカぢからぁ」カッちゃんが余計をことを言って、叩かれた。

それでも心配顔の二人は、亘を保護するように両脇にくっついて、教室まで連れていってくれた。カッちゃんは何か聞き出したそうにソワソワし、サナエはそれを厳しい目つきで牽制《けんせい》していた。

亘はここにいたが、心はここになかった。昨夜の光景が、あたかもDVDで映画を観るように、スキップしては好きなキャプチャーから好きなシーンだけを取り出して再生するように、何度も何度も鮮やかに蘇《よみがえ》った。

教室の雰囲気も、全体に落ち着かなかった。明らかに石岡の行方不明が原因だった。ホームルームのあいだに、先生は二度も中座した。

そして戻ってくるたびに、表情が曇った。

生徒たち一人一人に通信簿が手渡され、もう帰宅するだけというころになって、先生がまた呼び出されて教室を出ていった。残された生徒たちは、不安と好奇心に盛りあがった。これで静かにしていろという方が無理であって、どの教室でも事情は似たり寄ったりのようだ。廊下全体が騒がしい。

やがて戻ってきた先生は、今日はみんな、集団下校することになりましたと告げた。しかも、当番の保護者が迎えに来るという。順番に校庭に出ますから、それまで教室でおとなしく待っているように。それだけ言って、またあわただしく廊下へ出て行く。

生徒たちはもう熱狂状態だった。猛者《もさ》が数人、情報収集に他の教室へと走る。鞄《かばん》のなかにこっそりPHSを忍ばせてきた生徒がいて、家に電話をかける。その周りに仲間が集まり、聞き耳を立てる。

亘は、精神のエネルギーの大半を、恐ろしい光景の再生のために消耗しつつ、ぐったりと自分の椅子に座っていた。カッちゃんとサナエが席を離れ、そばに寄ってきた。

「ねえ、ミタニ本当に変だよ」サナエは真面目に不安がっていた。「どうかしたの？」

説明できるような事柄ならば、すぐに信じてもらえる事柄ならば、どんなに楽だろう。

教室の隅で小さな輪をつくっていた級友たちのなかから、悲鳴のような声があがった。

「なんだよ！」カッちゃんが立ちあがって大声を出した。「ヘンな声出すなよ！」

輪が崩れて、その中心に、PHSを耳にあてた女子生徒が見えた。今にも泣きそうで、空いている方の手で、友達の手をしっかりと握りしめている。

一人が輪を外れて教室の中心まで出てくると、引きつったような顔をして、みんなに聞こえるように言った。「六年生の二人が見つかったんだって」

亘は目をあげた。カッちゃんがすかさず訊《き》いた。「二人って？　石岡の仲間？」

「そう。千川《せんがわ》公園に倒れてたんだって」

「二人とも？」

「そうだよ」

　誰かが「死んでたの？」と訊いた。

「死んでない。だけど、ヘンなんだって」

「ヘンって？」

「ケガとかしてるわけじゃないけど、記憶が消えてるんだって。今までどこに行ってたのか、何も覚えていないんだって」

　とうとう誰かが泣き声を出した。つられて数人が泣く。窓際の男子生徒が、外を見ながら、裏返ったような声で言った。「あれ、テレビ局の車じゃない？」

　何人かが駆け寄って、バタバタと窓を開けた。ヘリコプターの音が聞こえてきた。近づいてくる。一機じゃない。複数だ。

　亘は立ちあがった。もうここにはいられない。一分だって嫌だ。

　みんなの注意は逸《そ》れていたけれど、カッちゃんとサナエが追ってこようとする。

「どこ行くんだよ？」

「帰る」

「帰るって――」

「気分悪いんだ。先生に言って帰る」

　振り切って教室を出る。耳のなかがわんわんしているので、周りが騒がしいのも聞こえない。階段を駆け降り、通用門の方へと廊下を走る。職員室のそばを通らなかったので、幸い誰にも見咎《みとが》められなかった。それどころじゃないのだろう。上履きのままで、亘は外へ出た。

学校のなかはあんなに温度があがっているのに、町は一見したところ何も変わったことはなく、ただ日盛りで暑くて眩《まぶ》しいだけで、亘を遮るものはなかった。走って走って息を切らして、大松さんのビルの前まで来ると、亘は手で顔の汗を拭《ぬぐ》った。

車が通り過ぎて行く。日傘をさしたおばさんが、道の向こうを歩いて行く。ちょっと先の駐車場で、誰かが車を停めている。今、ドアをばたんと閉めた。

亘は幽霊ビルを覆う青色のシートを見た。秘密を隠すヴェールのように、ひっそりと垂れ下がっている。蓋《ふた》をしている。

シートのいつもの場所をめくって、素早く潜り込んだ。

考えてみれば、昼間ここに来たのは初めてだった。だから、隙間から差し込む強い陽の光が、内部を薄明るく照らしていた。日陰という感じではなく、空気は外よりも蒸し暑いくらいだった。

たっぷり三十秒ぐらいのあいだ、亘は息を止めて、その場に立ちすくんでいた。背中の真ん中を汗が一筋流れるのを感じる。心臓が喉元《のどもと》にせり上がってきて暴れている。ごくん、ごくんと呑《の》みこんでも、胸のなかの元の場所に収まってくれない。

昨夜、亘が倒れていた場所。

芦川が石岡たちに押し倒され、殴られていた場所。

そして、あのバケモノ――ああ、そうだバルバローネ、死の翼、暗黒の娘――あの異形のものが現れた場所。

一歩、また一歩、亘はバルバローネが翼を広げていた場所、バルバローネが石岡に襲いかかった場所、バルバローネが石岡を呑みこみ、彼の悲鳴がぷつりと途切れた場所へと近づいていった。足に錘《おもり》がくっついたみたいだった。引きずって歩かねばならない。顎《あご》の先から汗が滴る。

そして、見た。

地面の上に、スニーカーが片方落ちていた。たった今、そこに脱ぎ捨てられたみたいに。

亘はそっとしゃがんで、スニーカーを手に取った。白地にブルーとイエローのライン。有名スポーツブランドのロゴが入っている。まだ真新しい。

石岡健児の靴だ。

これがなぜ、こんな場所にある？

どうして、僕はその答を知っているんだ？

亘は声もなく叫んで、スニーカーを放り出した。それは地面に落ちて二、三転し、こちらに底を向けて止まった。

亘は逃げ出した。

しゃにむにひっかくようにしてシートを持ちあげると、道路にまろび出た。勢い余ってコンクリートの舗道に両手をつき、そのあまりの熱さに驚いた。

立ちあがり、よろよろと歩き出すと、涙が出てきた。泣いてもどうにもならないのに、なぜ泣くのかもわからないのに、勝手に涙がボロボロこぼれる。

芦川――芦川を捜さなきゃ。あいつに会わなきゃ。会って頼むんだ。石岡を助けてくれって。あんなことしちゃいけない。あんなバケモノなんか呼んじゃいけない。今ならまだ間にあうかもしれない。

涙で視界が曇って、前がまるっきり見えない。闇雲に歩いていると、何かやわらかいものにどすんとぶつかった。その何かには手がはえていて、それが亘を抱えようとした。

「おいおい、どうしたんだね？」

三橋神社の神主さんだった。今日も白い着物に袴《はかま》をつけている。優しそうな丸顔と、白髪混じりのぼさぼさの眉毛《まゆげ》が、亘のすぐ間近にあった。

「おや、君は――この前も会わなかったかね？」

亘はちょうど、神社の入口にいたのだった。神主さんのすぐ後ろに鳥居がすらりと立っている。緑の木立が揺れている。社殿の屋根の上に鳩がとまっている。

「神主さん――」

混乱した頭のなかに、一筋の光が射した。亘は両手で神主さんの袖《そで》をつかんだ。

「あの、僕みたいな子を知りませんか？　よくここの境内に来てたんです。人形みたいなきれいな顔をした子です。芦川っていうんです。家はこの近所だって――知りませんか？　どこに住んでるか知りませんか？　あいつと話したことないですか？」

亘がどんなに揺さぶっても、小柄な神主さんはどっしりとして、ちっともぐらぐらしなかったけれど、たいそう驚いているようだった。まじまじと亘を見つめると、

「君ぐらいの歳の男の子だね？」

「はい、そうです！」

「芦川君ね。ああ、よく見かけるんで、話をしたことがあるよ。この裏のマンションに住んでいる子だね。友達なのかな？」

「裏のマンション？　どっち？」

三橋神社の裏側には、屋上に目立つ赤い給水塔のあるマンションと、チョコレート色の外壁の背の高いマンションが、ふたつ並んで建っている。

「さあ、どっちかな。住所を聞いたわけじゃないから」

ものも言わずに走り出そうとした亘を、神主さんはぐいと引き留めた。

「君、君、ちょっと待ちなさい。いったいどうしたんだね？　顔が真っ青だよ」

　申し訳ないけど、これ以上、一秒だって待つことはできない。

「ごめんなさい」

　亘はそう言って、神主さんの手を振り払った。真っ直ぐに境内に駆け込み、砂利を踏んで走り抜けて、裏の出口から外へ出る。神主さんは追いかけてはこなかった。追いつけなかったのかもしれない。

　亘はまず、赤い給水塔の方のマンションへ向かった。そちらの方が近かったからだ。エントランスのホールへ入ると、正面に郵便受けが並んでいた。息を切らしながら名札をチェックしてゆく。芦川という名前は見あたらない。シャツの下を汗が流れ落ちる。

　二度チェックしても、見つからない。踵《きびす》を返して、外へ出た。チョコレート色のマンションの方は、神社に背中を向けて建っているので、エントランスに行くには建物の脇をぐるりと回らなければならなかった。汗が目に入って、チリチリしみる。手で顔を拭《ぬぐ》いながら駆けてゆくと、遠くから救急車のサイレンが聞こえてきた。どんどん近づいてきて、亘の学校の方へと遠ざかって行く。

　やっとエントランスに着くと、正面の自動ドアのところで、モスグリーンのつなぎを着た管理人さんが掃除をしていた。亘が走ってその脇をすり抜けると、管理人さんは箒《ほうき》を使いながら肩ごしにちょっと振り向いた。

こちらの方は、郵便受けの数も倍ぐらいあった。チェックにかかる前に、身体を折り曲げ、両手を膝《ひざ》にあてて呼吸を整えなければならなかった。下を向くと、顔がうっすら映るほど磨きあげられたリノリウムの床の上に、汗の滴が滴った。

芦川の名札が、一〇〇五号室に出ていた。亘は猛然と奥へ進もうとして、両開きの自動ドアにまともに正面衝突した。びたん！　と、たまげるような音がした。

このマンションはオートロック式で、エントランスホールからさらに奥へ行くには、集合インターフォンでロックを開けてもらわなければならないのだ。ああ、焦《じ》れったい！

ドアのすぐ左手に、ボタンとマイクのついたパネルがあった。亘が震える指で「1005」と打ち込んでいると、後ろから肩をつかまれた。さっきの管理人さんだった。

「おい、大丈夫かい？」

振り向かされて、亘の指がパネルから離れた。ちょっと触られるだけで、足がよろける。

「ドアにぶつかったんだな？　たいへんだ、鼻血が出てるぞ」

言われてみれば、鼻の下とくちびるのあたりが生暖かい。

「君はここの子じゃないね。何の用？　学校はどうしたんだい？」

管理人さんの問いかけにかぶるように、集合インターフォンから女の人の声が聞こえた。「はい、どなた?」

「芦川さんですか?」亘は集音マイクに向かって声を張りあげた。「僕、美鶴君の友達です! 美鶴君を捜してるんです、家にいますか? 会えますか?」

一瞬の沈黙のあと、女の人の声が、急《せ》き込んだ様子で応じた。「美鶴の同級生? じゃ、あの子やっぱり学校に行ってないの?」

亘はすうっと血の気が引くのを感じた。こんなふうに訊《き》かれるってことは、芦川は家にもいないのだ。

管理人さんがインターフォンにかがみ込んだ。「芦川さん? ここにいるのは確かに小学生の男の子ですけどね、えらくあわててるみたいですよ」

女の人の声が答えた。「あがってもらってください」

自動ドアがすうっと開いた。亘は走ってドアを抜け、エレベーターを目指した。管理人さんがついてくる。むっつりと不機嫌そうだけれど、案内してくれるつもりらしい。

十階に着くと、目指す部屋はエレベーターを出てすぐ右手にあった。開けたドアを押さえて、すらっとした女の人が立っている。

「芦川さん、この子です」

管理人さんが、亘の背中を押した。

「何だか知らないが、気をつけてくださいよ。前みたいな騒ぎを起こされちゃ、私の責任問題だからね」

ドア口の女の人は、「すみません」と丁寧に頭をさげた。管理人さんはまたエレベーターの箱に乗り込み、とっとと降りていった。

亘は黙って女の人の顔を仰いだ。鼻の下がどんどん生暖かくなってゆく。まだ血が流れ出しているのだ。

女の人は、とても若かった。とっさにはいくつなのか見当がつかなかったけれど、少なくとも、芦川のお母さんという感じでは、絶対になかった。目を瞠《みは》るような美人で、スタイルも抜群だった。白いノースリーブのブラウスに淡いグレイのミニスカート。ドアを押さえていない方の腕を曲げて、軽く腰にあてていて、その手首に銀のバングルが光っている。インターフォンの声の主はお母さんに決まってると思い込んでいたから、亘は少なからず混乱した。

「君が美鶴のお友達？」

女の人は、亘を見おろしたまま尋ねた。インターフォンごしに聞いたのと同じ声だ。

亘は黙ってうなずいた。ひとつうなずけば用が足りるのに、なんだか壊れたようになってしまって、何度も何度もうなずき続けた。

「鼻血が出てるじゃない」

責めるみたいな口調で、女の人は続けた。それから、腰にあてていた手を顔に持っていって、ちょっとのあいだ額を押さえていた。それから、いかにもうんざりしたという感じで手を振ると、

「どうぞ、お入りなさい」と、ドアを押し開いた。

さほど広くはないけれど、いっぱいに陽のあたる明るい部屋だった。きれいに片づけられていて、リビングの家具も洒落《しゃれ》ている。ぐるぐる混乱している頭で考えることだから、あんまりあてにはできないけれど、子供がいる人の家の感じではなかった。芦川はホントにここに住んでいるんだろうかと思った。

女の人はドアを閉めて、亘の後についてリビングに入ってくると、ティッシュの箱を差し出した。

「鼻血を拭《ふ》きなさいね。どうしたの？」

亘は言われたとおりにした。

「ドアにぶつかっちゃったんです」

ティッシュで鼻を押さえると、すごく痛かった。さっきは全然感じなかったけれど、相当ひどくぶつけたのだ。

女の人は、亘のそばに、キャスター付きの丸い椅子を押して寄越した。そして自分

は、手近の一人掛けのソファに腰をおろした。亘も椅子に腰かけると、座高と椅子のバランスで、ちょうど目と目が同じ高さに合った。

女の人は、亘より痛そうな顔をしていた。「美鶴、本当に学校へ行ってないのね？」と、静かに尋ねた。

「そうです」亘はティッシュの下から答えた。前歯も痛かった。グラグラしているかもしれないと思うと、怖くて触れない。

「あなた、お名前は？」

亘は名乗り、美鶴からそんな名前の同級生の話は聞いたことがないわと言われる前に、

「芦川君とは、学習塾で一緒なんです」と言い足した。

女の人は黙ってうなずいただけだった。怪しんでいる様子はない。もしかしたら芦川は、この家で学校の話などしたことがないのかもしれない――そんな気がした。

「美鶴を心配してくれてありがとう」

女の人は、痛そうな顔のままそう言った。

「それであの子――どこにいるのか、心あたりはないかしら？」

「あの、朝から、いないんですか」

女の人はうなずいた。「書き置きがあったの。どうやら家出したみたい」

そう、家出と言えば家出だ。サヨナラ。どこへ？　ここではない他所《よそ》の世界へ。

「美鶴から聞いているかしら。わたしはあの子の叔母《おば》なんです」

どうりで若いはずだった。

「芦川君、自分の家のこととかしゃべらないから、僕らよく知らなくて。外国に住んでたことがあるとか、みんな噂してるけど、それも正確な情報じゃなくて」

なぜかわからないけれど、叔母さんは急に悲しそうな顔になった。片手で額を押さえると、またバングルが光った。

亘は急いで言った。「だけど、芦川君すごい人気者ですよ。勉強もできるし、女子にはモテるし男子には一目置かれてる」

叔母さんはさらに悲しげに目を伏せる。そうなの、と呟《つぶや》く声には力がなかった。

「だけど出ていっちゃったわ。何だかわけのわからない書き置きだけ残して」

「わけがわからない？　どんなことが書いてあったんですか？」亘は乗り出した。

「別の世界に行くとか書いてあったんですか？」

叔母さんはさっと顔を上げて、驚きの目で亘を見た。「どうしてわかるの？　あの子から何か聞いてるの？」

亘は言葉に詰まった。できるならば、いろいろ説明するより先に、芦川が残したその書き置きを見せてもらいたいところだけど——

「三谷君、本当に美鶴の仲良しだったみたいね？」

叔母さんは亘の膝《ひざ》の上に手を載せた。温かかった。

「あの子の行きそうなところに心あたりはないかしら。あの子を死なせたくないの」

「死なせたくないって――」

叔母さんは、「別の世界へ行く」ということを、「死ぬ」ことだと解釈してるのか。

そうか、普通はそうなんだろうな。

「書き置きに、死ぬって書いてあったんですか？　そうじゃないでしょ？」

「ええ、そうだけど」叔母さんは顔を歪《ゆが》めた。それでも綺麗《きれい》だった。よく見ると、目鼻立ちに芦川と共通するものがあった。

「三ヵ月ぐらい前かしら、自殺しようとしたことがあったのよ。その話は知ってる？」

亘は唖然《あぜん》として首を振った。

「そう。あの子も言いにくかったのかしら。まだこっちに来てまもないころ――毎日家で独りぼっちでいてね。余計に気が塞《ふさ》いだんでしょう。ここの屋上から飛び降りようとして、運良く管理人さんが見つけてくれて、止められたの。でも大騒ぎになってしまって」

さっきの管理人さんの、やけに警戒しているような様子と「前みたいに――」という言葉の裏には、そんな出来事があったのか。

「やっぱり、わたしじゃどうにもならないのかしら」と、叔母さんは呟いた。

　芦川の家庭に、大なり小なり複雑な事情がありそうだということは、亘も察していた。それだけに、亘の頭と心では、この場でどんなふうに問答をして話を進めていったらいいのか、見当さえつかなかった。

　落ち着け。『私立探偵メドウズの事件簿シリーズ』を思い出せばいいんだ。テキストアドベンチャーは好きじゃないけど、あのゲームだけは全部クリアしてるじゃないか。叔母さんを依頼人に見立てて、メドウズ探偵になったつもりで質問を投げればいいんだ。そんなに難しいことじゃない。芦川の叔母さんは、事件の始まりにメドウズの事務所を訪れる謎の美女の役割にぴったりじゃないか。

「書き置きには、誰にも見つからない場所に行くって書いてあるの」と、叔母さんは言った。「だから捜しても無駄だから、そっとしておいてくれって」

「ぼ、ぼ、僕には――芦川君がどこに行ったのか――心あたりがないわけではないです」

　叔母さんが、強い力で亘の膝をつかんだ。「じゃ、わたしを案内して！」

「そうしたいけど、でも、僕には――どうやったらそこに行かれるのか、わからなくて」

　叔母さんは両目を瞠《みは》った。「どういうこと？　遠い場所だからって意味？」

「遠いっていうか——」

「もしかして三谷君、美鶴にその場所のことは秘密にしてくれって言われてるの？」

それは事実ではないが、うんと曲げて考えるならば事実から遠くはない嘘だ。〝幻《ヴィ》界《ジョン》〟のことを知っているのは、今のところ芦川と亘だけなのだから。

「はい、そうなんです」

「だけどあの子、ほっといたら死んでしまうわ。美鶴って、口先だけじゃないのよ、前のときも、本当に屋上のフェンスによじ登っていたの。管理人さんが見つけるのがあとちょっとでも遅かったら、飛び降りてたわ」

「あの、芦川君、今日は学校はお休みってことになってるんですか？」

話が急に向きを変えたので、叔母さんはまばたきをした。「え？」

「学校には連絡してあるんですか？」

「ええ。今朝、書き置きを見て、すぐに担任の先生に、休ませますって電話したから。あの子のことで、学校に騒がれたくないから」

ヘンな話だ。学校に騒がれたくない。こんな場合に、保護者が真っ先に思うことだろうか。普通なら、学校に報《しら》せて一緒に捜してもらうだろう。

「そのあと、学校に電話しましたか」

「してないわよ。どうして？」

それでは叔母さんは、石岡たちの事件については、まだ全然知らないのだ。それが良いのか拙《まず》いのかはともかく——

と思っていたら、電話が鳴った。

電話はリビングの隅にあった。パーソナルファクシミリ機能付きの、大型の機械だった。叔母さんは椅子から立ちあがって、電話のそばへ飛んでいった。

亘は目の前がぐらりと揺れるような気がした。すごく嫌な予感が込みあげてきた。

去年の夏、父さんと一緒に大きな美術館に行って、ファン・ゴッホという画家の描《か》いた『糸杉』という絵を見た。色彩は鮮やかでとっても綺麗だったけれど、空にたくさんぐるぐる渦巻きがあって、そのひとつひとつが美術館を出てからも亘の目の底でぐるぐる回って、本物の青空を仰いでもぐるぐる回って、電車に乗っても吊革《つりかわ》がぐるぐる回って、お父さんがレストランに連れて行ってくれたのに、ほとんど料理が食べられなかったという経験がある。あのときとよく似ていた。今窓から外をのぞいたら、あのぐるぐるの空が見えるかもしれない。亘にはコントロールのできないぐるぐるのエネルギーのパワーが、そこらじゅうに満ち溢《あふ》れているのが見えるかもしれない。

芦川の叔母さんは、電話の相手と話をしながら、だんだんと、受話器にしがみつくような恰好《かっこう》になってゆく。

もしかしたら僕は、学校の話題を出したことで、何か致命的で取り返しのつかないフラグを立ててしまったのかもしれない。

ロールプレイングゲームや、アドベンチャーゲームでは、ある順番で物事をして、ある人にある決められた質問を投げたりすることがきっかけになり、ストーリーが進んでゆく。そのきっかけを「フラグ」と呼ぶのだけれど、これが見つからないときには全然見つからなくて、そこでゲームが止まって何日間もウンウン唸《うな》って考えたりすることがあるのだ。

さっきまでの叔母さんとのやりとりがそうだった。僕も説明の難しい事柄をいろいろ知っているけれど、叔母さんの方にも謎めいた隠し事があるみたいで、僕らの話は先に進んでいるようでいながら同じところで止まっていた。

だけど亘は、知らずにキーワードを言ってしまったのだ。自分でも、それが何かわからない。でもフラグは立った。話は進み始める。

叔母さんが電話を切った。蒼白《そうはく》だった。

「六年生の石岡君たちが行方不明なんですって？」と、震える声で亘に尋ねた。そして亘がうなずくよりも早く、さっと駆け寄ってきて、亘の両肩をつかんで揺さぶり始めた。

「どうして最初にそのことを教えてくれなかったの？　三谷君、石岡君たちが美鶴を脅かしていたこと知ってたんでしょう？　知ってたから、あいつらが行方不明になったって聞いて、美鶴を捜しにきたんでしょう？　美鶴があいつらをどうかしたかもしれない。そうなんでしょ？　何で黙ってるのよ、返事をしなさいよ！」

叫ぶようにしてそう言うと、叔母さんは亘の肩を突き放して、両手で顔を覆い、しゃがみこんでしまった。亘はめまいが止まらなかった。揺さぶられたせいではなく、心のなかのぐるぐるのエネルギーのせいだ。

芦川が石岡たちをどうかした。

そんな問いが、叔母《おば》さんの口から飛び出してきた。何のためらいもなく、せっぱ詰まった恐怖の感情を湛《たた》えて。

普通、そんなこと想定するか？

叔母さんは、芦川が魔術を使えることを知っているんだろうか。呪文《じゅもん》を唱えて魔物を呼び出したり、怪我や傷を癒《いや》したり、不思議な技を見せることを？

だってそうでなきゃ、三対一だもの、芦川が石岡たちを「どうかできる」はずないよ。

知ってるんですか、叔母さん。

「学校に、テレビ局の車がいっぱい来てました」と、亘は小さく言った。「ここにいると聞こえないけど、ヘリもいっぱい飛んでて。僕が学校から出てくるときには、石岡の仲間の二人は発見されたって、ニュースを聞いた友達が言ってた。生きてるけど、普通の状態じゃないって」

叔母さんは両手の隙間から尋ねた。「普通の状態じゃない？」

「なんだか、昨夜《ゆうべ》の記憶を失くしてるらしいって」

両手をぽとりとさげて、叔母さんは立ちあがった。「美鶴にはそんなことできない」

それから、平たい口調で言った。「だけど、そんなにテレビ局が来てるなら――あの子はおしまいだわ。こうなったらもう、あの子の家出を隠してはいられないでしょうし、いずれは家族のことも探り出されるに決まってるもの」

「家族のこと？」

問い返す亘に、叔母さんはただ突っ立ったまま首を振った。

「もう、どうしたらいいかわからない」

「叔母さん――」

叔母さんは泣きだした。

「三谷君、美鶴と同じだもの、十一歳だよね？」

「うん」

亘も泣きそうになってしまった。気の毒で、痛ましくて。立派な大人のはずの叔母さんが、突然、大松香織とまったく同じ、繊細な壊れものになってしまったみたいだ。

「あたしはいくつに見える？　二十三歳なの。去年大学を出て、働き始めたばっかりよ。あなたたちの倍しか生きてないの。あたしだってまだ大人じゃないのよ。こんなこと、手に負えないわ。無理よ」

叔母さんは電話に歩み寄った。

「学校に報せなきゃ。三谷君、心配してくれてありがとう。もうお家《うち》に帰りなさい」

お午《ひる》を過ぎるころには、石岡たちの一件は、全国レベルのニュースにまでふくらんでいた。

テレビに映る城東第一小学校は、モザイク処理されてはいても、間違いなく亘たちの学校だった。集団下校する生徒たちの映像にも、同じくモザイクがかけられていたけれど、服装や歩き方で、それと見分けることのできる同級生が数人混じっていた。

亘の母さんは、芦川の叔母さんと同じく、最初は学校の緊急連絡網を使った電話によって、事件のことを知ったのだった。その後も電話は何度となく鳴った。みんな、ニュースを見た人たちからの電話だった。そのたびに母さんは、小田原のお祖母《ばあ》ちゃんや、千葉のお祖母ちゃんたちと話をしては、亘はちゃんと家にいるから心配しないでと報告した。ちょっと怪我をしてるんだけど、クラスで事件のことを聞いて怖くなっちゃって、走って帰ってくるあいだに、転んだらしいの。

担任の先生からも電話があり、亘が持って帰らなかった通信簿を、後で届けてくれるという。先生はまったく怒っていなかった。亘が帰ったあと、教室のなかではなかなか大きなパニックが起こったそうで、芦川のマンションへ駆けてゆく途中で亘が耳にした救急車のサイレンは、ほかでもない亘のクラスの女子生徒を乗せるためのものだったという。六学年でも何人か倒れた生徒がいて、救急車が足りなくなり、他所《よそ》の地区の消防署まで応援を頼んだというから大変だった。

亘は母さんに傷の手当をしてもらい（幸い、前歯は折れていなかった）、お昼にチキンライスをつくってもらったのだけれど、ほとんど喉《のど》を通らなかった。追い出されるようにして帰ってきてしまったけれど、芦川の若くてきれいで悲しそうな叔母さんは、あれから一人でどうしたろうかと、しきりと考えた。あの叔母さんには、チキンライスをつくってくれる人はいないだろう。芦川が一時一緒に暮らしていたという伯父《おじ》さんは、あの叔母さんの兄さんなのだろうか。だとしたら、今も外国にいるのかもしれないし、すぐには駆けつけてこられないだろう。

午後からのニュースには、六年生のI君が依然として行方不明であるという事実のほかに、五年生の生徒A君も、早朝から居所がわからなくなっているということも付け加えられるようになっていた。ただA君は書き置きを残しており、自発的な家出である可能性が高く、従ってI君たちの事件と関連があるかどうかはわからないという、慎重なコメント付きで。

母さんはずっとテレビにかじりついて、その合間に自分もお昼を食べ、そこへまた電話が鳴って、出てみたら小村の小母《おば》さんからだった。消防団が捜索隊をつくるので、三谷さんのご主人にも参加してもらえないかという。

母さんは丁寧に謝って、主人は会社を早退けしてくるわけにはいかないと答えた。小村の小母さんは、今夜、家に帰ってきてからでもいいのだと言っている。声が大きいので、受話器から漏れて聞こえてくるのだ。

「もっとも、夜までに見つかれば何てことないんだけどね」小村の小母さんは、こんなときでも元気だった。「石岡君て、札付きだったからね。チンピラにでも関わって、痛い目にあってるんじゃないのかねえ」

母さんはしきりと謝って電話を切り、またテレビのそばに座った。何だかひどく考え込んでいるようだった。

そして、ぽつりと呟《つぶや》いた。「お父さん、電話かけてこないね」

亘は言った。「ニュースを見てないんだよ、きっと」

「社員食堂にはテレビがあるって言ってたわよ」

「じゃあ、僕の学校のことだって気づかないんだ」

母さんは黙った。亘も黙った。ニュースは間断なく流れているし、ワイドショウなど予定を変更して生中継をしているのだけれど、新しい情報は入ってこなかった。

四時頃だったろうか、亘が疲れてベッドに横になっていると、ドアチャイムが鳴った。そろそろ担任の先生が来る頃だと、エプロンをはずしてきちんと髪をとかしていた母さんは、小走りに玄関に出た。

ところが、その来客は、サナエのお母さんだった。何度か駅やスーパーでサナエと一緒にいるところを見かけたことがあるので、亘にはすぐわかった。母さんも、同級生とはいえ女子のお母さんと知って、最初は当惑していたけれど、サナエのお母さんはとても明るい人なので、すぐに愛想がよくなった。

「三谷君、気分は良くなった？　うちのサナエが心配してて、一緒に来たがったんだけど、今は町じゅう大騒ぎだから、外へ出ちゃ駄目だって、家に置いてきたの」

「大丈夫です。スミマセン」

「だけどひどい痣《あざ》ね。おでこにコブもできてるじゃない。眠ってたの？　それなら、また横になった方がいいわね」

母さんも、お見舞いにメロンをいただいたわよなんて言いながら、亘を自室に追いやった。どうやら母親同士のあいだで、〝子供抜きで話がしたいの〟という念波が通じ合っているみたいだった。

当然のことながら、亘はドアに張りついて盗み聴きを開始した。

「三谷さん、実はちょっとご相談があって」と、サナエのお母さんは切り出した。「サナエに聞いたんだけど、亘君は、例の芦川君て子と、同じ塾に通ってるんでしょ？」

芦川の話題だ。亘はビクリとした。

「ええ、そうです」と母さんが答える。

「芦川君、優等生らしいわよね。すごく可愛い顔をしていて」

「わたしは会ったことないんですよ。家に遊びにきたこともないし」

「あら、そうなんですか。じゃ、仲良しだっていうのはサナエの勘違いなのね。いえ、二人が仲良しだったら、奥さんも芦川君のこと何かご存じかと思いましてね、それでうかがったの」

「どういうことでしょうか」

サナエのお母さんのはきはきした声が、ボリュームを落とした。「こんなこと、あんまり言いたくないんですけど……いえ、最初に気づいたのはうちの主人なんですが、ずっと黙っていたんですよ、子供には関係ないことだからね」

芦川の何に気づいたというのだろう。亘の頭のなかに、芦川の叔母さんの泣き顔と、〝いずれは家族のことも探り出される〟という謎めいた言葉が蘇《よみがえ》る。

「四年前に、川崎市内のマンションで、嫌な事件があったんですよ。三十歳の会社員の男の人が、自分の奥さんと、奥さんの不倫相手を刺し殺してね、自分も自殺しちゃったの。その会社員の名前が芦川って言って、ご夫婦のあいだには、当時小学校一年生の男の子がいたのよね」

　亘の母さんは何も言わない。亘も何も言えない。息も停まったみたいな感じがする。

「子供さんはもう一人いて、その子は二歳の女の子だったんだけど、やっぱり母親と一緒に殺されちゃったんです。殺した父親としては、一種の無理心中というか、子供だけ残してゆくのは忍びないという気持ちだったんでしょうけどね」

　サナエのお母さんは、はきはきと続ける。「芦川って人は、昼間自分が会社に行ってるときに、奥さんが不倫相手を家に連れ込んでいるって気づいて、平日の昼間に、抜き打ちで帰ってきて、現場を押さえたらしいのね。で、その場で三人を殺してしまって。それでどうやら、上の男の子が学校から帰ってくるのを待っていたらしいのよ。つまり——ねえ、その子も——」

「嫌だわ、やめてください」と、母さんが大きな声を出した。「そんな話、聞きたくないですよ」

「アラごめんなさい。わたしとしても、ただ野次馬根性でこんなことを言ってるんじゃないんですよ」サナエのお母さんが言い返した。「それでね、近所の人がドタバタするのに気づいて騒ぎ出したんで、芦川って人は上の男の子が帰る前に逃げ出して、何日か逃げて、結局静岡だったかしら、どっかそのへんで、海に入って死んだんです」

　亘はマイナス一〇度に凍りついた心で考えた。その男の子が芦川美鶴なのか。生き残った男の子があの芦川なのか。

サナエのお母さんは続けた。「芦川君て子が、一時外国に住んでいて、その前は川崎にいて、どうもご両親がいないらしい――サナエにそう聞いて、あたしも主人も、間違いない、あの事件の生き残りの男の子だ、元気に育ってくれるといいねって言ってたんですよ。ホントにね、本当にそういう気持ちだったのよ。でも、今度みたいなことになってくると――芦川君、石岡君たちの件に関わってるかもしれないんでしょう？」

母さんが言った。「それはまだわかりませんよ。ただの家出かもしれないし」

「そうかしら、そんな単純な話じゃないと思うわよ、奥さん」

「だけど――」

「それでわたし、主人とも話しましてね。学校は当然、芦川君の家庭環境について、最初から知ってたわけでしょう？ 知ってて隠してきたんでしょうけど、こうなってくると、それもまずいんじゃないかと。PTAに報告した方がいいんじゃないかと思って。ほかにも、気づいている保護者の方がおられるかもしれないし」

母さんはしばらく無言でいたけれど、やがて弱々しい口調で訊《き》いた。「それで――わたしにご相談というのは？」

「いえ、ですからね、サナエから三谷君が芦川君と仲良しだって聞いたから、ひょっとしたら奥さんもこのことに気づいておられるんじゃないかと思ったので、どうしましょうかってご相談したかったの。でも、仲良しじゃないのなら、こんなこと言われても困りますよねえ」

「――亘から芦川君の話は聞いたことがありません」

「そうでしたか」椅子を引く音がした。「それじゃ、かえってご迷惑だったわね。電話で話せるようなことじゃないし、ご近所だからうかがったんですけど、すみませんでした。わたしはこれから学校へ回ります。お邪魔しました」

サナエのお母さんが玄関から出てゆくかゆかないかのうちに、またまた電話が鳴った。母さんが出た。そして、緊張した早口でしばらくやりとりした後、電話を切って、そっと亘の部屋のドアを叩《たた》いた。

「亘？」

亘は言葉もなくただ母の顔を見上げた。言いたいことはあるけど、言葉にならない。

「行方不明だった六年生の石岡君て子が、見つかったんですって」

自宅の裏庭に倒れているのを発見されたのだという。亘の心臓が、胸の奥でたじろぐようにどきんとひとつ打った。

「怪我はないそうよ。無事だったの。ただ、何だかこう……やっぱり様子がおかしいらしいのよね。何もしゃべらないし、話しかけても反応がないんだって。こんな言い方が適切かどうかわからないけど、魂を抜かれたみたいになっちゃってるんだって」

　魂を抜かれたみたいに？

「先に見つかった二人の子供たちは、元気を取り戻してきてるそうよ。この子たちから事情が聞ければ、もっと詳しいことがわかるかもしれないね。それでね亘、今夜、学校で緊急父母集会があるんだって。母さん、行ってくるからね」

　あんたは大丈夫？　少し横になるといいわ、顔色が悪いもの。母さんはそう言い置いてドアを閉めた。まもなく、どこかへ電話をかけているらしい声が聞こえてきた。クラスの緊急連絡網に従って、別の家に連絡しているのだ。

　石岡たちは帰ってきた。三人とも。腰巾着《こしぎんちゃく》の二人は、昨夜の記憶を失っただけで済んだ。

　だけど石岡は、魂を盗《と》られた。

　バルバローネに呑《の》みこまれてしまったから。そうなんだ、そういう事だったんだよ、母さん。僕は知ってるんだ。

　それをやったのが芦川美鶴だったことも、知ってるんだ。

　自分のお父さんに、お母さんと幼い妹を殺されてしまった美鶴。自分も殺されるところだった芦川美鶴。

　本気で自殺しようと思ったことのある芦川美鶴。

亘は膝《ひざ》を抱えて床に座っていた。最初はカタカタと、次第にブルブルと、身体が震え出した。震えはどんどんひどくなって、しまいには、すぐ後ろの本棚が、亘の震えに共振するほどになった。

――お別れだよ、サヨナラ。

芦川がこの世からいなくなったのは、この世には彼のいる場所がなかったからなのだ。だから〝幻界《ヴィジョン》〟へ行ってしまったのだ。

12 魔女

一日過ぎ、二日過ぎ、三日経っても、芦川美鶴は帰ってこなかった。

石岡の仲間二人は、ほとんど元通りになったという。ただ、あの夜の記憶だけは消えたままだ。当の石岡も、依然、魂を抜かれたような状態が続いている。目は開いていても何も見ていない。揺さぶっても反応がなく、問いかけても答えない。

母の口からそれらのことを教えられたとき、亘はふと、大松香織の様子を連想した。が、強いてその連想をうち消した。香織と石岡を同じように考えるのは嫌だったのだ。

石岡健児たち三人の身の上に何が起こったのか。

行方不明の芦川美鶴は無事なのか。

誰もが知りたがり、心配している。そしてその謎の答を、亘だけが知っている。すべてを知っている、地上でただ一人の人間が三谷亘なのだ。

それなのに――ひと晩眠り、ふた晩を越すと、またしても亘のなかから、その記憶が薄れ始めた。〝幻界〟にまつわる本当の出来事に関しての、亘しか知らない事柄の記憶は薄らいでゆく。

　前回のときのように、完全に消えてしまいはしない。ただ、長い間放置されていた水彩画から色が抜け、描線がかすれてゆくのと同じように、すべてが色褪《いろあ》せて見えにくく、判別しにくくなってゆくのである。捕まえにくくなってゆくと言ってもいい。

　でも、感情だけは残っていた。恐怖と、早く捜し出さないと恐ろしいことになるという焦りの気持ち。それだけは、むしろ日が経つにつれて濃くなってゆく。

　だから、亘はたいそう混乱した。怒りっぽくなり、夢を見ては泣き、目覚めていても自分の心のなかをのぞきこんでばかりいるので、とんちんかんなことを言い、ご飯も食べない。

　そして、夏休みに入ってちょうど一週間目の朝、ふと気がついたら、亘は大変なことをしでかしていた。

　前の晩、暗闇が怖くて電灯を全部点《つ》けてベッドに潜り込んだことは覚えていた。眠れそうにないと思っていたのに、目をつぶったらすぐに暗闇が押し寄せてきて、まるで溺《おぼ》れるみたいにしてそのなかに巻き込まれた。すると、すぐに夢がやってきた。またた怖い夢だった。翼のある怪物《モンスター》に追いかけられて、悲鳴をあげながら走るのに、誰も助けてくれないし、どこにも逃げ場がないのだ。

　走れるだけ走って、胸が苦しくて破れそうになったとき、誰かが呼ぶ声が聞こえた。

お母さんだ！　気づいたとたんに、砲身から撃ち出される大砲の弾みたいに、亘は夢のなかから飛び出した。

目の前に、母さんの顔があった。血の気が引いていて、怪我をしていた。くちびるは切れているし、目の下に痣《あざ》がある。髪は乱れてバラバラだ。半袖《はんそで》のパジャマ姿で、剝《む》き出しの腕のあっちこっちに、めちゃめちゃなひっかき傷があった。

「お母さん――どうしたの？」

亘の問いに、母さんはわっと泣きだした。

「ああ、よかった亘。正気に戻ったのね。よかった、よかった」

泣きながら亘の身体を揺さぶる。亘は赤ちゃんのように母さんに抱かれているのだった。そして、頭をさげて泣き続ける母さんの肩ごしに、亘は恐ろしい光景を見た。

これ――僕の部屋？

本棚が倒れ、窓ガラスにひびが入っている。ベッドカバーはズタズタに引き裂かれ、そこらじゅうに白っぽいものが舞い落ちている。羽根枕の中身だ。机の上のノートや本もベリベリに引きちぎられて、ほとんど元の姿を留めていない。壁は、ぱっと見渡した限りで目につくところだけでも、三ヵ所がへこんでいる。まるで、誰かが蹴《け》っ飛ばしたみたいに。

誰かが？

誰が？

僕だ。僕がやったんだ。

「お母さん、僕がこれをやったんだね？」

おそるおそる尋ねると、母さんは手の甲で涙を拭《ぬぐ》いながら、

「いいのよ、夢を見たんだから。夢のなかで暴れたのよ。だからわざとやったんじゃないの。あなたのせいじゃないのよ」

母さんは亘の頭を撫《な》でて、強く抱きしめてくれた。でも亘は、もうひとつの恐ろしい現実に思い至って、身体が硬くなってしまった。

母さんの怪我。これも、僕がやったんだ。

――よかった、正気に戻ったのね。

ボクハアタマガオカシクナッタンダ。

アタマガオカシクナッテ、オカアサンヲブッタンダ。

「ごめんなさい」

亘が呟《つぶや》くと、母さんはまた声をあげて泣き、悪いのはあなたじゃないお母さんだと言うのだった。

「あなたをこんなに苦しめて――お父さんとお母さんの責任だわ。みんなあたしたちが悪いのよ。ごめんね、亘。お父さんとお母さんをかんべんしてね」

そうじゃないよ母さん。僕は——僕は母さんたちの知らないことを知っていて——それがとても恐ろしいことで——だから僕は頭がおかしくなりそうなんだ。

「父さん母さんのせいじゃないんだよ。友達の——こととか——いろいろ怖いことがあって。だから僕は」

切れ切れに呟いてみた。そのとき初めて、自分も身体のあっちこっちが傷んでいることに気がついた。打ち身。擦り傷。これも自分でやったんだろう。

「そうね。あんな怖い事件が起こって、怖くて当たり前よ」母さんはしゃくりあげながら言うのだ。「だからこそ、家《うち》でしっかり守ってあげなくちゃならないのに、あたしたちときたら何もしてあげられない。こんなの、親として失格だわ」

少し落ち着くと、母さんは救急箱を出してきて、自分と亘の傷の手当をした。亘はともかく、母さんは病院に行った方がよさそうなのに、どんなに勧めても、薬があるから平気だからいいよと、笑うばかりだった。

「たいしたことないわよ。本当よ」

お医者に診せたら、なぜこんな怪我をしたのかと尋ねられるだろう。そしたら、いくら口先でごまかしても、僕が暴れて母さんを傷つけたことを見抜かれてしまうかもしれない。それを恐れているのだと、亘は悟った。

亘は自分の部屋を離れて、父さんが使っていたベッドに寝かされた。

「このごろ、毎晩のようにうなされていたのよ。自分で気がついてた？」

「ううん、全然」

「あれじゃ、眠ったことにならないわ。ひどい顔色をしてるもの。少し眠りなさい。母さんがそばにいるから大丈夫よ」

眠れるはずはないけれど、母さんを安心させるために、亘は眠ったふりをした。

母さんはあちこちに電話をかけていた。そのうちの一本は、学校あての電話だった。先生と話している。石岡たちの事件があったので、夏休み中でも、先生たちは毎日学校に詰めているのだった。

話の内容はよくわからなかったけれど、カウンセラーという言葉の切れ端が、ちょっぴり耳に入った。

小田原のお祖母《ばあ》ちゃんとも話していた。そしてまた泣いていた。次はルゥ伯父《おじ》さんのようだった。今度は泣かずに、怒っていた。

亘はしばらく放心して、記憶の底を、黒い翼の生きものがゆっくりと横切ってゆくのを眺めた。すごく臭い、ヘンな匂いのことも思い出した。

「どうしても来ないというなら、こっちから会社に行きますから！　それでもいいの？」

突然、母さんの大きな声がした。もちろんこれも電話だろう。誰と話しているんだろう。亘はベッドのなかで耳を澄ませたけれど、自分の部屋にいるときとは違って、ここはリビングから離れているので、よく聞こえない。

「来て――その目で――ごらんなさい。わたし――けど――どんなに辛《つら》い――亘は――」

切れ切れだけど、母さんが激しているのはよくわかる。

それから三十分ほど経ったろうか、ドアが開いて、母さんが入ってきた。

「どう、少し眠れた？」と、優しく尋ねた。

「うん」

「よかったわ。何か食べたいものはない？　オムライスつくってあげようか」

「うん」

母さんはにっこりした。「今晩、お父さんが帰ってくるからね。三人で、ゆっくり話し合いましょう」

亘は母さんを見あげた。「本当？」とか、「お父さんが自分から来るって言ったの？」とか、「お母さんがさっき電話で大声を出していた相手はお父さんだったの？」とか、細かなことを問い返すのを許さない表情が、そこには浮かんでいた。

どっしりと落ち着いているのではない。安堵《あんど》に緩んでいるのでもない。むしろ歪《ゆが》んでいた。その笑みの明るさは、この世には存在しない単位で作られた計測器でしか計ることができない。

そして母さんは、長い午後をずっと、台所に籠《こ》もって過ごした。料理をしていたのだ。そっと近づいてのぞいてみると、父さんと亘の好きなメニューばかりだった。

亘は胸が苦しくなった。息が詰まって、ときどきわざと深呼吸をしなくてはならないほどだった。母さんが野菜を刻み、炒《いた》め物をし、チキンを香ばしく焼いているのを見つめながら、足元が冷えてゆくのを感じた。これからとても悪いことが起こるとわかっているのに、心の半分ではそれを待っている。もちろん心待ちにしているのではないけれど、でも待っていることに間違いはない。ドキドキする。

どうしてかって言ったら、もしかしたら万が一、百万にひとつ、こんなにも濃く感じる悪い予感が、外れてくれるかもしれないと思うからだ。

だって父さんが帰ってくるんだから。

でも――一方で、亘のなかの小さなワタルが、心のいちばん底の方で、両手をメガホンの形にして口元にあてて叫ぶのも聞こえる。こんなふうに、今、父さんを呼びつけたのは間違いだよ。きっと、いいことなんかないよ。わからないの？　ねえ、わからないの？

そう、わからないのだ。

てきぱきと立ち働く母さんの背中が、げっそりと痩《や》せて細くなっている。亘は自分のことで精一杯で、母さんをこんなふうに見つめてみたことがなかった。僕が混乱しているあいだに、母さんは母さんで、ずっと泣いたり、怒ったり、怯《おび》えたり、荒れたり、沈んだりしていたのに、僕は全然そのことを見ようともしていなかった。

ドアチャイムが鳴った。

亘はごくりと喉《のど》を鳴らして、反射的に時計を見た。午後七時ちょうどだった。

母さんはガスの火を止めて、亘の方を振り返った。

「お父さんよ。ドアを開けてあげて」

緊張しているんだ。声がうわずっている。

機械的に足を前後させて、亘は玄関に向かった。ドアノブを握ると、どきんどきんという心臓の動きが、指の先にまで伝わっているのがわかった。

ドアを開けた。

そこに、知らない女の人が立っていた。

父さんじゃなかった。何かセールスの人だ。安堵の気持ちで息をつきかけたとき、

その人は言った。

「あなたが亘くんね？　お母さんはいらっしゃるかしら。わたし、田中理香子《りかこ》です」

聞き覚えのある声——のような気がした。

いつかの電話だ。亘を母さんと間違えて、一方的に怒ってしゃべった女の声。

この人は、父さんの女の人だ。

女の人は、まばたきもせずに亘を見つめていた。背が高い。母さんより十センチくらい高いだろう。淡いブルーのスーツを着て、ブラウスの襟は真っ白だ。首には銀色のネックレス。ふわりと香水が薫る。エレベーターのなかでときどき乗り合わせることのある、会社帰りの女の人たちと同じ香りだ。

その人は、予想していたほど若くはなかった。とてもきれいに化粧をしているし、お洒落《しやれ》しているからステキだけれど、歳はきっと、母さんと、そんなに違わないだろう。

呆然《ぼうぜん》としているあいだに、すぐ後ろに母さんが来ていた。

「どうしてあなたがここにいるんですか？」

さっきよりももっと、うわずって調子の狂った声だった。亘は怖くて振り返れなかった。母さんが怖いなんて。怖いなんて。

「明さんのかわりに参りました」と、田中理香子は答えた。真っ直ぐ母さんの顔を見ている。しゃべり止めても、口元がひくひくして、微笑しているわけでもないのに、くちびるの隙間から白い歯がのぞく。ドラキュラみたいだと、亘は思った。さもなければ剣歯虎《けんしこ》。博物館で、化石から起こした想像図を見た。遠い昔に滅びた、長い牙《きば》のある獰猛《どうもう》な虎。

「わたしは三谷に電話をしたんです」と、母さんが言った。「あの人は来ると約束しました。子供のことが心配だから、必ず来ると。それなのにどうして？」

田中理香子は、また視線をさげて、亘を見た。「ごめんなさいね」と、いきなり言った。謝っているのに、やっぱりまばたきをしない。歯がのぞく。やっぱり剣歯虎。

「具合が悪いんですってね。お医者さまには行った？」

母さんがぐいと前に出て、亘を背中にかばった。亘はよろけて壁に手をついた。

「うちの子に話しかけないで。おためごかしな台詞《せりふ》を吐かないでください。誰のせいでこの子がこんなに苦しんでると思うの？」

田中理香子は、まだまばたきをしない。そうしないと決心してきた、その決心を貫き通すだけの根性を見せてやるんだとばかりに。

「もちろん、わたしにも責任はあります。でも邦子さん、わたし一人が亘君を苦しめているわけじゃありません。三人がかりですよ。そして今この場では、亘君を巻き込んでいるのはあなたです。わたしじゃありません」

母さんの背中がわなわなと震えている。エプロンの裾《すそ》が、微風に吹かれるように細かく動いている。

「わたしが——この子を巻き込んでるですって？」

田中理香子は、喧嘩《けんか》でも売るみたいにぐいと顎《あご》を引いて、正面から母さんを見据えた。

「そうでしょう？　明さんを呼び出すのに、亘君をだしに使ってるのはあなたじゃないですか。卑怯《ひきょう》だとは思わないんですか？」

「わたしが、亘を、だしにしてる？」

母さんの声が裏返った。今まで一度も聞いたことのない、ヘンテコに壊れた声だ。

「亘君を盾にされたら、いくら明さんが意志を強く持っていても、やっぱりかないませんよ。だからあの人、ここへ来ると言いました。こんなことされたら抵抗できないって。でも、わたしはそれを止めて——」

母さんが後ろに手をのばし、亘の肩をつかんで前に突き出した。

「この子をごらんなさい。この顔をごらんなさいな。傷だらけでしょう？　腕も足も、そこらじゅう痣《あざ》がいっぱい。夜中にうなされて、暴れたんです。この子自身も気づいていないうちに、暴れていたんです。あんまり可哀想で——哀れで——」

母さんは勇敢な子供のようにぐっと息を呑《の》みこみ、震え出した声を立て直した。

「だからわたしは三谷に連絡したんです。亘と会って、慰めてやってくれって。この子はわたしたち夫婦の子供です。夫婦は別れてしまえば他人だけど、親子の絆《きずな》は別物です。わたし一人じゃ亘の苦しみを取り除いてやれないから、だから三谷に報《しら》せたんです。あの人はこの子の父親なんだから」

田中理香子はじろじろと亘を観察した。そしてまた白く輝く歯をちらりとのぞかせて、尋ねた。「亘君、その怪我、本当に君が自分でやったの？」

亘は返事ができなかった。恐ろしさに、舌が縮んでしまっている。

「この子に何を言わせたいんです？」

「あなたは黙っていてください。わたしは亘君に訊《き》いているんです」田中理香子は亘から目を離さなかった。「本当に自分で自分を傷つけたの？　誰かに叩《たた》かれたわけじゃないの？　かばうことはないのよ、本当のことを言いなさい」

「誰かって、誰に？」母さんが前に出た。「あなた、あたしが亘を叩いたとでも言うつもりなんですか？」

理香子は何も言わない。

「わたしは亘の母親です。どうしてこの子に手をあげたりするもんですか！」

顎の先をあげて、理香子は母さんを見た。

「母親、母親って、自分ばっかり偉そうに言わないでほしいわ。わたしだって母親だわ」

この人にも子供がいるのか。亘は身を縮めたまま、理香子のすらりとした臑《すね》から上を見あげた。どんなお母さんなんだろう？

「知ってますよ。別れたご主人とのあいだに女の子がいるそうね」

母さんは息を切らしてそう言った。顔が壁紙みたいに真っ白になっている。

「その子をまんまと三谷に押しつけてるんでしょう？　違います？」

田中理香子は口元を歪《ゆが》めて笑った。「押しつけてなんかいません。明さんは大喜びで、進んで真由子《まゆこ》の父親になってくれたんです。ずっと女の子がほしかったんだって」

「亘の前でそんなこと言わないで！」

母さんは叫んで、亘の耳を両手で押さえた。

「邦子さん、あなた、もう駄目だって、自分でもわかっているんでしょう？　メソメソ泣いて明さんにすがったって、彼だってもうそんな手の内はお見通しよ。口先で嘘をついたって、そんなものは通用しないわ」

母さんの方に半歩詰め寄って、理香子は容赦なく続けた。「あなたの汚いやり口と、そのために壊されてしまったわたしと明さんの夢のこと、今まで一日だって忘れたことはなかったわ。わたしたちは婚約しているも同然だったのに、あなたが妊娠しただなんて嘘をついて割り込んできたから、わたしたち、別れざるをえなかった。愛し合ってたのに、あなたのペテンに騙《だま》されて、生木を裂くようにして別れさせられたのよ」

「やめてちょうだい！」母さんは、今度は自分の耳を押さえた。

「いいえ、やめないわ」

土足のままで、理香子は廊下にあがってきた。亘を押しのけて、顔と顔がくっつきそうなほど近く、母さんに身を寄せる。

「明さんもわたしも、仕方なく別の人生を歩んだ。でも、やっぱりお互いのことを忘れられなかった。二年前に再会して、まだ愛し合ってる、気持ちは昔のままだってわかったときに、わたしたち決めたんです。あなたに奪われた時間は取り返せないけど、まだ残りの人生をやり直すことはできる、これからは二人で手を取り合って、けっして離れずに生きていこうって」

母さんはよろよろと半身を揺らし、しゃがみこんでしまった。その頭のてっぺんを見おろしながら、とどめの杭《くい》を打ち込むように、田中理香子は言い放った。

「明さんもわたしも、もうあなたには騙されません。あなたが明さんを動揺させるために亘君を虐待するなら、法的手段をとってでも、亘君をこちらに引き取ります」

母さんは両手で頭を抱えて呻《うめ》いている。亘は壁に背中をくっつけて、このまま壁紙の一部になって、永遠に姿を消してしまいたいと願った。

怖かった。誰かが誰かを、こんなふうに剝《む》き出しで憎んでいる様子を、亘は生まれて初めて目の当たりにしたのだった。憎悪の波動のようなものが、理香子の身体からうねりながら飛び出して、母さんにぶつかり、母さんを圧倒しようとしているのを肌で感じた。

理香子は玄関に降り、ドアを開けた。そのまま出てゆくかと思ったら、足を止め、肩ごしに振り返って割れたような声を出した。

「それから、言っておきますけど」

彼女も息を切らしていた。母さんと二人で短距離走をして、ぶっちぎりで勝ったところだというような感じだった。

「わたしと明さんの子供は、真由子だけじゃありませんからね」

髪をかきむしっていた母さんの手が、ぴたりと止まった。亘には何がなんだかわからないけれど、母さんには、今の田中理香子の言葉の意味がわかっているようだ。

「来年の年明けには産まれます」

理香子はそう言って、右手でそっとおなかのあたりをさすると、そっと息を吐いた。

「明さん、とても楽しみにしているんです」

そして彼女は出ていこうとした。ドアが大きく開いた。

その瞬間、亘の目の前を、何か黒いかたまりが横切った。ケモノのような素早さで、津波のようなエネルギーを秘めたもの。それが母さんだとわかったのは、理香子がぎゃっと悲鳴をあげ、コンクリートの共用廊下を巡る手すりのところに、背中から叩きつけられたときだった。

母さんは無言のまま、目を吊《つ》りあげ歯を食いしばり、固く握りしめた両の拳《こぶし》をめちゃくちゃに振り回して、理香子を殴りつけていた。理香子の方も、必死に手をバタバタさせて応戦していた。叫び声がキンキン響く。

亘が出てゆくよりも先に、隣家の方で驚きの声があがって、バタバタと足音が近寄ってきた。奥さん、奥さん、いったいどうしたっていうんです落ち着いて！　ああ大変だ誰か一一〇番して！　そんな声が入り乱れる。

亘はその場で回れ右をすると、自分の部屋に駆け戻った。逃げちゃいけない、隠れてる場合じゃない、立ち向かわなきゃ、母さんの味方をしてあげなきゃ、母さんをかばってあげなきゃ——頭のなかではそう思うのに、身体は全然言うことをきかない。

自室に飛び込むと、亘はベッドの下に潜り込んだ。そこにいてもなお、玄関先の騒ぎが聞こえてくる。女の泣き声がする。隣の小母《おば》さんが大声を出している。

亘は両手で耳を塞《ふさ》いだ。そして思いつく限りの呪文《じゅもん》を——『サーガII』に登場する、すべての攻撃呪文を順番に暗唱していった。何かが起こることを期待するわけではなく、何も考えず、感じずにいるために。


「亘、出てこいよ」

ルゥ伯父《おじ》さんが、大きな身体を床にくっつけるようにして、こちらをのぞきこんでいた。

「騒動は終わったから、もう出てきても大丈夫だよ」

亘はまだベッドの下で身体を丸めていた。あれからどのくらい時間が経ったのか、見当もつかない。一時間ぐらいか、それとも半日だろうか。

ルウ伯父さんは、泣いたみたいに目をしょぼしょぼさせていた。伯父さん自身が悲しいのか、それとも亘のことを可哀想がってくれているのか、わからない。

「……母さんは？」と、亘は小声で訊《き》いた。

「今、寝てる。鎮静剤を飲んだから、ぐっすりだ」

では家《うち》にいるんだ。よかった。

「パトカー、来たの？」

「そんなもん来ないよ」

「隣の小母さんが、一一〇番してって叫んでたよ。そのあと、サイレンの音も聞いたような気がするし」

ルウ伯父さんは、床にほっぺたを押しつけた不自由な姿勢のまま、ため息をついた。

「そりゃ、救急車だ。あの田中理香子って女を病院に運ばなきゃならなかったから」

「あの人、怪我したの？」

「伯父さんが見た限りじゃ、顔をひっかかれたぐらいの傷だと思うぜ。だけど本人が大騒ぎして、救急車を呼んでくれって泣くから」

「伯父さん、知らないの？」

「何を？」

「あの人、おなかに赤ちゃんがいるんだってさ」

伯父さんは目をしばたたいた。片目が床にひっついているので、おかしな顔だった。

「伯父さん、いつ来たの？　母さんが呼んだの？」

「いいや。今日はこっちへ来る予定になってたんだ。邦子さんにも、それ、伝えてあったんだけどな。おまえ聞いてなかったか？」

「全然知らない」

「そうか。伯父さん、おまえを迎えに来たんだよ。八月まで待つことなんかないからさ、早く千葉へ来ればいいと思って。海を見たら、気分転換になるもんな。それでエレベーターを降りたら邦子さんの大声が聞こえてさ」

「今、何時？」

「もう夜だよ。九時半を過ぎた」

亘はちょっとのあいだ、ベッドの下の綿埃《わたぼこり》を見つめて黙っていた。どうしてこんなところに埃が溜《た》まるんだろう。母さんが毎日掃除機をかけているのに。知らないうちに溜まってゆく。亘は全然気づいていなかったけれど、埃は確かにここにあって、ずっと部屋を汚していたんだ。

「母さん、警察とかに捕まる？」

「何で？」

「だってあの人を殴ったから」

「それぐらいで罪になんかならないよ」

「でもあの人の赤ちゃんが死んじゃったりしたら、それは母さんのせいだってことになるんでしょう？　そしたらあの人が、黙ってるわけないよ。警察に訴えて、母さんを捕まえさせようとするんじゃない？」

今度はルゥ伯父さんがさっきの亘のように、ぺったりと床にひっついてその一部になろうとしているみたいに見えた。

「赤ん坊は大丈夫だよ、きっと」

呟《つぶや》く声も、自信を欠いていた。

「伯父さん、母さんは、僕を殴ったりしてないよ。ギャクタイなんかしてないよ」

伯父さんは不審そうに眉《まゆ》を動かした。

「あの人が言ったんだ。僕が怪我してるのは、母さんに叩《たた》かれたせいじゃないのかって。母さんが僕をギャクタイするなら、僕を母さんから引き離して引き取るって。お願いだから、そんなことさせないで」

伯父さんは手で顔を覆った。「あの女、そんなことを言いやがったのか。俺がブン殴ってやればよかった」

「あの人は母さんが嘘をついたって言った。もう母さんには騙《だま》されないって言った。でも母さんはそんなことしないよ。人を騙したりしない。嘘つきなのは、あの女の方だ」

「亘——」

伯父さんは亘の方に、太い腕を差しのべた。

「いい子だから、そこから出てこい。伯父さんは、おまえがそんなところで縮こまってるのを見るのはたまらないよ。な？　頼むから出てきてくれよ。それで、伯父さんと一緒に千葉へ行こう。毎日海へ出て、うんと泳いで魚をとって、キャンプファイアで焼いて食うんだ。伯父さんはサーフィン下手くそだけど、近所に上手な友達がいるからさ、一緒に習おう。釣りは伯父さんが教えてやる。そうして腕をあげたら、二人で日本じゅうを釣りして回ろう。伯父さんガンバって金貯めて、トローリングのできるクルーザーを買うからよ。それでおまえを艇長《ていちょう》にしてやる。おまえの行きたいところ、どこでも連れて行ってやる——」

機関銃みたいに言葉を打ち出しながら、伯父さんはボロボロ泣きだした。そのこと自体が、とてもショックだった。いつも明るくて元気で頑丈な伯父さんが、子供みたいにうずくまって泣いている。僕らは今、それほどひどいことになってるんだ。

「うん」と、亘は小さく言った。「千葉の家に行こう。でも伯父さん、母さんも一緒に連れて行こうよ。伯父さんは、母さんのこと、仲間はずれになんかしないよね？」

「もちろんだ」伯父さんはハナをすすり、手の甲で顔を拭《ぬぐ》った。「母さんも連れていこう。母さんにも釣りを教えてあげような」


すっかり夜が更け、今日一日のまとめのニュース番組が始まるころになって、千葉のお祖母《ばあ》ちゃんが到着した。スーパーの大きな袋を提げて、ふうふういっていた。

亘はベッドの下から出て、風呂《ふろ》に入り、スポーツバッグに衣類を詰めて、荷造りをしているところだった。お祖母ちゃんは夕飯をつくると言って、すぐに台所に入った。どこに何があるかわからないと言っては、亘を呼ぶ。そして用が足りるとすぐに部屋に追い返し、しきりとルウ伯父さんと話をしていた。母さんはずっと眠っていて、寝室から出てこない。

三人でテーブルを囲み、食事をした。お祖母ちゃんの味付けは濃いし、亘が好きなおかずを知らないし、ご飯は炊き方がやわらかくて、全然美味《おい》しくない。それでも、箸《はし》が進まないと怖い顔で睨《にら》まれるので、亘は黙々と食べた。

「悟、さっきの話だけど、あたしは邦子さんを千葉に連れていくのは反対だよ」

食事が終わるのを待っていたみたいに、お祖母ちゃんが切り出した。

「亘もね、あんたはしばらくお祖母ちゃんのところにいた方がいいけど、お母さんはまだこっちでやらなきゃならないことがあるんだよ。わかるだろ？　だから駄目だよ」

お祖母ちゃんと面と向かうと、亘は何も言い返すことができない。だって凄《すご》い勢いなんだもの。

「でも母さん、邦子さんを一人にしておくのは心配だよ」と、ルゥ伯父さんが抗議した。

「だったら小田原へ帰しゃいいじゃないか」

お祖母ちゃんは、怒っているみたいだった。

「今の状態で、亘と引き離すのは気の毒だ」

「このままじゃ、亘の方がよっぽど可哀想だよ。邦子さんに振り回されてるじゃないか」

お祖母ちゃんとルゥ伯父さんは口論を始めた。それを聞いていると、これまでに、父さんと母さん、父さんとお祖母ちゃんと伯父さん、母さんとお祖母ちゃんというような組み合わせで、何度となく話し合いが行われてきたのだ——ということが察せられた。亘が知らなかっただけ、知らされなかっただけで、事態はそれなりに進行していたのだ。

「こうなっちゃもう、夫婦別れするしかないだろうよ」お祖母ちゃんは口を尖《とが》らせて言った。「元には戻らないよ」

「母さん、亘の前だよ」伯父さんが険しい顔をする。でもお祖母ちゃんも負けていない。

「いいじゃないか。いつまでも亘に隠しておくわけにはいかないんだよ」

「でも――」

「何度話し合ったって、明は絶対に別れるって言い張るだけじゃないか。もうやり直しはきかないよ。こんなこと、早く終わらせた方がいいんだ。邦子さんだってまだやり直しのきく歳なんだから」

「簡単に言ってくれるなよ」

「誰が簡単だなんて言うもんか。あたしだって、この歳になって倅《せがれ》がこんな問題を起こすなんて、夢にも思っちゃいなかったよ。のんびり老後を過ごさせてもらいたかったよ」

亘は両目を瞠《みは》ってお祖母ちゃんの顔を見ていた。

「母さんは自分が面倒に巻き込まれるのが嫌だからって、明のあんな身勝手な言い分を聞いてやるのかい？　俺は嫌だよ。あいつは男の風上にもおけねえ。あんなのが弟だと思うと、俺は情けなくて泣けてくるよ」

「身勝手は身勝手だよ」お祖母ちゃんはちょっとひるむと、手近の布巾《ふきん》を取って握りしめた。「だけどね悟、明ばっかりが悪いわけじゃないだろう？　あんただってあの子の話を聞いたろうさ。あの女、あたしゃ覚えてるよ。けっして気に入っちゃいなかったけど、昔、明と付き合ってた女じゃないか。二人してベタ惚《ぼ》れでさ。あの女が嫁に来るもんだと思って、あたしゃ覚悟してたんだよ。それなのに、半年もしないうちに邦子さんと結婚することになっちまってさ、キツネにつままれたみたいだったよ」

「母さん、やめろ」ルウ伯父さんが亘を気にした。「そんなのは過去のことだろ」

「過去のことが終わってないから、今こんなことになってるんじゃないか。明は邦子さんに丸め込まれたんだろ？　子供ができたなんて言ってさ、仕方なしに明が結婚を決めたら、ケロッとして流産しましたって言ったって。嘘ついたんだよ」

「母さん！」ルウ伯父さんが怒鳴った。「そんな話を亘に聞かせるな！」

自分でも気づかないうちに、亘は呟《つぶや》いていた。「いいよ、伯父さん、僕その話ならもう聞いて知ってるから」

お祖母ちゃんは布巾で涙を拭《ふ》いた。「確かに明はバカだよ。大バカだ。だけど、どんなバカでもあたしの息子だよ。本人があんなに一生懸命になってるんだもの、幸せにしてやりたいじゃないか。邦子さんがどうしても別れないって言うなら、あたしが土下座したっていいからさ、それであの人の気が済むなら、あたしはそうするからさ」

今度はお祖母ちゃんが本式に泣きだした。

ルウ伯父さんが、消え入りそうな声で呟く。

「だけど亘が可哀想じゃないか。どうしろっていうんだよ」

「うちで引き取るよ」お祖母ちゃんは決然として言い切った。「何といっても、この子は三谷の家の跡取りなんだからね。その方が、邦子さんだって再婚しやすいだろ？」

亘は目が回ってきて、椅子に座っていられなくなった。今にも床に落ちてしまいそうだ。

そのとき、寝室のドアが開いて、幽霊のようにふらりと、母さんが出てきた。

「帰ってください、お義母《かあ》さん」

母さん、たった半日で、体重が半分に減ってしまったみたいに見える。それでも声はきっぱりしていた。

「ここはわたしと亘の家です。帰ってください」

「邦子さん？」お祖母ちゃんが立ちあがった。「あんたね、そうやって我を張って――」

「亘はどこにもやりません。わたしが育てます」母さんは一本調子に宣言した。「明さんとも別れません。わたしたちは家族です。勝手なことばっかり言わないでください」

お祖母ちゃんは手にした布巾をテーブルに叩《たた》きつけた。「誰が勝手なことを言ってるっていうんだい？　もとはと言えば、あんたが蒔《ま》いた種じゃないか。身から出た錆《さび》だろ？　明はあんたに騙《だま》されたって言ってるんだよ。あんた、それがわかってるの？」

母さんはお祖母ちゃんに向き直った。無敵のはずのお祖母ちゃんが、ちょっと後ずさりした。母さんの身体の周りの空気だけ、マイナス一〇度くらいになっている。

「お義母さん、わたしたちは十二年も夫婦をやってきたんです。本当にわたしが明さんを騙して結婚したなら、そんなに保《も》つわけがないでしょう？　とっくに壊れていたはずです。あの人が今ごろになってそんな古い話を持ち出すのは、自分のやってることが後ろめたくてたまらないからですよ。自分の不始末を正当化するために、理屈をこねているんです。あの人にはそういうところがあるって、お義母さんだってよくご存じじゃないですか」

お祖母ちゃんの、それでなくても頑丈そうな顎《あご》が、いっそう頑《かたく》なな線を描いた。

「あたしの息子を、よくまあそうボロクソに言ってくれるもんだね。あんたがそんなんだから、明がほかの女に走るんじゃないか」

母さんは蒼白《そうはく》な顔のまま、ひたとお祖母ちゃんを見つめて言った。「帰ってください。この家から出ていって」

お祖母ちゃんが母さんに詰め寄ろうとしたのを、ルウ伯父《おじ》さんが止めた。

「母さんも邦子さんも、やめなよ。今日はもう乱闘はたくさんだ。うんざりだよ」

お祖母ちゃんは、ぶんと拳《こぶし》を振った。「悟、帰るよ。亘もおいで」

亘はぴしゃりと答えた。「僕はここにいる。母さんといる」

お祖母ちゃんが、こっぴどく傷つけられたみたいに痛そうな顔をしたので、亘は目をそらした。

「わかったよ、邦子さん。俺たち、今夜は引きあげるよ」

ルウ伯父さんがお祖母ちゃんの腕をつかみ、玄関の方へ歩き出した。

「だけど邦子さん、冷静になってくれよ。ヤケを起こしちゃ駄目だよ。いいね？　亘、伯父さん、明日また来るからな」


母さんと二人きりになると、家のなかに、必要以上の静けさが戻ってきた。

「亘、もう寝なさい」

さっきお祖母ちゃんに向けて言ったのと同じ、まったく抑揚のない口調で、母さんは亘に命令した。

「母さんも寝るから。今夜はゆっくり休んで、明日話し合いましょう。ね？」

亘は黙って、自分の部屋に引きあげるしかなかった。どうしていいかわからなかった。昼間は、あの田中理香子という女が不気味な魔女に見えた。でも今は、母さんが魔女に見える。呪いの言葉を吐きながら、毒薬がぐつぐつと煮えたぎる大釜《おおがま》をかきまぜている黒衣の魔女に。

ベッドの脇に背中をもたせかけて、亘は両腕で膝《ひざ》を抱えた。すぐに眠くなってきた。

眠っていられるような場合じゃないのに、視界に暗い霧がかかる。身体と心が現実逃避を望んでいるのだ。眠ってしまおう。眠って、ここからいなくなるんだ。

うつらうつらとしていると、どこかで電話のベルが鳴った。何時だろう？　誰からの電話だろう？

ベルが止んだ。母さんが出たのかな？　話し声が聞こえる。何だか泣いてるみたいな声がする。それとも怒っているのかな。

だったらなおさら、眠ったままでいたい。もう嫌だよ。泣くのも怒るのも。

亘は暗い淵《ふち》の底に沈むように、ゆっくりゆっくりと眠りのなかに落ち込んでいった。

そして――どれぐらいの時が経ったろう。

誰かがすぐそばにいて、亘の肩を揺すっている。強い力ではないけれど、辛抱強く揺さぶっている。

「ミタニ、起きろよ」

呼びかける声が聞こえる。誰の声？　聞き覚えがあるような、ないような。

亘は眠りの底から浮上する。声に導かれて。

「ミタニ、しっかりしろよ。起きないと大変なことになるぞ」

亘は目を開いた。すぐには焦点があわなくて、ただ真っ暗なだけだった。

顔を上げると、周囲の暗闇のなかでひときわ黒い、華奢《きやしや》な人影が見えた。

芦川美鶴だった。

魔導士のような黒いマントを着ている。マントの下も黒い衣服だ。すぽんとしたシャツに、動きやすそうなズボン。革紐《かわひも》を編んでつくった膝下までのブーツ。腰のところも革バンドで留めていて、鞘《さや》に収めた小さなナイフをぶらさげている。

そして、右手に杖《つえ》を持っていた。てっぺんのところにきらきら輝く石のついた、不思議な光を放つ黒い杖だ。

「芦川――」亘はぽかんと口を開き、急いで周りを見回した。

13 幻界《ヴィジョン》へ

「ここは？」

亘の部屋だ。灯《あか》りは消えて暗いけれど、間違えようがない。寝入ったときと同じ姿勢で、ベッドにもたれている。

亘は芦川に飛びつき、両手でマントの裾《すそ》をつかんだ。

「芦川、どこから来たんだ？　今までどこに行ってたんだ？　何をしてたんだ？」

芦川は悲しそうに微笑すると、杖を亘の脇に立てかけ、膝を折ってしゃがんだ。

「長々と説明してる時間はないんだ」亘の手をマントから引き離しながら、彼は言った。「だから手短に言うよ。僕はおまえを助けに来たんだ。借りがあるからな」

「借り？　助けに来た？　どういうこと？」

「深呼吸してごらん」

芦川はちょっと顔を仰向けにした。きれいな鼻の線が、暗がりのなかでも光って見える。

「ガスの臭いがするだろ？」

亘は鼻をふんふんさせた。ホントだ、臭い。

「おまえの母さんが、ガス栓をひねったんだ」

亘はもう驚くどころではなかった。爪先から頭のてっぺんに向けて、恐怖がざあっと駆け抜けた。

「おまえと一緒に死ぬつもりなんだ。爆発事故が起きない限りは、都市ガスじゃ死ねないんだけどね。そのこと、知らないんだな」

「と、と、止めなきゃ」

立ちあがろうとした亘の肩を押さえて、芦川は止めた。

「それは後でも間にあう。今は僕の話を聞くんだ」

芦川は手をあげて自分の首のあたりに触った。何かペンダントみたいなものを、ふたつ重ねてかけている。そのうちのひとつを外して、亘に差し出した。

黒い革紐に、小さな銀色のプレートがついている。とても軽くて、とてもきれいだ。

「これは〝旅人の証《あかし》〟だ」芦川は言って、それを亘の手に握らせた。「これがあれば、〝幻界《ヴィジョン》〟を自由に旅することができる。最初に番人のところへ行ってこれを見せれば、旅支度を調えてくれるよ。こんなふうに」

ちょっと両手を広げて、芦川は彼の出《い》で立ちを示した。

「ヴィジョン――〝幻界〟？」

芦川はうなずいた。「もう記憶は戻ってるはずだ。だからわかるだろ？　一度は行ったことがあるはずだ。あの幽霊ビルの階段の、宙ぶらりんになっている先に扉がある。今はおまえのために、番人が待っていてくれる。でも、あんまり長く待たせては駄目だ。明けの明星が輝く前に行くんだよ」

〝幻界〟。『サーガII』の世界をそのまま映したような、不思議な場所。

「あれは幻じゃなかったんだ……」

亘の呟《つぶや》きに、芦川はにこりと笑った。

「そうさ、幻じゃない。〝幻界〟は実在する。現に僕は、そこから来たんだ。もう旅を始めていたんだけど、〝真実の鏡〟をのぞいたら、おまえの様子が見えた。放っておいたって良かったんだけど、でも――」

芦川はちょっとくちびるを噛《か》んだ。

「さっきも言ったように、おまえには借りがあるからな。それに、おまえは僕とよく似てる。同じようなものを背負ってる。だから、おまえにもチャンスをあげたかったんだ」

「チャンス？」

芦川は立ちあがり、マントを肩の上に撥《は》ね上げた。

「〝幻界〟は、現実世界に住む人間の想像力のエネルギーが創り出した場所だ。だから、いつでもそこにある。でも、現実世界とのあいだを隔てている〝要御扉《かなめのみとびら》〟が開くのは、十年に一度だけだ。それも、まず〝幻界〟への通路に適した場所があって、しかもそのすぐ近くに、命をかけて、あらゆる困難を乗り越えてでも、運命を変えたい、失ったものを取り戻したいと、強く願う人間がいなくては、扉は姿を現さないんだ」

芦川は再び杖を手に取った。

「通路に適した場所——？」亘は繰り返した。

「そうだ。大松ビルの階段がそれだ」芦川はよく通る声で説明した。「階段というのはね、それでなくても、異界への通路になりやすいものなんだよ。有名な幽霊屋敷でも、幽霊の出没場所って、階段が多いだろ？　階段は、もともとそういう機能を持っているんだ。空間を縦に貫いて、本来は存在しないはずの路《みち》を通す建造物だから」

亘はただ啞然《あぜん》として、芦川の端整な顔を仰ぐばかりだった。

「大松ビルのあの階段は、作りかけで放り出されて、どこにも通じていなかった。だからその宙ぶらりんの先に、〝幻界〟へ通じる力が集まっていたんだ。そこに僕がやってきた。だから、要御扉が現れた——」

「君は——運命を——変えたいと願って」

「そうだよ」芦川は迷いの欠片《かけら》も見せず、深くうなずいた。「知ってるだろ？　僕の家で何が起こったのか」

亘はうなずいた。芦川の両親。父親が母親を殺し、母親の不倫相手を殺し、芦川の妹を殺し、芦川が学校から帰ってくるのを待っていた――

「僕は自分の運命を変えたい」芦川は、無駄な気負いのない、静かな口調でそう言った。「だから、〝幻界〟へ行こうと決めたんだ」

杖をつかんで、マントの下に入れる。

「〝幻界〟は広いし、危険な場所もたくさんあるし、恐ろしい怪物《モンスター》がたくさんいる。でも、どこかにあるという〝運命の塔〟にたどりつくことさえできれば、きっと道は開ける」

「〝運命の塔〟――」

「そこには人間の運命を司る女神が住んでいて、たどり着いた者の願いをかなえてくれるんだ。僕は必ず行ってみせる。そして運命を正すんだ。絶対に諦《あきら》めない」

芦川の声が、初めて感情を映して震えた。

「もし――もしも僕の力が足りなくて、両親を助けることはできなくても、せめて妹だけでも助けたい。あいつを現世《うつしよ》に連れ戻してやりたい。だってあいつは――ホントに小さかったんだから」

マントの下で、芦川は手を握りしめていた。

「僕も行きたいよ、運命の塔へ」亘も立ちあがり、両手で芦川の手をつかもうとした。「頼むよ、一緒に連れて行ってよ」

「それはできない」芦川はすっと後ろに下がった。「運命の塔へ至る道は、旅人が自力で見つけ出さなくちゃならないんだ。自分ひとりの力でたどり着かなくちゃ、女神は会ってくれない。他人をあてにすることはできないんだ」

「そんな……だってそれじゃ……大変すぎるよ。僕ら、まだ子供なんだぜ？」

「運命を変えようっていうんだ。易しいことであるはずがないだろ？」

一瞬、亘がよく知っている芦川の、あの人を見下したような目つきが戻ってきた。妙に懐かしい。ああ、こいつホントに本物の芦川美鶴だ。

「僕はもう戻らなきゃ」芦川は、また一歩後ろに下がった。「ミタニ、決心がついたら、要御扉に行くといい。怖《お》じ気づいて諦めるなら、それでもいいよ。夜明けまで待てば、要御扉は消えてしまう。二度と、おまえの前には現れない」

芦川の身体の輪郭が、ふうっとぼやけ始めた。どこからか銀色の光が溢《あふ》れ出して、彼を包み込んでゆく。

「だけど、それでは、おまえの運命もそのままだ。何も変わらないどころか、どんどん悪くなるばかりかもしれない」

よく考えろ――その声を残して、芦川は消えた。

しばらくのあいだ、亘は膝立《ひざだ》ちになって、芦川が消えた空間を見つめていた。すると何かが、ぽとりと足元に落ちた。

ペンダント。〝旅人の証〟だ。銀色の、亘の小指の爪ぐらいの大きさのプレートが光っている。亘の指が緩んで、手のなかから滑り落ちたのだ。

見つめるうちに、プレートが一瞬、虹色の眩《まぶ》しい光を放った。思わず手をあげて目を守るほどの、強い輝き。

そして、重々しい声が、どこからともなく呼びかけてきた。

「汝《なんじ》は選ばれた。道を踏み誤ることなかれ」

亘はペンダントを拾い、立ちあがった。

台所のガス栓が、全開になっていた。亘はそれをきっちり閉めると、ベランダに通じる窓を開け放った。

蒸し暑い夜だった。町の上に、どんよりと夜気がたれこめている。しかし亘の額に浮かぶ汗は、気温のせいではなかった。

ペンダントを首にかけ、玄関に向かう。母さんの寝室の前で足を止め、半開きになっているドアに向かって、心のなかで呼びかけた。

――母さん、行ってくるよ。必ず帰ってくるから、待っててね。

僕は運命を変えてみせる。父さんがあんなふうになってしまわないように、母さんがあんな非難の言葉をぶつけられずに済むように、田中理香子という女が、父さんの前に現れないように。

僕ら家族三人が、また仲良く、楽しく平和に暮らせるように。

運命を変える。いや、というよりも、不当にねじ曲げられ変化させられている運命を、元どおりの正しい形に戻すんだ。

外へ出て、夏の夜の底を、亘は一路、大松さんのビルを目指して走り出した。運動靴を履いた足が、軽やかにアスファルトを蹴《け》る。走るたびに、胸元でペンダントのプレートが揺れた。

大松ビルが見えてきた。青いシートにすっぽりと覆われたシルエットが、気のせいか、今までになく謎めいて見える。巨大な道標――意味を知る者にだけそれとわかる、別世界への道しるべ。

シートのいつもの場所をめくりあげて、滑り込むようにして内側に入った。

なかは明るかった。無数の蛍《ほたる》が飛び交っているみたいに、細かな光の粒子が舞っている。それらの粒子は亘の身体にもくっついて、亘が腕を振り、足を踏み出すと、ふわりふわりと周りを躍った。

あの作りかけの階段のいちばん先に、扉が見えていた。古風な形の縁をぐるりと、白い光が取り巻いている。光は放射状に漏れて、眩しくて見ていられないほどだ。

亘は階段をのぼった。一歩一歩、踏みしめるようにしてのぼった。視線は扉から離さなかった。歩くうちに、自然に手が動いて、ペンダントのプレートを握りしめていた。

亘が扉の前に立つと、扉の周囲から漏れていた白い光が、いっそう強くなった。反時計回りにぐるりと、虹色の光の帯が、そのなかを駆け抜ける。それに呼応するように、ペンダントのプレートが、亘の手のなかで、再び虹色に輝いた。

ゆっくりと、扉が開いてゆく。光が押し寄せてくる。亘は目を細め、顎《あご》をそらし、両手を大きく広げて、全身で光を受け止めた。

そして、扉の内側に足を踏み入れた。

第二部

1　番人たちの村

まばゆい光のなかを、どのくらい歩いただろうか。ふと気がつくと、ワタルは深い森のなかにいた。涼しい微風が頬を撫《な》でる。

空まで届くような背の高い木々が鬱蒼《うっそう》と繁っている。首が痛くなるくらいに見あげても、やっとこさ、ハンカチの切れ端のような青い空が見えるだけだ。

そしてその空の真ん中に、黄金色の太陽が輝いていた。

ピー、プー。

不意に、オカリナみたいな音色の音が聞こえてきた。ワタルは周りを見回した。踵《かかと》を軸に、ぐるりと身体を回してみた。

ピー、プー。ポロロロロ。

また音がして、すぐ先の木立のなかほどから、鮮やかなオレンジ色の羽の鳥が飛び立った。へえ、あの鳥の鳴き声なのかな。

それにしても、この森の深さと広さ。みっしりと葉を繁らせた枝と枝が、互いに腕を組み合わせるようにして、ワタルの頭上を覆っている。それなのに、あまり暗い感じがしない。きっと、太陽が中天にあるからだろう。

足元の地面は、ふわふわと足触りが気持ち良い。腐葉土とかいうんだったかな。ワタルが一年生のとき、家族で北海道旅行をして、森のなかのキャンプ場にテントを張った。そのとき、父さんが教えてくれたっけ。

地面は艶《つや》やかな緑色の苔《こけ》や、白い可憐《かれん》な花をつけている背の低い草や、ビロードのような手触りで、大きさがワタルの掌《てのひら》ほどありそうな、オオバコみたいな草で覆われている。だが、よく見ると、そのなかに、人の通ったような跡がついていた。人が歩くうちに、自然に踏みしめられてできた道。うねうねと森のなかを通り抜けて、ずっと先の方まで続いている。

ワタルは大きく深呼吸をして、その道を歩き続けた。森のどこかから、またオカリナの音色の鳥の声が聞こえてきたので、口笛で真似てみた。ワタルがピープーと吹くと、ひと呼吸おいて、鳥の声が問いかけるように尻上《しりあ》がりで、プーポー、ロロロと返してきた。今度はそれを真似してやると、ちょっと沈黙してから、

「ピッピ、ポロロロピ、ピポロロピロロ、ピピルルー」

凄《すご》い複雑な音階だ。ワタルはやたら嬉《うれ》しくなってしまって、笑いながら、大きな声で頭上に呼びかけた。

「わかったよ、僕の負けだよ。そんなフクザツなの、真似できないよ。上手だね」

ピーポーと、鳥は返した。なんとなく得意そうな感じに聞こえる。

さらに進んでゆくと、道がくいっと右に曲がっていた。その先で、突然視界が開けた。

赤い屋根に、小さな煙突をちょこんと突き出した小屋が見える。一軒、二軒――どうやら、集落のようだ。

ワタルはいちばん手前の小屋に近づいていった。ここは森のなかに開けた広場のようなところだ。そのなかに、数えてみると、五軒の小屋が建っていた。五軒ともみんなそっくりの造りだ。ただ、煙突から煙が出ているのは、いちばん手前の小屋だけだった。

丸太造りのドアの前に、これまた丸太を切って並べただけのステップが、三段分ある。そのいちばん上に立って、ワタルは呼びかけた。

「ごめんください」

返事なし。煙突からは白い煙がのんびりと漂う。焦が焦がしたいい匂いがする。ワタルは鼻をくんくんさせた。

「ごめんくださいい、お留守ですか？」

そのとき、ドアが内側からばぁん！　と開いた。あまりに突然だったので、ワタルはバランスを崩してステップから落ち、地面に尻餅《しりもち》をついてしまった。ドアを押さえて、長いローブを着た老人が立っていた。そしていきなり、噛《か》みつくようにして、ワタルに言った。「小僧、無意味な質問じゃ！」

ワタルは思わず老人の顔を指さした。「あなたは！」

〝要御扉《かなめのみとびら》〟のところで会った、あの魔導士じゃないか！　あのときと、ローブの色は違うけれど、顔も声も同じだ、間違いない。

だけど、あのときよりもずっと不機嫌で、意地悪そうな目つきをしている。白目の多い目でぎろりとワタルを睨《にら》むと、口の端をひん曲げてまくしたて始めた。

「もしもわしが留守ならば、お留守ですかと問いかけられて、返事をするわけがない。留守でないならば、留守ではないと返事をするより先に、戸を開けて出てゆけば済むことじゃ。つまり、おぬしは言葉の無駄遣いをしておる。わかっておるのかの？」

ワタルはへたりこんだまま、「はあ」と言った。

「それも余計な言葉じゃ！」老人は天を向いて怒った。ここまで唾《つば》が飛んできそうだ。「ハイならハイ！　イイエならイイエと言えばいいのじゃ！　なしてハアなどといい加減な音を発する？　ハアだけでは返事にならんから、結局そのあとに何か言うのであろう？　それも言葉の無駄遣いじゃと言うのに、わからんのか？」

「あの、でも僕——」

ワタルが何か言おうとすると、老人は顔を真っ赤にして両手で胸をかきむしった。

「おお、おお、まだ言葉の浪費をしよる！　そこになおれ！　わしが成敗してくれる！」

ローブの裾《すそ》を翻して、小屋のなかに駆け込んでゆく。ワタルがぽかんと見守るうちに、両手で重そうな杖《つえ》をつかんで、ぶんぶん振り回しながら戻ってきた。

「それ、覚悟せい！」

きゃっと叫んで、ワタルは逃げ出した。

「こりゃ！　逃げるでない！」

老魔導士が追いかけてくる。ワタルは立ち並ぶ小屋の周りをぐるぐる回り、かくれんぼのような追いかけっこのようなことをしばらくやった。老人はとても元気で、ずっと同じテンションで怒っており、息を切らすような様子も見せない。ワタルの方があわててしまい、追いつかれそうになって広場の端に逃げ、そこでまた追いつめられそうになって進退きわまった。

ふと見ると、いちばん奥の小屋の裏口が、すぐ右手に見える。怒鳴り散らしながら駆け寄ってくる魔導士の脇をすり抜けて、裏口に飛びついた。丸太造りのドアはあっさりと内側に開いて、ワタルは小屋のなかに飛び込んだ。

小さな暖炉にテーブル、硬そうな寝台に薄い毛布。それらのものを目に留める暇《いとま》も

あらばこそ、すぐに背後で、今通り抜けてきたドアが開いて、

「こりゃ、逃げるでないと言うておるだろうが！」

魔導士が追いついてきた。ワタルは小屋のなかを横切って表のドアから外にまろび出た。

――どうしよう、困っちゃった。なんでこんなことになるんだ？

芦川は（最初に番人のところへ行け）と言っていたし、あのおじいさん魔導士が、たぶんその番人なんだろうし――だって、以前にも要御扉のところに立ってたんだからさ――それなのにどうして、こんなふうに追いかけ回されなきゃならないんだ？　話が違うよ。

すごいスピードでそんなことを考えながら逃げ場を探していて、ふと、拍子抜けしたみたいに、魔導士の姿が見えないことに気がついた。あれ？　もう追いかけてこないのかな。

振り返って集落をよく見ると、最初に目にしたときと、微妙に感じが違っている。なんだか間違い探しみたいだ。何が違っているんだろう？

煙突だ。煙突から立ちのぼる、白い煙。

最初に来たときは、手前の小屋の煙突から煙が出ていた。ところが今は、いちばん奥の小屋――さっきワタルが通り抜けてきた小屋の煙突から煙が立ちのぼっているの

だ。

しかも、おじいさん魔導士は、ワタルを追いかけてあの小屋に入り、そのまま出てきていないようである。

ふかふかした地面の上を用心深く歩いて、ワタルは奥の小屋のドアに近づいた。耳をあててみる。何も聞こえない――

いや、聞こえる。鼻歌を歌ってるぞ。

「あのォ――スミマセン、ごめんください」

声をかけると、鼻歌がやんだ。ゆっくりとした足音が近づいてくる。

ドアが開くと、さっきの魔導士が顔をのぞかせた。全然怒っていない。

「おや、これはこれは」と、両手を広げた。

「わしを訪ねてきたところを見ると、もしかするとおぬしは、ミツルの言っていたもう一人の旅人かね？」

すごく親切そうで、穏やかな話し方だ。これ、いったいどうなってるんだ？

「あの、おじいさん」

やっとこさ、ワタルは問いかけた。

「僕のこと、怒ってないんですか？」

老人は小さな目をいっぱいに見開いた。

そして広げた両手を見おろすと、その左右の手のあいだの空間のなかを、何か捜し物でもするみたいに、しげしげと眺めた。

「わしが？　おぬしを？」

「なぜ、わしがおぬしを怒らねばならないのかの？」

「なぜって——だってさっき——怒ってたじゃないですか」

ワタルは最初に訪ねた小屋の方を指さした。

「僕が訪ねて行ったら、初めっから不機嫌で、僕が言葉の無駄遣いをするって、杖を振り回して追いかけてきたじゃないですか」

魔導士は、細くて長い指で、自分の鼻の頭を指さした。

「わしが？」

ボケている。

ワタルは力を込めて答えた。「そうですよ」

からかわれてるのかな。いや、ひょっとすると、これが、〝幻界《ヴィジョン》〟で旅人が受ける、最初のテストみたいなものなのかもしれない。気まぐれな番人と、うまく調子をあわせられるかどうか。だとしたら、不真面目な態度をとってはいけないだろう。

「それであの、確かに僕は、旅人なんですけども」ワタルはあのペンダントを引っ張り出した。「芦川美鶴から、これをもらいました。幻界の番人にこれを見せれば、旅支度を調えてもらえるって。ここでいいんでしょうか」

　老魔導士は、長いローブの内側に手を突っ込んだかと思うと、どこからか、笑っちゃうほど大きな天眼鏡を取り出した。そして、ペンダントをつかんでいるワタルの腕ごとぐいと引き寄せて、じっくりとプレートを観察した。

「なるほど」と、ひと言。「確かにおぬしはミツルの言っていた二人目の旅人じゃ。名前はなんという？」

「三谷ワタルです」

「長いのう。こちらではただの〝ワタル〟でよろしい。いずれにしろ変わった名前じゃから、他の者と間違われることはあるまいて」

　ハイわかりましたと、ワタルは素直にうなずいた。

「では、どうぞお入り」老魔導士はドアを押し開けて、ワタルを小屋のなかに招き入れた。

「そこのテーブルの前の椅子にお座り。今、地図を出してやるからの」

　言われたとおりに、ワタルは質素なテーブルに向き合って座った。ドキドキする。

　老人は戸口のドアを閉めると、小屋の奥のこぢんまりした書棚みたいなところに近づいて、そこに立てかけられている数冊の書物を取り出した。本のページを開くのかと思ったら、そうではなく、本を抜き出すことでできた空間の奥へ手を突っ込んでいる。

「これこれ、これじゃ」

そう言いながら、巻物のようなものをつかんで取り出した。ちょっと見たところ、『サーガII』に出てくる〝商人の地図〟にそっくりだ。端の方がちょっぴり黄ばんでめくれているところなんかも。

商人の地図は、大ジュマ国全体の地図ではないのだけれど、人が住んでいる町と、街道筋の様子だけは知ることができた。名称どおり、商人たちが交易のために足で調べて作った地図なのだ。ゲームをクリアするためには、中盤で妖精《ようせい》たちの国へ行き、商人の地図には描かれていない土地と海域の地図を描き足してもらう必要がある。さらに、首都のジュマラングで闘技場の百人斬りイベントに勝ち、〝冒険家の地図〟を獲得して、二枚の地図を重ね合わせると、初めて、最後の迷宮の存在する〝幻獣島バルバラン〟の場所が明らかになる――という手順だった。

老魔導士がテーブルの向かいに座り、地図を広げた。地図はすっかり丸まっているので、両端を手で押さえなければならない。魔導士の骨張った手は、ほとんど骸骨《がいこつ》みたいに痩《や》せてカサカサだった。

「これが〝おためしのどうくつ〟への地図じゃ。この道順どおりに歩いてゆけば、おぬしがどれほどの間抜けでも、必ずたどり着くことができる」

ワタルは地図を見て、盛大な空振りをした気分になった。なんというか、子供の落書きみたいなのだ。最寄りの駅からワタルの家までの道順を描いたって、もうちょっとフクザツになるだろう。

「これ、今僕たちがいるところですよね？」

ワタルは、五軒の小屋の絵を描いてマルで囲んであるところを指で押さえた。

「そのとおり」

「ここから北の森へ、真っ直ぐ入ってゆけばいいんですか？」

地図にはそう描いてある。一本道。

「そのとおり」

「そうですか、アハハ」ワタルは笑った。「これなら僕、地図なくても行かれます」

「それは重畳」老魔導士は重々しく言った。

「は？　頂上？　どこかに登るんですか？」

魔導士は、いきなり、ワタルのおでこをぺたりとぶった。

「〝おためしのどうくつ〟は洞穴じゃ。登ってどうする」

「はあ。でもあの、この〝おためしのどうくつ〟へ行って、僕、何をするんですか？

ここに何があるんです？」

「おぬし、ミツルから聞いて知っておったのではないのかの？　旅支度をするのじゃ」

「ここで？」ワタルは、地図の上に〝おためしのどうくつ〟と書かれているところに指を置いた。「ここ、地名が書いてあるだけで、図がないですね。洞窟《どうくつ》のなかのマップはないんですか？」

「あるわけなかろう。それでは〝おためし〟にならぬではないか」

魔導士は、呆《あき》れたみたいな口調で言った。

「よろしいか。おぬしはここに入る。入ると地図ができる。そして出てくる。出てくると、旅支度ができている。そういう仕組みじゃ」

ああ、わかった！　ワタルはぽんと手を打った。「そうか、自動地図製造機能《オートマッピング》がついてるダンジョンなんですね！」

また、おでこをペタリとぶたれた。

「そのような呪文《じゅもん》は聞いたこともないの。このわしが知らぬ呪文が、幻界に存在するわけがない。おぬしの言うことは、どうもデタラメでいかんわ」

「でも、僕『サーガ』のシリーズはすごくやりこんでるし、RPGには詳しいんです、だから——」

老魔導士が何も言わず、しわくちゃな顔をしたので、ワタルは黙った。

「では、行きなされ」と、魔導士は窓の外を指さした。「北の森はあちらじゃ」

「はい、行ってきます」ワタルは立ちあがった。「でもあの、なんか武器とかそういうのはもらえないんですか？」

「武器？」老人の白くてボサボサの眉毛《まゆげ》が持ちあがる。

「はい、剣とかこん棒とか」

「そのようなものはない」

「ない――ですか」

老魔導士はきっぱり言い切った。「ない。早く行きなされ」

「だけど、怪物《モンスター》とかに襲われたらどうしましょう？」

「逃げることじゃ」

「逃げ――られればいいけど」

「できるだけ速く走ることだの」

「はあ――シンプルなアドバイスですね」

ギロリと睨《にら》まれたので、ワタルは回れ右をして小屋の出口に向かった。ワタルがドアを開けると、ついでみたいに、魔導士は言った。「よほど心配ならば、北の森で木の枝でも拾ってゆくことだの。なるべく頑丈な、硬い枝を選んでの」

わかりました、そうします。ワタルは外に出た。ふかふかの土を踏んで、集落を横切り、魔導士が指さした方向にある、緑濃い森に向かって歩き出した。

ワタルの背中の方から、一陣の風が吹いて、髪を吹きあげた。オカリナのような鳥の声が、風に混じってコロコロと聞こえた。

2　おためしのどうくつ

北の森は、集落にたどり着くまでに通り抜けた森よりも、心なしか空気がひんやりとしているようだった。美しい鳥の声が聞こえるだけで、動物の姿はまったく見えない。白い花にまとわりつくチョウチョの一匹さえも。

それに、魔導士が言っていたみたいな、手頃な木の枝なんか見あたらない。落ちているのは花びらか葉っぱばかりだ。

さっきまでより、うんと寂しい。心細く感じるのは、気が弱っているせいだろうか。

道は本当に地図どおりの一本道だ。ただ、ところどころ下ばえの草に覆われて、道が見えなくなっているところがある。場所によっては、十メートルぐらい道筋が消えていて、木々のあいだをぐるぐる探さなくてはならないところもあった。つまりこの道は、あの集落に通じている道よりも、人が歩く機会が少ないということなのだろう。

十分ほど歩いたところで、涼やかな森のなかに、灰色の岩の塊が、たんこぶみたいにぽこんと盛りあがっている場所にたどり着いた。道は、その岩の塊の前で途絶えている。してみるとこれが、目的の場所なのだろう。

だけど、洞穴なんか、どこにもないぞ。

ワタルはあたりを見回した。もう集落も見えなくなって、視界は三六〇度、森の木立ばかりだ。そよ風に、無数の葉がさわさわと揺れている。

手をあげて、頭の後ろをボリボリかいた。それから、一歩近づいて岩の塊に手を載せた。

頭上から、歌うような鳥の声が響いてきた。「おためしかい？　おためしかい？　おためしかい？」

はっと顔を上げて、ワタルは答えた。「そうだよ、僕、〝おためしのどうくつ〟に入りたいんだ！」

周囲の木立から、いっせいにオカリナの音色がこぼれ落ちてきた。四重奏か、五重奏。見事なハーモニーだ。

おためしならば　いのちをだいじに
といにはこたえを
こたえにはといを
どうしさまはおおあくび

かえるみちはかえる
せんねんかけても　とけはしまい

鳥たちの歌が終わると、またひと吹きの風が吹き抜けて、足元の地面がゴゴゴと唸《うな》り始めた。ワタルの目の前で、岩の塊がふたつに割れてゆく。

そして、入口が現れた。ワタルひとりがかろうじて通り抜けられるくらいの、狭くて暗い穴だ。ここに入ればいいんだろうか？

ぞわっと怖くなった。嫌だな、どうしても入らなきゃいけないのかな。なんか騙《だま》されてるような気がしないでもないんだけど。『サーガ』の主人公たちは、こんなとこに入ったかしら。

ためらっていると、洞窟の入口の奥から、しゃがれ声が呼びかけてきた。

「ぐずぐずしとると閉めてまうど」

ワタルはぎょっとして飛びさがった。

「閉めてまうどと言うとんのや、聞こえんのか、小僧」

洞窟の中の声が凄《すご》む。近所の魚屋の小父《おじ》さんの声を、ワタルは思い出した。

「こぉら、わしは日暮れまで小僧の相手をしとるほどヒマやないのんや。いじいじしとると、導士さまに言うたるで。早《は》よせんかい」

「関西弁——ですか？」

ここって、〝幻界《ヴィジョン》〟のはずなんだけど。

「入るのんか、入らんのか、どっちや」

「ここはホントに〝おためしのどうくつ〟なんですか？」

「わしがそうやない言うたら、おんどれ帰るんか？」

「それはだって——ねえ」

「そんなら帰れ。導士さまのおっしゃることが信用でけへんなら、ここへ入ったかて無駄や。このババタレ小僧が」

ババタレって——どんな意味だ？

「わかりました。入ります」

「最初っからそう素直にしとったらええのんや、アホが。こっちゃ来い」

ワタルは半歩前に出た。すると突然、真っ暗な洞窟《どうくつ》の割れ目の奥から、薄汚れた大きな手がにゅうっとのびてきて、いきなりワタルの頭をわしづかみにつかんだ。

「うわぁ！」

叫ぶ声だけを森に残して、ワタルは洞窟の奥へと吸い込まれていった。

静かになった森のなかに、またオカリナのような鳥たちの声が響いてゆく。

きたのはだれ？
きたのはゆうしゃ？
きたのはだれ？
きたのはまじゅつし？
かえるのはだれ？

森を抜け、鳥たちの歌声の下を、さっきの老魔導士が、片手に杖《つえ》をつき、片手に古びた魔導書を抱えて、ゆっくりと歩いてくる。ワタルを呑《の》みこんだ洞窟の割れ目の前まで来ると、立ち止まってうーんと背伸びをした。

「やれやれ、今度の旅人は、ミツルよりもだいぶ手がかかりそうじゃの」

岩に杖を立てかけて、とんとんと腰を叩《たた》きながら、ため息混じりにそう言った。

さて、とりかかるか――と呟《つぶや》いて、魔導士は杖を取り、もごもごと呪文《じゅもん》を唱えた。とたんに、その身体はひとかたまりの薄い煙になり、ふわりと風に乗って一瞬だけ鳥の形をつくると、洞窟のなかに吸い込まれていった。

ワタルは落ちていた。どこまでもどこまでも、底なしの真っ直ぐな暗闇のなかを落下していた。ずっと叫んでいたのだが、すぐに息が切れてしまい、声が出なくなってもまだ落ちている。もういっぺん息を吸い込んで叫び直してもいいのだが、お尻《しり》を下に、頭を上に、椅子に座っているみたいな姿勢で落ちてゆくので、そのうちになんとなく落ち着いてしまった。それに、確かに落ちてはいるのだけれど、さほどのスピードではなくて、半分浮いているような感じでもある。叫ぶ必要を感じなくなってきた。

かわりに、首を巡らせて周りを観察してみた。といっても本当に真っ暗で、何も見えない。でも、何となく体感で、広い場所を落ちているのではなく、スベスベしたチューブみたいなものの内側を落ちているんだと悟った。少し身体を動かすと、落ちながらも場所を変えることができて、両手を翼のように広げると、右手の指先に何かつるっとしたものが触れた。壁かもしれない。

――どこまで行くんだろう？

落ちてゆくうちに、下から風が吹きあげてくることに気がついた。生暖かい風の流れが、シャツの袖口《そでぐち》に吹き込んでくる。それにつれて、落下スピードもどんどん遅くなる。エレベーターぐらいに、エスカレーターぐらいに、歩いて階段を降りているぐらいに。

真下に、白く光り輝く丸い台のようなものが見えてきた。充分にワタルが着地できるだけの広さだ。あそこに降りろっていうことなんだな、きっと。

手足を広げて上手にバランスを取り、ワタルは台の上に着地した。ほっと息をついてよく見ると、台は石でできている。膝《ひざ》をついてしゃがみ、手で触れてみた。すべすべしている。ワタルの家のキッチンの、模造大理石のカウンターにそっくりだ。

顔を上げると、今まで真っ暗だったところに、入口が現れていた。ドアではなく、さっき引き込まれた岩の割れ目みたいな感じだし、サイズはずっと大きい。ワタルが歩いて踏み込むことができる。ただし、奥は真っ暗だ。

勇気を出そう。さあ、前に進むんだ。

一歩踏み出し、二歩歩く。すると、周りの景色が劇的に変わった。

これは——寺院だ。いや、お城の回廊かな。

高い天井。ビルの三階分ぐらいありそうだ。床も壁も石でできていて、十メートルおきぐらいに、ひと抱えもある丸い柱が立っている。壁際に無数の燭台《しょくだい》が並んでいて、蠟燭《ろうそく》が星のように輝く光を灯《とも》している。それでも通路の先は暗く、何も見通すことはできない。

きっとそうだろうと予想していたとおりに、振り返ると、さっき抜けてきた入口は消えて失くなっていた。前方と同じ景色の通路が、ただ果てしなく続いているだけだ。臆病風《おくびょうかぜ》に吹かれてはいけない。自分で自分を励ましながら、ワタルは前に進んでいった。するど、しばらくして、大きな彫像が見えてきた。建物と同じ石でつくられた、ひとつ目の巨人の像だ。裸の上に甲冑《かっちゅう》をつけ、剝《む》き出しの二の腕には魔除《まよ》けの入れ墨。

肩には大きな斧《おの》を担いでいる。

立ち止まってその顔を仰いでいると、足元から地響きのようなものが伝わってきて、それが声になった。

「我は運命の女神を奉じ、東方を守る暁の神将なり。汝《なんじ》我が問いに答えよ」

ワタルは身構えた。

声は続けた。「汝、我と我が暁の眷属《けんぞく》に何を望むか」

とっさには思いつかない。何と答えればいいのだろう？

おたおたしているときに、ふと思い出した。そういえば『サーガI』のなかに、こんな仕掛けがあったじゃないか。初めてゲームを立ちあげたとき、ゲームのなかに登場する三つの国を治めている三人の神に、お願いをするのだ。「富」とか「名誉」とか「勇気」とか「美貌《びぼう》」とか「知恵」とか、選択肢はいろいろあった。そして、願うものの種類によって、主人公が身につけることができる特技が微妙に変わってくるのだった。

ワタルは深呼吸をしてから、精一杯大きな声を出した。「僕は——僕は勇気をもって進んでゆきたい。だから勇気を望みます！」

ひと呼吸おいて、重々しい声が返ってきた。

「では勇気を授けよう。通るがよい」

巨人のひとつ目が赤く光り、進路に立ち塞《ふさ》がっていた像が、すうっと消えた。その先には、また通路が続いている。千の、万の、蠟燭の光が揺らめいている。

またしばらく歩いてゆくと、同じ巨人の像が見えてきた。また立ち止まる。

「我は運命の女神を奉じ、西方を守る夕闇の神将なり。汝我が問いに答えよ」

「はい、答えます」と、ワタルは言った。

「汝、我と我が夕闇の眷属に何を望むか」

「僕は知恵を望みます」

「では知恵を授けよう。通るがよい」

巨人のひとつ目が青く光り、像が消えた。

さらに歩いてゆくと、三体目のひとつ目巨人の像にぶつかった。

「我は運命の女神を奉じ、北方を守る風雪の神将なり。汝我が問いに答えよ」

ワタルは今度は、健康な身体を望んだ。幻界《ヴィジョン》の長い旅を、元気に乗り切っていきたい。

答を聞くと、ひとつ目が白く光り、像は消えた。ワタルは先に進んだ。

四体目の像は、予想どおり「南方を守る陽光の神将」だった。ワタルは「喜び」を望んだ。旅のあいだに、楽しいことがたくさんあるといいから。

「では喜びを授けよう。通るがよい」

ひとつ目が金色に光り、像が消えた後には、もう通路はなかった。正面は壁。行き止まりだ。燭台だけが輝いている。

その灯《あか》りに照らされて、さっきまで像があった場所に、階下へ続く階段が見えていた。ワタルはためらうことなく、その階段を降りた。気分が高揚して、恐怖心は消えていた。なんだか、本当に『ロマンシングストーン・サーガ』の主人公になったみたいだ。

降りた先は、大広間だった。真紅のビロードのカーテンが、窓を覆っている。壁にそって背もたれの高い椅子が並んでいる。床はつるつるで、ワタルの顔が映りそうだ。ところどころに、蠟燭が三本立った背の高い燭台が据えられていて、ロウの匂いがする。

天井には様々な絵が描かれている。でも、灯りが届かないので、よく見えない。動物とか、花とか木とか——あれ、よく見るとあのヘンテコなねじねじ頭は、ねじオオカミじゃないか！

口を開いて見とれていると、声をかけられた。

「ワタル、こっちへおいで」

はっとして周りを見回すと、広間のいちばん奥の壁際に、蠟燭を一本立てた小さな机に向かって、あの老魔導士が腰かけていた。

ワタルは駆け寄った。嬉《うれ》しくて懐かしくて、飛びつきたいような気持ちだった。ところが、ワタルが近寄ると、魔導士はまたぞろあの骨っぽい手をあげて、

「これ」

ぺたりとワタルのおでこをぶった。

「魔導士さま？」

老魔導士は右手で頰を支えると、左手の人差し指を立ててチッチッチと振り、言った。

「あかんのう」

「はあ？」

「あれではいかんわ。おぬし、ミツルよりもだいぶ劣るな」

どうしてだ？　ワタルは混乱し、むっとした。だって四体の神将の問いかけに、僕はすごく上手に答えたじゃないか！

ワタルの内心を見抜いたように、老魔導士は苦々しい顔で言った。「あれでは平凡じゃ。独創性に欠ける」

「ド――ドクソウセイ」

「そうじゃ。それに、最初に洞窟《どうくつ》の入口でとまどったのもいかん。ああいうときはサ

クッといかねばな。つまりは、ちくと思い切りが足らんということじゃ」

そんなぁ。ワタルはへたへたと座り込んだ。

老魔導士は、どこからか長い羽根ペンと、クリップボードみたいなものを取り出した。ワタルは見間違いかと思って目をこすったが、確かにクリップボードだった。

「おぬしの総合評価」

三十センチばかりありありそうな長い羽根ペンを器用に動かしながら、老魔導士は宣言した。

「幻界適性能力の偏差値三十五。特殊技能ゼロ。体力値はかろうじて平均。勇敢値最低」

「あの、あの、あの」

ワタルは魔導士の痩《や》せた膝《ひざ》にすがりついた。すると、またおでこをぶたれた。

「結果、おぬしは見習い勇者のプロトタイプ1に決定。装備を与える」

魔導士はペンを耳にかけ、空いた手でワタルの頭をつるっと撫《な》でた。火花のようなものがパッと散った。

「立ってごらん」

促されて立ちあがると、服装が変わっていた。生成の綿の長袖《ながそで》のシャツ——襟もないし袖口のカフスもない。紺色のだぶだぶズボン。丈夫そうな革の編み上げブーツ。

これだけは、芦川が履いていたのと同じだ。でも、腰には革ベルトのかわりに、麻でできたマフラーみたいなものがぐるぐる巻きになっている。

「これが、僕の装備？」

「そういうことだの。おめでとうさん」

「でも、武器は？　見習い勇者でも、武器ぐらい持ってるはずです」

「それは地上に戻ってからじゃ」

魔導士はマントの内側にペンとクリップボードをしまいこむと、よっこらしょと声をかけて椅子から立った。

「では、わしは先に地上へ帰る」

「帰るって、僕は？　まだ試験が？」

魔導士は痩せた顎《あご》をひねった。

「おぬしな、願い事には代償が要《い》るということを知っておろう？」

「ダイショウ？」

「ものの大きい小さいではないぞ。引き替えに差し出すもののことだ」

そのとき、ワタルは地響きを感じた。まだ遠い。でも近づいてくる。何か重いものが、どすんどすんとこっちにやって来る——

「四神将は、おぬしの望みを聞き、代償におぬしと命のやりとりを望む」

あっけらかんとした口調で、老魔導士は言った。

「逃げのびればおぬしの勝ち。命ある身で、望みもかなう。囚《とら》われればおぬしの負け。望みもかなわん」

もの凄《すご》い破壊音がして、広間の壁が崩れ落ちた。四神将だ。あの斧《おの》で壁を壊し、広間のなかになだれ込んできた！

「出口はたくさんあるからの」

魔導士は部屋のそこここを指し示した。確かに、いつの間にか壁際に、ドアがたくさん出現している。

「真の出口を見つけて、逃げ出すことじゃ」

「だってそんな、あんまりだ！」

斧を振りあげて、四神将が突進してくる。

「健闘を祈るぞ」と、魔導士はにっこりした。「北の森の鳥たちの歌を思い出すことじゃ」

魔導士の姿は宙にかき消え、あとには霧のようなものが残った。その霧はたちまち小さな白い鳥の姿に変じ、ワタルの鼻先から暗い天井へと、ひゅうと飛び去る。

「ちょ、ちょっと待って！」

四神将はもう目と鼻の先にまで迫っている。ワタルは悲鳴をあげながら壁際を駆け出し、足がもつれて床に転んだ。さっきまでワタルがいた場所に、先頭にいた風雪の神将の振りおろした斧がざくっと突き刺さって、床に稲妻形のヒビが走った。

「タスケテェ！」

映画やマンガで、追いつめられた登場人物が、叫んでも誰も助けに来てくれるわけがない場所でこう叫ぶのを、いつも、ヘンなのと思ってバカにしてきた。でも、それは間違いでした。誰も来ないと思っても、叫ばずにはいられないのだ、こんな時は。

もがくようにして立ちあがると、今までいた壁際の地面に、今度は暁の神将の斧が激突する。この危急の際に四体の神将を見分けることができるのはなぜかと言えば、四体が四体とも、顔の正面にひとつしかついていない大きな色違いの目玉をらんらんと光らせているからだ。

──逃げるって、どこへ？

板チョコのような長方形をしているこの部屋の、左右の壁に並ぶ無数のドア。あのドアのうちのどれかひとつが脱出口なのだろう。たぶん。でも、どうやって見分けたらいいんだ？　片っ端から開けてみるしかないのか。

パニック状態で逃げ回るワタルの後を、四神将は、地面を踏み鳴らして追いかけてくる。

彼らが通った後は、床に敷き詰められた石がザクザクと割れて、ささくれみたいに立ちあがる。目の隅でそれを見て、髪が逆立った。

それでも、しばらく逃げ回っているうちに、気がついた。巨体の四神将は、一度突進して斧をふるうと、次に方向転換をするまでに時間がかかるのだ。しかも、彼らは一体が突進すると、あとの三体もそれに倣うという習性があるようで、だから、最初の一体の攻撃を上手《うま》くかわすことができれば、残り三体が同じ場所めがけて攻撃しているあいだは、楽に逃げられるのだ。

よし！　ワタルは部屋の反対側の壁に向かって走った。四神将がどすんどすんとついてくる。彼らが身につけている重い甲冑《かっちゅう》が、ガスンガスンと鳴っている。一瞬だけ振り返ると、すぐ後ろにいる夕闇の神将の光る目玉と、その青い光を受けて、振りあげた斧の刃がぎらりと光るのが目に入った。

壁まであと一メートル。ワタルはさっと身をひねり、ずらりと並んでいるドアの方へと横っ飛びした。夕闇の神将が斧を振りかぶり、ワタルがいた場所めがけて突進する。その隙に、床をひっかくようにして立ちあがると、目の前のドアのノブをつかんだ。

ドアは造作なく開いた。内側に飛び込むと、そこは四畳半ぐらいの小さな部屋で、ぼんやりとした月明かりのような光に照らされて、中央に銅像みたいなものが一体、ぽつりと立っているだけだった。

息を切らしながら像に近づいてみる。やっぱり銅像だ。触ると金属の感触がして、とても冷たい。これは――子鹿の像だろうか。ディズニー映画のバンビそっくりだ。

――何でこんなもんがここにあるんだ？

出口はないじゃないか。周りの壁を手探りしても、ひんやりした石の手触りがあるだけで、外に通じる梯子《はしご》も、ロープの一本もありゃしない。つまり、ここははずれ。ほかのドアを探せってことなんだ。

入ってきたドアを、内側から少しだけ開けて、用心深く外をのぞいてみた。ワタルを見失った四神将は、大部屋の中央に集まり、ひとつ目の光も消して、ぐるぐると輪を描いて歩き回っている。ワタルは呼吸を整え、勇気を振り絞って、大部屋の方に滑り出た。とたんに、神将の一体の目がピカッと輝き、また追跡が始まった。

逃げては攻撃の空振りを誘い、四神将の体勢を崩しておいては脇に逃げて、近場のドアを開ける。その繰り返しだった。でも、開けても開けても出口に通じるドアは見つからない。どの小部屋も同じ造りで、中央に動物を象《かたど》った像が置いてあるだけだ。動物の種類は部屋ごとに違う。象、虎、大魚、鳥、牛、蛇や蛙まであった。

一度入ったドアは、そこからまた大部屋に戻るときに、わざと開けっ放しにして、同じドアを二度調べないようにした。そうやって走り回っているうちに、ワタルはへばってきた。パニックのせいではなく、疲労のために足がもつれて、神将の攻撃を避《よ》けるのが、だんだんきわどくなってくる。こんなことを続けていたら、今に倒れてしまうだろう。

でも、あるだけのドアを、もう開けてみた。あれほどたくさんあるように見えたドアだけれど、今ではもうすべて開けっ放しになっている。なのに、出口はどこにもない。

こんなのヒドイよ——ゼイゼイあえぎながら、よろめいて思わず足を止めると、神将たちが方向転換して襲ってくる。アイツら、全然疲れてない。このままじゃどんどん不利になる一方だ。どうすればいいんだ？

——北の森の鳥たちの歌を思い出すことじゃ。

魔導士はそう言っていた。オカリナみたいなきれいな鳥の鳴き声。四重奏か、五重奏のハーモニー。

必死で思い出してみた。何て歌っていたろうか？〝といにはこたえを〟とか、〝どうしさまはおおあくび〟とか——

(かえるみちはかえる)

カエル。

ワタルの頭のなかに、ぱっと灯がともった。カエル。蛙だ！　帰る道は蛙なんだ！

疲労で萎《な》えそうになる足にむち打って、四神将たちの攻撃をかわすと、ワタルは壁際を一直線に駆け出した。蛙の像のあった小部屋。どこだ？ どこだっけ？ 開けっ放しのドアの向こうを確かめながら、喉《のど》をひゅうひゅう鳴らして突っ走る。

あった！

右側のいちばん奥の小部屋だ。ぷっくりとふくれたガマガエルの像がある。ワタルはそのドアの内側に飛び込むと、勢い余って像の足元に転がった。ガツン！ と頭がぶつかる。

「痛ェ！」目から火花だ。

両手で頭を抱えて座り込んでいると、ゴトンと重い音がして、像の台座がずれるように動き始めた。さっきまで台座のあった位置にぽっかりと穴が空き、そこから下の暗闇のなかに、梯子が伸びている。

やった！ これで脱出だ。ズキズキ痛む頭をさすって宥《なだ》め、ワタルは梯子を降りた。さほど長い梯子ではなくて、二十段足らずを数えただけで、しっとりとやわらかな土の地面に爪先が触れた。

あたりは真っ暗で、洞穴みたいなところで――星空だ。目を凝らしてよく見ると、頭上いっぱいに、星のように輝いている小さなものが、ときどき動いて場所を変える。それでわかった。そうか、これはきっとホタルだ。この世界の、ホタルみたいな生きものだ。

彼らの発する弱い光で、洞穴が奥に続いているのが見える。壁はごつごつした岩で、ところどころ、湧水《わきみず》で濡《ぬ》れている。

道はくねくねと曲がりながら、ゆるい上り坂になっていた。地上へ向かっているのだという認識に勇気づけられて、ワタルは足を速めてどんどん歩いた。やがて道は行き止まりになり、灰色の石を敷き詰めた小さな広場に出た。中央に、頭上から一筋の光が真っ直ぐに降りてきている。その光の筋は、石の上に描かれた青色の星印の中心を、ピタリと射貫《いぬ》いていた。

ワタルは光の真下に――星印の真ん中に立った。すっと身体が軽くなり、足が宙に浮いたような感じがした。

そして、はっとまばたきをすると、森のなかに立っていた。〝おためしのどうくつ〟の前に戻っていた。鳥たちのオカリナ声が聞こえる。陽は少し傾いて、森は蒼色《あおいろ》の霧のようなものに包まれ始めている。洞窟《どうくつ》の入口はすでに閉じて、岩の塊に戻っていた。触れても、関西弁で話しかけてくることはない。

ワタルは森の小道をたどって、五つの小屋が建つ場所へと戻った。魔導士の姿は見えず、最初の小屋でも、二番目の小屋でもない、三番目の小屋の煙突から煙が立ちのぼっていた。

3　見習い勇者の旅立ち

真っ直ぐにその小屋のドアに近づき、ノックすると、近づいてくる足音がして、魔導士が顔をのぞかせた。ワタルは驚いた。おじいさん、泣いている。

「おや、やっと帰ったかね、シクシク」

涙を拭《ふ》きながら、魔導士はワタルを部屋のなかに招き入れた。

「謎を解くのに、だいぶ時間がかかったの、メソメソ」

ワタルは、木の切り株をそのまま持ってきたようなごつい椅子に腰かけて、魔導士が目をしばしばさせて涙を拭《ぬぐ》うのを眺めた。

おじいさん、最初の小屋では、いきなり怒っていた。次の小屋ではとても優しかった。そして今は泣いている。

「あのぉ、魔導士さま」

「何だね？　武器のことなら、これから説明してあげるから少し待ちなさい」

「その前に――」

「そうそう、わしの名前はラウじゃ。だから、ラウ導師さまとお呼び。魔導士の導士ではないぞ。確かにわしは魔導士だが、ここでは旅人を導く導師としての役割を担っておる。おぬしも〝おためしのどうくつ〟を抜けて、正式に旅人となったからには、わしはおぬしにとっては導師さまなのだ。さまが肝心じゃ。わかるかの？」

「はい、ラウ導師さま」また遮られないよう、ワタルは早口に続けた。「導師さまは、五つの小屋のうちの、どの小屋にいるかによって、気分も変わるんですね？」

ラウ導師は、骨張った手で痩《や》せた顎《あご》をするりと撫《な》でた。「なんだの、今ごろ気づいたか。おぬし、やはりミツルより鈍いの」

「あ、はあ」ちょっと傷ついた。「じゃ、そうなんですか？」

「そうじゃよ。それがこの村のきまりじゃ。番人は、旅人を正しく導く責務を負っておる。己の気分に左右されて、指導に怠りがあってはならぬのでな。小屋に合わせて、気分の方をあらかじめセットしておくのじゃ。さすれば迷いがない。怒りの小屋にいるときには怒りを、親切の小屋にいるときには親切を、そして――」

「今この小屋は、涙の小屋なんですね」

「いんや、悲しみの小屋じゃ」導師は涙目をしばたたいた。「涙は嬉《うれ》しいときにも流れるものじゃろ？　笑い過ぎて涙がにじむこともあろう。まことにもって、おぬしのデキの悪いのには涙が出るわい」

「スミマセン」

ラウ導師はローブの裾《すそ》を引きずって部屋を横切ると、片隅に置いてある小さな葛籠《つづら》を、恭しい手つきで取りあげた。それを丸太のテーブルの上まで運んでくると、ワタルの目の前にそうっと置いた。

「これがおぬしの剣じゃ。開けてごらん」

ワタルは胸がどきどきして、ちょっぴり手が震えるのを感じた。

葛籠の蓋《ふた》は軽かった。ただ上からかぶせてあるだけで、鍵《かぎ》もなければ金具もない。すぽんと開いた。

葛籠の底には、薄汚れた革の鞘《さや》に収まったひとふりの剣が、ころんと横たわっていた。全体の長さは、三十センチ——いや、二十五センチぐらいだろう。柄《つか》の部分も、古ぼけて手ズレのした革でできている。

「これこそが〝勇者の剣〟じゃ」ラウ導師はそっくりかえってそう言った。

「これ——ですか？」

勇者の剣。てんで名前負け。

「これじゃ。ほう、不満か？」

「あんまり強そうじゃないから……」

「そりゃそうよ。おぬしが強くないのだから、この剣も強いはずがない」

ワタルの向かいに座って、ラウ導師は両手をテーブルの上に載せた。

「勇者の剣は、その使い手と共に成長する剣なのじゃ。だから最初の時点では、この剣は、それを与えられた旅人の心持ちを、そのまま顕《あら》わした姿をとっている。この剣がてんで弱そうで、くたびれていて、パッとしなくてカッコ悪いのは、ワタル、おぬしが弱くてくたびれていてパッとしなくてカッコ悪いからじゃ。剣のせいではないわい」

導師は手でワタルのおでこをぶった。

「手に取って、よく見てごらん。鍔《つば》のところに、文様がついておろう？」

勇者の剣は、葛籠よりもまだ軽かった。この軽さも、ワタルの心の軽さを映したものなのだろうか。手触りの頼りなさも、ワタルの頼りなささそのままなのだろうか。

鍔の部分に、さっき洞窟《どうくつ》の出口で見た星形の印が刻み込まれている。星形の五つの頂点に、それぞれ、風邪薬の錠剤ぐらいの大きさの丸い穴が空いている。

「この印、おためしのどうくつの出口のところで見かけました」

「ほう、気づいたか。おぬしのことだから、説明せねばわからないかと思った」

これは、〝幻界《ヴィジョン》〟を統べる女神の力を象徴する特別な印だと、ラウ導師は説明した。

「ふさわしい力あるものがこの印を結べば、魔法を生じることも、結界を張ることも、宙を飛ぶことも、風を呼び水を分かつことも、何でもできる。これから幻界を旅して行くと、様々な場所でこの文様に出合うじゃろう。とりわけ、〝真実の鏡〟を使う時には、必ずこの文様の場所でなくてはならぬ」

「真実の鏡?」

聞き覚えのある言葉だ。芦川が——

(真実の鏡をのぞいたら)

そうだ、ワタルを迎えに、幻界から戻って来てくれたとき、確かにそう言っていた。

「知っているようじゃな」

ワタルがミツルのことを話すと、ラウ導師は深くうなずいた。

「おぬしのような現世《うつしよ》からの旅人が、真実の鏡を、この星の文様のある場所で使えば、幻界と現世を結ぶ〝光の通路〟を作り出すことができる。旅人はそこを通って、現世に行くことができるが、それはほんのわずかな、限られた時間内のことだ。通路が閉じてしまう前に幻界へ戻ってこなければ、現世にも還《かえ》れず、幻界にも入ることができず、ふたつの世界の狭間《はざま》である久遠の谷に落ち込んで、時の放浪者になってしまう」

だから芦川も、急いで帰っていったのか。でも、久遠の谷?　時の放浪者?　また新しい事柄が出てきた。

「……わかりました。そしたら、その〝真実の鏡〟は、どうやって手に入れたらいいんですか?」

「そこまでは、ミツルも教えてはくれなんだかな？」

「はい」そんな時間はなかった。

ラウ導師は頬笑んだ。「おぬしは〝真実の鏡〟を探さずともよい。〝真実の鏡〟の方から、おぬしを探してくれる。見つけ出すまで、そう手間はかからぬはずじゃ」

「はあ？」

「〝真実の鏡〟は、この幻界に〝旅人〟がやって来ると、それと察知して姿を現す。なに、造作もないことよ」

ホントかな。なんか頼りない。それに、覚えなくちゃならないことが山ほどあって、目が回りそうだ。

「とまどっているのじゃな。無理もない」

ラウ導師は、まぶたににじんできた涙をぐいと拭《ぬぐ》うと、宥《なだ》めるような優しい顔をした。

「この世界――現世と幻界と久遠の谷の関わり合いや成り立ちの由来を、あれこれいっぺんに話して聞かせたところで、すぐには呑《の》みこめまい。おおかたは、旅を続けるうちに、自然にわかってゆくことだろうし、その方が確実じゃ。今は、最初からしっかり覚えておかねばならぬ、肝心なことだけを話そう」

ワタルの手から勇者の剣を取りあげると、ラウ導師は、鍔の部分に刻まれた、星の文様を指し示した。

「これを御覧。星の文様の先の部分に穴が空いておる。これはただの穴ではないぞ。台座じゃ。おぬしはこれから、幻界のなかをくまなく旅して、この台座にピタリとはまる、五つの玉《ぎょく》を探し出さなくてはならぬ」

「ギョク？　宝石ですか？」

「そうじゃ。五つの玉がすべて台座に収まったとき、この古ぼけた小さな勇者の剣は、晴れて真の姿を現す。それこそが、おぬしの目指す〝運命の塔〟への道を切り開く〝退魔の剣〟じゃ」

退魔の剣――

「運命を統べる女神さまのおわします塔の周りには、魔物をはらんだ深く濃い霧が立ちこめている。退魔の剣はその霧をはらい、塔へと続く道を指し示す。そこからこの名前がついたのじゃ。だから、今はどんなに頼りなく見えようと、ゆめゆめ、この剣を粗末に扱ってはならんぞ。よいな？」

「わかりました」

ワタルは身内に力が込みあげてくるのを感じて、両手を強く、ゲンコツに握りしめた。

「それで、その五つの玉はどこにあるんですか？　どんな玉なんですか？」

ラウ導師は、ワタルのおでこをぶった。

「そんなもの、わかっておらんわ。だから探せと言うておるのじゃ」

「え？　だって何のヒントもないんですか？　本当に幻界じゅうを探すの？」

「そうじゃ。だが、おぬしが玉に近づけば、玉の方から何かしらのお告げをくださる。それを手がかりにすればよい」

それにしたって、途方もない話だ。情けないけれど、さっき漲《みなぎ》ってきたと思った力が、またしゅるしゅると抜けてしまった。

「おぬし、まるで覚悟ができておらんな」

ラウ導師はまたワタルのおでこをぶとうとしたらしく、手を持ちあげたけれど、途中で考えを変えて、その手で顔を覆ってしまった。

「わしも長いこと番人職を務めておるが、こんなに頼りない旅人は初めてじゃ。しかもこれが半身かもしれぬというのだから、参ったのぉ」

「ハンシン？　何ですか、それは」

ワタルとしては、またぞろ耳新しい言葉が出てきたから、何気なく質問しただけだった。なのに、ラウ導師はハッとして、ひどくあわてた様子になった。

「な、なんでもない。おぬし、耳ざといことだけは人一倍じゃの」

せかせかと顔をこすり、ローブの袖《そで》を持ち上げてちんとハナをかんだ。うわ、汚い。

「玉に関しては、もうひとつ大切なことがある」取り澄ました顔に戻って言った。「先ほどの真実の鏡にも関わりのあることじゃ」

玉の数と、真実の鏡を使うことのできる回数は、対応しているというのである。

「おぬしがひとつ玉を見つければ、そのとき一度だけ、真実の鏡を使うことができる。次にもうひとつ見つければ、また一度だけ使うことができる。もちろん、玉は見つけたが真実の鏡を使う必要はない時には、使う権利を溜《た》めておくこともできる。利息はつかぬがの」

それぐらいは、ワタルだってわかる。お金じゃないんだから。

「先ほどわしは、真実の鏡を使うことができるのは、星の文様のある場所じゃと言った。覚えておるな？」

「はい」

「その星の文様がある場所も、実はわからん。何処にあるのか、おぬしが探さねば見つからないのじゃ。ただ、星の文様の存在する場所の近くには、必ず玉も存在している。間違いない。そういう意味では、これが最良の手がかりじゃな」

ワタルは手のなかで勇者の剣をひねくり回しながら、考えた。

「でもラウ導師さま、僕にはミツルみたいに、真実の鏡を使いたくなる機会があるとは思えません。それなら、文様の方は、無理に探さなくてもかまわないんですよね？」

返事がない。ずっと返事がない。ワタルは勇者の剣から目をあげて、ラウ導師の顔を見た。老人は両手を腰にあて、怒ったように口をひん曲げている。目だけは涙ぐんでいるのが、あいかわらずアンバランスだ。

「おぬし、現世《うつしょ》に残してきた母親のことは気にならぬのか？」

「導師さま？」

ワタルは驚いた。「母さん——ですか？」

「おぬしが幻界《ヴィジョン》にいるあいだ、現世でも時が停まっているわけではないのだぞ。母親がどうしているか、心配ではないのか？　おぬしが姿を消したことでどれほど心を傷めていることか。顔を見せて、安心させてやりたいとは思わぬのか？」

言われてみれば、本当にそのとおりなのだ。今の今まで——目の前に展開する事柄があまりにも新鮮で驚きに満ちていたので、母さんのことが心から抜け落ちていた。

「も、もちろんです。だって僕、母さんのために幻界に来たんだもの」

導師は深く息を吐くと、ゆるゆると首を振った。「ならば、おぬしにも光の通路が必要じゃ。それには、文様を探さねばならぬ」

「はい、探します。ホントに一生懸命に探します」

ラウ導師はテーブルから離れると、窓ごしに外をちょっとのぞいた。

「もう陽が暮れた。今夜はこの村に泊まって、明朝旅立つがいい。空いている小屋を、どこでも使ってよろしい。寝台はひとつしかないからの。わしはここに泊まる。飯は、後で持っていってやろう」

「ありがとうございます」ワタルは深く頭をさげた。そして小屋を出ていこうとすると、後ろからラウ導師が呼びかけた。

「ああ、そうそう。もうひとつ、大事なことが残っておった」

旅先で、ミツルを捜してはならない——と、導師は厳しい口調で言った。

「わかっています。ミツルも言ってました。運命の塔には自力でたどり着かないとならないから、二人旅はできないんだって」

ラウ導師はこちらに近づいてくると、枯れ木のような両手を、ワタルの両肩に載せた。

「それだけではない。そもそも、おぬしには、ミツルを捜すことはできないのじゃ。なぜなら、おぬしの旅する幻界と、ミツルの旅する幻界は、最初から別のものなのだから」

ワタルは驚いて、思わず導師さまのローブをつかんだ。

「それはいったいどういうことなんです？　幻界はひとつじゃないんですか？　いくつもあって、僕らはそれぞれ別々の幻界に来てるんですか？」

「そうではない。ただ、幻界は、そこを行く者によって姿を変えるのじゃ」

幻界は、現実世界——現世に住む人間の想像力のエネルギーが創り出した場所だと、芦川は言っていた。

「そうか、ミツルはおぬしにそう説明したのか。なかなか良い」ラウ導師は満足そうににっこりした。「だったらわかるじゃろう？　幻界を創りあげているエネルギーのなかには、旅人であるミツルやワタル、おぬしたち自身のエネルギーも混ざっておる。おぬしたちが幻界に来れば、おぬしたちそれぞれのエネルギーがより強く幻界全体に働きかけることになり、従って、ミツルが見る幻界はミツルだけのもの、おぬしが見る幻界はおぬしだけのものになるというわけじゃ」

ワタルはうーんというような生返事をした。わかったようなわからないような——旅人は二人来ているのだから、二人分のエネルギーが加算されるわけだけど、同時に来ているのだから、二人が別々にならなければならない理屈はないんじゃない？

ラウ導師は、話を打ち切るしるしに、ワタルのおでこをポンとぶつと、

「いずれにしろ、さっきおぬしが言ったように、二人旅はできないのが定めじゃ。だから、ミツルを捜したところで無駄じゃからの。それに彼は、おぬしより、もうずっと先に行っておる」

「だってそれは、あいつ、僕より出発が早かったから」

「頭の差も、だいぶある」ラウ導師は遠慮なく言い放った。「ミツルはおぬしのため

に、一度、真実の鏡を使っておる。ということは、すでに、少なくともひとつは玉を発見しているということじゃ。おぬしも負けないように頑張るがよい」

ラウ導師は、ワタルが、腰の帯のところに、上手に〝勇者の剣〟を挟むことができるよう、手伝ってくれた。剣はなんとか収まった。

「それなりに、様になっておるぞ」

さあお行きと小屋を追い出されて、ワタルは外に出た。森はすっかり翳《かげ》っている。足元の地面も、そこここの草むらも、心なしか湿っぽい感じだ。鳥たちも巣に帰ってしまったのだろう、歌は聞こえない。

頭上の空には、星がいっぱいに鏤《ちりば》められている。首の後ろ側が痛くなるくらい、ずっと熱心に見あげてみたけれど、オリオン座とか北斗七星とかは見あたらない。幻界の星空は、現世のそれを映してはいないのだろう。そういえば、月も見あたらない。

ワタルは「親切の小屋」を使うことにした。驚いたことに、小屋に足を踏み入れると、小さな暖炉にぽっと火が入った。テーブルの上のランプも灯《とも》った。これも導師さまの力によるのだろう。一人になると急に疲れて、ちょっと休むつもりで寝台の上に身を投げると、いつの間にか、そのまま眠り込んでしまった。

翌朝早く、おなかがペコペコになって、目が覚めた。

外に出てみると、昨日と同じ「悲しみの小屋」の煙突から煙が出ている。ラウ導師はもう起きていて、テーブルについて食事をしながら、やっぱり泣いていた。

「おお、おはよう。メソメソ」

「おはようございます」

「こっちに来てお座り。昨夜はよく寝ていたので、食事を置いてこなかった。さぞかし腹が減ったろう。お食べ」

　飢え死に寸前だった。皮のパリパリした丸いパンと、ペパーミントの香りのするお茶。リンゴに似ているけれど、リンゴよりずっと甘くて濃厚な味のする黄色い果物。どれもみんな美味《おい》しくて、ワタルは口もきかずにどんどん食べた。気がついたら、テーブルの上のものはあらかたワタルの胃袋に収まってしまっていた。

「これは道中の弁当じゃ」

　生成の布に包んだものを、導師が渡してくれた。

「今日の昼飯の分じゃがな、わしが面倒を見られるのはここまでじゃ。あとは、おぬしが自力でなんとかせねばならぬ」

　自力で？　一瞬、意味がつかめなくて、ワタルはポカンとした。そうか、ご飯とか泊まる場所とか、そういうことも自分で都合しなくてはならないのか。『サーガ』の主人公はどうしてたっけ？　ゲームのなかでは、特にイベントに関係がない限り、ご飯を食べるシーンなんて出てこない。宿に泊まるためのお金は、怪物《モンスター》を倒せば稼げるし。

急に心細くなってきた。ワタルは今まで、一人旅なんてしたことがない。いっぺんだけ、千葉のお祖母《ばあ》ちゃんのところへ、一人で特急に乗って行ったことがあるけれど、それだって、東京駅まで母さんに送ってもらって、向こうの駅ではルウ伯父《おじ》さんが改札口で待っている、という具合だった。

「そのとおりじゃ。なぁに、心配するな。道に迷いさえしなければ、午過《ひるす》ぎにはガサラの町に着く。ガサラはこの辺境ではいちばん賑《にぎ》やかな交易の町じゃから、探せばいくらでも仕事はあるだろう」

仕事、ね。

「怪物《モンスター》を倒すと、自動的にお金を落としてくれるってことはないんですか？」

ラウ導師は目を剝《む》いた。「何じゃそれは」

『サーガ』の冒険と、ずいぶん勝手が違う。気がくじけてしまって、ラウ導師にせき立てられるまで、テーブルから離れることができなかった。

「森の出口はあちらじゃ。では、達者でな」

不承不承の足どりで、振り返り振り返り去ってゆくワタルの小さな背中を見送って、ラウ導師はゆっくりと顎《あご》を撫《な》でた。

「それじゃ導師さま、わたしも行きます」

ラウ導師の足元から、女の子の甘い声が聞こえてきた。導師はローブの裾《すそ》をめくって、足の周りを見回した。

「イヤだわ、そんなところにはいませんよ」

甘い声は、鈴を振るような音色で笑った。

導師はふむと唸《うな》った。そして、とりあえず下の方を向いて話しかけた。「オンバさま、ずいぶんとあの旅人に肩入れしておられますな。なんぞ理由がおありですか」

「あら、だって可愛いんですもの。旅人はやっぱり、キュートでなくちゃね」

そのフルフルとこぼれるように魅力的な声を、もしもワタルが聞いたならば、すぐに気がついただろう。どこからか話しかけてくる姿の見えない女の子の声――ワタルが「妖精《ようせい》かもしれない」と思っている、あの声だと。

「もう一人の旅人、ミツルという少年も、それはそれはきれいな顔をしておりますが」

言いかけて、ラウ導師はあわてて口をつぐんだ。

「フン」と、甘い声は口を尖《とが》らせた（ような音を発してみせた）。「いいのよ、導師さま。今さら気にしなくても」

「はは、それは恐縮」

「とにかくわたしは、ワタルを助けてあげたいの。だってとても可愛いのだもの」

ラウ導師は顎の先をひねると、「オンバさま」と、声をひそめた。「お気持ちはともかく、旅人のすることに、あまり深く干渉なさるのはいけませんぞ。また女神さまのお怒りをかうことにもつながります」

「あんなオンナ、好きなだけ怒っていればいいのよ！　わたしはわたしのやりたいようにやります。導師さまも、あんまりあのオンナの肩ばかり持つと、いいことありませんわよ。よろしいこと？」

導師は黙って頭をさげた。しばらくそのままの姿勢でいると、彼が「オンバさま」と呼ぶ甘い声の持ち主の気配は、やがて消えた。本当にワタルの後を追っていったのだろう。

「やれやれ……」導師は暗い顔で呟《つぶや》いた。「困ったものだ。オンバさまにおかれては、このごろまた、頻繁に現世《うつしよ》をのぞいておられるというので、いずれこんなことになりはしないかと案じていたのだが」

ラウ導師が窓際に近寄ると、それを待ち受けていたように、森の鳥たちがいっせいにさえずり始めた。

おはよう、おはよう、おはよう、導師さま
「やあ、おまえたち」導師は鳥たちの声に向かって、優しい笑顔を向けた。そうして彼らの歌に耳を傾けながら、窓の手すりにもたれて、かなり長いこと考え込んでいた。

4　草　原

教えられた小道をたどってゆくと、深い森は呆気《あっけ》なく、そして劇的に終わった。

「うわぁ！」

目の前には、緑の草原が広々と開けている。見渡す限りの草の海。地平線まで続いているようだ。

爽《さわ》やかな風が、ワタルの頬を撫《な》でる。右を向いても左を見ても、目に入るのは草原の光景ばかりだ。ところどころに、白っちゃけた岩の塊が塔のように顔を出していたり、草原がなだらかな丘のように盛りあがっているところも見えるが、大部分は真っ平らで、ひたすらに見通しがいい。

――とりあえずは、太陽の昇っている方向へ向かって進め。

ラウ導師はそう教えてくれた。〝幻界《ヴィジョン》〟の空に昇る太陽はひとつだけで、現世の太陽とよく似ているが、まともに見あげても、あれほど眩《まぶ》しくない。『サーガⅠ』では、太陽がふたつ存在する世界が舞台で、片方の太陽の温度があがりすぎて、それが世界滅亡の引き金となるという設定だったのだけれど、ここではそんな心配はないようである。

　ワタルは草の丈の低いところを選んで歩き始めた。道らしい道はない。鳥の声も聞こえない。時折、とても小さいモンシロチョウみたいな虫が飛んできて、物珍しそうにワタルの周りをグルグル回ってまた飛び去ってゆくが、旅の連れはそれだけだった。

　草原の明るい景色に、一時は気分が高揚しかけたのだけれど、だだっ広いところをただ歩いてゆくうちに、否応《いやおう》なしの現実認識——いや、ここでは幻界認識というべきか——がのしかかってきた。

　僕は、これから先ずっと歩くのだ。とりあえず、〝歩く〟以外に移動手段はない。車もないし電車もない。この二本の足以外に、頼りになるものはないのだ。

　テレビゲームのRPGの主人公たちだって、序盤から中盤にかけてはみんなトコトコ歩いているもんな。そう考えて自分を慰めようとしたのだけれど、あんまり上手《うま》くいかない。だって、ゲームはゲームだ。カッちゃんと二人して、『サーガII』のあの険しいラストダンジョンを歩いたときだって、ゲームのキャラたちは「歩き疲れる」なんてことは全然ないわけだし、ワタルとカッちゃんは床にべったり座って、ときどきは寝っ転がったりして、コーラやジュースも飲み放題だった。

　冷たい飲み物のことを考えたら、急に喉《のど》が渇いてきた。そういえば、導師さまはお弁当はくれたけれど、飲み物のことは何も言っていなかった。川とか湖とか、とにかく水のある場所を探さなくてはならない。

もうだいぶ行ったろうと振り返ると、さっき抜けてきた森が、まだ後ろにこんもりと繁っている。ガッカリだ。僕、足が遅いのか。

話し相手もなしにただ黙々と歩き続ける。陽射しは強く、暑い。汗をかく。景色には変化がない。歩く歩数を数えてみようと思いついて、声に出してイチ、ニイ、サンとやり始めたら、ちょっと景気がついた。そうして初めて、この漠然とした頼りない感じにさいなまれるのは、時間がわからないせいもあるよな、と思いついた。昨日かららこれまで、「今何時だろう？」と考えることがなかった。今朝だってそうだし、今だってそうだ。

千歩近く数えたとき、左手の前方にまん丸な森が見えてきた。まるで、空にいる誰かが、木々を何本か丸めて、ぽいっと地上に落としたみたいな木立の塊だ。それでも、ずいぶんと背の高い木だ。

あんな木が育つということは、水があるのかもしれない。オアシスって感じかな。ワタルは立ち止まって手の甲で顔の汗を拭《ぬぐ》い、そちらに足を向けた。また、一から歩数を数えよう。

水、水、冷たい水。心に念じながら歩いて近寄っていくと、やがて、オアシスの木立に囲まれた中心に、何か小さな建物みたいなものの屋根が見えてきた。草原の風に吹かれて木の枝が揺らぐと、てっぺんのところもちらちらと見える。瓦屋根《かわら》みたいだ。あんなところに、人が住んでいるんだろうか？

オアシスまであと五十歩ぐらい——というところまで来たとき、地平線の方に、白い砂煙が立ちのぼっているのが見えた。じっと見つめていると、どうやら動いているようだ。右から左へ。少しずつだけど、確実に。あれ、もしかすると、こっちに近づいてくるのかもしれない。やっぱり、このオアシスを目指しているのかも。

ワタルは走ってオアシスに向かった。近づくと、背の高い木立の葉っぱが、草原の風に吹かれてさわさわと鳴っているのが聞こえる。

それは本当にオアシスだった。木立の中心に井戸がある。そう、これは井戸だよね？　本物を見るのは初めてだ。石造りの円い縁。のぞくと、底の方で水が光っている。ロープのついた木のバケツがぶらさがっている。

井戸の四方に柱が立ち、瓦屋根はその上に載っているのだった。雨水が井戸水に混じり込むのを、これで防いでいるのだろう。いや、幻界でも雨が降るのならばの話だけど。

まずは水を汲《く》んで、バケツの縁に口をつけ、ごくごくと飲み干した。冷たくて甘くて、美味《おい》しい。思わず喉が鳴った。シャツの胸の前がビショビショになるのもかまわず、ワタルは水を飲んだ。

一息ついて見回すと、オアシスの地面に、トマトみたいな赤い実がたくさん落ちていることに気がついた。どうやら、周りを囲んでいる木の果実のようだ。落ちているものはみんな熟しすぎて、潰《つぶ》れている。

ちょっと匂いをかいでみると、甘ずっぱい。食べられそうだ。

木の枝はみんな高い場所についているし、幹はすべすべしていて手がかりがない。それにワタルは、木登りなんかしたことがない。

ちょっと考えてから、あわてて地面を探し、手頃な石をいくつか拾い集めた。こいつを枝に向かって投げて、実を叩《たた》き落とそう。シューティングなら、ちょっと自信がある。

もくろみはあたった。ぽろんと落ちてきた実を、ひとつ拾って土をはらい、慎重に齧《かじ》ってみると、なるほど見かけどおりのトマト味だ。でも、スーパーで売っているのよりも、ずっとずっと味が濃いし、みずみずしい。幻界の果物は、導師さまのところでご馳走《ちそう》になったものもそうだったけれど、どうしてこんなに美味しいんだろう。

これなら、集めて持ってゆけば、道中の喉の渇きをいやせるし、おなかの足しにもなる。

ワタルはどんどん果物を集めた。夢中になって石を投げた。

そうしていると、砂埃《すなぼこり》の混じった風に乗って、ゴロゴロという響きと、

「おーい、おーい、そこのヒト！」

呼びかける声が聞こえてきた。手を休めて周りを見ると、馬車みたいなものが、砂埃を蹴《け》立《た》ててオアシスに近づいてくる。

「おーい、おーい、そこのヒト！」

馬車みたいなものを走らせているヒトが、ワタルに向かって手をあげて、大きな声で呼んでいるのだった。ワタルはオアシスのはずれまで出ていって、目の上に手をかざし、輝くような緑色の草原を見渡した。さっき見た砂煙も、あの馬車のものだったのだろうか。こんな草っぱらで、どうやったらあんな砂煙をたてることができるんだろう？

おや――どうやらあっちには、道があるらしい。ガサラの町に通じる道だろうか？

馬車みたいなものは、ワタルの方に近づいてきた。間近まで来ると、砂煙はあがらなくなった。そして、馬車みたいなものは馬車ではないこともわかった。

いや、車の方は四輪の、ワタルだって西部劇で見たことがあるお馴《な》染《じ》みの形なのだ。ただ、引いているのが馬ではなくて――あれって、なんて動物だ？

牛なんだけど、首が長い。額には角が二本生えている。身体は大きくて毛はつやつやとして、皮膚は灰色。でっかい蹄《ひづめ》。座布団ぐらいある。

「おーい、そこのヒト！　バクワの実をあんまり食っちゃいかんぞ」

車に乗っていた人物が、どうどうと手綱を締めて間近に停まり、ワタルに向かって明るく呼びかけた。

「そいつはこいつら、ダルババの好物だ。甘くて旨《うま》いが、ヒトの食い物じゃない。あんまり食うと、腹をこわすぞ」

ワタルは、食べかけの赤い実を、ぽとりと取り落とした。それを見て、声の主は大らかに笑いながら、乗り物から降りてきた。

「なにも、今食っているのを捨てることはないじゃないか。毒があるわけじゃない。旨いことはわかってるしな。どれ、ダルババにやる前に、俺もひとつ食うとするか」

ワタルはぽかんと口を開いたまま、ふるふると震え出した。

――ト、トカゲだ。

首長牛に引かせた車を操っていたのは、身の丈二メートルぐらいありそうで、全身をウロコに覆われたトカゲ男なのだった。地面に落ちている赤い実を見繕い、土を落として旨そうに食べている。尖《とが》った歯がぎらぎらとのぞく。『サーガ』のシリーズに出てくる、ザコ敵としてはもっとも手強《てごわ》い部類に入る「リザードマン」そっくりだ。これで剣を持ってたら、まさにそのまんまだ。

「なんだ坊ず、俺の顔に何かついているかい？」

トカゲ男はあくまでも明るく爽《さわ》やかに、ワタルに近づいてきた。ワタルは思わず後ずさりをした。トカゲ男は不思議そうに首をひねり、鋭い鉤爪《かぎづめ》のついた手を持ちあげて、ほりほりとほっぺたを掻《か》いた。

「なんだ、何を怖がっているんだ？　こうしてみりゃあ、ずいぶんとチビだが、一人でここにいるのかい？　おとっつぁんやおっかさんは一緒じゃないのかい？」

何か返事をしようと思うのだけれど、舌が引っ込んでしまっている。

「おチビさん、何処から来たんだい？」赤い実を嚙《か》み砕きながら、トカゲ男は気さくに尋ねる。「こんな辺境に、帝国からの難民が来るわけもないが……おまえさんアンカ族だろ。俺のような水人《すいじん》族に会うのは初めてかい？」

ワタルは喉をごくりと鳴らして、なんとかかすれた声を絞り出した。「あ、あ、あなたは、す、す、スイジン？」

「おう、そうさ」

トカゲ男はあたりに落ちている赤い実を、大きな手でわしづかみにして拾っては、あの首長牛に食べさせ始めた。首長牛はむうむうという声をたてながら、大きな口を動かしている。喜んでいるのだろう。

「で、僕は——アンカ族？」ワタルは自分の鼻の頭を指して尋ねた。

「そうだよ。女神さまがいちばん最初にお創りになった種族だ。だから女神さまのお姿によく似ている。学校で習ったろう？」トカゲ男は歯を剝《む》き出した。微笑んだのだろう、たぶん。

　ワタルは考えた。どうやらアンカ族というのは、いわゆる人間の姿をしている種族のことであるようだ。ラウ導師さまもそうなのだろう。だが幻界《ヴィジョン》には、他の種族もいるのだ。

「あの、あの、この動物は――」

「こいつはダルババだ。なんだよ、初めて見るのかい？　怖がらなくても大丈夫だぜ、おとなしいからな。耳の後ろを撫《な》でてもらうのが大好きなんだ」

「はあ……」

　首長の牛は、大きな口の端からバクワの実の汁を滴らせながら、満足そうに食べ続けている。トカゲ男は、ひとしきりダルババの耳の後ろを撫でてやってから、腰の周りを覆っている革のミニスカートみたいなものをちょっとひっぱって直すと、首をかしげてワタルの顔を見た。

「ダルババを知らないなんて、坊ず、やっぱり帝国から来たのかい？　あっちじゃ、家畜に車を引かせるなんてことは、まったくしないって言うからな。もうずいぶん前のことだが、ダルババが珍しいから、見物料をとってお客に見せるんだって、渡り商人が、五頭ばかり買って運んで行ったことがあったけど、てんで商売にならなくて、結局破産したって話だったしなぁ」

このおしゃべりなトカゲ男の話のなかに登場する「帝国」という言葉に、ワタルは強く引っかかるものを感じた。幻界のなかにもいくつか国があるのだろうか。

「帝国っていうのは、今僕がいるこの場所とは違うんですよね？　ここは何ていう国なんですか？　さっき、辺境だって言ってましたよね？」

そこまで言って、ワタルはぽっかりと口を開けたまま黙った。自分で自分が信じられなかったのだ。

この口から飛び出す、この言葉は何だ？　日本語じゃない。英語でもない。僕がしゃべり慣れた言語じゃないのだ。

それなのに、何の抵抗もなく、努力もせずに、流暢《りゅうちょう》に操っている。トカゲ男の話していることも聞き取れる。意味もわかる。

「僕……頭の中身が変わっちゃったんだ」思わず、口に出して独り言を呟《つぶや》いてしまった。

「〝幻界〟のヒトになっちゃったんだ。魔法にでもかかったみたいだ」

トカゲ男は、まだ食べ足りないのかむうむうと喉《のど》を鳴らしてバクワの実をねだるダルババをいなしながら、きょとんとした。いや、彼の目はワタルと違って、突き出た顔の左右に離れてくっついているので、真っ直ぐに向き合っていると、正確にはどんな表情をしたのか、見てとることができない。ただ、トカゲ男の口が半開きになって、ギザギザの歯並びがちらりとのぞいたその様子で、そう判断したのだった。

ワタルがちょっと固まったようになって返事を待っていると、出し抜けにトカゲ男の口のなかからひゅうっと長い舌が飛び出して、優雅に空に半円を描き、自身の頭のてっぺんをぺろりと舐《な》めた。ワタルはぎょっとしたが、失礼になってはいけないので、ぐっと我慢して飛び退《の》かずにいた。

「こいつは驚いたぜ」と、トカゲ男は大きくて鋭い歯の隙間から言った。「そんなトンチンカンなことを言うなんて、坊ず、ひょっとしたらおまえさん、〝旅人〟なんじゃないのかい？」

ワタルはゆっくりとうなずいた。

「そうか！　へえ、そうなのか！」

トカゲ男は、分厚いウロコに覆われた左右の手を持ちあげて、バンと打ち合わせた。そして驚くほど素早く近づいてくると、さっと両腕をのばしてワタルを抱きあげた。

「うわ！　ど、どうしたんですか？」

ワタルの足は、一メートル以上地上から離れて、完全に宙に浮いていた。トカゲ男はガタイを裏切らない力持ちで、軽々とワタルを持ち上げている。プロレスラーにだっこされてるみたいだった。

トカゲ男はそれはそれは嬉《うれ》しそうで、目を細めてワタルを高い高いしながら、自分も飛んだり跳ねたりして、リズムをつけて歌うように言った。「いやぁ、嬉しいなぁ、今朝起きたときに、今日はなんか良いことがありそうな気がしたんだが、まさかここまでのこととはなぁ！　旅人に巡り合えるなんて、嬉しくてどうかなっちまいそうだよ！　俺はなんてツイてるんだろう！」

ぶんぶん振り回されて、ワタルは目が回りそうになってきた。「あの、あの、ちょっと、あのボク、胃袋が——口から——飛び出しちゃう」

「え？　ああそうか、すまん、すまん」

ようやく、トカゲ男はワタルを地面に降ろしてくれた。それでもまだ興奮が収まらないのか、両手を持て余し、足をどたどた踏み鳴らしている。ワタルはその場に座り込んで、足を投げ出し、シャッフルされた脳ミソと胃袋が定位置に戻るのを待った。

「まったく申し訳ない」そう言いながら、トカゲ男もしゃがみこんだ。爬虫類《はちゅうるい》独特の細い瞳《ひとみ》が、忙《せわ》しなくまたたいている。

「それで旅人さん、いつ幻界に来たんだい？　やっぱり女神さまの塔を目指してるんだろう？　それともほかの目的があるのかい？」

ワタルは両手でこめかみを押さえた。うん大丈夫、曲がってない。

「つい昨日、来たばっかりなんです。朝のうちに番人の導師さまの村を出発して、草原をずっと歩いてきたんです。喉が渇いたので、水を探して、それでここへ来て」

「ああ、そうか。じゃあまだ新米の旅人なんだな。どうりで何も知らないわけだ」トカゲ男はうなずいた。「だけど、この草原は広いぜ。どこを目指してるんだ？」

「とりあえずガサラの町へ行くようにって、導師さまに言われました。迷わなければ、午過《ひる》ぎには着くだろうって」

「ガサラか。確かに遠くはないが、でも、それだとだいぶ道を逸《そ》れてるぜ。坊ずの足じゃ、日暮れまでにはたどり着けないよ」

ショックだった。導師さまに言われたとおりに、太陽を目印に進んできたつもりだったのに、どこで間違ったのだろう？

トカゲ男が、にいっと牙《きば》を剝き出しにした。「大丈夫、安心しろよ。ガサラまで俺が送っていってやる。俺の車に乗れば、まだ陽が高いうちにガサラに入れるさ。今日、車につけてきたあのダルババは、うちでもいちばん脚の強い奴なんだ。ターボって名前だ」

当のターボは、むうむう唸《うな》るのもやめて、その場で立ったまま居眠りをしているようだ。確かにあれに乗せてもらえれば、すごく楽だろう。さっき見た砂煙の立ちのぼり具合から察しても、トップスピードの時には、乗用車ぐらいの走りをしそうだ。

でも——このトカゲ男さん、なんでこんなに親切にしてくれるんだろう。

「ボク、ワタルっていいます」ワタルは名乗って、ぺこりと頭をさげた。

「ワタルか。俺はキーマっていうんだが、俺たち水人族にはこの名前が多くてな、だから、真ん中の名前も一緒に呼んでもらわないと、ほかの奴とまぎらわしい」

「なんて言えばいいんですか？」

「キ・キーマ」トカゲ男はゆっくりと発音した。「最初のキは、次のキーマのキよりも半音高く発音してくれ。でないと、女の子の名前になっちまうんだ」

キ・キーマさん。口に出してみて、何度も発音を直された。ワタルにしてみれば簡単な音なので、かえって変化のつけようがない。二十ぺんくらい、あれこれ試みたところで、キ・キーマは頭をかいた。

「まあ、俺の名前なんかいいか。ここで時間を潰《つぶ》してもしょうがないし」

「ごめんなさい」

「気にするなよ。さっきの、十七回目のなんか、ずいぶんいい線いってたぜ」

さて出発しようかと、キ・キーマは身軽に立ちあがる。ワタルはためらった。

「でもキ・キーマさん、僕なんか便乗していいんですか？　お仕事とかあるでしょう？」

親切なふりをして子供を車に乗せ、さらって売り飛ばす——幻界にだって、そんな悪人がいないとも限らない。いや、どこに売り飛ばすのか、幻界では子供にどんな使い道があるのかわからないけど、とりあえず一般論としてはそういうことがありそうじゃない？

キ・キーマは鉤爪《かぎづめ》のついた手をひらひらと振った。「仕事なんていいんだよ。親方だって、俺が旅人に会ったんだって言ったら、寄り道したことを怒りゃしないよ」

「旅人に会うことが、それほど良いことなんですか？」

「そりゃあもう、もう、もう、途方もなく大変な幸運さ！」キ・キーマは両手を振り回しながら、またどすんどすんと足踏みをした。「俺、自分でもまだ信じられないくらいさ！　子供のころに、爺《じ》さまが昔、タキオの町はずれで旅人とすれ違って、そのあと鉱山株で一山あてたって話をさんざん聞かされてよ、だもんで、親父なんか一時は目を吊《つ》りあげて旅人探しをしたんだが、まるっきり駄目だった。それを俺ときたら、ターボに水を飲まそうと思ってオアシスに寄っただけで、ひょっこり出会っちまったんだからよ！」

つまり、キ・キーマたち水人族にとっては、広い幻界《ヴィジョン》のなかで、十年に一度ここを訪れる旅人に遭遇することが、まれにみる幸運の印であるようなのだ。

キ・キーマに手を貸してもらって、ワタルはダルババ車によじ登り、彼の隣になんとか落ち着いた。硬い一枚板でできた座席は、お世辞にも座り心地がいいとは言えないが、草原をてくてく歩いてゆくことと比べたら、天国だ。

「そこにある革の紐《ひも》で、腰のあたりをしっかり荷台の柱にくくりつけておきなよ」

手綱を取りながら、キ・キーマが忠告した。

「俺は慣れてるから平気だが、ターボが本気を出して走ると、ちっとばかし揺れるから」

そうりゃ！　と景気のいい声をあげて、キ・キーマはターボにひと鞭《むち》くれた。ターボはむおうと唸ると、その場でうんと背中をのばしてから、ふたつの鼻の穴からびゅうと蒸気を吐いた。一瞬、母さんが愛用している圧力鍋《なべ》のことを、ワタルは思い出した。

「おお、ターボも張り切ってるぜ！」

キ・キーマの言葉の半分ぐらいは、ワタルの耳に入らずにこぼれ落ちてしまった。ターボが走り出すと、お尻《しり》の下の硬い座席が、にわかにトランポリンに変わったのだ。自分ではしっかりつかまっているつもりだったのだけれど、気がついたらワタルは宙に浮いて、シートベルトがわりの革紐がなかったら、すぐにも地面に落っこちていただろう。

「おいおい、しっかりしろよ」キ・キーマが片手でむんずとワタルの後ろ襟をつかみ、座席に引き戻した。「そんなに跳ねるなって。足を踏ん張って、こう、下っ腹に力を入れてさ」

「そ、そ、そんな、こと、言った、って」

ピンポン玉みたいにあっちへ跳ねたりこっちへ飛んだり、うっかりしゃべろうとすると舌を噛《か》みそうだし、どこかにしがみつこうかと必死で手をのばしても、つかめるものは空ばかり。あがったり下がったりするだけでなく、右を向いたり左を向いたり後ろを向いたり斜めになったり、

「ちょ、ちょ、ちょっと、ス、スピード、ゆ、緩めて」

あらら！　と思う間に、ワタルは跳ね返ってキ・キーマの肩の上に着地し、彼の頭にしがみついていた。これじゃ肩車だ。

「あれまあ」キ・キーマは大口を開けて笑った。「そこが居心地がいいなら、座っていいよ、旅人ワタルさんよ！」

「いえ、こ、これ、じゃ、悪い、から、降り、ます」

「いいってことよ」

「で、でも、って」降りられない。水人族の肌はトカゲにそっくりだけれど、ちっともぬるぬるしてなくて、むしろ乾いていて頑丈で、とてもつかまり具合が良かった。

最後に父さんに肩車をしてもらったのは、何年前のことだったろうか。不意に、そんな考えが頭に浮かんだ。父さんは、キ・キーマのような頑丈な大男じゃないけど、肩車をしてもらうと、とっても頼もしい感じがした。肩の上でぴょんぴょん暴れると、

重いからやめなさいって怒られたけど、幼かったワタルには、父さんが本気で重いって言ってるとは思えなかった。ワタルのことなんか、軽々と担いでるに決まってると思い込んでいた。

でも、あれは本当に重かったのかもしれない。今ここでそんなことに思い至っても、何の足しにもならないけれど、でも、もしもホントに重かったのだとしたら。

とりあえず振り落とされる心配がなくなると、景色を眺める余裕が出てきた。三六〇度、見渡す限りの草原は、陽光を受けて、緑色の円盤のように光り輝いていた。ワタルが遠目に見た道のようなものは、ダルババ車が往来するうちに、自然にできた道なのだろう。細くなったり太くなったり、うねうねと曲がったりしながら、草原の上の白い線となって、幾筋も、地平線まで続いている。

少し埃《ほこり》っぽいけれど、顔に風を受けてびゅうびゅうと走ってゆくのはあまりにも爽快《そうかい》で、肺のすみずみまで息を吸い込んで、意味もなく大きな声で吠《ほ》え立てたくなってくる。

「どうだい、ターボは速いだろう?」風に負けないように、顎《あご》をそらし、キ・キーマが大声で問いかけた。

「うん！　凄《すご》いですね！」

「こいつは俺が赤ん坊のころから大事に育てたんだよ。この国でいちばんの走り屋になるようにな！」

「キ・キーマさん、僕にこの幻界のことをいくつか教えてくれませんか？」

「いいよ。でも俺は学校を途中でよしてしまったから、ちゃんと教えられるかなあ」

まず、幻界にはいくつ国があるのだろう。

「さっき、帝国って言ってましたよね？　それはこの国とは別の場所なんでしょ？」

「ああ、そうだよ。幸せなことにな」

この幻界という世界は、悠久の昔、まだ時の流れの速ささえ決まっていなかったころに、混沌《こんとん》の虹色《にじいろ》の海のなかから、女神が創りあげたものなのだと、キ・キーマは説明を始めた。

「女神さまというのは、僕たち旅人が目指している、運命の塔の女神さまと同じ？」

「だろうなぁ。でも、俺たちには本当のところはわからないんだ。誰も女神さまに会ったことがないし、だいいち、俺たち幻界の生者は、女神さまがどこにおわすのかも知らない。ただ、運命の塔という場所があって、女神さまはそこにお住まいになっているという伝説を聞かされているだけさ」

「伝説……か」

ワタルの目には、伝説と神話と空想をごちゃまぜにして創りあげられているように見える幻界に、さらに伝説が存在する。小説やマンガの登場人物が、「これは小説やマンガじゃないんだから」と言っているみたいな、おかしな感じだ。

「女神さまは、なんていう名前なのかな」

「それが、わからないんだ。アンカ族をはじめとするいくつかの種族では、女神さまの名を呼ぶことをタブーとしていて、学校でも教えないし、学者も研究していない。ただ、俺たち水人族の古い言葉では、女神さまのことをウパ・ダ・シャルバって呼ぶんだ。〝光のように美しいヒト〟という意味だ」

光のように美しいヒト。美の女神ヴィーナスみたいなイメージが浮かんでくる。ともあれ、運命の塔にたどり着いた者の願いなら何でもかなえてくれるというのだから、優しいことには間違いないだろう。

「幻界には、ふたつの大陸があるんだ」と、キ・キーマは説明を始めた。ターボのスピードもぐんと落ちて、並足ぐらいの走りになった。

「北の大陸と、南の大陸。広さはだいたい同じくらいだが、南の方が険しい山が多くて、季節の変化が激しいんだ。気温も高くて、だから動物も植物もたくさん栄えることができる。北の大陸の半分ほどは、一年の大半を、雪と氷に閉ざされているらしい」

そして、このふたつの大陸は、広い海原と、その上に覆いかぶさる、深く冷たい霧によって隔てられているのだという。

「霧に阻まれて調べることができなくて、外界のことは、まだほとんどわかっていない。船乗りたちのあいだには、北と南の大陸の真ん中あたりに、小さな島が寄り集まった場所があるって言い伝えがあるんだけど、調べるために船を出しても、今まで一隻だって無事に戻ってきたことがないんだ。その島が集まっているあたりにこそ、運命の塔があるんだという言い伝えもあるし、とんでもない、その島は、女神さまに逆らおうとした怪物《モンスター》どもが捕えられて鎖につながれている牢獄《ろうごく》なんだという説もある」

僕も、運命の塔はそんなところにあるんじゃないという説にサンセイしたい――と、ワタルは首をすくめた。

「それじゃ、北の大陸と南の大陸を、行き来することはできないんですか?」

「そんなことはない。船の航路がいくつも発見されてるし、さっきも言ったけど、渡り商人たちの風船《かざぶね》は、たくさん行ったり来たりしてるんだ。あ、風船っていうのは、海を渡る風の力を利用して走らせる船のことだ。こいつは、風のないときは全然動かない。だから、ひとつの航路を、決められた日数で進むのに必要なだけの風がいつ吹くか、ちゃんと予想することが、すごく大事なんだ」

その〝風を予想すること〟を仕事としているヒトびとを、「星読み」と呼ぶのだそうだ。

「空の星を読んで、風向きや風の強さを予想するんだ。だから星読み。そうそう、連中は、風や星のことばかりじゃなくて、この世界に関わる、いろいろなことを知ってる。知恵者ぞろいだから、ワタルも旅をしていて何か困ったら、星読みに相談してみるといいよ。大きな町には、最低でも一人の星読みがいて、立派な〝星読み台〟があるから、すぐにわかるだろう」

しっかり覚えておこう。

「それで僕は今、南の大陸にいるんですね？　こんなに広い草原があるんだもの」

「そのとおり！」キ・キーマは元気よく答えた。「ナハトの国は、南の大陸の連合国家の一員だ」

南の大陸は、ナハト、ボグ、ササヤ、アリキタという四つの国と、デラ・ルベシという特別自治州が寄り集まって、ひとつの連合国家を形成しているのだという。手元にメモがないので、ワタルは頭のなかでナハト、ボグ、ササヤ、アリキタと暗唱した。社会科の授業中でも、国名を覚えるのに、こんなに真剣だったことは一度もない。

「おおまかに言うと、まず、ナハトは農業と畜産の国だ。南の大陸の南側の、広い平野部にある。ボグは商人たちの国で、だからナハトとはちょうど反対側、海のそばにある。ササヤは学問が盛んな国でね。星読みはみんな、一度はササヤに学問をしに行くくらいだ。アリキタは、南の大陸じゃいちばん工業が発達してる。鉱山もたくさんあるんだ」

「デラ・ルベシ特別自治州っていうのは？」

キ・キーマはちょっと首をかしげた。それから、答えるかわりに質問した。「ワタルは、どんな神様を拝んでいる？」

「カミサマ？　えーと」ワタルは口ごもった。神様のことなんて、今まで考えたこともない。

「よくわからないや。お母さんに訊《き》けば教えてくれるかもしれないけど」

「へえ、お母さんしか知らないのか。神様のこと」

「千葉のお祖父《じい》ちゃんのお墓があるお寺がナントカっていうシュウハとかっていうような、そんなこと――」

「ふうーん。何だろな、そのシュウハって」

キ・キーマは、ちょっと右手の手綱を放して、鉤《かぎ》形に曲がった指で、口の上をごしごしこすった。カッちゃんが、教室で先生にあてられて、答がわからなくて困ったとき、いつもこんな仕草をする。それとよく似ていた。

キ・キーマは何歳ぐらいなんだろう。身体は大きいけれど、ひょっとして、かなり若かったりしてね。水人族の歳の数え方は、僕ら――というか、アンカ族とは違うのかもしれないし。

「南の大陸の俺たちは、いろんな人種が入り交じって暮らしているけれど、みんな、運命の塔にお住まいの女神さまを信仰してる」

キ・キーマは、「女神さま」と言うときには、ぐっと真面目な口調になる。

「だって、この世界は女神さまがお創りになったんだから。この世は女神さまがお始めになったんだから。女神さまは、俺たち生きものみんなの母ちゃんみたいなもんだ」

だが幻界《ヴィジョン》のなかには、もうひとつ別の考え方もあるのだそうだ。

「世界を創ったのは女神さまじゃない別の神で、女神さまは、その神からこの世界を預かっただけだっていう説もあるんだよ」

「世界を預かる――ね」

コインロッカーには入らないよな、世界は。

「そうすると、女神さまより偉い神様がいるってことなのかな」

「偉いというより、古いんだ。だからその神のことは、〝老神《ろうしん》〟て呼ぶんだよ」

デラ・ルベシ特別自治州は、この老神を創世の神として信仰するヒトびとがつくった共同体で、国というよりは教会に近いものなのだという。

「南の大陸の真ん中に、アンドア台地っていう、下手な山よりも標高の高い土地があるんだけど、デラ・ルベシ州はそこにあるんだ。州の住人は、下界の俺たちとは全然付き合わないし、食い物とかも自給自足で、だからどんな生活をしてるのかわからない。他所者《よそもの》はけっして立ち入らせないきまりになってるんだって」

「デラ・ルベシの老神を拝んでいるヒトたちは、運命の塔の女神さまのことは、どんなふうに考えているんですか？」

「どうって……連中にとっては、あくまでも老神の方が格が上なんだ。いつかこの世界に途方もない災厄が降りかかって、世の終わりが訪れたときには、老神が再びやってきて、女神さまに代わってこの世界を治めて、世直しをしてくださるんだって、デラ・ルベシ教の信者たちは信じてる」

「信者じゃないヒトたちには、それ、あんまり面白くないんじゃないですか。キ・キーマさんたちは、どう思ってるの？」

「うーん。難しい歴史のことは、俺にはよくわかんないけどね」キ・キーマは逃げ腰になった。「でも、老神のことは、子供のころから教えられて知ってるよ。古い古い神様だってね。だから水人族では、老神のことを〝イル・ダ・ヤムヤムロ〟って呼ぶんだ。〝混沌《こんとん》を統べるもの〟という意味なんだけどよ」

「混沌を統べるもの――」ちょっとカッコいい感じがする。

「ただなぁ、三百年前に帝国が統一されてからこっちは、老神を信じるってことには、面倒くさい意味がくっついちまってね」

北の大陸も、昔は南の大陸と同じように、複数の小国家があって、さまざまな部族が混ざりあって暮らしていたのだそうだ。

「でな、南の大陸に比べて寒いし、土地が痩《や》せているとか、鉱山が少ないとか、いろ

いろ良くない条件が重なったせいだろうって、うちの爺《じ》さまなんかは言っていたけど
——北の大陸は、内輪もめばっかりしてたんだよ。ひとつの大陸のなかで、ずっとずっと長いこと、戦争と殺し合いばっかりやらかしてた」

北の大陸にも〝星読み〟のような仕事をするヒトびとがいるが、闘いにエネルギーをとられて、学問はあまり発達せず、従って海を渡る技術にも乏しかったので、北の大陸にどれほど殺伐とした好戦的な雰囲気が漲《みなぎ》っていようと、南の大陸が侵略を受けるということはなかったという。

「だから、統一以来百年ほどして、ようやくこっちの風船が向こうに通うようになるまでは、北の様子はほとんどわからなかった。俺なんかも、そのころの話は、爺さまが子供のころに大人たちから聞いた話を、また聞きして知ってるだけだからね」

南の連合国家では、北の帝国との通商条約を結ぶ際に、「北大陸の歴史については、帝国による全土統一以降についてのみ教える」という約束をしてしまったのだという。だから、南の大陸の学校で、〝世界史〟として子供たちが教わるのは、三百年前からの歴史だけなのだ。

「それ、ひどいなぁ！」

ワタルは思わず大声をあげて、自分がキ・キーマの肩の上に座っていることも忘れ、不用意に身動きをした。で、当然の結果としてどっと転がり落ち、危ういところを、

キ・キーマの強い鉤爪にひっかけてもらって、宙ぶらりんになって助かった。

「おいおい、気をつけてくれよ」キ・キーマはワタルを引っ張りあげながら言った。「せっかく幸運の印の旅人に巡り合ったのに、ダルババ車で轢《ひ》いてぺったんこにしちまったんじゃ、俺は一生浮かばれないぜ」

草原の彼方《かなた》に、またひとかたまりの木立が見えてきた。どれ、もう半分ほどは来たから、あのオアシスでちょっと休もうと、キ・キーマはターボの足を緩ませた。

今度のオアシスは、井戸ではなく、岩に囲まれた小さな泉があり、澄んだ水が尽きることなくこんこんと湧き出ている。手ですくって口に含んでみると、ほんのりと甘い。

「腹が減ったろう？　ここで昼飯にしよう」

ワタルが泉のそばに腰をおろし、膝《ひざ》の上に、導師さまからいただいた包みを広げると、キ・キーマはひととおりターボの世話を焼いてやってから、やおら、荷車のホロの下に手を突っ込んで、大きな干物みたいなものを引っ張り出した。

「それ、なあに？」

首をのばしてのぞくと、なにやら凶悪に赤く輝く一対の目と目が合ってしまった。

この干物、顔がついている。

「これか？　ンバラの丸干しだ。めちゃくちゃ旨《うま》いんだぜ」

キ・キーマは舌なめずりするように言って、がぶりと噛《か》みついた。

ワタルは胃の底からすっぱい水が込みあがってくるのを飲み下して、懸命にこらえた。干物になっている状態から逆算して想像するのは難しいが、どうやらンバラというケモノは、人相の悪いタヌキみたいなもののようだ。

——水人族は肉食なんだな、やっぱり。

心のなかのメモ帳にそれを書き込んで、ワタルは黙ってパンを食べた。キ・キーマは、三口ほどでペロリとンバラの丸干しを食べてしまうと、泉の周りにはえている木の実をむしり、食べながらワタルにも勧めてくれた。

「これはマコの実といって、ちょっとすっぱいが、バクワの実と違って腹を壊すようなことはない。でも、汁がシャツにつくと落ちないから、気をつけて食いな」

山や草原に生《な》っている、食べられるものと食べられないもの。気をつけて食べなければならないもの。少しずつ覚えて、知識を増やしていかなければ、旅は続けられない。出発してまもなく、キ・キーマのようないいヒトに巡り合ったのは、本当に幸運だった。別れる前に、彼にもっとそのへんのことも教えてもらっておこうと、ワタルは思った。

でも、とりあえず今は歴史の方だ。ワタルがさっきの話の続きを催促すると、キ・キーマは満足そうにゲップを漏らしてから、

「どんな話だっけな？」と、頭のてっぺんを舌でぺろりと舐《な》めた。

「そうそう、北の大陸の統一か。統一前の帝国は、やっぱり北の小国で、これはアンカ族の国だったんだ――」

三百年の昔、内戦をしぶとく勝ち抜いて、統一国家をうち立てることに成功した。

「そのときに、初代皇帝のガマ・アグリアスI世という人物は、自分は老神と同じ創世の神の一族だと主張したんだ。でな、老神からこの世界を預かったという女神さま――俺たちの信仰する女神さまは、自分たちアグリアス家の先祖よりも格の低い神で、本来はこの世を統べる資格なんかないんだけど、老神を騙《だま》して、この世界をアグリアス一族から横取りしたんだって、ぶちあげたんだ」

そのうえで、

「最初に会ったとき、俺はワタルに、アンカ族は女神さまが最初にお創りになった種族で、だから女神さまのお姿によく似ているって言っただろ？　ガマ・アグリアスI世は、これも嘘っぱちの作り話だって言った。アンカ族は老神に似ているんだって――だって、彼に言わせれば、この世を創ったのは老神なんだから」

そして女神の本当の姿は、アンカ族には似ても似つかず、まともに見ることもかなわないほど醜く穢《けが》れているのだと主張した。

「女神さまが名前を名乗らないのも、この世の生きものたちの前に姿を見せずに、運命の塔に籠《こ》もっているのも、もしも姿を見せたら、すぐに、自分の嘘を見抜かれてしまうからだっていうんだ」

ワタルはお弁当を包んでいた布をたたみながら、キ・キーマの真剣な顔を見あげた。

「最初に言ったように、北の大陸はずっと戦争続きで、あの地の民は飢えに苦しんで、そりゃあひどい暮らしをしていた」と、キ・キーマは続けた。「ガマ・アグリアスI世は、そういう不幸、戦乱が続いて食べ物が足りないのも、全部女神さまのせいだって言ったんだ。どうしてかっていうと、老神から世界を騙し取った女神さまが、自分の地位を安泰にするために、自分の真の姿に似せた生きものをたくさん創って地にばらまいて、その生きものたちが、本来なら正当なこの世の住人たちであるアンカ族を苦しめるように計らったからだって。最終的には、女神さまはこの世のアンカ族をすべて滅ぼすつもりだって、な」

キ・キーマは大きな頭をかしげて、考え深そうに目をしばたたいた。

「そして、俺にはどうしても信じられないんだが、北の大陸のアンカ族のヒトたちは――帝国の国民はもちろん、ほかの小国の国民だったアンカ族のヒトたちまでが――ガマ・アグリアスI世のこの話を、信じちまったんだよ。喜んで、手を叩《たた》いて、そのとおりだって賛成したんだ」

北の大陸には複数の種族や人種が混在していたけれど、アンカ族は、もともと、そのなかでも数が多い方だった。

「だから、彼らが一致団結して、ほかの人種や種族を滅ぼそうとし始めたら、そりゃあ強いわけさ。北の大陸のアンカ族以外のヒトたちは、家も畑も取りあげられて、殺されたり、収容所っていうところに閉じこめられたり、奴隷にされたりして、どんどん数が減っちまった。そうして、統一帝国が出来たんだ」

ここまで教えてもらって、やっとワタルにも、キ・キーマが「幸せなことに、自分は南の大陸の住人だ」と言ったことが、実感としてわかってきた。

「統一から三百年経った今、北の大陸には、アンカ族以外の種族や人種は、ほとんど残っていないと言われてる。残っているとしても、きっとまともな暮らしをしてはいないだろう。本当に、酷《ひど》い話だぜ」

ワタルは頭のなかで、キ・キーマの話をおさらいしてみた。そしたら、デラ・ルベシ特別自治州にからんで、彼が〝老神を信じることには面倒くさい意味がついてしまった〟と言ったことの意味が、うっすらと見えた。

「デラ・ルベシ教信者のヒトたちも、統一帝国のヒトたちと同じように、老神を信じてる」と、ワタルは言ってみた。「彼らも当然、アンカ族なんですね？」

キ・キーマは目をつぶってうなずいた。

「そうだよ。それどころか、デラ・ルベシの初代教王は、アグリアス家の直系だという話まであるんだ」

北の統一帝国は、本音としては、デラ・ルベシ教信者たちを取り込んで、彼らが南大陸にいることを口実に、南大陸に攻め込んできたいのだろう。そして、北と同じような手順で、南大陸も統一したいのだろうと、キ・キーマは言った。

「だけどな、今まで――この三百年間、デラ・ルベシ教の代々の教王は、アグリアス帝家にすり寄るような動きは、いっさい見せてこなかった。特別自治州の山のなかに籠もって、下界とは縁を切って暮らしている。俺たち信者でない者は、教王の顔さえ知らないよ」

だから北の統一帝国も、手出しのしようがなかった。

「南の連合政府は、デラ・ルベシ教と特別自治州に、それはそれは気をつかっているんだよ。だって、もしも彼らを怒らせて、北と手を組まれたりしたら、大変なことになるからな。通商条約を結ぶときに、北の言い分を一方的に聞き入れたのも、下手に連中を刺激して、こっちに攻め込む口実を与えるわけにはいかなかったからなんだ。その意味では、デラ・ルベシは、南大陸の腹のなかの爆弾みたいなものなんだよ」

ワタルはゆっくりとうなずいた。どことなく、現世《うつしよ》でもありそうな話だと思った。映画とかで、似たような話を観たことがある。難しくてよく理解できなかったけど。

ワタルが中学校へいって、世界史や現代史をちゃんと教えてもらう機会があれば、ありそうなどころか、キ・キーマの語る幻界《ヴィジョン》の南北問題は、少しばかり名称や経過を変えれば、現世で実際に起こったことだと、すぐにわかることだろう。

「僕がこっちへ来るとき――」と、ワタルは言った。「幻界は、現世に住む人間たちの、想像力のエネルギーが創った場所だって、教えられた。だから、現世と似たようなことが起こるのかな？」

キ・キーマはまた口の上を指でこすった。「ニンゲンて、何だ？」

ああ、そうか。ワタルはにっこりした。幻界に住んでいるキ・キーマにこんなことを言っても、困らせるだけだろう。

「ううん、何でもない。いろいろ教えてくれて、どうもありがとう」

「そうか、じゃ、行くか」キ・キーマはにいっと笑った。「ま、南にいる限りは何の心配もないよ。平和だからな」

（中巻へつづく）

本書は、二〇〇三年三月に小社より単行本（全二冊）として、二〇〇六年五月に角川文庫（全三冊）として刊行されました。改版にあたり角川文庫旧版（上巻）を底本としました。

ブレイブ・ストーリー 上

宮《みや》部《べ》みゆき

平成18年 5月25日　初版発行
令和3年 6月25日　改版初版発行

発行者●堀内大示

発行●株式会社KADOKAWA
〒102-8177　東京都千代田区富士見2-13-3
電話　0570-002-301（ナビダイヤル）

角川文庫 22697

印刷所●株式会社暁印刷
製本所●株式会社ビルディング・ブックセンター

表紙画●和田三造

●お問い合わせ
https://www.kadokawa.co.jp/（「お問い合わせ」へお進みください）
※内容によっては、お答えできない場合があります。
※サポートは日本国内のみとさせていただきます。
※Japanese text only

ISBN 978-4-04-111170-3　C0193

◇◇◇

角川文庫発刊に際して

角川源義

第二次世界大戦の敗北は、軍事力の敗北であった以上に、私たちの若い文化力の敗退であった。私たちの文化が戦争に対して如何に無力であり、単なるあだ花に過ぎなかったかを、私たちは身を以て体験し痛感した。西洋近代文化の摂取にとって、明治以後八十年の歳月は決して短かすぎたとは言えない。にもかかわらず、近代文化の伝統を確立し、自由な批判と柔軟な良識に富む文化層として自らを形成することに私たちは失敗して来た。そしてこれは、各層への文化の普及滲透を任務とする出版人の責任でもあった。

一九四五年以来、私たちは再び振出しに戻り、第一歩から踏み出すことを余儀なくされた。これは大きな不幸ではあるが、反面、これまでの混沌・未熟・歪曲の中にあった我が国の文化に秩序と確たる基礎を齎らすためには絶好の機会でもある。角川書店は、このような祖国の文化的危機にあたり、微力をも顧みず再建の礎石たるべき抱負と決意とをもって出発したが、ここに創立以来の念願を果すべく角川文庫を発刊する。これまで刊行されたあらゆる全集叢書文庫類の長所と短所とを検討し、古今東西の不朽の典籍を、良心的編集のもとに、廉価に、そして書架にふさわしい美本として、多くのひとびとに提供しようとする。しかし私たちは徒らに百科全書的な知識のジレッタントを作ることを目的とせず、あくまで祖国の文化に秩序と再建への道を示し、この文庫を角川書店の栄ある事業として、今後永久に継続発展せしめ、学芸と教養との殿堂として大成せんことを期したい。多くの読書子の愛情ある忠言と支持とによって、この希望と抱負とを完遂せしめられんことを願う。

一九四九年五月三日

角川文庫ベストセラー

今夜は眠れない　宮部みゆき

中学一年でサッカー部の僕、両親は結婚15年目、ごく普通の平和な我が家に、謎の人物が5億もの財産を母さんに遺贈したことで、生活が一変。家族の絆を取り戻すため、僕は親友の島崎と、真相究明に乗り出す。

夢にも思わない　宮部みゆき

秋の夜、下町の庭園での虫聞きの会で殺人事件が。殺されたのは僕の同級生のクドウさんの従妹だった。被害者への無責任な噂もあとをたたず、クドウさんも沈みがち。僕は親友の島崎と真相究明に乗り出した。

あやし　宮部みゆき

木綿問屋の大黒屋の跡取り、藤一郎に縁談が持ち上がったが、女中のおはるのお腹にその子供がいることが判明する。店を出されたおはるを、藤一郎の遣いで訪ねた小僧が見たものは……江戸のふしぎ噺9編。

お文《ふみ》の影　宮部みゆき

月光の下、影踏みをして遊ぶ子どもたちのなかにぽつんと女の子の影が現れる。影の正体と、その因縁とは。「ぼんくら」シリーズの政五郎親分とおでこの活躍する表題作をはじめとする、全6編のあやしの世界。

過ぎ去りし王国の城　宮部みゆき

早々に進学先も決まった中学三年の二月、ひょんなことから中世ヨーロッパの古城のデッサンを拾った尾垣真。やがて絵の中にアバター（分身）を描き込むことで、自分もその世界に入り込めることを突き止める。

角川文庫ベストセラー

グラスホッパー　伊坂幸太郎

妻の復讐を目論む元教師「鈴木」。自殺専門の殺し屋「鯨」。ナイフ使いの天才「蟬」。3人の思いが交錯するとき、物語は唸りをあげて動き出す。疾走感溢れる筆致で綴られた、分類不能の「殺し屋」小説！

マリアビートル　伊坂幸太郎

酒浸りの元殺し屋「木村」。狡猾な中学生「王子」。腕利きの二人組「蜜柑」「檸檬」。運の悪い殺し屋「七尾」。物騒な奴らを乗せた新幹線は疾走する！『グラスホッパー』に続く、殺し屋たちの狂想曲。

AX　アックス　伊坂幸太郎

超一流の殺し屋「兜」が仕事を辞めたいと考えはじめたのは、息子が生まれた頃だった。引退に必要な金を稼ぐために仕方なく仕事を続けていたある日、意外な人物から襲撃を受ける。エンタテインメント小説の最高峰！

鳥人計画　東野圭吾

日本ジャンプ界期待のホープが殺された。ほどなく犯人は彼のコーチであることが判明。一体、彼がどうして？　一見単純に見えた殺人事件の背後に隠された、驚くべき「計画」とは!?

探偵倶楽部　東野圭吾

「我々は無駄なことはしない主義なのです」——冷静かつ迅速。そして捜査は完璧。セレブ御用達の調査機関〈探偵倶楽部〉が、不可解な難事件を鮮やかに解き明かす！　東野ミステリの隠れた傑作登場!!

角川文庫ベストセラー

さいえんす？　東野圭吾

「科学技術はミステリを変えたか？」「男と女の〝パーソナルゾーン〟の違い」「数学を勉強する理由」……元エンジニアの理系作家が語る科学に関するあれこれ。人気作家のエッセイ集が文庫オリジナルで登場！

殺人の門　東野圭吾

あいつを殺したい。奴のせいで、私の人生はいつも狂わされてきた。でも、私には殺すことができない。殺人者になるために、私には一体何が欠けているのだろうか。心の闇に潜む殺人願望を描く、衝撃の問題作！

ちゃれんじ？　東野圭吾

自らを「おっさんスノーボーダー」と称して、奮闘、転倒、歓喜など、その珍道中を自虐的に綴った爆笑エッセイ集。書き下ろし短編「おっさんスノーボーダー殺人事件」も収録。

さまよう刃　東野圭吾

長峰重樹の娘、絵摩の死体が荒川の下流で発見される。犯人を告げる一本の密告電話が長峰の元に入った。それを聞いた長峰は半信半疑のまま、娘の復讐に動き出す——。遺族の復讐と少年犯罪をテーマにした問題作。

使命と魂のリミット　東野圭吾

あの日なくしたものを取り戻すため、私は命を賭ける——。心臓外科医を目指す夕紀は、誰にも言えないある目的を胸に秘めていた。それを果たすべき日に、手術室を前代未聞の危機が襲う。大傑作長編サスペンス。